本书为教育部人文社会科学研究规划基金项目"文学地理学视域下的元代色目作家群研究"（16YJA751007）的最终成果，亦为甘肃政法大学重点项目"'《述善集》多族士人圈'及其文化倾向"（2017XZDLW09）的研究成果，并得到甘肃政法大学文学与新闻传播学院出版资助

元代东迁色目作家研究

胡蓉 著

中国社会科学出版社

图书在版编目（CIP）数据

元代东迁色目作家研究/胡蓉著. —北京：中国社会科学出版社，2020.12
ISBN 978-7-5203-7239-8

Ⅰ. ①元… Ⅱ. ①胡… Ⅲ. ①少数民族—作家评论—中国—元代
Ⅳ. ①I206.47

中国版本图书馆 CIP 数据核字（2020）第 175455 号

出 版 人	赵剑英
责任编辑	顾世宝
责任校对	王　龙
责任印制	戴　宽
出　　版	中国社会科学出版社
社　　址	北京鼓楼西大街甲 158 号
邮　　编	100720
网　　址	http://www.csspw.cn
发 行 部	010-84083685
门 市 部	010-84029450
经　　销	新华书店及其他书店
印　　刷	北京君升印刷有限公司
装　　订	廊坊市广阳区广增装订厂
版　　次	2020 年 12 月第 1 版
印　　次	2020 年 12 月第 1 次印刷
开　　本	710×1000　1/16
印　　张	22.75
插　　页	2
字　　数	296 千字
定　　价	118.00 元

凡购买中国社会科学出版社图书，如有质量问题请与本社营销中心联系调换
电话：010-84083683
版权所有　侵权必究

序

  胡蓉的著作《元代东迁色目作家研究》经过多年打磨，终于要面世了。这是一部建立在对中原文献与西北特有文献深入考察的基础之上，站在元代文化与文学对中华文化作出巨大贡献这一学术高度，对所涉及的问题进行精深考察，审慎思考，得出了诸多有价值的结论，富有新意，因而具有较高学术价值的著作。新著出版，是对元代文学研究的重要贡献，它会深化或更新人们对相关问题的认识。

  胡蓉原在河北的邢台学院工作，已经是副教授，关注历代文学批评理论和冀中南地区的区域文化研究，完全可以过轻松、安逸的生活。但她热爱学术，有志于元代文学的研究，我便推荐她到西北民族大学高人雄教授那里攻读博士学位。到西北读博，对胡蓉来说，是一个很好的机缘，使她能在元代文学研究中独自开辟出一片新天地，因为在那里，可以对元代文人队伍中的"西北子弟"即色目作家有更真切的了解。

  学术研究，从来就有高下精粗之别，但不是说地位高的学者就做得高精，而是说，研究者既要有高远之见，又能下精深工夫，考察文献，思考问题，如此才能做出高而精的成果。学术界的走向有时候难以捉摸，原本不太受关注的民族文学研究，一段时间热闹起来。人们找到历史上的一些非汉族作家，不管其家族已经在中原生活多少代，他身上还有没有本民族的因子，只管拿他的作品，做一番解读，说是体现了少数民族特色，其实这些"特色"，同样体现在中原作家身上。不管文章有多少客观成分，只要"创新"了，文章能发表就行。这样的文章，越看越奇怪，很多所谓的民族特色，根本就是无中生有，起古人于地下，他本人都不会同意，为什么要强为之说呢？更令人难以接受的是，研究古代的各民族文学，本应该考察多民族及其文化如何众派汇流，形成整体的中华文化和中华民族精神，但有的研究却致力于发现那些根本就不存在的所谓"民族特色""民族意识"，不是考察各民族如何融入中华民族，为整体的中华文化作出了什么贡献，而是着意从古代文学中寻找所谓的民族独特性甚至独立性，如果这些是真实的存在，研究也是需要和必要的，但往往却是强无作有。这样的所谓成果，既没有高远的学术眼光，也没有依据可靠文献下深细的考察工夫，主观先验地认定某人是"少数民族"，推论出他的某种"民族特色"。如此成果，不管作者是什么人，不管做得多么漂亮，听起来多么惊人，都难称"高""精"。与这种以主观假设为前提的成果相比，胡蓉的研究视角独特，材料扎实，结论客观，值得赞赏。

前些天，我在接受《中华读书报》采访时说："元代是中华民族精神共同体形成时期，而文学在其中发挥了重要作用。"这是元代文学的独特价值，也是我们今天研究元代文学独特的意义。中华民族精神共同体之形成，绝不是中原文人可以独立完成的，西域各族士人在其中发挥了重要作用。从这种意义上说，研究元代文学，不关注西北，不高度重视色目文士的贡献，一些重要的问题，就说不清楚。而要对色目诗人作家有充分的了解，对上述问题作出清晰的说明，不身在西北，不以色目文化的视角审视，就不能从他们的家族背景和文化根源上进行解析。所以说，胡蓉到西北读博，对她的学术研究来说是一个很好的机缘。她到西北，研究元代东迁色目家族及其代表性文人的创作与文化文学贡献，这是一个聪明的选择。胡蓉能虚心学习西北地区的历史、文化、民风，又深入学习敦煌学，利用敦煌遗书中多种文字的文献，以及西北地区的碑铭、墓志，还有研究对象的家谱等，这些在中原难得见到的重要文献，对元代东迁的色目家族及其族源、原本的文化与文学状况、接受汉文化的途径与进程，分别作了个性化的考察。所考察的，主要有大都不忽木家族、大都贯氏家族、大都廉氏家族、光州马祖常家族、濮阳崇喜家族、福建王翰家族、江苏偰氏家族等。这些家族，进入中原的第一代都以军功起家，经过三四代，转而以文事著称，这一点是共同的，即元人戴良所谓"遂皆舍弓马而事诗书"。而各个家族原本的文化状况，影响着他们接受汉文化的进程。胡蓉既占有了材料，又下了工夫，对这些问题，都作出了具体可信的描述。这些家族的第一代，以武功与政事著称，如不忽木家族的海蓝伯、廉氏家族的布鲁海牙、贯氏家族的阿里海牙、马祖常家族的月乃合、崇喜家族的唐兀台、王翰的曾祖武德将军。第二代是由武功转向文事的过渡，大部分家族的第二代已经有了较高的汉文化修养，但多未在文坛崭露头角，除不忽木的散曲创作有较高成就外，其他如贯只哥、廉希宪、合剌普华、马世昌、闾马，在文学上都还无可称道。而第三代则完成了由武功向文事的转变，这一代人从小生活在汉地，与汉人杂居，拜汉族的饱学之士为师，与汉族文人学士交往，受到汉文化的濡染，开始崛起于文坛，如贯云石、巎巎、廉惇、马润、崇喜之父达海、偰文质等。第四代则承袭了家族尚文的传统，但却赶上元明易代，成了元遗民，如王翰等。在著名的色目作家中，不忽木、贯云石、廉惇是其家族进入中原的第三代，马祖常、唐兀崇喜、王翰、偰玉立、巎巎和回回则是第四代。

清人赵翼评元好问诗的特色，究其形成的原因，曾有"此固地为之也，时为之也"（《瓯北诗话》）之论。影响一个作家风格的外部因素，大致不过时与地两端。色目家族迁居地的自然与文化环境，是影响其诗文风格风貌的直接且重要的因素，这一点，胡蓉也作了具体考察。燕赵文化对于不忽木家族，江淮文化对于马祖常，闽南文化对于王翰家族，都有深刻的影响。这使得色目作家的文学创作带有鲜明的地域特色。由色目作家东迁后居住地的南北分布，可以为这些诗人作家风格的差异作出合理的解释。马祖常诗文体现的中原气派，廼贤诗的东南灵秀，都是他们居住地的地域文化滋养而成，也与当地自然风物相关。马祖常的朴实敦厚，以及他对中原学术涵养之深，甚至博得了文宗皇帝"中原硕儒唯祖常"的赞誉（《元史·马祖常传》）。

研究元代色目人及其家族对汉文化的接受，进而关注他们对中华文化的贡献，不能忘记他们的色目人身份。在元代，由于色目人的身份优越感，他们看重其民族身份，因而也重视且维护其本族文化。色目文士及其家族，在接受中原文化的同时，保持其自身文化特色，才是色目士人之所以为色目士人的基本特征。正是由于他们在接受中原文化的同时，没有完全丢弃自身的文化，才在大中华文化中，显示了他们独特的价值。他们贡献了富有特色的作品，彰显了对中华文化的直接贡献。胡蓉这方面的考察是客观的，绝不同于前文说的那些强无作有的发掘。与此相关的一个问题，是元代"双语作家（双语诗人）"的研究。元代双语作家（诗人）的概念，不是胡蓉提出来的，在胡蓉之前，已经有相关的讨论，但真正用元代色目作家的存世作品将这一概念落在实处，是胡蓉的贡献，她还发表了这方面的论文——《元代畏兀儿双语作家考屑》（《民族文学研究》2016年第5期）。她说：受到元代政治、宗教、民族、文化、语言等多种因素的交互作用，巎巎、安藏、必兰纳识里、迦鲁纳答思等一批双语作家应运而生，成为元代这一特定历史阶段的产物。历史上双语作家现象并不鲜见，但在元代特别突出，双语作家的产生与元代佛教播迁密切相关。元代双语作家不但存在而且具有一定数量，如果研究者不身处西北，没有对西北文献特别是敦煌文献的利用，这样的成果，难以取得。这是胡蓉对元代文学研究的一个贡献。

胡蓉这部著作，是在其博士论文基础上修订完善而成。她的博士论文，从选题的确定、中间的调整、预答辩到最后的答辩，我都是参与者。答辩后经修订完善，又有很大提升。如果现在要我再给她一些建议，那么可以进一步关注色目家族的姻亲关系，以及汉人女性在家族文化提升中特殊而巨大的作用。对于色目家族及其代表文人对理学的接受，可以从伦理观念与心性学说两方面去考察，他们接受的主要是理学中的伦理观念。他们发扬和维护中原文化的贡献，也主要体现在伦理观念及其实践方面。如此论述，会更客观和清晰。我也期待胡蓉对相关的研究继续推进，作出新的学术贡献。

查洪德

2020 年 7 月 31 日

目 录

第一章　西风万里:元代色目人的源渊 …………………………（1）
第一节　元代色目人之族源……………………………………（2）
第二节　色目人的西域文学渊源………………………………（15）

第二章　元代东迁色目人与色目作家 …………………………（21）
第一节　元代色目人与色目作家………………………………（21）
第二节　色目人诗文创作的基本状况…………………………（26）

第三章　元代碑铭与东迁色目文化家族 ………………………（36）
第一节　与色目作家相关的元代碑铭…………………………（36）
第二节　相关色目家族基本状况………………………………（39）

第四章　不忽木家族文化以及元大都色目作家的双语创作……（52）
第一节　不忽木家族文化………………………………………（53）
第二节　不忽木与燕赵文化……………………………………（61）
第三节　巙巙等人的双语创作及其历史原委…………………（67）

第五章　元大都贯氏、廉氏家族与贯云石 ……………………（85）
第一节　北庭贯氏、高昌廉氏的家族文化……………………（85）

第二节　转益多师 …………………………………………（97）
第三节　地域迁徙对贯云石诗风的影响…………………（102）

第六章　《述善集》与濮阳唐兀崇喜等地方作家 …………（110）
第一节　以"善"为中心的家族文化 ……………………（113）
第二节　崇喜家族理学文化形成的原委…………………（123）
第三节　崇喜等人的文学创作与元末文坛………………（135）

第七章　中原作家马祖常及其家族文化……………………（150）
第一节　马氏家族文化……………………………………（151）
第二节　家乡文化与早期诗风……………………………（154）
第三节　延祐北上后诗风的转变…………………………（167）

第八章　从河西到东南——西夏遗民王翰（那木罕） ……（176）
第一节　西夏遗风…………………………………………（177）
第二节　王翰本土化特征…………………………………（185）

第九章　色目作家创作的地域特征…………………………（200）
第一节　色目作家与地域文化……………………………（201）
第二节　色目作家创作的地域特征………………………（203）

第十章　色目作家在元代文坛的地位………………………（221）
第一节　色目作家的发展分期……………………………（221）
第二节　色目作家在元代诗坛的发展……………………（226）

第十一章　色目作家的理学思想……………………………（243）
第一节　元代学术的发展…………………………………（243）

第二节　色目作家与元代理学……………………………（249）

结　语………………………………………………………（255）

参考文献……………………………………………………（261）

附录一　色目作家活动系年………………………………（268）

附录二　相关色目家族碑铭墓志…………………………（282）

后　记………………………………………………………（348）

第一章

西风万里:元代色目人的源渊

  目前研究者对元代色目人文学活动的研究主要立足于中原文化,着眼色目人的华化,缺少以西域视角和世界眼光来审视这批作家。色目人来自西域,其文学活动背负着深厚的民族文化传统,"风俗习惯与时代精神对于群众和对于艺术家是相同的"①。西域文学传统是色目人文学活动的"源",考察西域文化传统,可以从更广的范围深入研究色目人文学。如果说,西域文学传统是色目人文学活动的"源",那么,其在中原各地的汉语诗文创作就是"流",本章拟就此"源"作深入探讨。

  千百年来民族文化的层层积累是艺术家创作的源头,"一个民族永远留着他乡土的痕迹,而他定居的时候越愚昧越幼稚,乡土的痕迹越深刻"②。西域各民族有着漫长的发展历史,具有悠久的文化传统,因而这些民族在融入蒙元文化中时仍带有自己的痕迹。而且一个民族的文化越完整独立,就越能在外界环境改变时保持特色。元代大批色目人东迁后,民族情结祖先记忆依然挥之不去。以马祖常为例,马氏家族东迁后已历四代,然而马祖常对西域依然保有温暖的故土情结,在《饮酒》一诗中表达了富于深情的祖先记忆:

---

① [法]丹纳:《艺术哲学》,敦煌文艺出版社1994年版,第19页。
② [法]丹纳:《艺术哲学》,敦煌文艺出版社1994年版,第208页。

"昔我七世上，养马洮河西。六世徙天山，日月闻鼓鼙。金室狩河表，我祖先群黎。"① 西域故土是马祖常魂牵梦绕的地方，他在《灵州》一诗中称来到河西地区为"归"，诗作饱含了浓浓的乡情："乍入西河地，归心见梦余。蒲萄怜酒美，苜蓿趁田居。少妇能骑马，高年未识书。清朝重农谷，稍稍把犁锄。"② 马祖常还关注着西域地区的经济活动和风土人情，丝绸之路上波斯商队的驼铃声清脆悠远，是那样的牵动诗人的心，马祖常从小生活在中原腹地河南地区，因此骑马射箭，放牛牧羊的游牧景象令诗人感到新奇，《河湟书事》："波斯老贾度流沙，夜听驼铃识路赊。采玉河边青石子，收来东国易桑麻。""阴山铁骑角弓长，闲日原头射白狼。青海无波春雁下，草生碛里见牛羊。"③ 河湟是黄河与湟水的并称，亦指河湟两水之间的地区。苜蓿是一种豆科牧草植物。这种西北地区所处可见的优质牧草，是西域地区的代表性植物，在元代诗人的笔下，便成为代表西域的文学符号，唤起了读者对西域的无限想象。赵孟頫有诗云："苦欲留君君不留，奋髯跨马走甘州……春酒葡萄歌窈窕，秋沙苜蓿饱骅骝。"(《送岳德敬提举甘肃儒学》)④ 张翥则有诗云："时巡之外游幸稀，饱秣原头春苜蓿。"(《文敏公画马回纥牵者为玉山题》)⑤

第一节　元代色目人之族源

元人陶宗仪在《南村辍耕录》中说色目人可细分为三十一种，即哈剌鲁、钦察、唐兀、阿速、秃八、康里、若里鲁、剌乞歹、赤

---

① 李叔毅、傅瑛点校：《石田先生文集》，中州古籍出版社1991年版，第11页。
② 李叔毅、傅瑛点校：《石田先生文集》，中州古籍出版社1991年版，第30页。
③ 李叔毅、傅瑛点校：《石田先生文集》，中州古籍出版社1991年版，第84页。
④ 任道斌辑集点校：《赵孟頫文集》，上海书画出版社2011年版。
⑤ (元)顾瑛辑，杨镰、祁学明、张颐青整理：《草堂雅集》(中)，中华书局2008年版。

乞歹、畏兀儿、回回、乃蛮歹、阿儿浑、合鲁歹、火里剌、撒里哥、秃伯歹、雍古歹、密赤思、夯力、苦鲁丁、贵赤、匣剌鲁、秃鲁花、哈剌吉答歹、拙儿察歹、秃鲁八歹、火里剌、甘木鲁、彻儿哥、乞失迷儿。① 钱大昕《元史氏族表》中将色目人列为二十三种。② 色目是元人对西域各民族的统称，具体所指不明确，主要部族有畏兀儿、唐兀、回回、康里、哈剌鲁、阿鲁温、也里可温、钦察等，这些部族是元代色目作家的主要来源，以下我们对此进行考述。

《汉书·西域传》描述了西域的自然地理："西域以孝武时始通，本三十六国，其后稍分至五十余，皆在匈奴之西，乌孙之南。南北有大山，中央有河，东西六千余里，南北千余里。东则接汉，厄以玉门、阳关，西则限以葱岭。其南山，东出金城，与汉南山属焉。其河有两原：一出葱岭，一出于阗。于阗在南山下，其河北流，与葱岭河合，东注蒲昌海。蒲昌海，一名盐泽者也，去玉门、阳关三百余里，广袤三四百里。其水亭居，冬夏不增减，皆以为潜行地下，南出于积石，为中国河云。"③ 而本书所言的西域是广义的西域地区，包括河西走廊、天山南北、河中地区和里海一带、直到地中海。结合民族发展史和民族地理分布，我们把这批诗人的族源分为四部分，按照自西至东的空间顺序，首先是来自大食、波斯的回回及也里可温诗人，其次是阿尔泰山及其以北的突厥语部族包括葛逻禄、康里、乃蛮、钦察、雍古、克烈、阿速等族诗人，再次是来自天山南北的畏兀儿及其他回鹘裔诗人，最后是来自河西地区的唐兀诗人。

---

① （元）陶宗仪：《南村辍耕录》，文化艺术出版社1998年版，第13页。
② （清）钱大昕：《元史氏族表》（二），中华书局1991年版。
③ （汉）班固：《汉书》卷96上《西域传》，文渊阁《四库全书》本。

一 回回

在元代色目人中，东迁的回回人在全国分布很广，他们散居在从漠北至东南沿海、云南等地，形成了"元时回回遍天下"的局面。河北涿州的荨麻林，杭州的聚景园回回丛冢，泉州的伊斯兰教碑、云南呈贡县的回子营等遗迹就是元代民族交融的见证。元代回回人任职于中书省的共 26 人，历任镇江路录事司达鲁花赤的回回人共 8 人，其中包括著名诗人萨都剌。元代回回诗人有：高克恭、别里沙、丁文苑、阿里木八剌、买闾、吉雅谟丁、哲马鲁丁、沙班、马世德、丁鹤年、吴惟善、爱理沙、萨都剌、伯笃曾丁、大食惟寅等。"回回者，西北种落之名，其别曰答失蛮，曰迭里威失，曰木速鲁蛮，曰木忽，史称大食、于阗、拂林者，皆回回也。"① 在元代，回回一词兼有民族名称和伊斯兰教徒两重含义，"'回回'是元代对信奉伊斯兰教（回教）的人的称呼。它泛指一切信奉伊斯兰教的人，包括阿拉伯人、波斯人、中亚突厥人等在内。伊斯兰教徒早在元朝以前就已经来到中国（如唐、宋时期到达广州、扬州、泉州等地的大食人和波斯人），仅到元朝才大批前来并定居中国，并被称为回回，成为我国回族的先民"②。唐朝就有"回回"一词，指回纥（回鹘）等突厥族人。伊斯兰教是 10 世纪传到西域的，元代才有回回人的说法，穆斯林的寺院称"回回寺"，元代是回回人形成发展的重要时期。回回人涵盖了多个民族，如葛逻禄和阿儿浑两个部族是信奉伊斯兰教的，是回回人的一部分，但以族名相称。钦察人、康里人、阿速人是否信奉伊斯兰教，还不明确。回回人与畏兀儿人的宗教信仰不同，畏兀儿人以佛教为主，他们称为"偶像

---

① （清）钱大昕：《元史氏族表》（二），中华书局 1991 年版，第 214 页。
② 杨志玖：《元代回族史稿》，南开大学出版社 2003 年版，第 126 页。

教","畏吾儿人采用偶像教为他们的宗教，其他部落大多仿效他们的榜样。谁都比不过东方偶像教徒之执迷不悟，谁都比不过他们之敌视伊斯兰"①。于阗等地的畏兀儿人信奉伊斯兰教，已称作回回人。陈垣和杨志玖都对萨都剌的族属进行了详尽考辨，一致认为，萨都剌是回回人②。元代还有一个氏族名称答失蛮，《西湖竹枝集》称萨都剌为答失蛮。这个名词来自波斯文，指伊斯兰教士，含义是学者、明哲的人。答失蛮还是人名，《元史》中出现12个答失蛮的人名。③

元代的也里可温诗人有：雅琥、金哈剌（金元素）。"也里可温"在元代又称作"迭屑""迷失诃""聂斯脱里"。"也里可温"一词指元代中国的基督教徒，与僧、道、答失蛮等宗教信徒并称；也指元代一个西域民族，与乃蛮、回回等其他色目民族并称。"也里可温"与"回回"一样，兼有宗教和族群双重内涵。元代基督教寺院称"也里可温寺""也里可温十字寺""十字寺"。元亡后，也里可温就消失了。④

余阙在《合肥修城记》中称马世德是"也里可温人"。戴良《鹤年吟稿序》将也里可温与回回等其他西域族群并称："我元受命，亦由西北而兴。而西北诸国，如克烈、乃蛮、也里可温、回回、西蕃、天竺之属，往往率先臣顺，奉职称藩。"⑤

二　北部突厥语族

畏兀儿、唐兀、回回是色目作家群中人数占比较高的民族，康

---

① ［伊朗］志费尼：《世界征服者史》（上册），何高济译，内蒙古人民出版社1980年版，第66页。
② 陈垣：《元西域人华化考》，上海古籍出版社2000年版，第69页；杨志玖：《萨都剌的族别及其相关问题》，《元代回族史稿》，南开大学出版社2003年版，第388页。
③ 姚景安：《元史人名索引》，中华书局1982年版，第501页。
④ 殷小平：《元代也里可温考述》，兰州大学出版社2012年版。
⑤ （元）戴良：《九灵山房集》，丛书集成本。

里、哈剌鲁、乃蛮、钦察、雍古、克烈、阿速、阿鲁温等天山以北突厥语各民族也涌现出杰出的诗人。

元代康里作家有：不忽木、巙巙、回回、拜住、察罕不花、康里百花等。康里源自古代高车人，又称康礼、航里、抗里、夯力、杭斤等，6世纪中期，突厥兴起后，康里人隶属于突厥，和哈剌鲁一样，属突厥人的一支。突厥灭亡后，被葛逻禄人所统治，8—11世纪，康里人游牧区域是乌拉尔河以东至咸海东北地区。据志费尼《世界征服者史》和《金史》记载，12世纪时，西辽和金朝崛起时，一些部族曾臣服于西辽和金朝。13世纪初，花剌子模国成为中亚强国。花剌子模沙摩诃末母亲秃儿罕可敦是康里伯岳吾部族人，在其专权时期，康里人在军中深受新任，大量康里人南下，在花剌子模军队服役，当时驻防撒马耳干的11万军队中，有6万是康里人。这一时期，康里人的领地广阔，包括乌拉尔河以东、咸海以北，伊塞克湖和楚河一带，还活跃在波斯、呼罗珊及河中地区。

哈剌鲁，即葛逻禄，在元朝又称合儿鲁、匣利鲁、罕禄鲁、匣禄鲁、柯耳曾等，是突厥的一支。"Qarluq：汉文作葛逻禄，为著名突厥部落之一。原居于北庭（遗址在今乌鲁木齐北吉木萨尔一带）之西北，阿尔泰山之西。8世纪中期曾与回鹘、拔悉密（Bashmil）一起灭掉突厥汗国。后迁移到七河一带。8世纪后半期已到达毗邻喀什的费尔干盆地。有的学者（如O. Pritsak）认为建立喀拉汗朝的为葛逻禄突厥人。"[①]《元史氏族表》记载："哈剌鲁氏亦称罕禄鲁氏，本西域部落。太祖西征，其国主阿儿厮兰率众来降，封为郡王，俾统其部众。其裔孙帖木迭儿，顺帝之外王父也。""合鲁氏亦称葛逻禄氏，本西域国。世居金山之阳，其后散处内地。""乃

[①] 耿世民：《维吾尔古代文献研究》，中央民族大学出版社2003年版，第146页。

贤亦合鲁氏,自南阳徙居浙东。"①《新唐书》中记载有葛逻禄的历史:"葛逻禄本突厥诸族,在北庭西北,金山之西,跨仆固振水与包多怛岭与车鼻部接。"②葛逻禄曾附属于回鹘,属于回鹘十一部落之一,唐肃宗时期开始强大起来,789年脱离回鹘独立。③漠北回鹘被黠戛斯打败后,西迁回鹘的其中一支"庞特勤十五部奔葛逻禄"④,葛逻禄与回鹘会合于楚河一带,并联合于10世纪建立喀喇汗王朝。葛逻禄在12世纪时居住在中亚阿力麻里、海押立等地,13世纪初归附于成吉思汗,部分族人陆续东迁,在中原内各地定居。元人危素为迺贤诗稿作序时曾言及葛逻禄的历史和东迁葛逻禄人的情况:"易之,葛逻禄氏也,彼其国在北庭西北,金山之西,去中国远甚。太祖皇帝取天下,其名王与回纥最先来附,至今已百余年,其人之散居四方者,往往业诗书而工文章……然则葛逻禄氏之能诗者自易之始,此足以见我朝文化之洽,无远弗至,虽成周之盛,未之有也。"⑤

元代阿儿浑诗人有:掌机沙、答失蛮彦修、仉机沙等。阿儿浑人,也称为阿鲁浑、阿鲁温、阿别温、合鲁温、阿鲁虎、阿剌温、阿儿温、阿剌浑等。具体方位是中亚七河流域至楚河流域,即吉尔吉斯共和国全部及哈萨克斯坦共和国一部分。⑥这一地带是10世纪下半叶信奉伊斯兰教的喀喇汗王朝的领地,因此,阿儿浑人是信奉伊斯兰教的。许有壬《西域使者哈只哈心碑》中的哈只哈心家族,杨维桢《西湖竹枝集》提到的掌机沙及哈散家族,都是阿儿浑的伊

---

① (清)钱大昕:《元史氏族表》,中华书局1991年版,第234、238、239页。
② (宋)欧阳修、(宋)宋祁:《新唐书》卷217(下)《回鹘传》,文渊阁《四库全书》本。
③ 杨富学:《回鹘与敦煌》,甘肃教育出版社2013年版,第61页。
④ (宋)欧阳修、(宋)宋祁:《新唐书》卷217(下)《回鹘传》,文渊阁《四库全书》本。
⑤ (元)危素:《乃易之金台后稿序》,《危太朴文集》卷十,载李修生主编《全元文》第48册,凤凰出版社2004年版,第229页。
⑥ 杨志玖:《元代回族史稿》,南开大学出版社2003年版,第33页。

斯兰信徒。贡师泰《玩斋集》卷八《双孝传》中，也记录了一个阿儿浑的伊斯兰家庭，亦福的哈儿丁，祖父叫扎马剌丁，儿子叫赡思丁、木八剌沙、哈散沙。阿儿浑人分布在全国各地，北京、南京、镇江、安庆、漳州、嘉兴、杭州等地都有阿儿浑人。

阿速人，西方文献称为阿兰人，号称"绿睛回回"，是从高加索地区迁来的西域人。据王桐龄考证，"阿速，《汉书·西域传》称奄蔡，《后汉书·西域传》称阿兰聊（西罗马末年之 Alan），其邻国后汉时有粟弋（西罗马史之 Suevi），《魏书·西域传》称粟特，一称温那沙（西罗马之 Uandals），与东、西峨时同族，实阿利安中条顿民族也"①。

诗人泰不花是伯牙吾氏，"伯牙吾氏又有泰不花"②，伯牙吾氏即钦察人，"钦察者，西北部落，其先曲出，自武平折连川徙居西北玉里伯里山。因所居伯牙吾山，为氏，号其国曰钦察。"③ "公（土土哈）钦察人，其先系武平北折连川按答罕山部族，后徙西北绝域，有山曰玉理伯里，襟带二河，左曰押亦，右曰也的里，遂定居焉，自号钦察。其地去中国三万余里，夏夜极短，日暂没辙出。川原平衍，草木盛茂，土产宜马，富者有马至万计。俗衽金革，勇猛刚烈，盖风土使然。"④

三 畏兀儿

有元一代，东迁色目族群不仅人数多、地域分布广，而且政治地位高。其中，大批畏兀儿人入居汉地和蒙古高原，出任元政府从中央到地方的各级官吏，《元史氏族表》就列出畏兀儿族 31 个家族

---

① 王桐龄：《王桐龄中国民族史》吉林人民出版社 2013 年版，第 469 页。
② （清）钱大昕：《元史氏族表》（二），中华书局 1991 年版，第 202 页。
③ （清）钱大昕：《元史氏族表》（二），中华书局 1991 年版，第 195 页。
④ （元）苏天爵：《枢密句容武毅王》，《元朝名臣事略》，中华书局 1996 年版，第 47 页。

入仕元朝，这些家族人才辈出，活跃在政治、军事、经济、文学艺术、史学等各个领域，发挥着重要作用。"有一材一艺者毕效于朝"，①其中不少在文学方面都颇有成就，如孟速思、小云石脱忽怜、贯云石、安藏、伯颜不花、廉希贤、廉希贡、廉惇、马祖常、偰玉立、边鲁等。②在色目作家群体当中，大都闾、三宝柱、脱脱木儿、纳璘不花、伯颜不花、倚男海涯、廉普迨、马昂夫、的斤苍涯、谢文质海牙、王嘉闾、马祖常、廼贤、贯云石、康惇、边鲁、偰玉立、偰哲笃、偰逊、赵世延、盛熙明等以其卓越的艺术成就为畏兀儿文学史增添了华彩的乐章。

元人通行的诏令文书中，畏兀儿还被称为辉和尔、辉和、畏吾、畏兀、畏吾尔、乌鸲、委吾、瑰古、委兀、伟兀、畏午、畏午儿、卫兀、卫吾、外五、外吾、畏吾而、伟吾而、卫郭尔等。元人认为畏兀儿就是唐代的回鹘。欧阳玄在《高昌偰氏家传》中说："回纥即今伟兀也"③；而王恽则在《玉堂嘉话》中说："回鹘今外吾。"④《元史氏族表》辨析了畏兀儿的名称，认为高昌北庭就是畏兀儿族，提及在元代很多畏兀儿人入元朝为官，高昌国王与元庭世代通婚友好等情况，"畏吾儿者，本回鹘之裔，音转为畏吾，或云畏兀，或云伟兀，或云卫兀，或云卫吾，其实一也。回鹘牙帐本在和林之地，唐末衰乱，徙居火洲，统别失八里之地，唐北庭都护所治古高昌国也。太祖初兴，其国主巴而术阿而忒的斤亦都护，举国入觐，太祖以公主妻之，自是世为婚姻。国人入仕中朝者，多知名者。亦都护，华言国王也。凡史言高昌北庭者，皆畏吾部族。"⑤

---

① （元）念常：《佛祖历代通载》卷22《敕赐乞台萨理神道碑》，《大正藏》卷49，第2036号，页727c。
② 杨富学：《回鹘文献与回鹘文化》，民族出版社2003年版，第287—294页。
③ （元）苏天爵编：《元文类》卷70，商务印书馆1936年版，第1015页。
④ （元）王恽：《秋涧文集》卷95，文渊阁《四库全书》本。
⑤ （清）钱大昕：《元史氏族表》（二），中华书局1991年版，第99页。

畏兀儿的族源可追溯到公元前游牧在我国西北至贝加尔湖一代的"丁零"，5、6世纪游牧在鄂尔浑河和天山一带，史称"铁勒"，7世纪以鄂尔浑河流域为中心，建立回纥汗国。元人文集多处提到畏兀儿祖先最初居地是在今色楞格河与鄂尔浑河之间。虞集《高昌王世勋之碑》记载："退而考诸高昌王世家，盖畏吾而之地，有和林山，二水出焉，曰秃忽剌，曰薛灵哥。一夕，有天光降于树，在两树之间，国人即而候之。树生瘿，若人妊身然。自是光恒见者，越九月又十日而瘿裂，得婴儿五，收养之。其最稚者曰卜古可罕。既壮遂能有其民人土田，而为之君长。传三十余君，是为玉伦的斤，数与唐人相攻战。久之，乃议和亲，以息民而罢兵，于是唐以金莲公主妻的斤之子葛励的斤，居和林别力跋力答，言妇所居山也。又有山曰天哥里于答哈，言天灵山也。南有石山曰胡力答哈，言福山也。"①"公讳亦辇真，伟吾而人，上世为其国之君长，国中有两树，合而生瘿，剖其瘿，得五婴儿，四儿死，而第五儿独存，以为神异，而敬事之。因妻以女，而让以国，约为世婚，而秉其国政。其国主即今高昌王之所自出也。"② 13世纪的波斯史学家志费尼也记载畏兀儿人的原居住地在漠北斡儿寒河一带，"畏兀儿人认为他们世代繁衍，始于斡儿寒河畔，该河发源于他们称为哈剌和林的山中；合罕近日所建之城池即因此山得名。有三十条河发源于哈剌和林山；每条河的岸边居住着一个不同的部族；畏吾儿人则在斡儿寒河岸形成两支。当他们人数增多时，他们仿效别的部落，从众人当中推选一人为首领，向他表示臣服"③。

在漠北高原这个大舞台上首先出现的突厥汗国，之后是回鹘汗

---

① （元）苏天爵编：《元文类》（上），商务印书馆1968年版，第325页。
② （元）黄溍：《辽阳等处行中书省左丞亦辇真公神道碑》，《文献集》卷十（上），文渊阁《四库全书》本。收于李修生主编《全元文》第30册，凤凰出版社2004年版。
③ [伊朗]志费尼：《世界征服者史》（上册），何高济译，内蒙古人民出版社1980年版，第62页。

国。《周书》记载，突厥本是匈奴的一支，生活在阿尔泰地区，突厥一词首见于史册是公元540年，550年突厥破铁勒，552年突厥建立汗国，灭柔然，整合铁勒诸部，统一了整个漠北地区，统辖大兴安岭到咸海的大片区域。铁勒之中的袁纥、仆古、拔野古、同罗等部落联合起来反抗突厥，这个联合体称为回纥。① 唐初，唐朝与回纥联合消灭了突厥，铁勒诸部统称回纥，788年，回纥改名回鹘，取"回旋轻捷如鹘"之义。回纥（鹘）汗国雄踞漠北近百年（745—840）之久，《旧唐书》卷195之"回纥传"，《新唐书》卷217之"回鹘传"，《唐会要》卷98之"回纥"，《宋史》卷490之"回鹘传"等历史文献都记载了回鹘发展的历史。

《旧唐书》中记载："回纥，其先匈奴之裔也，在后魏时号铁勒部落。其象微小，其俗骁强，依托高车，臣属突厥，近谓之特勒。无君长，居无恒所，随水草流移，人性凶忍，善骑射，贪婪尤甚，以寇抄为生。自突厥原有国，东西征讨，皆资其用，以制北荒。"②

唐朝与回鹘关系密切，回鹘和其他游牧部落称唐太宗为"天可汗"，安史之乱时期，回鹘派叶护可汗率兵4000人协助平叛，收复长安、洛阳。840年，回鹘外有黠戛斯的攻击，内部发生内乱，加之大雪、瘟疫天灾不断，回鹘被迫离开漠北故地，一部分人南下，大部分西迁。一支迁徙到河西地区，以张掖为中心，分布在甘、凉、瓜、沙等州，称"甘州回鹘""河西回鹘"，11世纪，党项族占领河西地区，河西回鹘从此隶属西夏。另一支迁至葱岭以西，参与建立了辖地广大的喀喇汗王朝。1129年，契丹贵族耶律大石消灭喀喇汗朝，建立了西辽政权。还有一支迁到今新疆天山南北地区，

① 杨富学：《回鹘与敦煌》，甘肃教育出版社2013年版，第5页。
② （五代）刘昫等：《旧唐书》卷195《回纥传》，文渊阁《四库全书》本。

集中在西州一带，以高昌（元代称火洲）为中心，这支回鹘称为"西州回鹘"或"高昌回鹘"。元人认为高昌回鹘是漠北回鹘的嫡传，虞集《高昌王世勋之碑》载："玉伦的斤薨，自是国多灾异，民弗安居，传位者数亡，乃迁诸交州而居焉。交州，今火州也。"①《元史》记载："乃迁于交州，交州即火洲也。统别失八里之地，北至阿术河，南接酒泉，东至兀敦、甲石哈，西临西蕃。居是者凡百七十余载，至巴而术阿而忒的斤，臣于契丹。"②

高昌回鹘不断壮大，高昌成为西北地区的佛教中心。当地其他部族也逐渐融入回鹘，回鹘逐渐成为新疆的主要民族，其辖境广阔，东到河西，西达葱岭，南临大漠，北越天山。北宋初期，龟兹地区已生活有回鹘部众，《宋史》载："龟兹，本回鹘别种，其国主自称师子王，衣黄衣宝冠。与宰相九人，同治国事。国城有市井而无钱币，以花蕊布博易。有米麦瓜果。西至大食国，行六十日，东至夏州，行九十日。或称西州回鹘，或称西州龟兹，又称龟兹回鹘。"③

从漠北高原到吐鲁番盆地，回鹘人生存方式发生了很大变化，西迁后的地理条件非常适宜于农耕，他们放弃了游牧生活方式，开始定居，转变为半农半牧的经济。蒙古高原发现的回鹘汗国时期的碑铭见证了漠北回鹘的历史，主要有碑铭有《回纥英武威远毗伽可汗碑》（也称《葛勒可汗碑》或《磨延啜碑》）、《九姓回鹘爱登里啰汩没密施合毗伽可汗圣文神武碑》（又称《哈拉巴喇哈逊碑》）、《苏吉碑》、《塞富莱碑》、《塔里亚特碑》（又称《铁尔痕碑》或《磨延啜第二碑》）、《铁兹碑》（又称《牟羽可汗碑》)④ 等，这些

---

① （元）苏天爵编：《元文类》（上），商务印书馆1968年版，第325页。
② （明）宋濂等：《元史》卷122《巴而术阿而忒的斤传》，中华书局1976年版，第3000页。
③ （元）脱脱等：《宋史》卷490《外国六》，文渊阁《四库全书》本。
④ 耿世民：《古代突厥文碑铭研究》，中央民族大学出版社2005年版，第31页。

碑铭记录了畏兀儿民族发展的历史。1957年在杭爱山铁尔痕河谷地铁尔痕查干淖尔湖附近发现《铁尔痕碑》，记录了早期回鹘汗国751年前后的事迹："所有四方的人民都（为我）出力，我的敌人则失去自己的福分……在八（条河流）之间，那里有我的草场和耕地。色楞格、鄂尔浑、土拉等八（条河流）使我愉快。在那里，在qarya和buryu两条河之间，我居住着和游牧着。"①

著名蒙古史学家屠寄说："唐代回鹘举国师佛，及为黠戛斯所破逐，其一支西奔葛逻禄，转入大食波斯故地，种人改信天方教。前史仍称为回鹘或回回。一支奔据高昌兼有北庭都护府故地者，语讹为畏兀仍以佛法为国教，故有元一代，畏兀文人入中国者，如安藏、阿鲁浑萨理、洁实弥尔等皆通知内典，传译经论。而唐仁祖、燕只不花、脱烈海牙、普颜等，濡染华风，则又各有当官之效焉。安藏虽习浮屠兼好儒术，屡与许衡以儒者之言进劝时主。尤难能也。阿鲁浑萨理依阿权相，交通东宫，外君子而内小人，虽博学多才，适足文其奸？"② 因此，陈高华先生说："兼通佛学和多种语言文字，是这一时期不少畏兀儿人共有的文化特色。"③

四　唐兀

除了畏兀儿外，唐兀诗人在元代色目作家中也占很大比例。元代唐兀作家有：张翔（雄飞）、余阙、买住、斡玉伦徒、孟昉、王翰、甘立、琥璐珣、昂吉、完泽、贺庸、李琦、观音奴（鲁山）、观音奴（志能）、拜帖穆尔、高纳麟、必申达儿、杨九思、塔不歹、刘伯温（沙剌班）等。

"唐兀"指西夏党项羌人，元太祖灭西夏后称西夏部众为唐兀

---

① 耿世民：《古代突厥文碑铭研究》，中央民族大学出版社2005年版，第208页。
② 屠寄：《蒙兀儿史记》，中国书店1984年版，第732页。
③ 陈高华：《元代内迁畏兀儿人与佛教》，《中国史研究》2011年第1期。

氏。唐兀一词早在唐代就已出现，辽代就称党项羌为唐古，蒙古人称之为唐古忒或唐兀惕。陕、甘、宁一带的黄河以西地区是西夏的辖区，元代文献中称为"河西"，元人吴海云："河西，古诸羌。宋李元昊据以为边……元初，得天下赐姓唐兀氏。"因此，唐兀即指西夏人或党项羌人、河西人。

《元史氏族表》记述了西夏国的发展史："唐兀者故西夏国，自赵元昊据河西与宋、金相持者二百余年，元太祖始平其地，称其部众曰'唐兀氏'。仕宦次蒙古一等，其俗以旧羌为蕃。河西陷没，人为汉河西，然仕宦者皆舍旧氏而称唐兀氏云。元昊本出拓跋部落，唐末始赐姓李，宋初又赐姓赵，国亡，仍称李，居贺兰于弥部，又号于弥氏，或称乌密氏，亦称吾密氏。太祖经略河西，有守兀纳剌城者，夏主之子也，城陷，不屈死，子惟忠。"①

公元 1038 年，元昊建立西夏。西夏领域东据黄河，西至玉门，南临萧关，北抵大漠，境土方二万余里，大体上包括今宁夏、甘肃大部及陕西、内蒙古一部分。主要民族有党项、汉、吐蕃、回鹘、鞑靼等，党项为西夏的主体民族。西夏立国近二百年之久，先后与北宋和辽、南宋和金政权并存。②

元代，西夏故地仍称"西夏""中兴府"旧名，先后设立的管理机构有：西夏中兴等路行尚书省、西夏宣抚司、宣慰司、宁夏路行中书省等，1286 年，设甘肃行省，辖区基本是西夏故地。西夏故地泛称河西，唐兀人仍居住在这里。河北邢台人张文谦在行省西夏中兴等路时，奖励垦荒，兴修水利，邢州学派的郭守敬疏浚了唐来、汉延、秦家等古渠，并开辟新渠，唐兀人得以安居乐业。③

---

① （清）钱大昕：《元史氏族表》（二），中华书局 1991 年版，第 144 页。
② 罗贤佑：《中国历代民族史·元代民族史》，社会科学文献出版社 2007 年版，第 170—171 页。
③ 罗贤佑：《中国历代民族史·元代民族史》，社会科学文献出版社 2007 年版，第 175 页。

元代唐兀人英才辈出，如元统元年共录取色目进士二十五名，其中就有八名唐兀人。他们形成一股强大的政治势力，元朝时在中央和地方做官的唐兀人达六十余人。①

从文化传统方面看，唐兀受汉文化影响较深，畏兀儿、吐蕃、回回、也里可温等族有较深厚的民族文化积淀，拥有本民族知识分子，而康里、哈剌鲁、钦察、阿速等游牧部落的文化水平不高，与中原文化亦无渊源。

第二节 色目人的西域文学渊源

回望蒙元时代，当我们立足中亚，不仅能看到滔滔黄河与江淮烟雨，还能看到额尔齐斯河与贝加尔湖；不仅能看到华北平原与江南丘陵，还能看到帕米尔高原与钦察草原；不仅能看到奎章阁与玉山雅集，还能看到《福乐智慧》与《突厥语大辞典》；不仅能听到黄钟大吕与咿呀南曲，还能听到嘹亮的畏兀儿牧歌和阿拉伯商队的驼铃。蒙元帝国神奇的魅力恰在于此。元代色目家族从西域来到中原，背负西域文学传统开始了汉语言文学的创作，色目家族的文学活动从学写第一个汉字，学说第一句汉话开始，他们的汉文诗歌创作以弱而入，以盛而终，色目作家从无到有，由星星之火渐成为燎原之势，成为元代诗坛的劲旅，推动了元代诗歌的发展。

色目家族不是孤立的，色目家族的周围存在着一个与家族情趣协调一致的社会文化圈，被包含在一个更广大的文化体系之内，而西域文学传统则是这个体系的重要组成部分。

民族性格与地理环境相关联。千百年来，西北各民族游走于从漠北草原到天山至中亚的广阔土地上，妩媚的格桑花盛开在万里草

---

① 王桐龄：《中国民族史》，吉林人民出版社2013年版。

原上，连绵起伏的小山包勾勒出草原温柔的曲线，牧人策马奔驰，驱赶着成群的牛羊，河水缓缓流淌，马儿在湖边静静吃草，远方的雪山在蓝天的映衬下格外挺拔。这里还有黄沙漫天，寸草不生的戈壁沙漠，千里无人。酷烈的太阳，凛冽的寒风会使人两颊红而粗糙，一场持续的暴风雪会使牛羊成批冻死，他们需要到几千里外重新安置家园，一次迁徙要走几千里。《世界征服者史》生动描述了游牧民族的一次迁徙，"畏兀儿各部和各族，每逢传来马嘶声、犬吠声、牛鸣声、骆驼吼叫声、野兽咆哮声、羊群咩咩声、鸟雀喊喳声、婴儿呜咽声，都从中听见一种'喝起、喝起！'（kǒch、kǒch）的呼喊，因此，他们便从他们驻扎之地挪动。不管他们停留在何地，都听到'喝起，喝起！'的呼喊。最后，他们来到后来兴建别失八里的平原，那呼喊才平息下来。"① 他们对于空间的概念与中原农耕民族不同，中原的农民世世代代定居在一个村子里，大部分人一辈子就行走在方圆几里之内。从漠北高原行程万里到中亚消灭对手、奔袭数千里到云南作战，建立一个横跨亚欧的大帝国，在游牧民族看来也许真的不算什么。这种宏大的气魄胆识是游牧民族的民族性格在军事上的体现，粗犷豪迈、狡黠沉着的民族性格与他们的地理环境与生活方式紧密相连。这是以定居为主的农耕文化难以养成的。

古代突厥文碑铭如《阙特勤碑》《毗伽可汗碑》等是用韵文写成的，是突厥语族的第一批文学作品。

前面我曾征战到山东平原，

几乎到达海；

---

① ［伊朗］志费尼：《世界征服者史》（上册），何高济译，内蒙古人民出版社1980年版，第67页。"喝起"的含义是"走"。

右面我征战到焉耆,
几乎到达吐蕃。(《阙特勤碑》南面第3行)

我父可汗的军队像狼一样,
敌人像羊一样。(《阙特勤碑》东面第12行)

我的眼睛好像看不见,
我的智慧好像迟钝了。(《阙特勤碑》北面第10行)①

西北各少数民族驾驭语言的能力很强,有着良好的语言修养。11世纪喀喇汗王朝时期经典之作《福乐智慧》具备了高超的语言技巧,代表了古代维吾尔、突厥语文学创作的成就。

Qaz ördäk quγu qïl qalïqïγtudï,
qaqïlayu kaynar yoqaru qodï.
qayusï qopar kör qayusï qonar,
qayusï capar kör qayu suw ičär.
kökiš turna köktä ünün yangqular,
tizilmiš titir täg učar yilkürär.
ular quš ünin tüzdi ündär ïsin,
silig qïz oqïr täg köngül birmišin.
ünin ötti käklik külär qatγura,
qïlzïl aγzï qan täg qaši qap qara. ②

---

① 耿世民:《古代突厥文碑铭研究》,中央民族大学出版社2005年版,第36页。
② 耿世民:《新疆文史论集》,中央民族大学出版社2001年版,第89页。

译文：

鹅、野鸭、天鹅和克勒鸟布满天空，
它们上下飞翔啼鸣。
你看，一些飞起又落下，
你看，一些在游泳，一些在喝水。
灰色大雁的叫声在空中回响，
像长长的驼队在飞翔。
山鸡鸣叫，呼唤其伴侣，
好位年青姑娘召唤心爱的人。
鹧鸪在高声笑，
红嘴如血眉如漆。①

诗歌运用比喻、拟人手法描绘了美好的自然环境，鹅、鸭在水中游泳，天鹅、克勒鸟在天空自由翱翔，大雁、鹧鸪的鸣叫声回旋在天空。优美的大自然激发了姑娘对爱情的渴望，诗作刻画了姑娘的内心活动，歌颂了爱情的美好。诗作还运用对话来叙事写景：

大地充满香气，樟脑（指雪）消失，
世界要打扮得漂亮。
枯树穿上了绿装，
打扮得五彩缤纷。
大地用绿的丝锦遮盖了地面，
契丹商队运来了中国货。
（大地说：）千百年来我孤单无倚，

---

① 耿世民：《新疆文史论集》，中央民族大学出版社2001年版，第89页。

我脱掉了丧服而穿上白貂皮。①

西北各民族骁勇善战，他们还擅长描写战斗者的磅礴气势和勇敢无畏的战斗精神：

> 雷鸣如擂击战鼓、
> 闪电如挥舞可汗利剑。
> 一个剑出鞘要征服世界，
> 另一个誉满四方。②

外来宗教的不断传入，不但对原始宗教产生影响，而且对少数民族文学产生了很大的影响，呈现一种宗教与文学杂糅交融的格局，产生了带有各种宗教烙印的文学作品。随着伊斯兰教的传入，突厥语民族受到阿拉伯、波斯文学的影响。古代维吾尔诗歌每行诗音节相同，七个或八个音节，是三四或四四节奏，押头韵和脚韵，四行一段，这种形式有着强大的生命力，现代的民间诗歌中依然保留着。10世纪后，伊斯兰教兴盛，《福乐智慧》等突厥语书面文学采用了阿拉伯的阿鲁孜格律，阿鲁孜格律逐渐取代原来的诗歌形式。"阿鲁孜是指以长短音节的组合、变换为基础的格律诗。"③"阿鲁孜韵律诗的原理与汉族的以平仄的组合、变换为基础的律诗有很多相似之处。不同处是汉族律诗中的平仄以声调为基础，而阿鲁孜则以长短音节为基础。长短音节的区分是阿拉伯语（以及波斯语）内固有特点。在阿拉伯语今所谓长音节是指辅音后跟有长元音

---

① 耿世民：《新疆文史论集》，中央民族大学出版社2001年版，第87—88页。
② 耿世民：《新疆文史论集》，中央民族大学出版社2001年版，第88页。
③ 中央民族学院少数民族文艺研究所文学研究室编：《少数民族诗歌格律》，西藏人民出版社1986年版，第491页。

或以辅音结尾的音节，所谓短元音是指辅音后跟有短元音的音节。"① 阿鲁孜韵的每行诗音节数相同，组合起来的长短音节数也相同。13、14世纪的察合台语和察合台文就是突厥语民族与波斯文化交流的结果，察合台语言文字是在古代维吾尔语的基础上，吸收了阿拉伯语和波斯语的成分而形成的，在突厥语民族中通行。

　　总之，在元代之前，西北各民族就有了悠久的文化传统，良好的文学语言的修养，从民间歌谣、宗教文学到文人创作，西北各族不断创造着文学的奇迹，文化地层层层累积，形成了元代色目家族深厚的文化底蕴，迎接着元代色目作家的辉煌。元代色目作家是草原文化圈的骄傲，是民族文化交融的结晶，他们的文学修养绝不是一蹴而就的，而是有着很深的民族历史文化积淀。

---

① 中央民族学院少数民族文艺研究所文学研究室编：《少数民族诗歌格律》，西藏人民出版社1986年版，第492页。

第 二 章

元代东迁色目人与色目作家

蒙元时期,来自西域地区的人士大量迁居中原汉地,寓居大江南北,与汉人杂居,形成了元代社会一个特殊阶层"色目人",色目人尤其是其中的精英人物在蒙元时期的政治、军事、经济、文化等各个领域发挥了重要作用,色目人在中原汉文化的濡染之下,开始使用汉语进行文学创作。他们的汉文诗歌创作以弱而入,以盛而终,色目作家从无到有,由星星之火渐成燎原之势,成为元代诗坛的劲旅,推动了元代诗歌的发展。色目作家成为色目人在元代文化领域的精英。

第一节　元代色目人与色目作家

大蒙古国前四汗时期,蒙古人征服了畏兀儿、西夏、金、西辽、吐蕃等不同政权,有三四十万西域各族民众从西域各地迁居中原汉地,在政治、军事、文化、经济等各个领域为元朝建国和发展做出贡献,形成元代社会的色目人阶层。畏兀儿人以最早归顺而深受蒙古人重用,有大量畏兀儿人在蒙古宫廷或地方政府中担任各种官职，"有一材一艺者毕效于朝"①，对蒙古帝国的统一、元朝的建立、巩固与发展，贡献颇多，在文化方面的作用尤为突出。②蒙古政权在经济理财方面，多倚重回回人，在宗教文化方面借重于吐蕃人，在军事上倚重西夏、女真、康里等族人。

一 色目人的政治地位

在这个多族政治圈中，蒙古人、色目人政治地位高于汉人，位尊势重。在西域士人中畏兀儿人和回回人有着比较深的民族文化积淀，所以参政与治学的人数要比其他色目民族多。畏兀儿人1209年便举国归附，最早将回鹘文明输入蒙古，据李符桐考述，有元一代畏兀儿出仕的人员有382人之多，著名的包括：塔塔统阿、岳璘帖穆尔、撒吉思、廉希宪、孟速思、昔班、安藏、阿鲁浑萨理、唐仁祖、哈剌普华、沙剌班、偰文爵及其五子等。③回回人在政治上也人多势众，据杨志玖先生考述，在中央，任职中书省的回回官员世祖朝有11人，成宗朝有9人，武宗朝5人，仁宗朝4人，泰定帝朝3人，顺帝朝3人。④在地方，任职行中书省的回回省臣，岭北行省5人，辽阳行省3人，河南行省9人，陕西行省8人，四川行省2人，甘肃行省3人，云南行省12人。⑤

萧启庆在《西域人与元初政治》一文中谈到，蒙元初期九十年（1206—1294），西域人主持帝国政务财务者有数十人之多，而汉人得势有两个时期，昙花一现，一是窝阔台时期，耶律楚材当政十

---

① （元）念常：《佛祖历代通载》卷22《敕赐乞台萨理神道碑》，《大正藏》卷49，第2036号，页727c。

② 杨富学：《回鹘文献与回鹘文化》，民族出版社2003年版，第492页。

③ 李符桐：《畏兀儿人对于元朝建国之贡献》，《中华学术与现代文化丛书》第三册《史学论集》，台北华冈出版有限公司1977年版，第329—398页。

④ 杨志玖：《元史三论》，人民出版社1985年版，第248—269页。

⑤ 杨志玖：《回回人与元代政治》，《回族研究》1994年第4期。

年；二是忽必烈实行汉法时期，任用汉人仅三四年时间。有元一代，蒙古统治者用西域人来协助他们治理汉人，导致西域人成为元末革命的对象之一。元朝国祚不永的原因有很多，但"西域人的专宠和汉人的受歧视未尝不是一个主要原因"[①]。

二 色目人与多元一体的元代文化

随着东西交通的大开，亚欧大陆不同特质的文化相继东传，例如：来自阿拉伯的天文学、数学、化学等自然科学和伊斯兰教，来自西亚的也里可温教和来自吐蕃的藏传佛教等宗教思想，来自西域地区的语言和佛教等。蒙古文化不断吸收整合这些不同特色的文化资源，在短短几十年便从草昧未开而迅速成长壮大，有了跨越式的发展。蒙古、中亚、吐蕃、畏兀儿、西夏、金等不同地域、不同民族、不同宗教的文化交织在一处，不断碰撞融合，揭开了蒙元多元文化发展的序幕，蒙元学者的治学活动就是在这样的文化背景下开始的。蒙元帝国的第一代学者如畏兀儿人塔塔统阿、岳璘帖穆尔、布鲁海牙、吐蕃人八思巴、金人耶律楚才、元好问等，他们的多元治学活动初具规模，驳杂多元的特点开始显现，这是蒙元学者治学活动的萌芽。

随着世祖继位，蒙古政权转而以汉法治国，汉文化开始向蒙古统治集团渗透，多元文化进一步融合，学者们驳杂多元的治学活动进一步展开。这一时期，蒙元朝廷会集了各民族的文化精英，例如：畏兀儿人必兰纳识里、哈剌普华、安藏、阿鲁浑萨里、洁实弥尔、孟速思、阿怜帖木儿、迦鲁纳答思、阿里海牙、廉希宪等，回回人扎马鲁丁、可马拉丁、苦思丁等，雍古部赵世延，康里部不忽

---

① 萧启庆：《西域人与元初政治》，《"国立"台湾大学文史丛刊》，台北"国立"台湾大学文学院1966年版，第117页。

木、巙巙和来自契丹族的耶律楚材及金朝遗民的元好问、刘秉忠、许衡、张文谦、郭守敬等汉族人，一时间，蒙古、色目、汉人的精英学者济济一堂，呈千帆竞发之势，形成了一个多族政治圈、多族文化圈，构成了一道独具魅力的历史景观。

政治上的强势决定了文化上的优势。随着大量色目人的东迁，西域等地的外来文化大量输入中原，主要有：天文学、数学、化学、回回医药、回回炮、航海技术、西域音乐、制酒、农作物种植、饮食茶饭等。科学的观念传到中国，扎马鲁丁、可马拉丁、苦思丁等回回学者将世界上最先进的天文学、数学知识带到中国，郭守敬、李冶等中土学者所取得的天文学、数学成就无不受惠于伊斯兰文化的输入。世祖中统年间，回回学者爱薛主持西域星历、医药二司，爱薛学识渊博，"于西域诸国语、星历、医药无不研习"[①]。元代西域文化机构有：西域星历司、回回司天监、西域医药司、广惠司、大都、上都回回药物院、常和署、回回炮手总管署、回回国学监等。[②] 这些外来文化极大开拓了中原学者的视野，冲破了传统的治学领域，学者们的治学空间被大大扩展了，治学内容越发驳杂多元。

来自异域的文化除了上述门类外，各种宗教文化也传至中原，并且对社会生活和学术活动产生深刻影响。蒙元时代的中国是各种宗教的乐土，元代宗教开放而多元，通过海陆各种渠道传至中原的宗教和中原本土的宗教汇集一处，呈现出相互交融、共存共荣的局面。佛教、伊斯兰教、基督教、印度教、道教、摩尼教、祆教、萨满教、犹太教等在蒙元时代都得到广泛传播和极大的发展，宗教文

---

① （元）程钜夫：《拂林忠献王神道碑》，元代珍本文集汇刊《程雪楼文集》卷五，台北"国立中央"图书馆1970年版，第243页。
② 参见匡裕彻《元代色目人对中国经济和文化的贡献》，载南京大学历史系元史研究室编《元史论集》，人民出版社1984年版，第536—553页；马建春《元代东迁西域人及其文化研究》，民族出版社2003年版，第249—371页。

化成为蒙元多元文化的一朵奇葩。宗教的传播对学术最直接的影响之一是推动了译经文学的发展，尤其是回鹘佛经翻译相当盛行，①对元代语言和文学产生影响。西域很多地区盛行佛教，大批西域学者东迁到中原后，服务于蒙古宫廷，其中著名的有塔塔统阿、必兰纳识里、岳璘帖穆尔、哈剌普华、巙巙、安藏、阿鲁浑萨里、洁实弥尔、孟速思、迦鲁纳答思、阿怜帖木儿等。②兼修佛学和精通多种文字成为这一时期东迁色目人治学的特色。③正如屠寄所说："唐代回鹘举国事佛，及为黠戛斯所破逐，其一支西奔葛逻禄，转入大食、波斯故地，种人改信天方教。前史仍称为回鹘或回回。一支奔据高昌兼有北庭都护府故地者，语讹为畏兀仍以佛法为国教，故有元一代，畏兀文人入中国者，如安藏、阿鲁浑萨理、洁实弥尔等皆通知内典，传译经论。"④在译经过程中涌现出一批双语作家，他们融通中原文化和西域文化，从而产生了翻译文学和佛教题材的诗歌作品，成为元代文学的重要组成部分。

有元一代，从中央到地方，中原文化和西域文化两种不同的文化系统同时并存，相互交融。札奇斯钦认为："它还是要保留蒙古人固有的文化、政治、法律和军事组织，保留其在漠北游牧帝国时代的传统制度，而实行蒙古和中原的二元的制度……在中国的传统文化之中，也加入了许多塞北游牧民族的新血轮。"⑤

三 色目作家的诞生

世界性和深刻的包容性是元初文化生态的重要特征，在一个文

---

① 杨富学：《回鹘之佛教》，新疆人民出版社1998年版，第72—150页。
② 杨富学：《回鹘之佛教》，新疆人民出版社1998年版，第34—38页。
③ "兼通佛学和多种语言文字，是这一时期不少畏兀儿人共有的文化特色。"陈高华：《元代内迁畏兀儿人与佛教》，《中国史研究》2011年第1期。
④ 屠寄：《蒙兀儿史记》卷120，中国书店1984年版，第732页。
⑤ 札奇斯钦：《西域和中原文化对蒙古帝国的影响和元朝的建立》，《蒙古史论丛》（上），台北学海出版社1980年版，第232页。

化开放的时代里，多种门类的学问相互交织碰撞，学者们不再囿于以经术为主的传统治学领域，而是以海纳百川的胸怀涉足多个治学领域，汲取各种外来文化。根据文献记载，元代前期，北方学者治学兴趣广泛，思想自由，客观世界的探索与主观意识形态的研究兼顾，自然科学方面他们引入科学的观念、注重实用技术，人文方面兼容各种思想。学者们对天文学、数学、化学、儒释道、其他各种宗教、阴阳术数、奇门遁甲、天象星历、医药、占卜风水等不同门类的学问，靡不研究。实用主义浸透到人文、科技等多个领域的学术实践中，阴阳术数之学被引入建筑、医学、天文历法等之中，并用来解释植物生长、地震等自然现象和用于治国用人等人文领域。这一时期的治学活动呈现出不以一门一派为守的大格局，兼容并蓄、经世致用、旨趣多元成为一时之风尚。学者们的这种多元学术旨趣和经世致用的学术精神在元朝前期对文化发展起到了重要作用，他们多元知识结构为元朝的建国奠定基础，具有继往开来的意义。

在这样的社会土壤和精神文化氛围中，以汉语进行文学创作的色目作家应运而生，他们携带本民族的文化因子接受汉文化，逐渐汇入中国传统文化之中，这也成为元代东迁色目人汉化的主要标志。色目作家现象伴随色目人的东迁而从无到有，渐蔚然成风，终成为元代文坛劲旅，最终随着元朝的灭亡而消失。就目前文献所见有百余位，主要有：贯云石、迺贤、萨都剌、不忽木、巙巙、王翰、余阙、泰不华等。

第二节 色目人诗文创作的基本状况

千百年来民族文化的层层积累是艺术家创作的源头，"一个民族永远留着他乡土的痕迹，而他定居的时候越愚昧越幼稚，乡土的痕迹越深刻"①。西域各民族在漫长的发展过程中,形成了各自的文化传统,因而在融入蒙元文化时依然带有各自民族的痕迹。而且一个民族的文化越完整独立,就越能在外界环境改变时保持特色。元代大批色目人东迁后,民族情结祖先记忆依然挥之不去。"无论文化差异有多大,关于自我和他者的认知反思是无处不在的……人从来就不是语言、社会或文化世界的囚犯,他们能够将自己分离出来关注他处并探讨自己的内心和自我。"②

马祖常在其家族入居中原四代后,依然对西域保有深切而温暖的故土情结,一首《饮酒》吐露他富于深情的祖先记忆:"昔我七世上,养马洮河西。六世徙天山,日月闻鼓鼙。金室狩河表,我祖先群黎。"③西域故土是马祖常魂牵梦绕的地方。

东迁色目家族有着不同的文化传统,来自河西的唐兀家族有着儒学和农耕文化的背景,更注重自我修养,与康里部等游牧家族相比,更加内敛,重视家族文化的传承。而来自游牧文化圈的康里部、哈剌鲁、畏兀儿等则更重视外在的事功,有较为强烈的建功立业的思想。东迁色目家族携带本民族的文化因子接受汉文化,逐渐汇入中国传统文化之中,在以深刻的包容性为特征的元初文化生态中,以汉语进行文学创作的色目作家应运而生,这也成为元代东迁色目家族华化的主要标志。色目作家现象伴随色目人的东迁而从无到有,渐成风气,终为元代文坛劲旅,最终随着元朝的灭亡而消失。就目前文献所见有八十七

---

① 札奇斯钦:《西域和中原文化对蒙古帝国的影响和元朝的建立》,《蒙古史论丛》(上),台北学海出版社1980年版,第208页。
② [英]奈杰尔·拉波特、[英]乔安娜·奥弗林:《社会文化人类学的关键概念》,鲍文妍、张亚辉译,华夏出版社2005年版,第21页。
③ 李叔毅、傅瑛点校:《石田先生文集》,中州古籍出版社1991年版,第11页。

位，列表如下：①

族属	姓名	生卒	全元诗收录	全元文收录	足迹所至
畏吾儿	贯云石	1286—1324	33册51首	36册5篇	湖广、江西、四川、大都、永州、钱塘
	廉惇	约1276—？	28册273首	无	大都、四川、江西、陕西
	廉惠山海牙	元后期	36册2首	47册1篇	衡州、河南、湖广、江西、福建、江浙
	大都闾		52册1首	无	大都、河北宁晋县
	三宝柱	1321年进士	40册3首	无	江浙行省、江西瑞安
	脱脱木儿		45册收11首	无	奉元路
	纳璘不花		40册1首	58册1篇	盱眙、江浙行省、四川行省
	伯颜不花	？—1359	45册3首	无	信州、衢州、江东
	边鲁	？—1356	47册1首	37册1篇	河北、安徽、鄞县
	倚男海涯		46册1首	无	兴和路（判官）
	廉普迩	字里不详	68册1首	无	陕西行台监察御史
	马昂夫	1272—约1350	27册3首	无	
	五十四		67册收1首	无	
	谢文质海牙		14册1首	无	浙东
	道童	？—1358	43册1首	无	江西抚州、江浙、大都、信州、平江

---

① 有文名，但《全元文》《全元诗》未录作品的诗人，本表暂未列出，未列的诗人有：的斤苍涯、鲁山、别里沙、阿里木八剌、吉雅谟丁、哲马鲁丁、高纳麟、刘伯温（沙剌班）、拜住、大食惟寅、玉元鼎、兰楚芳。哲马鲁丁，王叔磐《元代少数民族诗选》1首。吉雅谟丁，《丁鹤年集》卷一卷二各收吉雅谟丁诗一首，附录有吉雅谟丁诗五首，共7首。大食惟寅，天一阁明钞本《小山乐府》中收其小令一首。

续表

族属	姓名	生卒	全元诗收录	全元文收录	足迹所至
畏吾儿	王嘉闾	1305—1384	45册收1首	无	浙江、松江、绍兴
	偰玉立	1294—？	37册16首	39册4篇	南昌、河东、泉州
	偰哲笃	（？—1358）	37册3首	31册1篇	江苏、高邮、四川、广东、江西南台
	偰文质	（？—1340）	无	36册1篇	
	偰处约		无	38册1篇	
	偰逊	1318—1360	59册120首	无	江苏、单州、高丽庆州
	安藏		无	翻译佛经	大都
	必兰纳识里		无	翻译佛经	大都
	迦鲁纳答思		无	翻译佛经	大都
回回	高克恭	1248—1310	14册31首	无	大都、江淮、涿州
	爱理沙	丁鹤年次兄	50册3首	无	翰林应奉
	萨都剌	约1280—1345	30册794首	28册9篇	大都、镇江、福建杭州
	买闾		62册11首	无	浙江嘉兴
	马元德		60册15首	无	大都、镇江、浙东
	老撒		68册1首		
	沙班		43册1首	无	浙江、建康、杭州
	马世德		52册496页	无	
	丁鹤年	1335—1424	64册357首	无	武昌、浙东、镇江
	吴惟善		50册5首	无	江南
唐兀	张雄飞	1315年进士	33册250页	无	
	余阙	1303—1358	44册103首	49册76首	合肥、泗州、庐州、淮西、安庆
	买住	1307—？	46册1首	无	河北保定、松阳县
	斡玉伦徒		42册8首	无	甘肃、福建、淮西、山南、南台
	孟昉		54册18首	无	北平、山西
	王翰	1333—1378	64册97首	无	合肥、庐州、福建、江淮

续表

族属	姓名	生卒	全元诗收录	全元文收录	足迹所至
唐兀	甘立	生卒年不详	36册29首	59册1篇	河南
	唐兀崇喜	1300—1372	41册1首	述善集8篇	大都、河南濮阳
	琥璐珣		24册2首	无	肇庆府（今广东）
	昂吉	1317—1366	58册19首	无	安徽、吴中、绍兴、池州
	完泽		51册2首	无	平江路
	贺庸		62册1首	无	兴化、甘肃
	李颜		51册1册	无	
	观音奴（鲁山）	1281—约1345	45册2首	无	广西
	观音奴（志能）	1327年进士	40册4首	无	广西、广东、南台
	拜帖穆尔		65册1首	无	
	必申达儿		无	55册2首	
	杨九思		51册1首	无	西湖
	塔不觩		32册5首	无	河南、安乡县
	刘让		47册1首	无	
康里	不忽木	1255—1300	18册2首	19册3篇	大都、河北
	巙巙	1295—1345	37册8首	54册12篇	江浙、大都
	回回	1291—1341	36册2首	无	河南、江浙、陕西
	康里氏	?—1365	62册1首	无	南台
	康里百花		24册1首	无	
	察罕不花		41册1首	无	
雍古	赵世延	1259—1336	19册15首	21册17篇	四川、云南、湖北、江南、山东、陕西、江浙、大都
	马祖常	1279—1338	29册802首	32册139首	河南
哈剌鲁	伯颜宗道	1292—1358	37册1首	48册收3篇	河南、京师、彰德
	廼贤	1309—1368	48册26首	52册5篇	大都、庆元、苏州

续表

族属	姓名	生卒	全元诗收录	全元文收录	足迹所至
阿鲁温	掌机沙	色目人	51册1首	无	西湖
	答失蛮彦修	不详	45册收5首	无	京师、南台、西台
	仉机沙		52册收4首	无	吴县
也里可温	雅琥	不详	37册收47首	无	湖北、江苏、福建
	金哈剌		42册收368首		钟原县、浙西、淮东、福建、江浙行省
	大食哲马		53册3首	无	
	赡思		无	32册4篇	真定
钦察	泰不华	1304—1352	45册32首	52册6篇	浙江台州
克列部	凯烈拔实	1308—1350	46册5首	无	大都、燕南、浙东、河西
于阗	丁文苑	1284—1330	32册1首	无	大都、浙西
龟兹	盛熙明	元中期	41册2首	58册2篇	江西、浙江
乃蛮	答禄与权	1311—1380	49册56首，	无	福建、大都、河南、金陵
答失蛮	伯笃曾丁		37册4首	48册2首	浙东、广西、潭州
其他	聂古柏		28册18首	无	安南
	辛文房	至元、大德年	27册2首	36册5篇	江西南昌、大都
	伯颜子中	1327—1379	63册14首	无	江西、福建、大都
	流兼善	不详	52册4首	无	
	列哲	不详	8册183页	无	
	哲里也台		41册1首	无	
	月忽难		49册1首	无	江浙行省，临江路
	达德越士	不详	65册3章	无	西域拂林人，居江浙
	帖里越实	不详	68册1首	无	
	哈珊沙		51册1首	无	
	沙可学		52册301页	无	

色目人常常有重名现象，比如作家脱脱木儿，其元末咏史诗与唐末刘禹锡等人的咏史诗相比，不相上下，几可乱真。脱脱木儿是北方少数民族常用的人名，笔者爬梳各类文献，所见脱脱木儿共有

六个：

  第一个脱脱木儿，刘明道至正五年（1345）书篆的《脱脱木儿先茔之记》，见于民国二十三年王金岳等修《昌乐县续志》第四册"金石志"卷一七，现收于《全元文》第58册。《脱脱木儿先茔之记》所称脱脱木儿，于戊辰年（1328）二月任潍州昌邑县达鲁花赤。碑铭中并未明确他的族属，潍州属于元代中书省直辖区"腹里"地区的益都路，治所在今山东青州，潍州在大蒙古国时期沿袭金制，领北海、昌邑、昌乐三县及司侯司，1253年司侯司并入北海，1343年，昌乐县并入北海，潍州仅下辖北海、昌邑两县。① 昌邑县的脱脱木儿，至元五年（1345）就去世了。

  第二个脱脱木儿，据《秘书监志》卷九记载延祐六年（1319）任秘书少监，正五品。②

  第三个脱脱木儿出现在许有壬的《圭塘小稿》别集中，这位脱脱木儿是位御史，许有壬为他写了像赞，《脱脱木儿御史豸冠像赞》③，除了御史之外，这篇文章并未提供关于这位脱脱木儿更多信息。

  第四个脱脱木儿，据《秘书监志》载，字时敏，至元四年（1344）任秘书监典簿，从七品。④

    脱脱木儿，字时敏，至正四年十二月上。

---

① 李治安、薛磊：《中国行政区划通史·元代卷》，复旦大学出版社2009年版，第51页。
② （元）王士点、（元）商企翁编次，高荣盛点校：《秘书监志》卷九，浙江古籍出版社1992年版，第173页。
③ （元）许有壬：《圭塘小稿》别集上，三怡堂丛书本，丛书集成续编136，台北新文丰出版公司1985年版，第729页。
④ （元）王士点、（元）商企翁编次，高荣盛点校：《秘书监志》卷九，浙江古籍出版社1992年版，第182页。

第五个脱脱木儿出现在《陕西金石志》卷二十六,高昌脱脱木儿松轩,在至正丁酉年(1357),将十首七绝,刻于府石之上。录文如下:

> 帅正堂诗刻(存记录后诗不录,至正丁酉,石横广三尺五寸,高二尺□寸,共二十一行,字数不等,脱脱木儿七绝十首记一段,并草书何信镌在碑林)帅正堂漫成(七绝十首无佳处不登)至正丁酉夏,诏宰臣内外通调,以济时艰。秋七月,余以户部侍郎迁奉元守。顾惟樗散,恶足以当是任也。暇日因感兴类成十绝,用勒府石,聊以志岁月云。进士高昌脱脱木儿松轩书。十月初吉长安何信镌。①

第六个脱脱木儿出现在《秘殿珠林石渠宝笈汇编》中,在《张先十咏图》的题跋中,有署名"高昌脱脱木儿"的题诗,并有"高昌氏脱脱木儿时敏印"②。

显然,第四、第五、第六个脱脱木儿是同一个人。第一个1345年去世,应该不是这个脱脱木儿。第二个正五品的秘书少监脱脱木儿任职是1319年,早于1344年从七品的典簿脱脱木儿,应该是另外一个人。第三个有可能是这个脱脱木儿,但苦于没有其他的佐证。结合杨镰先生在《全元诗》中的考证,我们推测,本书的研究对象脱脱木儿的基本情况是:畏兀儿人,字时敏,号松轩,至元四年(1344)任秘书监典簿,从七品。后任户部侍郎,1357年外调任陕西行省所辖奉元路达鲁花赤。如果第三个是这个脱脱木儿,那么,他还担任过御史。此点尚待进一步考证。杨镰《全元诗》第

---

① 武树善:《陕西金石志三十卷附补遗两卷》第二册,第376页。
② 《秘殿珠林石渠宝笈汇编》第五册,北京出版社2004年版,第1513页。

45 册，存脱脱木儿诗 11 首。

帅正堂漫成①

至正丁酉夏，诏宰臣内外通调，以济时艰。秋七月，余以户部侍郎迁奉元守。顾惟樗散，恶足以当是任也。暇日因感兴类成十绝，用勒府石，聊以志岁月云。进士高昌脱脱木儿松轩书。

日影才移戒石亭，午衙无讼怡心宁。西风吹动阶前叶，铿若琅玕不少停。

慈恩寺里曲江头，欲往题诗不自由。知我终南山上月，清光直照读书楼。

走马长安八月时，一冬未到鬓如丝。赵张已去三王远，羞把樗材作吏师。

檐间野隼乱生成，阶下辰牌聒耳鸣。却忆内园春画水，柳阴池畔坐闻莺。

长安西望旧咸阳，禾黍秋来一半荒。见说军储催似火，不能为主漫情伤。

心在朝廷迹在秦，干戈犹自触边尘。云间黄鹄高如鹤，那得乘风过析津。

秦川高处望燕台，朔漠云深一雁来。垂暮异乡访祭子，眉头忧国几时开。

关河日日卷风沙，十月羁人不到家。北望交游零落尽，倚窗独嗅腊梅花。

典却春衣意自融，小儓何事愧龙钟。床头一瓮黄荠菜，未

---

① 此诗辑自《北京图书馆藏中国历代石刻拓本汇编》第 50 册，现收于杨镰主编《全元诗》第 45 册，第 305—306 页。《陕西金石志》卷 26 收录了脱脱木儿《帅正堂诗刻》，但未录诗篇。此据原刻拓片录出。原石署《十月初吉长安何信镌》。

必膏粱似得侬。

严寒侵透黑貂裘，浊酒沽来日唱酬。莫回东阑叹霜雪，春光不到树枝头。

此诗作于至正丁酉年（1357），逢国运飘摇之时，诗歌描写自己从户部到陕西后的日常生活，"日影才移戒石亭，午衙无讼怡心宁"，感怀古城见证历史的沧桑，诗人身在奉元却心系千里之外的朝廷"心在朝廷迹在秦"，流露出对时局深深的担忧，"眉头忧国几时开"。诗风平易浅近，不事雕琢，而情感真挚。

第 三 章

元代碑铭与东迁色目文化家族

色目人东迁是以家族为单位的，而元代大量碑铭、石刻材料及新出土的材料为研究色目作家的成长环境及其家族文化的发展，提供了有力支撑，本章拟就此展开探讨。

第一节　与色目作家相关的元代碑铭

元代色目作家可考的约有百人，相关碑铭六十多通，有十余位作家有相关碑铭，碑铭主要出自元代著名文人之手，如黄溍、许有壬、虞集、欧阳玄、姚燧、危素、马祖常、袁桷、郑元祐等，收藏于元人文集之中，如《至正集》《侨吴集》《金华黄先生文集》《道园学古录》《石田集》《清容居士集》《雪楼集》《圭斋文集》《清河集》《畏斋集》《王忠文公文集》等。

碑铭中反映出元代色目作家三个方面的情况，一是族源与民族文化源渊，二是家系与家族文化，三是作家的迁徙和地理分布。因此，可以说碑铭集西域各民族在中原的发展史、家族的发展史和个人传记于一体。

一　碑铭与族源文化

碑铭反映出畏兀儿、唐兀、回回、康里、哈剌鲁、阿鲁浑等部族的族源问题。为研究民族文化渊源对色目作家的影响提供依据。涉及民族渊源的碑铭有：

（一）畏兀儿：《亦都护高昌王世勋碑》谈及畏兀儿部族的族源问题。

（二）河西唐兀：余阙《合肥修城记》《送归彦温赴河西廉使序》述及西夏风俗在江淮地区的发展，《唐兀公碑》谈及西夏遗民的民族源流。河西走廊的三通碑，凉州（今甘肃武威）《大云寺感应塔碑》、甘州（今甘肃张掖）《黑水建桥敕碑》、肃州（今甘肃酒泉）《大元肃州路也可达鲁花赤世袭之碑》记载了从西夏到元朝党项人在河西地区的发展情况。

（三）康里部：涉及康里部族源的有《康里回回神道碑》。

（四）阿鲁浑：许有壬《西域使者哈只哈心碑》记录了花剌子模将领哈只哈心是阿鲁浑人孙子凯霖开始定居河南安阳司空村，将祖父母、父母、兄长的坟迁到安阳，这是阿鲁浑人在中原发展的一个典型。而《西域浦氏定姓碑文》则记有阿鲁浑人流散杭州以后的发展情况。

（五）雍古部：《赵氏先庙碑》记载有雍古部家族在中原的发展情况。记载雍古部马祖常家族在中原发展情况的碑铭有：《故礼部尚书马公神道碑》《故显妣梁郡夫人杨氏墓志铭》《漳州路同知赠开封郡伯马公神道碑铭》《元故奉训大夫昭功万户府知事马君墓碣铭》《桐乡阡碑》《故资德大夫御史中丞赠抒忠宣宪协正功臣河南行省右丞上护军魏郡马文贞公神道碑铭并序》《元故资德大夫御史中丞赠抒忠宣宪协正功臣魏郡马文贞公墓志铭》《马氏世谱》《恒州刺史马君神道碑》。

（六）哈剌鲁：《宣徽使太保定国忠亮公神道碑》《宣徽使太保定国忠亮公神道第二碑》两碑论及哈剌鲁贵族答失蛮家族归附成吉思汗的经过，以及蒙古建国后该家族的政治活动。

一些色目作家精通多种语言文字，能够用汉语、回鹘语、藏语等进行创作，碑铭记载了多个翻译家的事迹，成为研究元代译经文学的第一手资料。《大元敕赐故荣禄大夫中书平章政事守司徒集贤院使领太史院事赠推忠佐理翊亮功臣太师开府仪同三司上柱国追封赵国公谥文定全公神道碑铭》《齐国文忠公神道碑》《元故奉议大夫国子司业赠翰林直学士追封范阳郡侯卫吾公神道碑铭》《秦国文靖公神道碑》《拂林忠献王神道碑》等碑铭记载了爱薛、安藏、野先、洁实弥尔、阿鲁浑萨里等翻译家的情况。

二 碑铭与家族

家族是作家成长的摇篮，家族文化深刻影响了作家的创作风格，碑铭为我们研究色目人家族文化提供了丰富的资料，为我们进一步揭示家族文化对作家创作的影响提供了帮助。碑铭涉及的家族有畏兀儿偰氏家族、贯云石家族、雍古部马祖常家族、康里部不忽木家族、唐兀崇喜家族等。

记录贯云石家族的碑铭是：《元故翰林学士中奉大夫知制诰同修国史贯公神道碑》《湖广行省左丞相神道碑》《江陵王新庙碑》。

记录偰氏家族的碑铭有：《高昌偰氏家族传》《哈喇布哈公墓志铭》《广东道都转运盐使赠推诚守忠全节功臣资德大夫河南江北等处行中书省右丞上轻车都尉追封高昌郡公谥忠愍合剌普华公神道碑》《合剌普华公墓志铭》《魏郡夫人伟吾氏墓志铭》。

记录马祖常家族的碑铭有：《故礼部尚书马公神道碑》《故显妣梁郡夫人杨氏墓志铭》《漳州路同知赠开封郡伯马公神道碑铭》《元故奉训大夫昭功万户府知事马君墓碣铭》《桐乡阡碑》《故资德大夫御史中丞赠抒忠宣宪协正功臣河南行省右丞

上护军魏郡马文贞公神道碑铭并序》《元故资德大夫御史中丞赠抒忠宣宪协正功臣魏郡马文贞公墓志铭》《马氏世谱》《恒州刺史马君神道碑》。

碑铭涉及的有作家答失蛮、丁鹤年、贯云石、凯烈拔实、脱脱木儿、偰玉立、赵世延、马祖常、道童、丁文苑、买闾、唐兀崇喜、余阙、回回、不忽木、康里氏，以及翻译家爱薛、安藏、野先、洁实弥尔、阿鲁浑萨里等，这些人曾宦游各地，与当地文化互动，不同地域的作家在题材和创作风格等方面呈现出不同的特征。碑铭为我们提供了诗人一生所处的地理信息，如：出生地、为官之地、去世后埋葬之地等，为综合分析他们的地理分布提供佐证，有助于进一步研究地域文化与作家作品的互动关系，进而综合分析色目作家诗文创作的地域性特征。

第二节 相关色目家族基本状况

出自名家之手的元代碑铭墓志等资料为研究色目家族的发展提供了第一手资料，为进一步揭示家族文化对作家创作的影响提供了帮助。畏兀儿贯云石家族、雍古部马祖常家族、康里部不忽木家族、唐兀崇喜家族、唐兀王翰家族、畏兀儿偰氏家族等六个家族，在地域上具有代表性，分别代表了大都、濮阳、光州、福建等从北到南不同的地域文化；同时，这六个家族分别来自康里部、畏兀儿、唐兀、雍古部这些西域主要部族，具有代表性。据碑铭所见这六个家族有完整的家族谱系，同时家族主要成员也有文学作品留存，使色目家族文学的个案研究具备了可行性。因此，本书选取这六个家族作为色目家族的代表。

贯云石家族的碑铭有：《元故翰林学士中奉大夫知制诰同修国史贯公神道碑》《湖广行省左丞相神道碑》《江陵王新庙碑》。

不忽木家族的碑铭有：《故昭文馆大学士荣禄大夫平章军国事行御史中丞领侍仪司事赠纯诚佐理功臣太傅开府仪同三司上柱国追封鲁国公谥文贞康里公碑》《元故荣禄大夫陕西等处行中书省平章政事康里公神道碑铭》。唐兀崇喜家族的碑铭有：《大元赠敦武校尉军民万户府百夫长唐兀公（闾马）碑铭并序》。马祖常家族的碑铭有：《故礼部尚书马公神道碑》《故显妣梁郡夫人杨氏墓志铭》《漳州路同知赠开封郡伯马公神道碑铭》《元故奉训大夫昭功万户府知事马君墓碣铭》《桐乡阡碑》《故资德大夫御史中丞赠抒忠宣宪协正功臣河南行省右丞上护军魏郡马文贞公神道碑铭并序》《元故资德大夫御史中丞赠抒忠宣宪协正功臣魏郡马文贞公墓志铭》《马氏世谱》《恒州刺史马君神道碑》。王翰家族的碑铭有：《友石山人墓志铭》《故王将军夫人孙氏墓志铭》。偰氏家族的碑铭有：《高昌偰氏家族传》《哈喇布哈公墓志铭》《广东道都转运盐使赠推诚守忠全节功臣资德大夫河南江北等处行中书省右丞上轻车都尉追封高昌郡公谥忠愍合剌普华公神道碑》《合剌普华公墓志铭》《魏郡夫人伟吾氏墓志铭》。

一　相关色目家族谱系

色目家族从东迁中原至元代灭亡，繁衍发展五六代人，根据碑铭墓志等材料的记载，不忽木家族、贯云石家族、崇喜家族、马祖常家族、王翰家族等完整的家族谱系列表如下：

（一）不忽木家族谱系①：

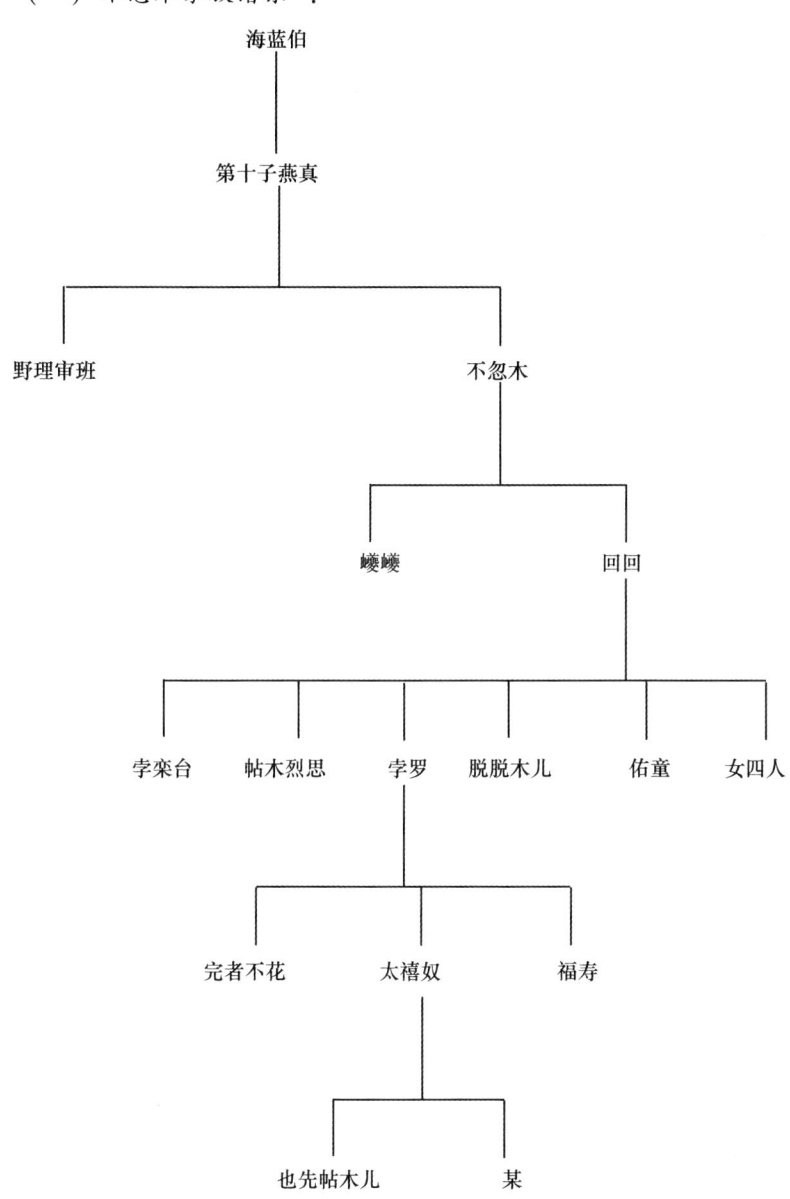

```
                    海蓝伯
                      │
                   第十子燕真
                      │
            ┌─────────┴─────────┐
         野理审班              不忽木
                                │
                       ┌────────┴────────┐
                     巎巎               回回
                                         │
              ┌──────┬──────┬────────┬──────┬──────┐
            字栾台 帖木烈思 孛罗   脱脱木儿  佑童  女四人
                            │
                   ┌────────┼────────┐
                 完者不花  太禧奴    福寿
                            │
                       ┌────┴────┐
                   也先帖木儿    某
```

---

① 不忽木家族谱系依据赵孟頫《故昭文馆大学士荣禄大夫平章军国事行御史中丞领侍仪司事赠纯诚佐理功臣太傅开府仪同三司上柱国追封鲁国公谥文贞康里公碑》，载任道斌辑集点校《赵孟頫文集》，上海书画出版社2011年版，第137页。宋濂《元故荣禄大夫陕西等处行中书省平章政事康里公神道碑铭》，《宋文宪公集》卷41，四部备要校刊严荣校刊本。

(二) 贯氏与廉氏家族谱系：

贯氏家族谱系①：

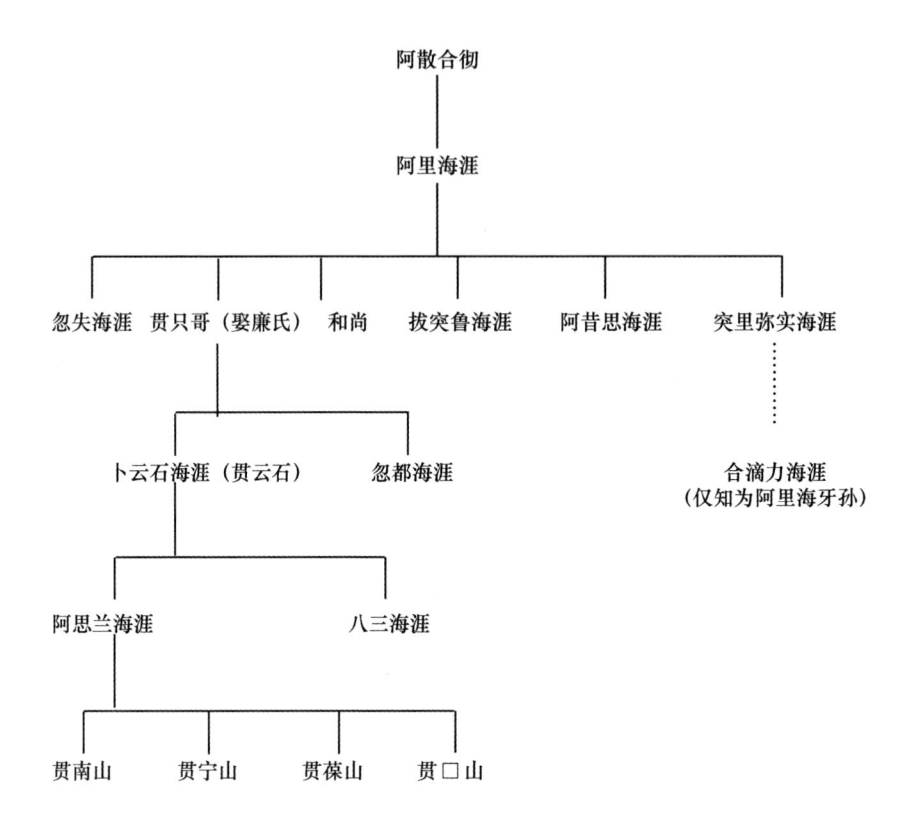

```
                              阿散合彻
                                │
                              阿里海涯
    ┌─────────┬──────────┬─────┼──────┬─────────┬──────────┐
 忽失海涯  贯只哥（娶廉氏） 和尚  拔突鲁海涯  阿昔思海涯  突里弥实海涯
              │                                        ┊
         ┌────┴────┐                              合滴力海涯
     卜云石海涯（贯云石） 忽都海涯                  （仅知为阿里海牙孙）
         │
    ┌────┴────┐
 阿思兰海涯   八三海涯
    │
 ┌──┬──┬──┐
贯南山 贯宁山 贯葆山 贯□山
```

廉氏家族谱系②：

---

① 贯氏家族谱系依据杨镰《贯云石评传》，新疆人民出版社 1983 年版，第 34 页。姚燧撰写于元成宗大德四年（1300）的阿里海牙神道碑《湖广行省左丞相神道碑》，收入《牧庵集》卷 13。欧阳玄于 1349 年撰写的贯云石神道碑《元故翰林学士中奉大夫知制诰同修国史贯公神道碑》，收于《圭斋文集》卷 9。

② 廉氏家族谱系表依据《元史·布鲁海牙传》、元明善《清河集》卷 5《平章政事廉文正王神道碑》。

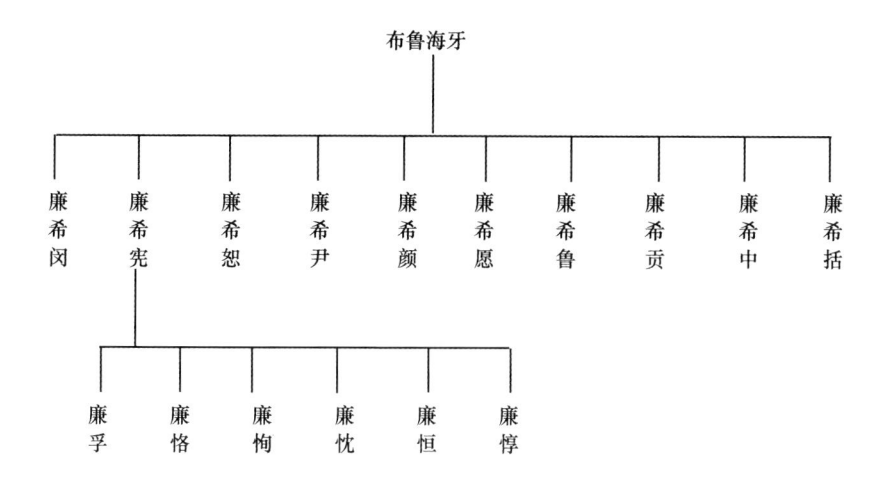

第三章 元代碑铭与东迁色目文化家族 / 43

```
                         布鲁海牙
  ┌────┬────┬────┬────┬────┬────┬────┬────┬────┐
  廉    廉    廉    廉    廉    廉    廉    廉    廉    廉
  希    希    希    希    希    希    希    希    希    希
  闵    宪    恕    尹    颜    愿    鲁    贡    中    括
        │
  ┌──┬──┬──┬──┬──┐
  廉  廉  廉  廉  廉  廉
  孚  恪  恂  忱  恒  惇
```

廉惠山海牙是布鲁海牙之孙，其父广德路达鲁花赤阿鲁浑海牙，汉名不详。

（三）崇喜家族谱系①：

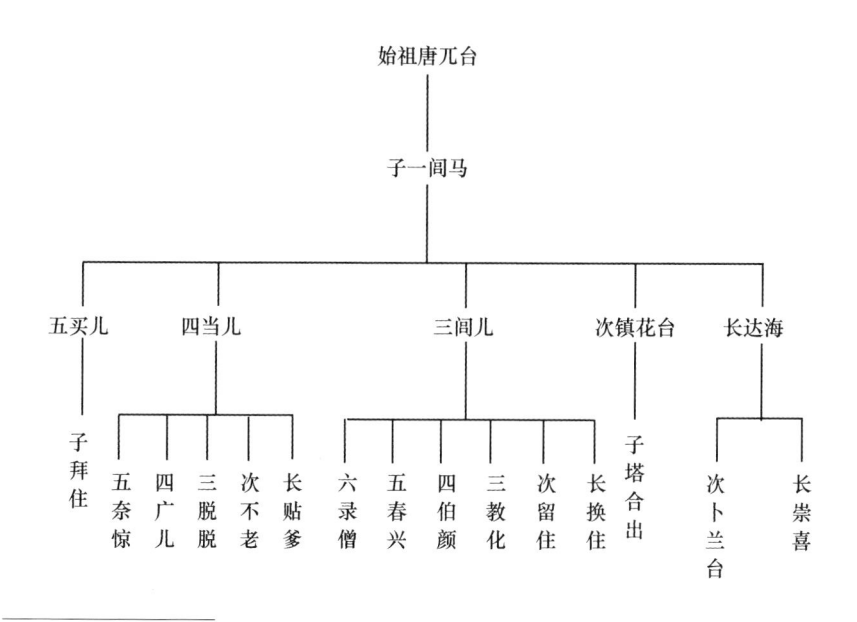

```
                始祖唐兀台
                    │
                  子一间马
  ┌──────┬──────┬──────┬──────┬──────┐
  五买儿  四当儿           三间儿       次镇花台  长达海
    │      │                │            │        │
   子    ┌─┬─┬─┐      ┌─┬─┬─┬─┐      子      ┌─┬─┐
   拜    五 四 三 次 长   六 五 四 三 次 长    塔       次 长
   住    奈 广 脱 不 贴   录 春 伯 教 留 换    合       卜 崇
         惊 儿 脱 老 爹   僧 兴 颜 化 住 住    出       兰 喜
                                                      台
```

---

① 唐兀家族谱系依据濮阳十八郎寨杨存藻家《杨氏宗谱》，见于罗矛昆、许生根《河南省濮阳地区西夏遗民调查》，载何广博主编《〈述善集〉研究论集》，甘肃人民出版社2001年版，第93页。潘迪《大元赠敦武校尉军民万户府百夫长唐兀公碑铭并序》，载杨富学《元代西夏遗民文献〈述善集〉校注》录述善集卷三，甘肃人民出版社2001年版，第137—152页；《全元文》第51册，第17—21页。

（四）王翰家族谱系①：

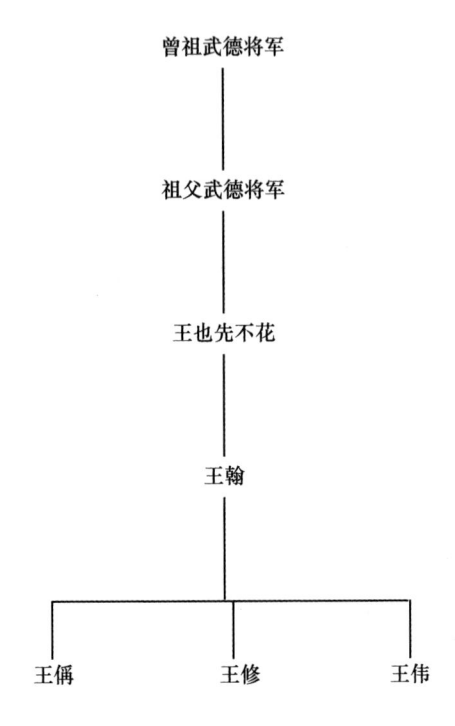

```
        曾祖武德将军
             |
        祖父武德将军
             |
         王也先不花
             |
            王翰
      ┌──────┼──────┐
     王偁    王修    王伟
```

---

① 王翰家族谱系依据《友石山人墓志铭》《故王将军夫人孙氏墓志铭》《王氏家谱叙》，载吴海《闻过斋集》，元人文集珍本丛刊影印嘉业堂丛书本。

(五) 马祖常家族谱系:①

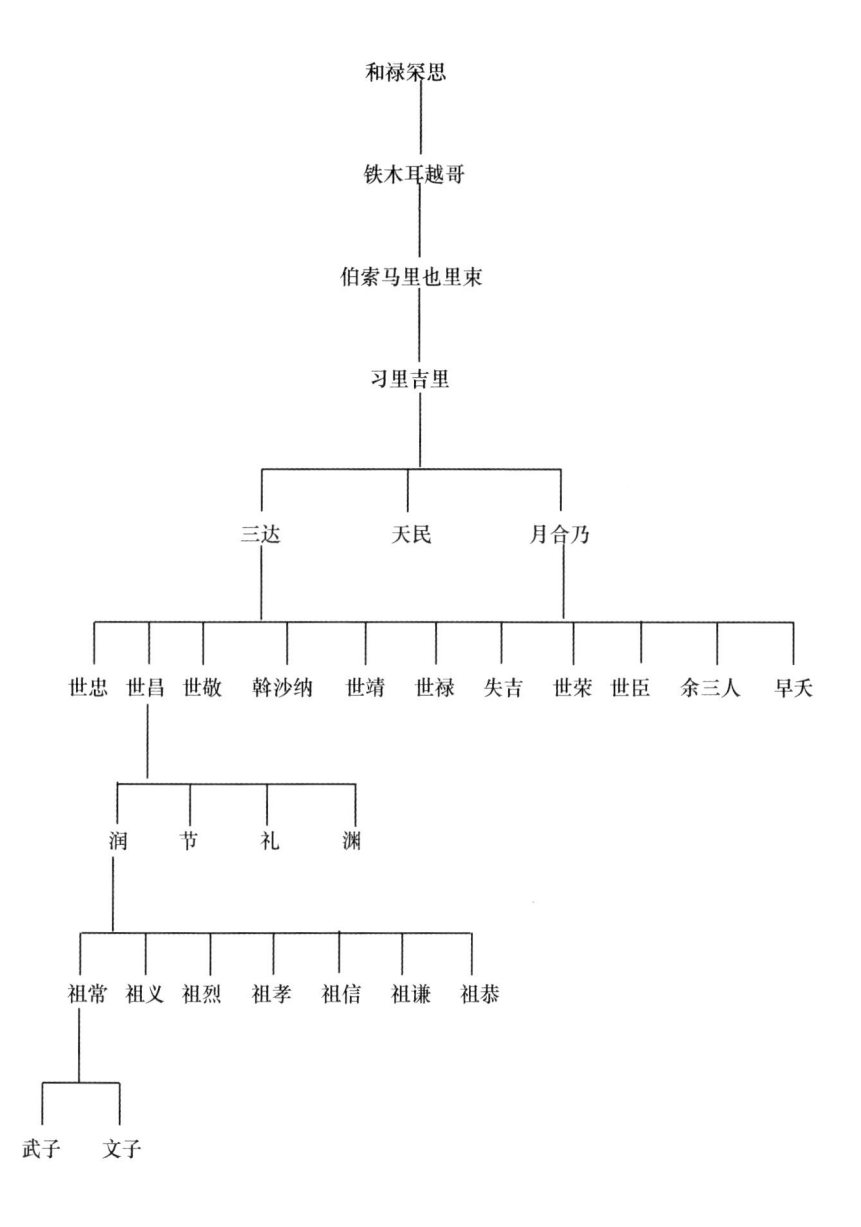

```
                          和禄罙思
                             |
                          铁木耳越哥
                             |
                          伯索马里也里束
                             |
                           习里吉里
                             |
              ┌──────────────┼──────────────┐
             三达            天民           月合乃
              |
  ┌───┬───┬───┬───┬───┬───┬───┬───┬───┬───┐
 世忠 世昌 世敬 斡沙纳 世靖 世禄 失吉 世荣 世臣 余三人 早夭
      |
  ┌───┬───┬───┐
  润   节   礼   渊
  |
  ┌───┬───┬───┬───┬───┐
 祖常 祖义 祖烈 祖孝 祖信 祖谦 祖恭
  |
  ┌───┐
 武子 文子
```

---

① 马祖常家族谱系依据李叔毅、傅瑛点校《石田先生文集》，中州古籍出版社 1991 年版，第 268 页。

（六）偰氏家族谱系①：

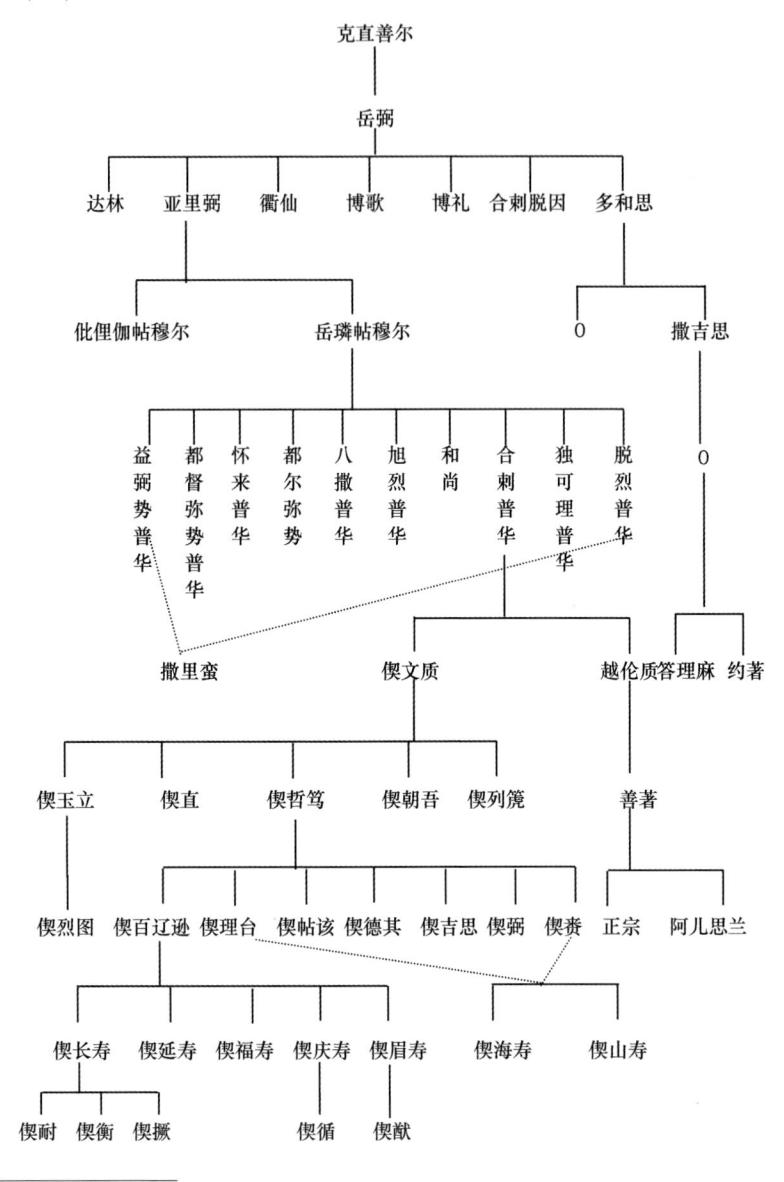

```
                              克直善尔
                                 │
                               岳弻
    ┌──────┬──────┬──────┬──────┼──────┬──────┐
   达林  亚里弻  衢仙  博歌  博礼  合剌脱因  多和思
          │                              │
    ┌─────┴─────┐                    ┌────┴────┐
 仳俚伽帖穆尔  岳璘帖穆尔              ０      撒吉思
              │                                │
  ┌───┬───┬───┬───┬───┬───┬───┐                ０
 益  都  怀  都  八  旭  和  合  独  脱
 弻  督  来  尔  撒  烈  尚  剌  可  烈
 势  弥  普  弥  普  普      普  理  普
 普  势  华  势  华  华      华  普  华
 华  普      普                      华
     华                       
        ┌────────────────┴─────┐
       撒里蛮        偰文质      越伦质答理麻  约著
                       │
   ┌────┬────┬────┬────┼────┐         │
 偰玉立 偰直 偰哲笃 偰朝吾 偰列箎     善著
         │                       ┌────┴────┐
 ┌───┬───┬───┬───┬───┬───┬───┐  正宗  阿儿思兰
偰  偰  偰  偰  偰  偰  偰
烈  百  理  帖  德  吉  弻  偰
图  辽  台  该  其  思      赉
    逊
         ┌───┬───┬───┬───┬───┬───┐
        偰  偰  偰  偰  偰  偰  偰
        长  延  福  庆  眉  海  山
        寿  寿  寿  寿  寿  寿  寿
     ┌──┼──┐        │   │
    偰  偰 偰       偰  偰
    耐  衡 撅      循  献
```

---

① 偰氏家族谱系引自萧启庆《元朝史新论》，台北允晨文化实业股份有限公司1999年版，第249页。参照许有壬《故嘉议大夫广东道都转运盐使赠通议大夫户部尚书上轻车都尉追封高昌郡侯合剌普华公墓志铭》，《至正集》卷54，元人文集珍本丛刊影印宣统刊本。黄溍：《合剌普华公神道碑》，《金华黄先生文集》卷25，四部丛刊初编本。黄溍：《魏郡夫人伟吾氏墓志铭》，《金华黄先生文集》卷39，四部丛刊初编本。欧阳玄：《高昌偰氏家传》，《圭斋集》卷11，四部丛刊初编景印成化刊本。

二 色目家族文化发展的基本状况——以偰氏家族为例

色目文化家族是元代的新兴家族，东迁之初，多以政治、军功起家。无论是上层显赫家族，如大都的不忽木家族、贯氏家族、廉氏家族、福建王翰家族、偰氏家族等，还是下层军人、农民家族，如濮阳崇喜家族，都经历了由军事政事向文事转变，进而演变为文化家族的过程。家族第一代以武功与政事起家，如不忽木家族的海蓝伯，廉氏家族的布鲁海牙，贯氏家族的阿里海牙，马祖常家族的月乃合，崇喜家族的唐兀台，王翰的曾祖武德将军。第二代则是家族由武功转向文事的过渡，大部分的第二代尚未在文坛崭露头角，如不忽木、贯只哥、廉希宪、合剌普华、马世昌、间马。第三代则完成了由武功向文事的转变，他们从小生活在汉地，与汉人杂居，拜汉族的饱学之士为师，与汉族文人学士交往，受到汉文化的濡染，开始崛起于文坛，如贯云石、巎巎、廉惇、马润、崇喜之父达海、偰文质等。第四代则承袭了家族尚文的传统，这一代人大多经历了易代之际的战乱，成为元遗民了，如王翰等。

在色目家族文化的发展中，儒学占有重要地位，是家族文化的重要组成部分，是色目家族汉化的重要标志，偰逊作诗谈到儒学在家庭文化中的重要地位，"儒术吾家事，光阴亦易过"[1]。色目家族东迁以后，国子学和各级学校成为色目人学习儒学的重要途径。

以下我们以偰氏家族为例，考察色目家族文化的发展情况。

偰氏家族世居高昌郡（今新疆吐鲁番市东），偰氏家族是摩尼教世家[2]，东迁后，定居南昌、溧阳（今属江苏）等地，以溧阳为

---

[1] （元）偰逊：《金陵将归寄舍弟煋二首》，韩国庆州偰氏藏旧钞本《近思斋逸稿》（卷一），现收于杨镰主编《全元诗》第59册，中华书局2013年版，第16页。

[2] 黄时鉴根据《庆州偰氏诸贤实记》考述了偰氏一支东渡高丽的情况，认为高昌偰氏是佛教世家，与陈垣所论摩尼教世家相左。黄时鉴：《元高昌偰氏入东遗事》，载陈尚胜主编《第三届韩国传统文化国际学术讨论会论文集》，山东大学出版社1999年版。

籍贯。偰氏家族的第一代岳磷帖穆尔，通晓畏兀儿文化，曾为成吉思汗弟弟的老师。偰氏家族的第二代岳磷帖穆尔有十个儿子，其中最著名的是第八子合剌普华，他兼修畏兀儿文化和儒家经典。第三代合剌普华有两个儿子，长子偰文质（？—1340），次子越伦质。第四代偰玉立、偰直坚、偰哲笃（？—1358）、偰朝吾、偰列篪，是偰文质的五个儿子，皆为进士及第，偰玉立是延祐五年（1318）进士，出任福建闽海道肃政廉访司佥事；偰直坚，泰定元年（1324）进士及第，出任淮安路清河县达鲁花赤；偰哲笃是延祐二年（1315）进士，曾任江浙等处行中书省参知政事；偰朝吾，至治元年（1321）进士及第，出任同知循州事；偰列篪是至顺元年（1330）进士，曾任潮州路潮阳县达鲁花赤。善著，是泰定四年（1327）进士，是偰伦质之子。第五代偰烈图曾任绍兴路上虞县达鲁花赤，为偰玉立之子。偰百僚逊，至正五年（1345）进士，曾任同知制诰兼国史院编修官；偰理台是国子生，任丰足仓使；偰帖该为乡贡进士，出任翰林国史院译史；偰德其潜邸速古儿赤；偰吉思、偰赍、偰弼都是国学生，皆为偰哲笃之子。正宗、阿儿思兰为善著之子，正宗是至正五年（1345）进士，出任江浙等处行中书省照磨；阿儿思兰是至正八年（1348）进士，曾任湖广等处行中书省理问所知事。

偰哲笃的妻子月伦石护笃（1301—1341）的母亲是廉希恕之女，廉希宪的侄女，也就是说，偰哲笃岳母和贯云石的母亲一样出自廉氏家族，可见偰氏家族、廉氏家族与贯氏家族的联姻关系。

偰氏家族有文学作品留世的是偰玉立、偰哲笃和偰逊三位。偰哲笃是偰玉立之弟，偰逊是偰哲笃长子。

偰玉立（约1294—？），字世玉，号止庵（止堂），延祐五年（1318）中进士，历任福建行省泉州路总管、泉州路达鲁花赤、湖广行省佥事、海北海南道肃政廉访使等职。泉州府城东和桥南有偰玉立祠。他在泉州任职期间，政声颇佳，"兴学校、修桥梁、赈贫乏、举废坠，考求图志，搜求旧闻，聘三山吴鉴成《清源续志》二十卷"。

顾嗣立、席世臣《元诗选·三集》收《世玉集》，录有《登德风亭诗》《吉州道中三首》《罗汉峰》《终守居园地并序》等十三首诗。偰玉立《南岳祠》一诗收于《永乐大典》卷八六四八；由"偰文质撰、偰玉立正书"之《石溪禅寺无一禅师塔铭》收于孙星衍《环宇访碑录》卷十二（后至元三年三月，立于安徽广德）。其《皇太子笺文》收于元人王士点、商企翁《秘书监志》卷八。杨镰《全元诗》第 37 册收录偰玉立诗 16 首。李修生《全元文》收录辑自《元朝典故编年考》《元史》《大元圣政国朝典章》《永乐大典》等处的 4 篇偰玉立文：《绛守居园池诗序》《正旦贺表》《皇太子笺文》《九日山题名》。

就现存的诗文看，偰玉立文笔雅正精当，多为佛道题材，较少流露自我性情。

偰玉立在福建南安留有两处题名题诗的摩崖石刻，一是至正十年（1350）偰玉立与忻都仲实、徐居正等几位友人畅游九日山高士峰，游山水、访遗迹，逍遥自在，刻石赋歌而归。《偰玉立等九日山题名》（摩崖石高尺寸广尺寸十五行行十字正书在南安）：

> 至正己丑夏，余来守泉。明年春二月望，偕总管古裏孙文英才卿邵农于郊，时府判忻都仲实、推官沈公谅虚中、徐居正时中、知事郲士凯友元、照磨汪顺顺卿、晋江南安令白榆等咸在，因登九日山之高士峰。是日也，膏雨溉足，晴旸煦和，远观海屿之晏清，近览溪山之胜丽，遂搜三十六奇，访四贤遗迹，摩挲石刻，逍遥容与，赋咏而归，书以记岁月云。高昌偰玉立世玉父题右偰玉立等题名，凡七人皆见图经职官表。[①]

[①] 《偰玉立等九日山题名》，1934 年刊《闽中金石略》卷 12，现收于《全元文》第 39 册，第 646 页。

另一处石刻是至正十年（1350）偰玉立游瑞像岩、九日山，刻诗于石壁上《偰玉立瑞像岩题诗》，题诗有浓厚的佛教色彩：

至正庚寅重九后一日，来游瑞像岩，访元极上人于寒山，不遇，谓往九日山法□。因览天柱峰、罗汉山，俯视城郭，漫成一律，题于石壁云。

□□深□九日峰，洞门不锁与天通。石塘冷印菩提月，庭树寒迎柏子风。岩拥如来明瑞像，山排罗汉著晴空。倚阑却望灵山道，谁識真机指顾中。

止庵道人、高昌偰玉立书，偰君为温陵贤守凡名山奥区辙留煙颖大有杜。①

偰哲笃（？—1358），字世南，偰玉立之弟。延佑二年（1315）进士，初任广东廉访佥事，被弹劾后寓居溧阳，延师教子有方。后历任高邮知州、广东道肃政廉访司事、工部尚书、参知政事，至正十二年（1352）出任淮南行省左丞，存诗3首。偰逊（1318—1360），偰哲笃长子，字公远，又作偰伯僚逊、偰伯辽、偰百僚，至正五年（1345）进士，授皇太子经，出任翰林应奉、宣政院断事官等职。因其父偰哲笃与丞相哈麻不和，偰逊出守单州，曾寓居大宁（今河北平泉）。至正十八年（1358）起义部队攻克上都，进逼大宁，偰逊为避乱而被迫远走高丽。偰逊存诗120首。

家族浓厚的文化氛围，对家族成员的文学创作产生积极的影响。这个文学家族成员之间经常以诗歌为媒介表达亲情，在酬唱赠答、次韵的诗歌写作中砥砺琢磨，提高创作水平。如偰逊的《送舍

---

① 《偰玉立瑞像岩题诗》，（清）陈棨《闽中金石略》卷12，现收于《全元诗》第37册，第333页。

弟㷬游桐川》就是赠弟远游的诗歌："汝去桐川道,归时春正中。山行无限景,莫使锦囊空。别离虽不远,重是鹡鸰思。明日鞭梢动,应哦采葛诗。"① 其他如《次韵伯父待制小蓬莱别墅之作》《金陵将归寄舍弟㷬二首》《病中家奴回寄诸弟》。在世代的文化积累和传递中,家族成员的创作水准一代胜过一代。就现存诗歌作品来看,第五代偰逊的创作水准要高于第四代其伯父偰玉立和父亲偰哲笃。

家庭观念和家乡意识是家庭文化的重要组成部分。家族意识与家族居地联系在一起,偰氏子弟对家乡溧阳有着深厚的感情,如偰逊的作品,"溧阳江边花蕊红,溧阳江上春光碧。"② "一病虐予三十日,刚余皮骨命堪怜。起探行囊忧如醉,却捧家书喜欲颠。目断白云飞舍下,梦回夜雨忆灯前。老奴归日缄书罢,更写羁愁泪满笺。"③ "九日思家忆去年,移居东郭野桥边。青山当户开秋障,紫菊成畦带晚烟。赖有诗书供雅好,都无车马绝尘缘。西风古岸毗陵道,却驾扁舟兴黯然。"④

---

① （元）偰逊:《送舍弟㷬游桐川》,载杨镰主编《全元诗》第59册,中华书局2013年版,第22页。
② （元）偰逊:《病歌行》,载杨镰主编《全元诗》第59册,中华书局2013年版,第7页。
③ （元）偰逊:《病中家奴回寄诸弟》,载杨镰主编《全元诗》第59册,中华书局2013年版,第6页。
④ （元）偰逊:《旭思家》,载杨镰主编《全元诗》第59册,中华书局2013年版,第4页。

第 四 章

不忽木家族文化以及元大都色目作家的双语创作

畏兀儿人东迁有两次高潮,第一次是畏兀儿首领亦都护率众归附时期,另一次是1264年西北诸王叛乱,1275年畏兀儿故地高昌国沦陷,很多畏兀儿人内迁。畏兀儿世家大族迁居中原,"有一才一艺者毕效于朝",《新元史》氏族表记载的就有29家,他们首选元大都,畏兀儿精英汇集元大都,使元大都取代高昌成为畏兀儿人的文化中心。大批才华横溢的色目人从西域来到大都,他们翻译佛经著作,创作回鹘文诗歌,学习汉文,进行汉语言文学创作,更有廉氏家族、贯氏家族等居住在大都的畏兀儿精英,主导着大都的色目文化,从而使作为全国政治文化中心的元大都,也成为色目文化的中心。在元大都,色目人形成了一个色目人的文化圈,他们从事翻译、双语或多语种的文学创作、出版诗文集等文化活动,他们的作品流传到敦煌、吐鲁番,成为两地文化交流的使者。

在元庭任职的畏兀儿学者安藏（Antsand）、迦鲁纳达思（Karunadaz）、弹压孙、必兰纳识里（Pratyaya-šri 或 Prajňāšri）、智泉（Cisuya Tutung）、本雅失里（Punyašrī）、括鲁迪·桑伽失里（Qoludï Sanggäšïrï）、舍蓝蓝、嶷嶷等都精通汉文、藏文、回鹘文、蒙古文等多种民族语言文字。作为元大都核心文人圈成员,他们互

第四章　不忽木家族文化以及元大都色目作家的双语创作　/　53

相是同僚或朋友，切磋砥砺，构成了一个色目文人的交游网络。本章主要论述元大都文化圈中的重要家族不忽木家族。

不忽木家族事迹主要见于赵孟𫖯所撰"不忽木碑"①、宋濂所撰"回回神道碑"②、苏天爵《平章鲁国文贞公》③、《元史·不忽木传》等。不忽木、回回、巙巙父子都有文学作品存世，巙巙更有母语作品存世。不忽木（1255—1300）是家族东迁后的第三代，回回（1291—1341）、巙巙（1295—1345）兄弟是第四代。不忽木少年时代就来到今河北地区（含北京），一生大部分时间在河北度过，与河北人交往，足迹遍及河北。在多族共生、多元文化交融的背景下，不忽木父子尤其受到燕赵文化的影响。不忽木家族倾慕汉学，有良好的儒学修养，重视家庭教育。他们精通畏兀儿语和汉语等多种语言并能进行双语创作，是较早开始汉语创作的色目作家，就现存诗作看，诗歌有粗糙模仿的痕迹，直白浅易。出生成长于燕赵之地的不忽木父子，宦游各地，诗歌题材有明显地域特征。

第一节　不忽木家族文化

不忽木家族来自西域康里部，康里的祖先是古代高车人，又称为康礼、航里、抗里、夯力、杭斤等，6世纪中期，突厥兴起后，康里人隶属于突厥，和哈剌鲁一样，属突厥人的一支。突厥灭亡后，被葛逻禄人所统治，8—11世纪，康里人游牧区域是乌拉尔河以东至咸海东北地区。据志费尼《世界征服者史》和《金史》记载，12世纪时，西辽和金朝崛起，一些部族曾臣服于西辽和金朝。

---

① 即《故昭文馆大学士荣禄大夫平章军国事行御史中丞领侍仪司事赠纯诚佐理功臣太傅开府仪同三司上柱国追封鲁国公谥文贞康里公（不忽木）碑》。
② 即《元故荣禄大夫陕西等处行中书省平章政事康里公（回回）神道碑铭》。
③ （元）苏天爵辑撰：《元朝名臣事略》，姚景安点校，中华书局1996年版，第61—67页。

13世纪初，花剌子模国成为中亚强国。花剌子模沙摩诃末母亲秃儿罕可敦是康里伯岳吾部族人，在其专权时期，康里人在花剌子模深受信任，大量康里人南下，在花剌子模军队服役，当时驻防撒马耳干的11万军队中，有6万是康里人。这一时期，康里人的领地广阔，包括乌拉尔河以东、咸海以北，伊塞克勒湖和楚河一带，还活跃在波斯、呼罗珊及河中地区。元代康里部作家有：不忽木、巙巙、回回、拜住、察罕不花、康里百花等。

不忽木家族东迁的第一代海蓝伯，事王可汗，王可汗灭，所部被成吉思汗俘获。

第二代，海蓝伯的第十子燕真，十几岁时跟随庄圣太后，侍奉世祖皇帝。娶高丽美人金长姬，生五子，第二子为不忽木。

第三代，不忽木、野理审班、彻里兄弟。不忽木有两位夫人，寇氏，生回回；王氏，生巙巙。

第四代，回回、巙巙兄弟。

第五代，回回一脉有佑童，太中大夫、济宁路总管兼管内劝农事，母亲为崔夫人。字栾台，入备宿卫未及调；帖（铁）木烈思，《秘书监志》卷九有记载，字固贤，中奉大夫、江南诸道行御史台治书侍御史，以祖上不忽木的缘故，得以奉训大夫上，至元六年（1340）四月任秘书监丞[①]；孛罗，奉训大夫、河间路献州达鲁花赤兼劝兵事；以上三位的母亲为侧室蒙古乃蛮氏。脱脱木儿，国子生；母亲为侍姬高丽氏。女四人：长适福建亳州翼万户廉和尚；次许江南行台御史中丞吴释，未婚而夭；次适宣寿；次适监察御史买买。巙巙一脉有维山。

第六代，男三人，长名完者不花，任判官；次名太禧奴，至正

---

① （元）王士点、（元）商企翁编次，高荣盛点校：《秘书监志》卷9，浙江古籍出版社1992年版，第179页。

甲午进士，太常礼仪院太祝；幼名福寿。女一人，童。

第七代，男二人：也先帖木儿，某。

一 文学传家

不忽木家族是文学艺术之家。不忽木是元代著名散曲家，长于诗文创作。其散曲大多散佚，隋树森《全元散曲》录存其套数一组［仙吕·点绛唇］，自题《辞朝》，表达了对"宁可身卧糟丘，赛强如命悬君手"[①]的仕途险恶的厌倦和"草衣木食，胜如肥马轻裘"[②]的归隐生活的向往。其中一曲［游四门］写道："世间闲事挂心头，唯酒可忘忧。非是微臣常恋酒。叹古今荣辱。看兴亡成败。则待一醉解千愁。"其汉语表达的熟练程度可见一斑，作为迁居中原的色目人，汉语创作达到如此水平，难能可贵。朱权《太和正音谱》评价其曲风如"闲云出岫"，钟嗣成《录鬼簿》列出三位西域散曲家不忽木、贯云石和薛昂夫，可见不忽木在当时散曲创作方面的地位。不忽木现存七言绝句两首《过赞皇五马山泉》《蓬山》。乾隆《正定府志》卷四收录了这两首诗。清道光二十二年《内邱县志》卷四收《登蓬山》一首。回回（1291—1341），字子渊，又为和和，号时斋，又称康里回回。作品多散佚，顾嗣立、席世臣编《元诗选·癸集》收其诗《贾公祠》二首："烈日当空存大节，严霜卷地揭孤忠。至今凛凛有生气，销得声光吐白虹。""文肃有祠，谁所构兮？元祐为党，省无咎兮。何人不没，名则寿兮。邦人思公，食必祝兮。好是正直，神汝佑兮。继其时享，公宜有后兮。"[③]诗歌颂扬了贾公的凛凛忠魂，可见回回对忠义的向往，此诗气势磅礴，语言刚健豪迈，足见其语言功力。巎巎是一位双语作家、

[①] 隋树森编：《全元散曲》，中华书局1964年版，第75页。
[②] 隋树森编：《全元散曲》，中华书局1964年版，第76页。
[③] （元）回回：《贾公祠》，载杨镰主编《全元诗》第36册，中华书局2013年版，第217页。

双语书法家，他的汉文书法与赵孟頫比肩，有"南赵北巙"之称。这个色目家族能取得这样的成就，与其家学渊源、家庭文化密不可分。

二 崇儒之家

不忽木家族不仅是文学艺术之家，还是儒学之家。在元代，倾慕汉学的色目人对中原传统文化的传承起到了重要作用，不忽木家族即是一个典型的例子。在文化底蕴相对薄弱的蒙古政权中，一个重视传承汉文化传统的康里部家族显得尤其可贵。不忽木家族文化表现在以儒家文化治家、好学重教和忠义廉洁三个方面。

（一）以儒家文化治家

不忽木主张教育要以儒家文化为主，曾上书陈说兴办学校的重要性，并对学校教育的内容、学制等问题提出具体方案。他认为教育的内容要以儒学为本，"使其教必本于人伦，明乎物理，为之讲解经传，授以修身、齐家、治国、平天下之道。其下复立数科，如小学、律、书、算之类。每科设置教授，各令以本业训导。小学科则令读诵经书，教以应对进退事长之节；律科则专令通晓吏事；书科则专令晓习字画；算科则专令熟闲算数"[①]。

与这一教学思想相一致，儒家文化也贯穿在家庭教育之中。不忽木重视礼教，在家中也严格遵守礼法，故家族子弟都重视礼仪，无论寒暑都要衣帽端正，得到长辈允许才能坐下。"公家法严峻，虽极寒隆暑，必正衣冠而处。子山旦夕燕见，不命之坐，不坐也。训诸子，动必由礼，以学业未成，不听其仕，故终公之身，无禄食者。"[②] 回回在任何场合都酒不过三杯，即使在宫中侍宴也一样，其

[①]（明）宋濂等：《元史·王寿传》，中华书局1976年版，第3166页。

[②]（明）宋濂：《康里回回神道碑》，载罗月霞主编《宋濂全集》，浙江古籍出版社1999年版，第267—274页。

家庭养成教育之功效与克己修身之志可见一斑。

许衡对不忽木的影响延及回回、巎巎兄弟。巎巎曾谈到父亲不忽木以儒学辅佐世祖的事情："世祖尝暮召我先人坐寝榻下，陈说《四书》及古史治乱，至丙夜不寐。世祖喜曰：'朕所以令卿从许仲平学，正欲卿以嘉言入告朕耳，卿益加懋敬以副朕志。'今汝言不爱儒，宁不念圣祖神宗笃好之意乎？"①父亲爱儒并以儒学进言世祖，巎巎对此津津乐道，可见不忽木治学倾向对晚辈的影响，其家学渊源可见一斑。

在这样的家庭氛围中，回回和巎巎都热爱并系统学习儒学，影响了更多的蒙古色目人，成为传播儒家文化的使者。

回回深谙儒学精髓，认为佛道只为自我修身，而儒家则是为天下计，"释氏以明心见性为宗，道家以修真炼性为务，皆一偏一曲，足乎自己。至于儒者之学，则修己治人，以仁义化成天下，此所以万世不可易，而帝王所宜究心者也"②。回回少言寡语，好学不倦，尤长于易学，"初，文贞尝从许文正公游，亲传其正学，施于有政，蔚为名臣。故公自幼习闻家庭之训，于经史精微、政治得失，多所研究……公敦默寡言笑，从幼至老，嗜学不倦，于书无所不读，而尤深于易。故其见于文章，不为蕲绝深刻之辞，而理致自然渊永"③。

巎巎儒学修养受到许衡的影响，"肄业国学，博通群书，其正心修身之要得诸许衡及父兄家传"④。他尊重儒者，强调儒学在社会生活中的作用，更是以自己所习儒学影响蒙古统治者。巎巎曾言："且儒者之道，从之则君仁、臣忠、父慈、子孝，人伦咸得，国家

---

① （明）宋濂等：《元史·巎巎传》，中华书局1976年版，第3415页。
② （明）宋濂：《康里回回神道碑》，载罗月霞主编《宋濂全集》，浙江古籍出版社1999年版，第267—274页。
③ （明）宋濂：《康里回回神道碑》，载罗月霞主编《宋濂全集》，浙江古籍出版社1999年版，第267—274页。
④ （明）宋濂等：《元史·巎巎传》，中华书局1976年版，第3413页。

咸治；违之则人伦咸失，家国咸乱。汝欲乱而家，吾弗能御，汝慎勿以斯言乱我国也。儒者或身若不胜衣，言若不出口，然腹中贮储有过人者，何可易视也。"①

作为文宗皇帝的经筵侍讲，巎巎为之演绎《四书》《六经》等儒家经典中的道理，一有机会就规劝文宗勤政纳谏、修身爱民，文宗喜欢赏鉴古画，巎巎就取郭忠恕《比干图》来讲商纣王不纳忠言；论及宋徽宗之画，巎巎则言徽宗才华出众，只因未能勤政而身辱国破；若遇天灾民变，巎巎则言上天爱君而示警，人君当检点修行，天意必回。

(二) 好学重教

不忽木家族重视文化，家风好学，使家族子弟走向社会后成为引领文化潮流的学者。为学必有师，不忽木少年时代师从王恂、许衡，两位都是通晓多门类学术的学问家，许衡认为不忽木必大用于时，为他取名"时用"，字"用臣"。不忽木通晓几种语言，在审讯李元礼案的时候，将汉文谏书"以国语译而读之"②。不忽木是通晓蒙古文的，而蒙古文与畏兀儿文是相通的。所以不忽木至少通晓汉语、蒙古语、畏兀儿语。

不忽木、巎巎父子渴求儒者，思慕人才。不忽木虽身居高位，却能礼贤下士，很多闻名天下的士人，都是他的座上宾，"闻人有善，汲汲然求之，唯恐不及"③。巎巎同父亲一样求贤若渴，门下汇集了四方文士，结交了很多当时著名的画家学者，在相互切磋中不断提高汉文化造诣，"巎巎以重望居高位，而雅爱儒士甚于饥渴，以故四方士大夫翕然宗之，萃于其门"④。

---

① （明）宋濂等：《元史·巎巎传》，中华书局1976年版，第3415—3416页。
② （明）宋濂等：《元史·王寿传》，中华书局1976年版，第4103页。
③ （元）赵孟頫：《不忽木碑》，载任道斌辑集点校《赵孟頫文集》，上海书画出版社2011年版，第137页。
④ （明）宋濂等：《元史·巎巎传》，中华书局1976年版，第3415页。

书香门第深厚的家族文化积淀，使得子弟们有着强烈的维护、弘扬文化的意识。元文宗天历二年（1329）三月，设立奎章阁，收集了历代书画器物，汇集天下的名流文士，一时间奎章阁成为学术的殿堂。巎巎曾任奎章阁学士院大学士，元顺帝至元六年（1340），大臣们拟议取消奎章阁学士院及艺文监。巎巎反对取消奎章阁，进言道："民有千金之产，犹设家塾，延馆客，岂有堂堂天朝，富有四海，一学房乃不能容耶？"① 在巎巎等人的坚持之下，1341年改奎章阁为宣文阁，艺文监为崇文监，巎巎成为管理者之一，为文化传承做出贡献。

（三）忠义廉洁

以儒学传家的家庭文化使得忠义廉洁成为家风，家族几代人为官各地，从不贪墨，可谓元代清流忠义的典范。

在宦海的沉浮中，不忽木家族成员以天下为己任，不顾自身安危，敢于与权贵抗争，为民请命。在这一点上，几代人的表现惊人相似。

在桑哥权倾朝野之时，不忽木不畏权势，屡次当庭抗辩，遭到桑哥一党的忌恨，桑哥指使西域商人送给不忽木一箱珠宝，不忽木拒收，桑哥阴谋未得逞。桑哥一党失势后，不忽木处理桑哥旧部，不掺杂个人恩怨，没有牵连而是择善而重用之，受到朝野的敬重。不忽木在中书省时，屡次驳回以权谋私的事情，他因此被人排挤出朝廷，这是他出京任职陕西省平章的原因。

和父亲一样，回回虽性格内敛、沉默寡言，但忠义正直，感情真挚。面对炙手可热的朝中权贵太师、太平王燕铁木儿，回回毫不畏惧、直言抗争，"公在中书，与议天下大事，刚正阶直，略无顾忌"②，因而被朝中趋炎附势的大臣们排挤出朝廷，回回愤而辞官。

---

① （明）宋濂等：《元史·巎巎传》，中华书局1976年版，第3415页。
② （明）宋濂：《康里回回神道碑》，载罗月霞主编《宋濂全集》，浙江古籍出版社1999年版，第267—274页。

忠君是儒家文化重要的内容之一，回回践行这一思想，"闻明宗崩，流涕不能食，自是杜门不出者数年，以疾卒"①。

回回、巎巎兄弟二人同为当时名臣，号为双璧。他们都曾任职肃政廉访使，这个职位也要求他们清廉自守。儒学那种修身克己，内圣外王的思想，加之西北民族粗犷豪迈的秉性，在他们身上体现为一种鲜明的个性，正直，凛然不可侵犯。廉洁自守是他们的家风。

安贫乐道是儒家最可贵的精神财富，回回宁贫而不贪，躬身实践了儒家思想。有人建议回回索要被收没入官的财物，遭到回回严厉斥责："即府藏中物，尚可觊觎邪？况官食非贫，纵贫，亦士之常也。"② 可见回回凛凛的儒者情怀，这与其优良的家庭文化息息相关。

不忽木家族几代人都与皇家关系密切，世祖与不忽木之间的君臣之义，更是生死不渝。世祖临终赠不忽木一块璧，称："汝死，持此来见我。"③ 不忽木去世时与璧俱葬。尽管如此，不忽木家族没有一人恃宠而骄，假公济私，而是忠于职守，正直廉洁，因而为天下人所敬仰。"公得君而不恃，得君而不满，居高位而自卑若不足。天下视其身进退为朝堂重轻。"④

不忽木去世时没有遗存财物。"世祖知公之贫，数厚赐公，公悉以分昆弟、故人之家，无所遗余。子孙所仰，唯第宅、碾磨之类，盖赐物之不可分者。"⑤

---

① （明）宋濂等：《元史·巎巎传》，中华书局1976年版，第3417页。
② （明）宋濂：《康里回回神道碑》，载罗月霞主编《宋濂全集》，浙江古籍出版社1999年版，第267—274页。
③ 出自《松雪斋文集》卷7，现收于李修生主编《全元文》第19册，江苏古籍出版社2000年版，第238页。
④ （元）赵孟頫：《不忽木碑》，载任道斌辑集点校《赵孟頫文集》，上海书画出版社2011年版，第137页。
⑤ （元）赵孟頫：《不忽木碑》，载任道斌辑集点校《赵孟頫文集》，上海书画出版社2011年版，第137页。

第四章　不忽木家族文化以及元大都色目作家的双语创作　/　61

回回、巎巎兄弟二人身居要职，却两袖清风，从不为自己谋私利。巎巎官至礼部尚书，并担任皇帝身边侍讲的经筵官，回回曾任职江浙等处行中书省右丞、宣政院使等职。巎巎死时，一贫如洗，无以为葬，"家贫，几无以为敛。帝闻，为震悼，赐赙银五锭"①。回回纵然贫穷，也不愿意接受他人财物，失却气节。"家素贫，尝扈从上京，将发，成宗怜之，赐钞一万五千缗，公力辞，强之乃受。在淮西，藩王有以米三百石为馈者，公谢弗受，王以为有父风。"②

总之，不忽木家族重视家庭教育、以儒治家，好学重教，形成了忠义廉洁的家风。优良的家风、深厚的家学源渊使得不忽木家族成为色目精英家族，在元代政治、文化等领域发挥了重要作用。

第二节　不忽木与燕赵文化

据《元史·不忽木传》，不忽木一生有以下几个时间节点：

时间	活动
宪宗五年（1255）	不忽木出生
至元七年（1270）	年十六，以《贞观政要》数十事上谏。
至元十三年（1276）	与同舍生坚童、太答、秃鲁等上疏
至元十四年（1277）	授利用少监
至元十五年（1278）	出为燕南河北道提刑按察副使
至元十九年（1282）	升燕南河北道提刑按察使
至元二十一年（1284）	参议中书省事
至元二十三年（1286）	改工部尚书，九月，迁刑部

---

① （明）宋濂等：《元史·巎巎传》，中华书局1976年版，第3416页。
② （明）宋濂：《康里回回神道碑》，载罗月霞主编《宋濂全集》，浙江古籍出版社1999年版，第267—274页。

续表

时间	活动
至元二十四年（1287）	与桑哥争之不得，桑哥深忌之
至元二十七年（1290）	拜翰林学士承旨、知制诰兼修国史
至元二十八年（1291）	春，拜平章政事。回回出生
元贞元年（1295）	巙巙出生
大德二年（1298）	御史中丞崔彧卒，特命行中丞事
大德三年（1299）	兼领侍仪司事
大德四年（1300）	去世

从中我们看到，不忽木一生大部分时间生活在今河北、北京一代，深受燕赵文化的熏陶。

一　不忽木在燕赵地区的行迹

1215年，蒙古占领金中都即今北京地区，改名为燕京。1264年，在解决了阿里不哥的汗位之争后，就决定由开平迁都至燕京地区。不忽木的父亲燕真，在忽必烈潜邸时期就追随忽必烈，而不忽木1255年出生，这时的燕真一家很可能在今内蒙古的开平。因此，我们推测，不忽木出生于开平。最早在1264年，不忽木十岁左右，其家迁居燕京地区。如上所述，不忽木是家族东迁的第三代，同时是迁居中原的第一代。

（一）不忽木的燕赵多族交游圈

燕真是忽必烈潜邸重臣，不忽木少年时代也入侍太子真金于东宫，因此不忽木家族与皇族关系密切。尽管有皇家背景又身居高位，但不忽木却不论尊卑、求贤若渴，朝中的有才华的名士都是他的座上宾，他一听说有贤士，就立刻去拜访，唯恐落后[①]。至元十

[①] "闻人有善，汲汲然求之，唯恐不及"，见赵孟頫《不忽木碑》，载任道斌辑集点校《赵孟頫文集》，上海书画出版社2011年版，第137页。

五年（1278），出任燕南河北道提刑按察副使，至元十九年（1282），升燕南河北道提刑按察使，因而他的足迹遍及今河北省境内，在他的交游圈中，有很多燕赵人士，主要有王恂、王寿、刘因、李元礼等，形成一个多族交游网络。

不忽木的老师王恂（1235—1281），是中山唐县（今属河北）人，曾跟随刘秉忠就学于紫金山（在今河北邢台），是蒙元时期重要的学术政治团体邢州学派的重要人物，王恂学术融通百家，精于算术，推演历法，长于史学。王恂与许衡、杨恭懿、郭守敬等遍览历书，精密推演，制定了《授时历》。

不忽木的岳父即巎巎的外祖父王寿（1250—1310），是涿郡新城（今河北保定）人，曾任吏部尚书、太子宾客、集贤大学士。从小聪明好学，通蒙古文，在世祖朝为中书掾，得到太子真金的喜爱。因为与不忽木的翁婿关系，两次弃官，一次是至元二十八年（1291）在吏部郎中任上，"以婿康里不忽木柄用当道，即自免去"[1]。另一次是元贞二年（1296），出任燕南河北道廉访副使，大德二年（1298），"不忽木为中执法，复弃官归"[2]。王寿为官正直而廉洁，曾上书建议任用贤才，国家才能兴盛，并称因为有了贤德之人，世祖时期才出现了清明政治，堪比大唐"贞观之治"，"世祖初置中书省，以忽鲁不花、塔察儿、线真、安童、伯颜等为丞相，史天泽、刘秉忠、廉希宪、许衡、姚枢等实左右之，当时称治，比唐贞观之盛"[3]。

刘因，保定容城（今河北保定）人，著名文士。不忽木赏识刘因的才学，推荐他入朝为官，"不忽木以因学行荐于朝，至元十九

---

[1] （明）宋濂等：《元史·王寿传》，中华书局1976年版，第4103页。
[2] （明）宋濂等：《元史·王寿传》，中华书局1976年版，第4103页。
[3] （明）宋濂等：《元史·王寿传》，中华书局1976年版，第4103页。

年，有诏征因，擢承德郎、右赞善大夫"①。

李元礼，真定（今河北石家庄）人，沉稳庄重，不苟言笑，任监察御史期间，敢于犯颜直谏，谏言五台山建佛寺劳民伤财。大德元年（1297），李元礼遭到侍御史万僧的陷害而免职，不忽木为李元礼抗言，认为"他御史惧不肯言，惟一御史敢言，诚可赏也"②。元礼因此得以复职。

（二）燕赵文化对不忽木的影响

不忽木与燕赵文人交游，沾汲燕赵文化朴实尚义的凛然之气。燕赵地区自古就有尚忠义少尖巧的淳朴民风，"邢州土厚水甘，人物产于其间者多实少浮，民俗淳厚，人心古朴。质厚少文，气勇尚义。丈夫相聚游戏悲歌慷慨。男勤耕稼，女修织纴，急公后私，尚于周恤，燕赵慷慨之风犹存"③。燕赵文人素有重情豪迈的气质，燕赵文学刚健质朴、豪迈慷慨之风，自古而然，这些都影响了从小就来到燕赵之地的不忽木。不忽木的作品浸润着他对河北山川风物的深情，情感浓郁，疏朗质实，昭示着燕赵文化对文学创作产生的影响。

《全元诗》收录了不忽木两首诗《过赞皇五马山泉》《登蓬山》，这两首诗见于清道光十二年钞本《内邱县志》卷四。《过赞皇五马山泉》在《内邱县志》卷四题作《题九龙桥》。这两首诗都作于燕南河北道，即今河北地区。《过赞皇五马山泉》："相彼山泉源本清，太平君子濯尘缨。泠泠似与游人说，说尽今来往古情。"④描写了今石家庄市赞皇县五马山泉的景色，五马山泉清澈可人，诗人陡然而发思古之幽情，岁月流走，淙淙清泉自古至今静静流淌，

---

① （明）宋濂等：《元史·王寿传》，中华书局1976年版，第4008页。
② （明）宋濂等：《元史·王寿传》，中华书局1976年版，第4103页。
③ 乾隆《顺德府志》。
④ 出自乾隆《正定府志》卷49，现收于杨镰主编《全元诗》第18册，中华书局2013年版，第30页。

默默陪伴了万千离情。在今邢台市内丘县神头村的太子岩前,村头有座扁鹊庙,不忽木曾在这里流连吟诗,《登蓬山》:"蓬山山上立多时,太子岩前吟旧诗。借问鹊王如有药,世间白发也能医。"①

在不忽木优美的散曲作品中,我们能看到不忽木对传统中原诗词的学习效法,还能体会到疏朗自由、情感浓郁的审美情趣,这是草原文化因子与燕赵文化的对接,如"一声长啸海门秋""了锦带吴钩""一醉解千愁""竹杖芒鞋""臣向山林得自由,比朝事内不生受""臣向草庵门外见瀛洲,看白云天尽头"。②

二 扁鹊庙不忽木诗文碑考释

位于河北省邢台市内丘县的扁鹊庙,有两通不忽木的诗文碑,尚未引起学界关注,两碑分别刻写了不忽木的诗作,其中一通碑刻写了一首七律诗,无题目,不见于《全元诗》,诗前有小序,录文如下:

> 平章政事不忽木于至元二[十]年岁次癸未重阳日,任燕南河北道提刑按察使,因病恳祷于神应王庙,以为邂逅之识云。
>
> 一勺神浆浩满襟,天开明哲岂难谌。齐侯无幸蓄残速,虢子有缘惠泽深。磊磊山形千古仰,巍巍庙貌四方钦。惟王授我刳肠术,换尽人间巧伪心。
>
> 大元国至元壬□□八月二十□□

这首对仗押韵工稳,由求神问药联想到做人要去除机心、自然

---

① 出自清道光十二年钞本《内丘县志》卷4,现收于杨镰主编《全元诗》第18册,中华书局2013年版,第31页。
② (元)不忽木:《仙吕·点绛唇》,载隋树森编《全元散曲》,中华书局1964年版,第75—77页。

顺缘。题诗的时间,诗后为"大元国至元壬□□八月二十□□",所指何年?至元年间有"壬"字的年份有三个:"壬申"(1272年),不忽木18岁;"壬午"(1282年),不忽木28岁;"壬辰"(1292年),不忽木38岁。据《元史·不忽木传》,至元十九年(1282),不忽木任燕南河北道提刑按察使。这与诗前小序相和。因此,我们推测,不忽木任燕南河北道提刑按察使时,路经今内丘扁鹊庙,于庙中因病恳祷求药,写下此诗,写作时间,"至元壬□□",当为"至元壬午岁",即至元十九年(1282)。

关于诗文刊刻时间,诗前小序称:"平章政事不忽木",据《元史·世祖本纪》,不忽木出任平章政事的时间是至元二十八年二月丁丑日,即公元1291年农历二月初九日。因此,此碑刊刻时间应该在此日之后。

关于小序的作者,小序所称"平章政事不忽木""以为邂逅之识云"的话,不像是不忽木自言,而且小序称写作时间为"至元二[十]年岁次癸未重阳日",与诗后所载"至元壬午岁"相矛盾,所以,我们推测,诗前小序,并非不忽木所题。[①]

《过赞皇五马山泉》为扁鹊庙所刻不忽木第二首诗,石刻无标题,无写作时间,并有缺字。录文如下:

  相彼山泉源本清,太平君子濯尘缨。泠泠似与游人[说],说尽今来[往古]情。

推测是有人将此诗转刻于此。

内丘扁鹊庙石刻诗文为不忽木研究提供了新的资料。

---

① 《过赞皇五马山泉》为扁鹊庙所刻不忽木第二首诗,石刻无标题,无写作时间,并有缺字。可能是后人将此诗转刻于此。录文如下:相彼山泉源本清,太平君子濯尘缨。泠泠似与游人[说],说尽今来[往古]情。

第四章　不忽木家族文化以及元大都色目作家的双语创作 / 67

综上所述，不忽木是一位具有草原风格的燕赵文人。不忽木祖上来自西域，少年时代从蒙古草原南下到中原河北地区，一生中大部分时间生活在燕赵文化圈中，他倾慕并勤奋学习汉文化，"笃学力行，择乎中庸"①，加之浸透在血液里的奔放自由的草原文化因子，使他"举善若遗，疾恶如风"②。作品呈现出一种质朴少文，慷慨重气的风格。

第三节　巙巙等人的双语创作及其历史原委

通过以上分析，可见不忽木家族是较早开始使用汉语进行文学创作的色目家族。他们至少精通畏兀儿语和汉语两种语言，并可以进行双语创作，成为双语作家。

论及元代双语作家之存在及其文学成就，最有说服力的当推巙巙。双语指一个民族或一个民族中的部分人除操用本民族语言外，还兼用一种或数种他族语言。蒙元时代，大量蒙古人、色目人入居中原，与汉人杂居，形成了中国历史上罕见的两种或多种语言混杂的现象，双语作家现象遂应运而生。关于元代双语作家现象，学界关注较少，唯新近去世的著名元代文学研究专家杨镰先生曾做过专题研究，先后推出论文三篇，其一为《元代蒙古色目双语诗人新探》，论述了蒙古与色目作家的汉文诗歌；③ 其二为《元代江浙双语文学家族研究》，论述了定居江苏的蒙古不花帖木儿家族和畏兀儿（回鹘）偰氏家族的汉文创作；④ 其三为《双语诗人答禄与权新

---

① （元）赵孟頫：《不忽木画像赞》，载任道斌辑集点校《赵孟頫文集》，上海书画出版社2011年版，第187页。
② （元）赵孟頫：《不忽木画像赞》，载任道斌辑集点校《赵孟頫文集》，上海书画出版社2011年版，第187页。
③ 杨镰：《元代蒙古色目双语诗人新探》，《民族文学研究》2004年第2期。
④ 杨镰：《元代江浙双语文学家族研究》，《江苏大学学报》2009年第3期。

证》，论述了元代乃蛮诗人答禄与权的汉文创作。① 遗憾的是，三文虽以"双语"为题，却未言双语诗人的母语作品，谈的都是汉语创作。尤有进者，杨先生把双语文学现象理解为"文学家用母语以外的语言进行文学创作"②。这是一个值得商榷的命题，如杨先生所论畏兀儿偰氏家族典型的双语诗人偰玉立（1290—1365），其曾祖岳璘帖穆尔自13世纪初随成吉思汗入居中原，至偰玉立，已历四世（岳璘帖穆尔→哈剌普华→偰文质→偰玉立）。③ 按照通常的情况，外族人入居中原，如果不聚居，而是与汉人杂处，那么，三代以后便会汉化，逐步忘却本民族的语言。偰玉立已是第四代，那么其母语到底是汉语还是回鹘语（畏兀儿语）呢？颇值得考量。史书仅言偰玉立曾祖岳璘帖穆尔"精伟兀书"④，祖哈剌普华"习伟兀书，及授语、孟、史、鉴文字，记诵精敏，出于天性"⑤。自父偰文质始，史书不再言及"伟兀书"（回鹘文），仅言偰氏之儒学与汉语创作。如果偰玉立之母语为汉语，那么，再称之为"双语作家"，恐难免有失题之嫌。同样地，称乃蛮人答禄与权与蒙古不花帖木儿家族等为"双语作家"或"双语诗人"，势必会面临一样的难题。然则，若欲正确理解元代双语作家现象，最佳途径莫过于从这些作家的母语和汉语两种作品的裒集与辨析入手。

一　巙巙的汉语创作

巙巙现存汉文作品主要有诗歌和散文两种体裁，其中有汉文诗歌

---

① 杨镰：《双语诗人答禄与权新证》，《许昌学院学报》2012年第6期。
② 杨镰：《元代江浙双语文学家族研究》，《江苏大学学报》2009年第3期。
③ 石晓奇：《在中原文化熏陶下的偰玉立及其诗词创作》，《西域研究》1996年第1期。
④ （元）欧阳玄著，魏崇武、刘建立点校：《欧阳玄集·圭斋文集》卷11《高昌偰氏家传》，吉林文史出版社2009年版，第151页。
⑤ （元）欧阳玄著，魏崇武、刘建立点校：《欧阳玄集·圭斋文集》卷11《高昌偰氏家传》，吉林文史出版社2009年版，第152页。

八首，即《题钓台》《送高中丞南台》《李景山归自南谈点苍之胜寄题一首》《题管道昇丛玉图》《檃括古诗》《清风篇》《秋夜感怀》《圣安寺诗》。巙巙现存汉语散文作品十二篇，语言简洁流畅，用语准确而传神，语势跌宕起伏，与同时代汉族作家相比，毫不逊色。如"山川之奇峭，城邑之阜蕃，楼观之岩峣，非不可以明心骇目，放辞于吟咏之间，而公皆却去不顾"①，巙巙深厚的汉文化修养可见一斑。

巙巙曾宦游各地，除了在大都任职外，到过山西太原，任河东廉访副使，治所在太原路（今山西太原）②，还到过江南，任江浙行省平章政事，浙西廉访使，治所在杭州路（今浙江杭州）③，江南行台治书侍御史，治所在集庆路（今江苏南京）④。

回回也游宦各地，除了北京外，还到过湖北、江苏、安徽、河南、浙江等地任职，曾任山南廉访使（治所在今湖北江陵），江南行台治书侍御史，治所在集庆路（今江苏南京），淮西廉访使，治所在庐州路（今安徽合肥）⑤，河南廉访使，治所在汴梁路，原名南京路（今河南开封）⑥，江浙行省右丞（治所在今浙江杭州）。

巙巙的诗作描绘了他在江浙一带生活的足迹。

子陵即严光（前39—41），会稽余姚（今属浙江）人，东汉著名隐士。拒绝光武帝刘秀册封的官职，隐居垂钓于今浙江杭州桐庐富春江畔，后被称为"严子陵钓台"。巙巙在这里凭吊古迹，感慨

---

① （元）巙巙：《题丞相义门诗后》，载李修生主编《全元文》第54册，凤凰出版社2004年版，第600页。

② 至元二十六年（1289）后，河东山西肃政廉访司的治所，一直在太原路。参见李治安、薛磊《中国行政区划通史·元代卷》，复旦大学出版社2009年版，第57页。

③ 至元二十六年（1289）江浙行省治所最终固定在杭州路，与浙西肃政廉访司道同城。参见李治安、薛磊《中国行政区划通史·元代卷》，复旦大学出版社2009年版，第214页。

④ 参见李治安、薛磊《中国行政区划通史·元代卷》，复旦大学出版社2009年版，第233页。

⑤ 参见李治安、薛磊《中国行政区划通史·元代卷》，复旦大学出版社2009年版，第130页。

⑥ 参见李治安、薛磊《中国行政区划通史·元代卷》，复旦大学出版社2009年版，第115页。

历史。写下《题钓台》：

> 子陵才业高千古，当使君王入梦思。汉祖规模只如此，惜哉尧舜不同时。①

《秋夜感怀》是一首七言排律，诗后记为"余作此诗今十年矣。适欲书，偶记而录之，子山识。时至正四年岁甲申八月十一日，在杭州之河南王之西楼"。据此，我们可知，至正四年（1344）八月，巙巙在杭州，而十年前的元统二年（1334），极可能在大都，因此我们推测，《秋夜感怀》创作于大都，杭州炎热的天气使作者再次想到大都的炎热，想到曾经写过的这首《秋夜感怀》，因而重新书写一遍。这首诗描写的是大都地区"秋老虎"的酷热难耐，秋夜蝉鸣声罢，蟋蟀声又起，烘托了夜晚炎热，期待一缕凉爽的秋风能消除暑气。用语简练干脆。

> 元统三年乙亥岁，孟秋十七辰丁酉。初夜才闻蟋蟀声，秋蝉单啼声亦良久。次夜蝉啼声更多，中霄酷热如之何。三更欲尽蝉声止，蛩声切切鸣相合。辄愿蓐收肃金气，为运凉飙示秋义。一扫沉阴秋月明，郁蒸既尽清风至。②

"一扫沉阴秋月明，郁蒸既尽清风至。"抒写酷热难耐的夏天即将过去，秋风吹散夏日的闷热，秋月皎洁令人感到难得的舒爽。这一句描写了从夏日闷热转而至秋日凉爽的过程，道出了夏日炙热沉

---

① 出自《皇元风雅》后集卷3，现收于杨镰主编《全元诗》第37册，中华书局2013年版，第362页。

② （元）巙巙：《秋夜感怀》，载杨镰主编《全元诗》第37册，中华书局2013年版，第364页。

闷和秋天神清气爽的两种迥然有别的感觉。诗人在杭州生活的点点滴滴，常常唤起大都的生活体验，巙巙内心体认的是北方。燕赵地域文化对他的影响根深蒂固。

泰不华将要赴任绍兴路总管，众多文人雅集一处，分题作诗饯行。其中七言律诗《清风篇》是巙巙所作：

兼善侍郎迁绍兴路总管，诸公分题作诗饯行，得清风岭，乃为赋《清风岭》。

清风岭头清风起，佳人昔日沉江水。一身义重鸿毛轻，芳名千载清风里。会稽太守士林英，金榜当年第一名。一郡疲民应有望，定将实惠及苍生[①]。

和《清风篇》一样，七言律诗《圣安寺诗》也是一首应制诗，写得雍容平缓。

巙巙大约在天历、至顺年间参加过大都圣安寺宴游雅集。根据《圣安寺诗》小序，可知礼部同人曾共游位于大都南城的圣安寺水陆会，时间大约在元文宗时期（1328—1332），礼部尚书马祖常、咬住、侍郎梁诚甫、巙巙在参加完圣安寺的佛教水陆斋会后，咬住邀请大家前往其伯父秃坚帖木儿丞相宅第胡芦套，宴饮赋诗。这是礼部同人的一次诗酒雅集。诗序为：

去冬十二月，圣安寺提调水陆会。本部伯庸尚书及咬住尚书、梁诚甫侍郎等相访毕。咬住尚书邀往其伯父，尽日至醉而还。马尚书作序诗，及诸公各赋数首。见征荒恶，遂俺俺应

[①] 出自（清）阮元《两浙金石录》卷18，现收于杨镰主编《全元诗》第37册，中华书局2013年版，第363页。

之，寄呈彦中判州贤友一笑。巙再拜。

　　梁国幽亭上，群贤会集时。翠涛傅美酝，白雪制新词。爱日回春色，阳和遍柳枝。只缘僧舍里，不得共清期。

　　欲具状，冗中不及，愿勿讶也。巙又拜。后七月十六日。①

　　诗序为巙巙所撰无疑，而诗作"梁国幽亭上"则有争议，萧启庆认为是马祖常所作，②而杨镰《全元诗》则认为是巙巙所作。据序跋中"见征荒恶，遂俛俛应之，寄呈彦中判州贤友一笑""欲具状，冗中不及，愿勿讶也"推测，此诗当为巙巙所作。

　　杨镰《全元诗》收录了巙巙八首诗，可以看到色目作家模仿、学习的过程，模拟前人的诗作内容和语句，表现出一种稚嫩和浅显的特点。如：巙巙有"鹦鹉洲边明月，凤凰台下清风"③，李白《鹦鹉洲》有"长洲孤月向谁明"④。巙巙有"王孙芳草年年绿，为问西游几日回"⑤，西汉淮南小山、唐朝王维、宋朝谢懋都有类似的诗句。

二　巙巙的畏兀儿语文学创作与双语书法

　　元代双语作家留存于世的母语作品极为稀见，此或为杨先生大作在论述时付之阙如的原因所在。所幸敦煌、吐鲁番、武威等地出土有大量回鹘文文献，恰可为元代畏兀儿双语作家的研究提供难得

---

①　（元）巙巙：《圣安寺诗》，现收于杨镰主编《全元诗》第37册，中华书局2013年版，第364页。

②　萧启庆：《九州四海风雅同——元代多族士人圈的形成与发展》，台北联经出版事业有限公司2012年版，第230页。

③　（元）巙巙：《送高中丞南台》，《皇元风雅》后集卷3，现收于杨镰主编《全元诗》第37册，中华书局2013年版，第362页。

④　（唐）李白撰，瞿蜕园、朱金城校注：《李白集校注》，上海古籍出版社1980年版。

⑤　（元）巙巙：《李景山归自南谈点苍之胜寄题一首》，明谢肇淛《滇略》卷2，现收于杨镰主编《全元诗》第37册，中华书局2013年版，第362—363页。

的依凭。

巎巎，过去学界常称之为嶩嶩（读音 náonáo），实则误也。在甘肃武威城北十五公里的石碑沟发现的《亦都护高昌王世勋碑》之回鹘文部分，其署名为 kiki（或作 khikhi）。① 显然，kiki 应为汉文部分所见"巎巎"之音译，绝非嶩嶩之音译。

《亦都护高昌王世勋碑》正面为汉文，系虞集撰文，赵世延篆额，巎巎书丹，由黄文弼先生进行复原并校注。② 背面为回鹘文，内容与正面对应，由耿世民和哈密顿先生进行过研究。③ 有意思的是，如同正面的汉文一样，背面的回鹘文同样出自巎巎之手，所不同者，正面汉文由巎巎书丹，背面回鹘文不仅由巎巎书丹，而且由巎巎自撰碑文。是见，巎巎之回鹘文书法如同汉文书法一样，令人称道。

巎巎不仅在汉语言文学创作方面有不俗表现，而且在汉文书法方面成就卓越。其书法风格独特，迅急神骏，沉着痛快，妙极一时。他练习书法勤奋，自言："余一日写三万字，未尝以力倦而辍笔。"④ 虽或戏语，其勤勉之状，亦可想见。巎巎汉文书法在元代中后期书坛，地位仅次于赵孟頫，有"南赵北巎"之美誉。陶宗仪论其作品："刻意翰墨，正书师虞永兴，行、草师钟太傅、王右军。笔画遒媚，转折圆劲，名重一时。评者谓国朝以书名世者，自赵魏公后便及公也。"⑤《元史》本传亦赞曰："巎巎善真行草书，识者

---

① 耿世民：《回鹘文亦都护高昌王世勋碑研究》，《考古学报》1980 年第 4 期；Geng Shimin-J. Hamilton, L'inscription ouïgoure de la stèle commémorative des Iduq qut de Qočo, *Turcica* Tome XIII, 1981, p. 22.
② 黄文弼：《亦都护高昌王世勋碑复原并校记》，《文物》1964 年第 2 期。
③ 耿世民：《回鹘文亦都护高昌王世勋碑研究》，《考古学报》1980 年第 4 期；Geng Shimin-J. Hamilton, L'inscription ouïgoure de la stèle commémorative des Iduq qut de Qočo, *Turcica* Tome XIII, 1981, pp. 10–54.
④ （元）陶宗仪：《南村辍耕录》卷 15，中华书局 1959 年版，第 185 页。
⑤ （元）陶宗仪：《书史会要》卷 7，上海书店出版社 1984 年版，第 336—337 页。

谓得晋人笔意,单牍片纸,人争宝之,不翅金玉。"①

巎巎传世汉文书法作品有纸本和石刻两种,其中纸本较多,主要有《柳宗元梓人传》《谪龙说》《颜鲁公述张旭笔法记卷》《渔父辞册》《李白诗卷》《唐人绝句诗》等。②另外,《式古堂书考》卷十七收有巎巎遗墨《十二月十二日帖》《临怀素自叙卷》《书梓人传卷》;《三希堂石渠宝笈》第二十三册收有《渔夫辞》《颜鲁公书论》。③石刻书法作品主要有《张氏先茔碑》和《住童先德碑》,二者均发现于今内蒙古自治区赤峰市翁牛特旗,乃元代蓟国公张应瑞家族墓地。二者皆楷书,其中,《张氏先茔碑》39行,约2500字;《住童先德碑》28行,近千字。④碑文运笔刚健俊逸,又不乏婉媚,为难得佳品。此外,《寰宇访碑录》卷十二收有巎巎书丹之《赠礼部尚书晁公神道碑》《大都城隍庙碑》《敕修曲阜宣圣庙碑并碑阴题名》《赠江南行省参知政事张思忠碑》《与王由义书》《王氏世德碑》《集庆路卞将军新庙记》《少林寺达摩大师碑》《王节妇碑阴清风篇》;吴氏芬《攟古录》卷十九收有《宁国路总管府推官杨载墓志》《飞骑尉杨君世庆碑》《中顺大夫竹温台碑》《中顺大夫达鲁花赤□公碑》《佛慧圆明正觉普渡禅师断崖义公塔铭篆额》《慕容氏先茔碑篆额》。⑤

巎巎不但汉语言文学创作和汉文书法都达到很高水平,而且还精通母语,在回鹘语文学创作和回鹘文书法方面同样有突出的成就,尤善诗歌创作,吐鲁番木头沟出土 T III M 252 号回鹘文文献即记载巎巎曾将《观无量寿经》依照回鹘传统文学形式改为押头韵的

---

① (明)宋濂等:《元史·巎巎传》,中华书局1976年版,第3416页。
② 黄惇:《中国书法史·元明卷》,江苏教育出版社2001年版,第77页。
③ 陈垣:《元西域人华化考》,上海古籍出版社2000年版,第88页。
④ 王大方:《内蒙古赤峰市翁牛特旗元代"张氏先茔碑"与"住童先德碑"》,《文物》1999年第7期。
⑤ 陈垣:《元西域人华化考》,上海古籍出版社2000年版,第88—89页。

第四章　不忽木家族文化以及元大都色目作家的双语创作　/　75

四行诗：

  tay pay lin ši tip atlɣ；tayšing nom-nung ičintä；talulap yïɣïp män kki kki；taqšut-qa intürü tägindim

  我嶷嶷从大乘经典中选取被称作"大白莲社"的经典，改成诗歌。①

嶷嶷所撰回鹘文诗歌还有见于吐鲁番出土 T III M 197（Mainz 654）的忏悔诗，乃依据《金光明最胜王经》第五品《灭业障品》相关内容而创作的回鹘诗歌，共 16 段四行诗，均押头韵和尾韵，对仗工整，文笔优美，感情真挚。兹移录其中一段：

  üzäliksiz burqanlarnïng ädgülärintä
  ülgülänčsiz yig üstünki artuqlarïnta
  ülgü täng urup ayïɣlap tanïp olarta
  öküš ayïɣ qïlïnč qïltïm ažun ažunta
  我妄自猜测无上佛的善行，
  以及他无可比拟的至高的功德，
  我心怀恶意地诽谤了他们，
  我世世犯下了许多罪行。②

嶷嶷所撰回鹘文《亦都护世勋碑》的内容与汉文一致，但不是汉语的直译，对具体事件的描述比汉文部分更为详细具体，甚至还

---

① ペーター・ツイーメ、百济康义：《ウイグル语の观无量寿经》，京都：永田文昌堂 1985 年版，第 78—79 页；杨富学：《回鹘文献与回鹘文化》，民族出版社 2003 年版，第 295 页。
② 耿世民：《古代维吾尔诗歌选》，新疆人民出版社 1982 年版，第 81—82 页；杨富学：《印度宗教文化与回鹘民间文学》，民族出版社 2007 年版，第 353 页。

有汉文没有记载的史实，如立碑时间是元顺帝元统二年（1334）。

以上所述足以证明，巙巙精通汉语和回鹘语，能熟练使用两种语言进行文学创作，并长于两种文字的书法，是一位双语作家兼双语书法家。

其实，元代色目人中双语作家还有很多，鉴于学界对色目双语作家现象的研究还有欠缺，笔者在研究过程中，发现了其他作家的母语作品，为学界所未识。

在元代色目双语作家中，可与巙巙并肩的还有安藏。比诸巙巙，安藏书法不及，但在佛经翻译方面有胜出。

安藏乃北庭（今新疆吉木萨尔县北）人，少年时代就修学儒家与佛教经典，兼通儒释，"以儒辅世，以佛洗心"[①]。安藏精通回鹘语、汉语、蒙古语、藏语等，并各有作品传世或出土。

从出土文献可知，安藏之著作有藏译汉的《圣救度佛母二十一种礼赞经》。明宣德六年（1431）刊行北京木刻版梵、藏、汉、蒙四体文字合璧《救度母二十一种礼赞经》，其中礼赞文的汉文部分与安藏译《圣救度佛母二十一种礼赞经》[②] 完全相同。说明宣德版礼赞文源自安藏译本。今内蒙古鄂托克旗阿尔寨石窟第32窟壁画中之二十一度母礼赞文也同样源自安藏译本。[③] 此外，吐鲁番还出土有《圣救度佛母二十一种礼赞经》，存第一赞与第五赞。[④] 位于北京的国家图书馆也收藏有该经之回鹘文木刻本，来源不详。由于

---

① （元）程钜夫：《程雪楼文集》卷9《秦国文靖公神道碑》，台北"国立中央"图书馆1970年版，第367页。
② （元）安藏译：《圣救度佛母二十一种礼赞经》，《大正藏》第20册，No. 1108A。
③ 张双福：《阿尔寨石窟壁画榜题〈二十一度母礼赞〉研究》，载内蒙古社会科学院、鄂托克旗阿尔寨石窟研究院编《中国蒙古学·阿尔寨石窟国际学术研讨会论文集》，内蒙古人民出版社2008年版，第108页。
④ G. Kara-P. Zieme, Fragmente tantrischer Werke in Uigurischer Übersetzung (= BTT Berliner Turfantexte VII), Berlin 1976, S. 78; P. Zieme, Zum uigurischen Tārā-Ekaviṃśatistotra, Acta Orientalia Academiae Scientiarum Hungaricae 36, 1982, S. 589.

第四章　不忽木家族文化以及元大都色目作家的双语创作　/　77

经文首尾不全，不能知晓其译者。耿世民先生推断，"有可能出自元代著名回鹘学者安藏的笔下"。从回鹘文本的种种迹象看，"似译自藏文，而不是译自汉文"。① 安藏还曾受阿里不哥之命，将《华严经》由汉文译为回鹘文。吐鲁番出土回鹘文《华严经》尾跋曰：

arïɣ bögä tigin y（a）rlïɣ-ïnga ·· k（ä）ntü（?）dïntar-ï kinki bošɣutluɣ biš balïq arasang（atsang?）［ba］qšï tutung t（a）vɣač tilintin türk tilinčä ikiläyü ävirmiš

根据 Arïɣ Bögä 亲王之令，Arasang（Atsang?）博士都统，别失八里的一位和尚与学者，将它从汉文译成突厥文。②

这里的 Arïɣ Bögä 亲王实际上即为 1260—1264 年与忽必烈争位之阿里不哥 Arasang（Atsang?）实应作 Antsang，即元代畏兀儿大翻译家安藏，③ 说明四十华严回鹘文译本出自安藏之手。小田寿典认为安藏翻译回鹘文《华严经》的时间为 1255 年。④ 安藏受命译经时，阿里不哥尚未发动叛乱，而且以亲王自居，所以，小田氏的推断可以信从。⑤

安藏长于翻译，既有藏译汉者，也有汉译回鹘者，如果回鹘文

---

① 耿世民：《回鹘文〈圣救度佛母二十一种礼赞经〉残卷研究》，《民族语文》1990 年第 3 期。

② ［日］羽田亨：《トルコ文华严经断简》，《羽田博士史学论文集》下卷，京都同朋舍，1975 年，第 200—201 页；O. Juten, On the Uighur Colophon of the Buddhāvataṃsaka-sūtra in Forty-Volumes, *The Bulletin of Toyohashi Junior College* No. 2, 1985, p. 122；杨富学：《回鹘之佛教》，新疆人民出版社 1998 年版，第 106 页。

③ Moriyasu Takao, An Uigur Buddhist's Letter of the Yüan Dynasty from Tun-huang（Supplemetn to "Uigurica from Tun-huang"）, *Memoirs of the Research Department of the Toyo Bunko* No. 40, 1982, p. 10；［日］森安孝夫：《敦煌出土元代回鹘文佛教徒书简》，杨富学、黄建华译，《敦煌研究》1990 年第 3 期。

④ O. Juten, On the Uighur Colophon of the Buddhāvataṃsaka-sūtra in Forty-Volumes, *The Bulletin of Toyohashi Junior College* No. 2, 1985, p. 124.

⑤ 阿依达尔·米尔卡马力：《安藏与回鹘文〈华严经〉》，《西域研究》2013 年第 3 期。

本《圣救度佛母二十一种礼赞经》果由安藏译为回鹘文,则安藏还有由藏文译为回鹘文的作品,对译语种之多,罕有匹者。除了翻译外,他还善于汉语诗歌、散文创作。至元三十年(1293)安藏去世,世祖"诏收其家遗书,得歌、诗、赞、颂、杂文数十卷,命刻梓传世"①。在敦煌发现的回鹘文《佛教诗歌集》中,载有安藏的回鹘文诗歌《赞十种善行》,该诗以大乘经典《华严经》为题材,共十四段,每段八行,头韵的使用使得诗歌形式工整,富于节奏感。② 不唯如此,安藏还曾将多种汉文经典翻译为蒙文,③ 主要是儒家治国典籍和医学经典,见于文献记载的有《尚书·无逸篇》《贞观政要》《申鉴》《资治通鉴》《难经》《本草》等。④

总之,无论是在汉文、回鹘文的文学创作方面,还是在蒙古文、藏文等多种语言的翻译与再创作方面,安藏都有过人之处,故而时人程钜夫赞其"为学有根柢,制行有绳准,论事有本末,忧国如家,视物如己"⑤。

此外,兼擅双语甚至多种语言,既有译作又有双语创作的畏兀儿文士尚有必兰纳识里和迦鲁纳答思。

必兰纳识里(Pratyaya-šri 或 Prajňāšri),《元史》有传,北庭感木鲁国人,精通汉、回鹘、藏、蒙古等多种语文,皇庆年间(1312—1313)受命翻译佛典,曾将七部不同语种的佛经翻译成蒙古文,《元史》载其六,即汉文《楞严经》、梵文《大乘庄严宝度

---

① (元)程钜夫:《程雪楼文集》卷9《秦国文靖公神道碑》,台北"国立中央"图书馆1970年版,第366页。
② 杨富学:《回鹘与敦煌》,甘肃教育出版社2013年版,第367页。
③ 《元史》卷160《徐世隆传》称:世祖询问尧、舜、禹、汤治国之道,徐世隆以《尚书》对,世祖喜,"命翰林承旨安藏译写以进"。
④ (元)程钜夫:《程雪楼文集》卷9《秦国文靖公神道碑》,台北"国立中央"图书馆1970年版,第365页。
⑤ (元)程钜夫:《程雪楼文集》卷9《秦国文靖公神道碑》,台北"国立中央"图书馆1970年版,第367页。

经》《乾陀般若经》《大涅槃经》和《称赞大乘功德经》与藏文《不思议禅观经》。① 由吐鲁番出土文献可知，他还将汉文经典《佛说北斗七星延命经》翻译成蒙古文。②

除翻译之外，必兰纳识里还用回鹘文进行诗歌创作，敦煌发现的回鹘文《普贤行愿赞》即出自其手。在敦煌发现的回鹘文《佛教诗歌集》中，有必兰纳识里创作的回鹘文诗歌《金刚般若波罗蜜多颂诗》。此诗借由龙树菩萨（Nāgārjuna）所撰《金刚般若波罗蜜多赞》之文意而创作，全诗押头韵。③ 头韵是突厥语诗歌最古老的押韵手段，多见于用回鹘文写成的诗歌中，堪称古代回鹘文诗歌的突出特点之一。在敦煌、吐鲁番出土的古代回鹘文诗歌中，这种韵律模式得到普遍采用。④

迦鲁纳答思（Karunadaz），《元史》有传，称其"通天竺教及诸国语……以畏兀字译西天、西番经论。既成，进其书。帝命锓版，赐诸王大臣"⑤。说明此人具有较高的文学素养和翻译水平。遗憾的是，其汉文作品已荡然无存，唯回鹘文《祈愿诗》幸留于今。诗作出土于吐鲁番，编号为 T M 14（U 4759），前 12 行文字曰：

1. qaɣan hanïmïmmïznïng ančulayu oq
2. qatunnung altun uruɣlarïnïng

---

① （明）宋濂等：《元史·释老传》，中华书局 1976 年版，第 4520 页。
② ［日］松川节：《モンゴル语译〈佛说北斗七星延命经〉に残存するウィグルの要素》，载［日］森安孝夫编《中央アジア出土文物丛》，京都朋友书店 2004 年版，第 87 页；［日］松川节：《蒙古语译〈佛说北斗七星延命经〉中残存的回鹘语因素》，杨富学、秦才郎加译，载《回鹘学译文集》，甘肃民族出版社 2012 年版，第 306 页。
③ 杨富学：《回鹘与敦煌》，甘肃教育出版社 2013 年版，第 369 页。参见王红梅《元代畏兀儿高僧必兰纳识里考》，《宗教学研究》2011 年第 3 期。
④ 耿世民：《略论维吾尔古典诗歌中的韵律和形式》，《古代维吾尔诗歌选》附录，新疆人民出版社 1982 年版，第 247—263 页。
⑤ （明）宋濂等：《元史·迦鲁纳答思传》，中华书局 1976 年版，第 3260 页。

3. adalarï tudalarï amrïlïp uzun yašap

4. alp bulɣuluq burhan qutïn bulmaqlarï bolzun

5. alqu qamaɣ tïnlɣ oɣlanlarï ymä

6. arïɣ ïduq ünüš yolqa yorïyu

7. adalïɣ sansartïn ozup qutrulup

8. alqunï bïltäči bolzunlar

9. arya maya čal maha yoga tandirata

10. atï kötrülmiš šakimuni burhan üzä nomlatïlmïš

11. arïš arïɣ bu nama sangit nom ärdini

12. ačari kši karunadaz

愿我们的可汗和可敦及其黄金子孙们无灾无难万寿无疆！愿他们获得难遇的佛福！并愿一切人子走在圣洁的大道上，从厄难的轮回中得到解脱，而且洞悉一切！伟大的释迦牟尼佛所说，关于圣摩耶网大瑜珈怛特罗的神圣法宝《文殊所说最胜名义经》由法师迦鲁纳答思司徒翻译。①

从上文所引的《祈愿诗》可以看出，此为《文殊所说最胜名义经》回鹘文译本之尾跋，系一首押头韵之文。除第一、第二句押 qa-韵外，其余均押 a-韵，在回鹘文佛教愿文作品中，具有较高的文学价值。②

三 巎巎等人双语创作的历史原委

元代畏兀儿大批入居中原，涌现一批双语作家，如巎巎、安

---

① P. Zieme, Zur buddhistische Stabreimdichtung der alten Uiguren, *Acta Orientalia Academiae Scientiarum Hungaricae* XXIX–2, 1975, S. 198–199；耿世民：《古代维吾尔诗歌选》，新疆人民出版社 1982 年版，第 85—86 页。

② 杨富学：《印度宗教文化与回鹘民间文学》，民族出版社 2007 年版，第 384 页。

藏、必兰纳识里、迦鲁纳答思等，都能够熟练运用汉、回鹘、蒙古、藏、梵等多种语言文字，不仅利用这些语言从事各种典籍，尤其是佛经的翻译，而且能够运用畏兀儿语和汉语进行创作，留下了不少精美的文学作品。这一现象的出现，与元代蒙古统治者推崇藏传佛教息息相关，蒙古贵族需要借助畏兀儿文士的媒介作用而与藏传佛教高僧沟通。这些畏兀儿文士精通佛教，具有较高文学修养，又兼善多种语言。这一特定历史环境为元代畏兀儿双语作家群体的形成奠定了基础。

畏兀儿文学特点之一，即是从内容到形式都深受佛教的影响①。历代的畏兀儿文的佛经翻译作品以及佛教相关作品如诗歌、散文、戏剧等，内容丰富，体裁多样，语言优美，具有较高的文学价值。脍炙人口的佛本生故事"舍身饲虎"，在汉文佛经中表现得很简略，在回鹘文译本《金刚经》中，同名故事被描写得生动曲折。佛教剧本《弥勒会见记》、民间传说《恰希塔那王的故事》《善恶两兄弟的故事》等与佛教相关的回鹘文作品文笔优美，生动传神，引人入胜，是回鹘民间文学的代表作。② 诗歌是西域最流行的文学样式，除了民歌之外，佛教诗歌蔚为大观，值得一提的是，现存大英博物馆的编号为0r8212（108）的回鹘文佛教诗歌集存诗948首③。佛教对畏兀儿文学影响之巨可见一斑。

不同语种的诗歌创作有诸多共通之处，创作中相互借鉴影响。汉文诗歌和畏兀儿文诗歌在内容题材、审美追求等方面都有很多相似之处。畏兀儿文诗歌的主要特点是押头韵，与押尾韵的汉文诗歌同样具有考究严整的韵律和匀称的节奏感，有着类似的音韵原理。

---

① 杨富学：《百年来回鹘文学研究回顾》，《西域研究》2000年第4期。
② 郎樱：《高昌回鹘汗国时代的维吾尔佛教文学》，《民族文学研究》1992年第1期。
③ 耿世民：《古代维吾尔诗歌选》，新疆人民出版社1982年版，第12页。书中将佛教诗歌分为：佛赞片段、赞十种善行、赞弥勒、赞观世音、忏悔诗、祈愿诗等类型。

语种虽然不同，但是言志、抒情、叙事的诗学追求是相同的，而爱情诗、田园诗、劝喻诗、格言诗、挽歌、颂诗等则是二者共同的题材。

由前文的论述可以看出，元代双语作家的存在是可以肯定的，但那些只有汉文作品留存，却没有本民族文字作品（包括留世或已失传者）的蒙古人、色目人作家，能不能称作"双语作家"，窃以为需要持更审慎的态度。值得注意的是，在元代，不仅有双语作家存在，而且蔚然成风，构成一个颇具规模的群体，其中既有蒙古人，也有色目人，在中国文化史上构成一道独特的风景线。在这个群体中，影响最大、文学成就最高者，几乎都出自畏兀儿人，而且都与佛经翻译与再创作存在密切关系。何以如此？颇值得思考。

如所周知，蒙元帝国统治者崛起朔漠，在进入中原乃至统一全国后，其文化尚处于草昧初开、文教未兴的阶段。蒙古统治者出于巩固政权的需要，在文化上倚重畏兀儿人。这一时期，大量畏兀儿人由西域进入中原或漠北地区，有不少人在蒙古宫廷或地方政权中担任各种官职，"内侍禁近，外布行列，语言文字之用尤荣于他族，而其人亦多贵且贤"[①]，以致形成"有一材一艺者毕效于朝"[②]的局面。回鹘兴起于漠北，并于744年以鄂尔浑河流域为中心，建立起雄强一时的回鹘汗国。840年，汗国败亡，民众大部从漠北西迁至高昌和河西地区，由于受到当地汉文化及丝绸之路沿线吐蕃文化、印度文化、波斯文化的交互影响，形成了一种兼容草原文明和中原农耕文明的独具特色的回鹘（畏兀儿）文化，与游牧的草原文明相比，这种文化更具有稳定性、开放性、丰富性。职是之故，回鹘文

---

① （元）虞集：《大宗正府也可扎鲁火赤高昌王神道碑》，《虞集全集》，天津古籍出版社2007年版，第1066页。

② （元）念常：《佛祖历代通载》卷22《敕赐乞台萨理神道碑》，《大正藏》第49册，No.2036，页727c。

化成为沟通草原游牧文明和中原农耕文明的桥梁。比起有数千年传统和深厚基础的汉文化来，回鹘文化更容易为北方少数民族所接受，故"自宋至元，回鹘人长期充当着汉文化向北方民族传播的媒介。党项（西夏）、契丹（辽）、女真（金）、蒙古（元）等对汉文化的接受，无不受惠于回鹘人"①。在宗教信仰上，蒙古贵族则倚重于藏传佛教。1246年，蒙古阔端太子代表蒙古汗廷与西藏萨迦派四祖萨迦班智达在凉州会晤，确认了萨迦班智达在西藏各地僧俗中的领袖地位。②元世祖忽必烈又敕封萨迦派五祖八思巴为国师，继而晋封帝师，使之统摄全国佛教，尤有进者，他本人和许多皇室贵族都纷纷皈依帝师。上行下效，信仰藏传佛教之风在全国骤然兴起。然而，当时蒙古贵族中真正谙熟佛教与藏语文者为数甚少，同样地，藏族高僧中精通蒙古语文者亦为凤毛麟角，势必有碍蒙古统治者与喇嘛间的沟通与交流。

因应这一形势，那些早已熟悉蒙古语文，具有较高文化素养且受到蒙古统治者器重的畏兀儿知识分子开始学习藏语，以充当皇室贵族与帝师之间的翻译与媒介。他们本来就尊奉佛教，故而修习藏传佛教非为难事。职是之故，元代畏兀儿中涌现出一大批兼通汉语、回鹘语、藏语、蒙古语乃至梵语的学者和高僧大德。他们不仅精通佛教，而且具有较高的文学修养。③他们在服务于蒙古统治者和藏传佛教高僧时，进一步加强了对多种语言的修习，从而为翻译文学的形成和双语文学的创作奠定了坚实的基础。民国蒙古史家屠寄曾言："唐代回鹘举国事佛④，及为黠戛斯所破逐，其一支西奔葛逻禄，转入大食、波斯故地，种人改信天方教。前史仍称为回鹘或

---

① 杨富学：《回鹘社会文化发展逆演进现象考析》，《暨南学报》2015年第4期。
② 樊保良、水天长主编：《阔端与萨班凉州会谈》，甘肃人民出版社1997年版，第84页。
③ 杨富学：《畏兀儿与蒙古历史文化关系研究》，《兰州学刊》2006年第1期。
④ 此处之"佛"应指摩尼教之"摩尼光佛"。在漠北回鹘汗国时期，回鹘奉摩尼教为国教，而非佛教。佛经在回鹘中盛行，始自840年回鹘西迁之后。

回回。一支奔据高昌兼有北庭都护府故地者,语讹为畏兀,仍以佛法为国教。故有元一代,畏兀文人入中国者,如安藏、阿鲁浑萨理、洁实弥尔等皆通知内典,传译经论。"[①] 可以推断,元代畏兀儿双语作家群体的形成,乃斯时政治、文化、宗教、民族、语言等多种因素交互作用之结果,系特定历史阶段之产物。

---

① 屠寄:《蒙兀儿史记》卷120,中国书店1984年版,第732页。

第 五 章

元大都贯氏、廉氏家族与贯云石

贯氏和廉氏家族中贯云石和他的两个舅舅廉惇、廉惠山海牙都有作品存世。畏兀儿贯氏家族的第三代即出现了元代文化巨子贯云石，贯氏和廉氏两大显赫的畏兀儿家族对贯云石的成长带来了既深且巨的影响，其多元诗风源于转益多师的学习精神，贯云石曾旅居各地，领略了不同的地域文化，最后定居杭州，地域文化在其诗风由豪迈激烈向冲淡简远的转变中起到重要作用。元末文坛领袖杨维桢仰慕、学习贯云石，遗憾不能结识贯云石。至正四年（1344）八月十六日，杨维桢梦见贯云石，写下"相逢云石子，有似捉月仙"[①]，作为西域诗人之首的贯云石对元代诗坛影响之巨可见一斑。

第一节　北庭贯氏、高昌廉氏的家族文化

贯云石（1286—1324），字浮岑，原名小云石海涯，号酸斋、成斋、疏斋等，贯云石用过的别号还有：芦花道人、疏仙、疏懒野人、石屏等。祖居在今新疆鄯善鲁克沁，即高昌回鹘王国柳中城，郡望北庭，蒙元时期，祖父阿里海涯随军东征，迁居中原后，定居

[①]　（元）杨维桢：《庐山瀑布谣》，《铁崖先生古乐府》卷3，现收于杨镰主编《全元诗》第39册，中华书局2013年版，第29页。

于大都畏吾村（今北京魏公村）。贯氏家族的第二代贯只哥，与廉家第三代联姻，贯家第三代就出现了享誉文坛的文学家贯云石，这是畏兀儿文化与汉文化交融的奇葩。

一　北庭贯氏和高昌廉氏的族源

《元史氏族表》辨析了畏兀儿的名称，认为高昌北庭就是畏兀儿族，并提及在元代很多畏兀儿人入元朝为官，高昌国王与元庭世代通婚友好等情况，"畏吾儿者，本回鹘之裔，音转为畏吾，或云畏兀，或云伟兀，或云卫兀，或云卫吾，其实一也。回鹘牙帐本在和林之地，唐末衰乱，徙居火洲，统别失八里之地，唐北庭都护所治古高昌国也。太祖初兴，其国主巴而术阿而忒的斤亦都护，举国入觐，太祖以公主妻之，自是世为婚姻。国人入仕中朝者，多知名者。亦都护，华言国王也。凡史言高昌北庭者，皆畏吾部族"①。

在元代东迁色目族群中畏兀儿人不仅人数多、地域分布广，而且文化素养、政治地位都较高。大批畏兀儿人入居汉地和蒙古高原，出任元政府从中央到地方的各级官吏，《元史氏族表》就列出畏兀儿族31个家族入仕元朝，这些家族人才辈出，活跃在政治、军事、经济、文学艺术、史学等各个领域，发挥着重要作用。其中不少人在文学方面都颇有成就，如孟速思、小云石脱忽怜、贯云石、安藏、伯颜不花、廉希宪、廉希贡、廉惇、马祖常、偰玉立、边鲁、大都间、三宝柱、脱脱木儿、纳璘不花、伯颜不花、倚男海涯、廉普逹、马昂夫、的斤苍涯、谢文质海牙、王嘉间等以其卓越的艺术成就为畏兀儿文学史增添了华彩的乐章。

元人通行的诏令文书中，畏兀儿还被称为辉和尔、辉和、畏吾、畏兀、畏吾尔、乌鹆、委吾、瑰古、委兀、伟兀、畏午、畏午

---

① （清）钱大昕：《元史氏族表》（二），中华书局1991年版，第99页。

儿、卫兀、卫吾、外五、外吾、畏吾而、伟吾而、卫郭尔等。元人认为畏兀儿就是唐代的回鹘。欧阳玄于《高昌偰氏家传》中说："回纥即今伟兀也"①；而王恽则在《玉堂嘉话》中说："回鹘今外吾。"

畏兀儿的族源可追溯到公元前游牧在我国西北贝加尔湖一代的"丁零"，5、6世纪游牧在鄂尔浑河和天山一带，史称"铁勒"，7世纪以鄂尔浑河流域中心，建立回纥汗国。元人文集多处提到畏兀儿祖先最初居地是在今色楞格河与鄂尔浑河之间。虞集《高昌王世勋之碑》记载："退而考诸高昌王世家，盖畏吾而之地，有和林山，二水出焉，曰秃忽剌，曰薛灵哥。一夕，有天光降于树，在两树之间，国人即而候之。树生瘿，若人妊身然。自是光恒见者，越九月又十日而瘿裂，得婴儿五，收养之。其最稚者曰卜古可罕。既壮遂能有其民人土田，而为之君长。传三十余君，是为玉伦的斤，数与唐人相攻战。久之，乃议和亲，以息民而罢兵，于是唐以金莲公主妻的斤之子葛励的斤，居和林别力跛力答，言妇所居山也。又有山曰天哥里于答哈，言天灵山也。南有石山曰胡力答哈，言福山也。"②"公讳亦辇真，伟吾而人，上世为其国之君长，国中有两树，合而生瘿，剖其瘿，得五婴儿，四儿死，而第五儿独存，以为神异，而敬事之。因妻以女，而让以国，约为世婚，而秉其国政。其国主即今高昌王之所自出也。"③ 13世纪的波斯史学家志费尼也记载畏兀儿人的原居住地在漠北斡儿寒河一带，"畏兀儿人认为他们世代繁衍，始于斡儿寒河畔，该河发源于他们称为哈剌和林的山中；合罕近日所建之城池即因此山得名。有三十条河发源于哈剌和

---

① （元）苏天爵编：《元文类》卷70，商务印书馆1968年版，第1015页。
② （元）苏天爵编：《元文类》卷26，商务印书馆1968年版，第325页。
③ （元）黄溍：《辽阳等处行中书省左丞亦辇真公神道碑》，《文献集》卷十（上），文渊阁《四库全书》本。现收于李修生主编《全元文》，凤凰出版社2004年版，第165页。

林山；每条河的岸边居住着一个不同的部族；畏吾儿人则在斡儿寒河岸形成两支。当他们人数增多时，他们仿效别的部落，从众人当中推选一人为首领，向他表示臣服"①。蒙古高原发现的回鹘汗国时期的碑铭见证了漠北回鹘的历史，主要碑铭有：《回纥英武威远毗伽可汗碑》（也称《葛勒可汗碑》或《磨延啜碑》）、《九姓回鹘爱登里啰汩没密施合毗伽可汗圣文神武碑》（又称《哈拉巴喇哈逊碑》）、《苏吉牌》、《塞富莱碑》、《塔里亚特碑》（又称《铁尔痕碑》或《磨延啜第二碑》）、《铁兹碑》（又称《牟羽可汗碑》）②等，这些碑铭记录了畏兀儿民族发展的历史。1957年在杭爱山铁尔痕河谷地铁尔痕查干淖尔湖附近发现《铁尔痕碑》，记录了早期回鹘汗国751年前后的事迹，"所有四方的人民都（为我）出力，我的敌人则失去自己的福分……在八（条河流）之间，那里有我的草场和耕地。色楞格、鄂尔浑、土拉等八（条河流）使我愉快。在那里，在qarya和buryu两条河之间，我居住着和游牧着"③。

《旧唐书》卷195之"回纥传"、《新唐书》卷217之"回鹘传"、《唐会要》卷98之"回纥"、《宋史》卷490之"回鹘传"等历史文献都记载了回鹘发展的历史。公元552年，突厥部落在漠北高原建立汗国，灭柔然，整合铁勒诸部，统一了整个漠北地区，统辖大兴安岭到咸海之间的大片区域。铁勒之中的袁纥、仆古、拔野古、同罗等部落联合起来反抗突厥，这个联合体称为回纥。④唐初，唐朝与回纥联合消灭了突厥，铁勒诸部统称回纥，788年，回纥改名回鹘，雄踞漠北近百年（745—840）。

《旧唐书》中记载："回纥，其先匈奴之裔也，在后魏时号铁

---

① ［伊朗］志费尼：《世界征服者史》（上册），何高济译，内蒙古人民出版社1980年版，第62页。
② 耿世民：《古代突厥文碑铭研究》，中央民族大学出版社2005年版，第31页。
③ 耿世民：《古代突厥文碑铭研究》，中央民族大学出版社2005年版，第208页。
④ 杨富学：《回鹘与敦煌》，甘肃教育出版社2013年版，第5页。

勒部落。其象微小，其俗骁强，依托高车，臣属突厥，近谓之特勒。无君长，居无恒所，随水革流移，人性凶忍，善骑射，贪婪尤其，以寇抄为生。自突厥原有国，东西征讨，皆资其用，以制北荒。"①

唐朝政府与回鹘关系密切，回鹘和其他游牧部落称唐太宗为"天可汗"，安史之乱时期，回鹘派叶护可汗率兵4000人协助平叛，收复长安、洛阳。840年，回鹘外有黠戛斯的攻击，内部发生内乱，加之大雪、瘟疫天灾不断，回鹘被迫离开漠北故地，一部分人南下，大部分西迁。一支迁徙到河西地区，以张掖为中心，分布在甘、凉、瓜、沙等州，称"甘州回鹘""河西回鹘"，11世纪，党项族占领河西地区，河西回鹘从此隶属西夏。另一支迁至葱岭以西，参与建立了辖地广大的喀喇汗王朝。1129年，契丹贵族耶律大石消灭喀喇汗朝，建立了西辽政权。还有一支迁到今新疆天山南北地区，集中在西州一带，以高昌（元代称火州）为中心，这支回鹘称为"西州回鹘"或"高昌回鹘"。元人认为高昌回鹘是漠北回鹘的嫡传，虞集《高昌王世勋之碑》载："玉伦的斤薨，自是国多灾异，民弗安居，传位者数亡，乃迁诸交州而居焉。交州，今火州也。"②《元史》记载："乃迁于交州，交州即火洲也。统别失八里之地，北至阿术河，南接酒泉，东至兀敦、甲石哈，西临西蕃。居是者凡百七十余载，至巴而术阿而忒的斤，臣于契丹。"③

高昌回鹘不断壮大，高昌成为西北地区的佛教中心。当地其他部族也逐渐融入回鹘，回鹘逐渐成为当地的主要民族，其辖境广阔，东到河西，西达葱岭，南临大漠，北越天山。北宋初期，龟兹地区已生活有回鹘部众，《宋史》载："龟兹，本回鹘别种，其国

---

① （五代）刘昫等：《旧唐书》卷195《回纥传》，中华书局1995年版。
② （元）苏天爵编：《元文类》卷26，商务印书馆1968年版，第325页。
③ （明）宋濂等：《元史·巴而术阿而忒的斤传》，中华书局1976年版，第3000页。

主自称师子王，衣黄衣宝冠。与宰相九人，同治国事。国城有市井而无钱币，以花蕊布博易。有米麦瓜果。西至大食国，行六十日，东至夏州，行九十日。或称西州回鹘，或称西州龟兹，又称龟兹回鹘。"①

从漠北高原到吐鲁番盆地，回鹘人生存方式发生了很大变化，西迁后的地理条件非常适宜于农耕，他们放弃了游牧生活方式，开始定居，转变为半农半牧的经济，为畏兀儿文化的积淀奠定了物质基础。

二 北庭贯氏与高昌廉氏

贯氏家族的东迁始自贯云石的祖父阿里海牙，又作阿尔哈雅、阿力海涯、阿鲁海牙、阿里海涯。其事迹见于姚燧《牧庵集》卷十三《湖广行省左承相神道碑》、《元史》卷一二八。阿里海牙世居北庭，以农耕为业，家贫有志，曾言："大丈夫当立功朝廷，何至效细民事畎亩乎！"②阿里海牙读过书，"求其国书读之，逾月，又弃去"③，"释未去，求读北庭书，一月而尽其师学"④，可见其志不在治学。元宪宗二年（1252）蒙古将领不怜吉带来到北庭驻防，他赏识阿里海牙并将阿里海牙推荐给忽必烈，自此阿里海牙离开西域来到中原，成为贯氏家族东迁的第一代。从1258年开始，阿里海牙在忽必烈麾下，一路攻城略地，为元朝的统一立下赫赫战功。自至元五年（1268）至至元十一年（1274），参与了襄阳会战，至元十三年（1276）进兵湖南，攻取潭州（今湖南长沙），随后率部攻克静江（今广西桂林），十五年（1278），率部渡海进攻琼州，一

---

① （元）脱脱等：《宋史》卷490《外国六》，中华书局1977年版。
② （明）宋濂等：《元史·阿里海牙传》，中华书局1976年版。
③ （明）宋濂等：《元史·阿里海牙传》，中华书局1976年版。
④ （元）姚燧：《湖广行省左丞相神道碑》，《牧庵集》卷13，四部丛刊初编景印武英殿聚珍本。

生参与攻占五十八个州。二十三年（1286），阿里海牙在湖广行省任职期间被弹劾贪污而自杀，年六十。贯氏家族的第二代贯只哥，是贯云石的父亲，1306—1315年任湖广行省参知政事。

贯子素是贯云石的长子，又名阿尔斯兰哈雅，任浙江兰溪州、湖广慈利州达鲁花赤、権茶提举等职。为政清廉，学养深厚。

北庭贯氏出身畏兀儿农民家庭，以武功起家。与之不同的是，高昌廉氏出身于畏兀儿世臣大家，东迁之前，在畏兀国时期就有良好的文化修养，从西域时期到大蒙古国时期再到元朝建立，廉氏以文事起家，从畏兀儿文化到汉文化，廉家都走在文化的最前列。

高昌廉氏的东迁的第一代是布鲁海牙，《元史》有传，是最早效力于大蒙古国的畏兀儿文化人。布鲁海牙的父亲、祖父是高昌国的世臣，布鲁海牙能文能武，长于骑射又有较好的文化修养，十八岁时，随主归附蒙古。曾扈从太祖西征，后在燕京总理财务，出任真定路达鲁花赤，太宗三年（1231）出任燕南诸路廉访使、断事官等职位。为官廉洁而谨慎，孝其母而友兄弟。在京师置下宅院，从畏吾国接来母亲。"布鲁海牙性孝友，造大宅于燕京，自畏吾国迎母来居，事之，得禄不入私室。"[①] 世祖即位后，布鲁海牙宣抚真定，后出任顺德路宣慰使等职。布鲁海牙逝于至元二年（1265）秋，终年六十九。大德初年，追封为魏国公。子希闵、希宪、希恕、希尹、希颜、希愿、希鲁、希贡、希中、希括，孙五十三人。

贯云石的外祖父廉希闵是廉氏家族的第二代，是廉希宪的兄长，生于1229年，卒年不详，就任正奉大夫、蓟黄路宣慰使等职。其女嫁给阿里海牙之子贯只哥。廉氏第二代最值得一提的是廉希宪和廉希贡。廉希宪（1231—1280），又名忻都、人甫，字善甫。长于经史，手不释卷，被世祖称为"廉孟子"。1244年从学于王鹗，

---

① （明）宋濂等：《元史·布鲁海牙传》，中华书局1976年版。

后又从张德辉学。1254年出任京兆宣抚使，后为中书右丞。大德八年（1304），追封魏国公。① 元人评论廉希宪："男子中真男子，宰相中真宰相。"② 陈垣称："元色目人中，足称为理学名臣者，以希宪为第一。"③ 廉希宪的生平事迹见于《元史》卷126"列传第13"；《元朝名臣事略》卷7"廉文正王"；《蒙兀儿史记》；《清河集》卷5"平章政事廉文正王神道碑""平章廉希宪赠谥制"；《秋涧先生大全集》卷86"廉平章能合复用状"；《新元史》卷155"列传52"；《元西域人华化考》；《大清一统志》之"盛京统部""湖北统部""陕西统部""甘肃统部"名宦条。廉希贡（约1256—约1322），官至南台治书侍御史、昭文馆大学士，封蓟国公。廉希贡是元代著名的书法家、收藏家和书画鉴赏家。国家图书馆珍藏的善本碑帖，有廉希贡篆刻的《珊竹公神道碑》④。此外，廉氏第二代廉希恕也颇为显赫，大约生于1232年，卒年不详。出任湖广行省右丞、海北海南道宣慰使、都元帅。

廉氏家族第三代最值得称道的是贯云石的舅舅廉惇。廉惇（约1276—?），字公迈，谥号文靖。为人忠孝、恭俭、退让。⑤ 1320—1325年，在仁宗、英宗朝曾出任西蜀四川道肃政廉访使、秘书卿、江西行省参政、陕西行省左丞。之后长期退隐。诗文集《廉文靖集》已散佚，一部分保存在《永乐大典》和《诗渊》中，从中辑出廉惇佚诗二百七十三首。佚文《塔本世系状》，是廉惇1317年为迭里威实所作，色目作家为西域人所作传记较为少见。元人刘申斋

---

① 廉希宪娶有两位夫人，一位是高昌王国重臣孟速思的女儿；另一位是女真人完颜氏。廉希宪有六个儿子，高昌夫人生廉孚（后更名为廉怡，字公惠）；完颜氏生廉恪、廉恂（字公迪）、廉忱、廉恒（字公达）、廉惇（字公迈）。
② 柯绍忞：《新元史》卷115，吉林人民出版社1995年版。
③ 陈垣：《元西域人华化考》卷2，上海古籍出版社2000年版。
④ 陈垣：《元西域人华化考》卷5，上海古籍出版社2000年版。
⑤ （元）刘岳申：《江西参政廉公迈书》，《申斋集》卷2，四库全书本。

曾言："阁下以历朝勋旧之家，累世忠清之裔，辍从禁省，参预江西，此殆天以江西士民思阁下，江西士民何其幸也！"①

除了廉惇外，廉氏家族的第三代，廉惇的兄弟们廉孚、廉恂、廉忱、廉恒、廉惠山海牙也都学有大成，成为当时著名的画家、书法家、文学家和史学家。舅舅们的这些成就从一个侧面说明了贯云石成长的环境。

廉孚（廉怡），生卒年不详，廉惇长兄，字公惠，母亲是畏兀儿人，出自名臣孟苏速之门。廉孚曾任辽阳行省佥事。他是东迁畏兀儿人中第一个水墨画家，有水墨画《秋山暮霭》传世。② 廉孚与刘因等人有交往。③

廉恂，字公迪④，廉惇兄。又名米只儿海牙、密知儿海牙，廉希宪第三子，随身带着父亲之像。廉恂是书法家，曾给松江县宝云寺篆写碑额。廉恂曾在成宗、武宗、仁宗、英宗、泰定帝朝为官，历任河南行省右丞，后移江浙行省，江南行御史台御史中丞，中书平章政事，集贤大学士等职。

贯云石的其他舅舅还有，廉忱，希宪第四子。延祐年间曾任福建邵武路总管，崇学校、颇有政声。⑤ 还出任沔阳府同知。⑥ 廉恒，字公达，希宪第五子。累官御史中丞。⑦ 廉恒不仅熟谙汉文学，而

---

① （元）刘岳申：《江西参政廉公迈书》，《申斋集》卷2，四库全书本。
② 廉孚所作水墨画《秋山暮霭》，纵六寸七分，横七寸七分，收于清宫秘藏《集古名绘》中，其中第八幅即是，在廉氏家族中，只有廉孚的绘画作品得以传世。
③ 刘因与廉孚唱和的诗词有，词两首：《朝中措（廉公惠正议举儿子）》《临江仙（廉侯举次儿子）》，诗一首：《贺廉侯举次儿子》："相国当年病且贫，乘除天理暗中存；青青缓乐堂前树，又见廉泉第二孙。"（元）刘因：《静修先生文集》卷12，四库全书本。
④ 据元人魏初的诗《为廉公迪寿》和《平章廉公真赞并序》可知，公迪为廉恂之字，诗称其"读书达事体，意远文且质"。
⑤ 据（明）何乔远《闽书》和（乾隆）《大清一统志》邵武府名宦条目。
⑥ （元）元明善《平章政事廉文正王神道碑》称"忱是同知沔阳府事"。
⑦ （元）元明善《平章政事廉文正王神道碑》称"恒是资德大夫，御史中丞"。

且在汉族儒士中也很受信任①。

廉惠山海牙,《元史》卷145有传,(乾隆)《大清一统志》译作廉瑚逊哈雅,字公亮。廉希宪的侄子,父亲是广德路达鲁花赤阿鲁浑海牙。廉惠山海牙是史学家、书法家和文学家,泰定元年(1324),预修英宗、显宗实录,至正四年(1344)预修宋、辽、金三史。据《武林石刻记》卷二载,他曾为杭州路重建庙学记碑篆额。廉公亮去世于元明易代之际,故诗文也未结集,现存文章两篇《至正二十三年郡守忽欲理持建置白马庙记略》②《中书省兵部题名记》③;诗歌两首:《郑氏义门诗》《奉题见心和尚天香堂》④。至治元年(1321)进士,授承事郎,任顺州同知,历任监察御史、秘书丞、淮东廉访司佥事、都水监都转运使、河南、湖广、江西、福建行省右丞等职。拜翰林学士承旨,知制诰兼修国史。参与镇压农民起义,卒于大都失陷后,享年71岁。⑤

廉氏家族崇尚汉文化的优良家风深刻影响了贯云石。廉希宪酷爱汉文化,有很高的文化修养,在文人学士中有较高的威望,加之其极高的社会地位,常常组织文人的诗酒聚会,任职陕西期间,他组织了廉相泉园雅集,弹琴品茗、诗酒唱和,参加雅集的有:姚枢、许衡、商挺、杨奂、来献臣等。对贯云石产生较大影响的是大

---

① 据苏天爵《滋溪类稿》中《萧贞敏公墓志铭》载:廉恒在任参议中书省时,受世祖之命去请萧维斗,萧氏国初著籍京兆,公讳㪺,字维斗,年二十余,郡守以茂才推择为掾,未几,新郡倅至。倅西域人,怒则恶言詈吏。公叹曰:"如此尚可仕乎!"乃置文书于案,即日谢去,隐于终南山下。余三十年义理融会、表里洞彻、动容周旋咸中礼节,由是声名大振。可见廉恒受命请萧氏,并"令行省给五乘传,赐之楮币百匹,命挈其家偕来或萧维斗坚欲不仕可进嘉言一二、朕当令人送还,如年老或不能骑别给安车可也"。说明廉氏是受汉族儒士的信任的。

② (清)康熙二十五年《鄞县志》卷9。

③ (元)熊梦祥:《析津志辑佚本》,北京古籍出版社1983年版,第27页。

④ 《郑氏义门诗》见于《永乐大典》卷3528,中华书局1986年版影印本。《奉题见心和尚天香堂》见于释来复《澹游集》。两首诗均收于杨镰主编《全元诗》第36册,中华书局2013年版,第446页。

⑤ (明)宋濂等:《元史·廉惠山海牙传》,中华书局1976年版。

都廉园的文人雅集。廉园又称"万柳堂""南园",据杨镰先生考证,廉园毗邻今北京西郊钓鱼台,位于高梁河畔畏吾村(今魏公村)之南,① 是廉家的私家园林,花木繁茂,景色宜人。"芳菲廉家园,换我尘中春。古树不受采,白云为之宾。中列万宝枝,夭娜瑶池神。背立饮清露,耿耿猩红新。幽蜂集佳吹,炯鹭摇精银。层台团松盖,其下疑有人。弈罢忽仙去,飞花点枰菌。高藤水苍佩,再摘谁为纫。濯缨及吾足,照映须眉真。暝色起孤鸟,寒光荡青蘋。"② 廉希宪、廉右丞、廉野云③、廉惠山海牙等相继主持组织廉园文学活动。廉园雅集成为大都多族文人的文艺沙龙,来自不同民族、不同地域的文人济济一堂,形成了一个多族士人圈,其中有很多在文坛举足轻重的人物,如姚燧、许有壬、赵孟頫、袁桷、张养浩、卢挚、贡奎等。

贯云石幼年随母住在藏书两万多卷的廉园,浓郁的文化氛围,深刻影响了贯云石,为他一生的成就奠定了基础。武宗至大元年(1308)23 岁的贯云石曾与许有壬共游廉园,诗词唱和。"至大戊申八月廿五日,同疏仙万户游城南廉园。"④ 仁宗皇庆二年(1313),28 岁的贯云石供职于翰林院,与京师的高层文人元明善、赵孟頫、程钜夫、张养浩等交游学习。贯云石还师从在元代文坛有着崇高地位的姚燧。

少年贯云石体力过人,擅长骑射,少年英武,继承了畏兀儿民族勇猛豪迈的天性,颇有祖父阿里海牙的风范,"年十二三,膂力

---

① 杨镰:《元代文学编年史》,山西教育出版社 2005 年版,第 258 页。
② (元)袁桷:《集廉园》,《清容居士集》卷 3,现收于杨镰主编《全元诗》第 21 册,中华书局 2013 年版,第 90 页。
③ 杨镰先生认为"廉野云"是贯云石的外祖父廉希闵,见于《元代文学编年史》第 258 页。而张建伟先生则持不同观点,认为"廉右丞"或为廉希恕,"廉野云"或为廉惇,参见张建伟《论北庭贯氏家族传统的转变》,《民族文学研究》2013 年第 3 期;《高昌廉氏与元代的多民族士人雅集》,《中央民族大学学报》2014 年第 4 期。
④ (元)许有壬:《至正集》卷 78《木兰花慢》词序。

绝人，使健儿驱三恶马疾驰，持槊立而待，马至，腾上之，越二而跨三，运槊生风，观者辟易。或挽强射生，逐猛兽，上下峻阪如飞，诸将咸服其矫捷"①。

  三尺青青古太阿，舞风斫碎一川波。长桥有影蛟龙惧，流水无声日夜磨。两岸带烟生杀气，五更弹雨和渔歌。秋来只恐西风恶，销尽锋棱恨转多。②

  生长在水边的蒲草，叶子是尖形细长，在贯云石看来就像凌厉出鞘的宝剑，砍碎水波，令蛟龙惧怕，剑气逼人。大片的蒲草犹如杀气腾腾的战场，流露出北方民族勇猛尚武的彪悍之气。纵横疆场的祖父阿里海牙无形中影响着贯云石，金戈铁马之气隐含于他的作品之中，形成其慷慨激烈、俊爽洒脱的文风，豪放之气，堪比苏辛。正如《元史》所言："从姚燧学，燧见其古文峭厉有法，及歌行、古乐府慷慨激烈，大奇之。"③贯云石有着畏兀儿人的热情与浪漫，富于奇特的想象，如《白兆山桃花岩》，虽然还没有资料显示贯云石回到过西域，但贯云石视西域北庭为故乡。

  贯云石的成长有着深刻的家族背景。贯氏家族、廉氏家族是来自北庭畏兀儿的两大家族，廉氏是蒙元时期兼容畏兀儿文化和汉文化的精英家族，而贯氏则是元代以武功起家的典型。在两大家族的共同影响下贯云石为人英武豪放、为文慷慨激烈。其位高权重的祖父，遭到弹劾查办而自杀，贯云石清醒地认识到官场的险恶，"昨

---

① （明）宋濂等：《元史·贯云石传》，中华书局1976年版。
② （元）贯云石：《蒲剑》，载胥惠民、张玉声、杨镰《贯云石作品辑注》，新疆人民出版社1986年版，第101页。
③ （明）宋濂等：《元史·贯云石传》，中华书局1976年版。

日玉堂臣，今日遭残祸"①，这与他两次去职漫游不无关系。

第二节 转益多师

个性气质不仅影响到创作，也影响到对学习对象的选择，气质相近的作家更容易产生共鸣。刘勰注意到作家的个性、气质差异很大，"才有庸俊，气有刚柔，学有浅深，习有雅郑，并清性所铄，陶染所凝，是以笔区云谲，文苑波诡者矣"②。贯云石善于向前人学习，在学习的过程中，贯云石豪迈慷慨的个性使他首先选择了李白作为楷模。

白兆山桃花岩相传是李白读书之处，位于湖北安陆县西三十里，群山苍翠，白云舒卷，身临桃花岩，思慕李太白，诗人以想落天外的神来之笔，将桃花岩描写成人间仙境，充满了自由飘逸的想象，"云外清啸""美人丹鹤""神游八极""流水杳然"在这样大气磅礴的境界中，贯云石渴望与自己仰慕的李白一道酣饮狂歌，笑傲人间，"酒酣仰天呼太白，眼空四海无纤物"。

> 白兆山桃花岩，太白有诗，近人建长庚书院。来京师时，中书平章白云相其成，求诗于祠林臣李秋谷、程雪楼、陈北山、元复初、赵子昂、张希孟，与仆同赋。③

> 美人一别三千年，思美人兮在我前。桃花染雨入白兆，信知尘世逃神仙。空山亭亭伴朝暮，老树悲啼发红雾。为谁化作神仙区，十丈风烟隔淮浦。暖翠流香春自活，手捻残霞皆细

---

① （元）贯云石：《双调·清江引》，载胥惠民、张玉声、杨镰《贯云石作品辑注》，新疆人民出版社1986年版，第31页。
② 王运熙、周锋：《文心雕龙译注》，上海古籍出版社2012年版，第136页。
③ 《皇元风雅》卷一无此序。

末。几回云外落清啸,美人天上骑丹鹤。神游八极栖此山,流水杳然心自闲。解剑长歌一壶外,知有洞府无人间。酒酣仰天呼太白,眼空四海无纤物。明月满山招断魂,春风何处求颜色。(《白兆山桃花岩①》)②

粗犷自由的畏兀儿天性使得他在接受汉文化的时候,对风格豪迈慷慨、想象自由奇特、文词瑰丽的诗歌更容易产生共鸣。相比那种温婉纤弱的文风,他对李白、韩愈、李贺、苏轼、辛弃疾等人更加钟情。胡应麟云:"元之失,过于临摹,临摹之中,又失太浅。"③贯云石有些诗作模仿的痕迹比较明显,体现了他努力学习的过程。

李白曾畅游当涂采石矶,相传李白在这里醉酒捞月,沉水仙逝,至今当地还有李白衣冠冢。《新唐书·文艺传》曾记载李白与崔宗之月夜游采石,"(李白)尝乘月与崔宗之自采石至金陵,著宫锦袍坐舟中,旁若无人"。多位文人都在采石矶留下感怀李白的诗作,如萨都剌《采石怀李白》:"梦断金鸡万里天,醉挥秃笔扫鸾笺。锦袍日进酒一斗,采石江空月满船。金马重门天似海,青山荒冢夜如年。只应风骨蛾眉妒,不作天仙作水仙。"④

贯云石两次弃官浪迹江湖,"我亦不留白玉堂,京华酒浅湘云长"一句表达了贯云石从京师南下江南,获得了心灵自由的喜悦,与当年"赐金放还",远离"白玉堂"的李白,有着同样的洒脱飘逸,千载之下,贯云石将李白引为知己,采石山下流水无痕,而李白音容宛在,贯云石渴望梦中向李白倾诉衷肠。

---

① 《元音》《文翰类选大成》题作《桃花岩》。
② 胥惠民、张玉声、杨镰:《贯云石作品辑注》,新疆人民出版社1986年版,第87—88页。
③ (明)胡应麟:《诗薮》,上海古籍出版社1982年版。
④ 杨镰主编:《全元诗》第30册,中华书局2013年版,第191页。

采石山头日颓色，采石山下江流雪。行客不过水无迹，难以断魂招太白。我亦不留白玉堂，京华酒浅湘云长。新亭风雨夜来梦，千载相思各断肠。(《采石歌》)①

贯云石在创作上积极研修李白作品、学习李白写法，诗歌中学习李白的痕迹很明显。洞庭湖烟波浩渺，君山之上竹林清幽，娥皇女英啼泣沉江，湘妃竹水边遥望千年，李白《远别离》一诗，营造了幽暗凄苦的情境，表达了浓烈的哀伤，苍梧湘水意象，引发无穷想象，"远别离，古有皇英之二女，乃在洞庭之南，潇湘之浦。海水直下万里深，谁人不言此离苦。日惨惨兮云冥冥，猩猩啼烟兮鬼啸雨……或言尧幽囚，舜野死，九疑联绵皆相似，重瞳孤坟竟何是。帝子泣兮绿云间，随风波兮去无还。恸哭兮远望，见苍梧之深山。苍梧山崩湘水绝，竹上之泪乃可灭"②。

迺贤也写过"君不见潇湘江上斑斑竹，雨洒疏林泪痕绿"③的诗句。贯云石来到君山，君山优美的自然景色打动了他，在《别离情》中，他和李白《远别离》一样，运用了苍梧湘水，湘妃思念夫君，泪染修竹的传说，抒写离情，不同的是贯云石又用了霸王垓下别虞姬的典故。可见贯云石对李白的学习。

吁！别离之苦兮。苍梧之野春草青，黄陵庙前春水生。日暮湘裙动轻翠，修竹亭亭染红泪。又闻垓下虞姬泣，斗帐初惊楚歌毕。佳人阁泪弃英雄，剑血不销原草碧。何物谓之别离情，肝肠剥剥如铜声。不如斫其竹，蒉其草，免使人生为情

---

① 胥惠民、张玉声、杨镰：《贯云石作品辑注》，新疆人民出版社1986年版，第104页。
② （唐）李白撰，瞿蜕园、朱金城校注：《李白集校注》，上海古籍出版社1980年版。
③ （元）迺贤：《仙居县杜氏二真仙庙诗》，载杨镰主编《全元诗》第48册，中华书局2013年版，第57页。

老。(《别离情》)①

《君山行》是贯云石一篇模拟之作，他学习了多位前贤手法，这首诗集中体现了贯云石转益多师的学习精神，"北溟鱼背几千里，负我大梦游弱水"明显学习了庄子的意象，"宝钗绾髻翠欲流，凤鬟十二照暮秋"一句学习了黄庭坚《雨中登岳阳楼望君山》一诗，而"女娲炼石补天手，手拙石开露天丑"则学习了李贺《李凭箜篌引》。

北溟鱼背几千里，负我大梦游弱水。蓬莱隔眼不盈拳，碧落香销吹不起。茜裙女儿怀远游，远人不归明月羞。女娲炼石补天手，手拙石开露天丑。琼楼玉宇亦人间，直指示君君见不。斯须鱼去梦亦还，白云与我游君山。(《君山行》)②

贯云石不仅倾心李白，更与李贺心意相通，贯云石对李贺在精神气质上产生共鸣，《筚篥乐为西瑛公子》是贯云石的一首音乐诗，深得以李贺为代表的韩孟诗派的精髓，追求怪异之美，甚而以丑为美。

全诗描写了从音乐初起、高潮到尾声的乐曲全过程。诗一开始就用"雄雷""雌雷"写音乐声的突兀，用"云海缦沙地无草"写音乐声的辽阔。音乐声从微弱到强大，从微尘、芦苇的纤弱，到车轮的辚辚声、牛马的喘气声，再到鬼魅的怪哭、猩猩的饿嚎，阴冷恐怖，充满血腥与死亡。诗人用极度的夸张，使描写对象变形、幻

---

① 胥惠民、张玉声、杨镰：《贯云石作品辑注》，新疆人民出版社1986年版，第92页。
② 胥惠民、张玉声、杨镰：《贯云石作品辑注》，新疆人民出版社1986年版，第103—104页。

化。"壮声九漏雪如铁"用寒气逼人的雪和生硬的铁来形容声音，用触觉比喻听觉，形成一种怪异之美，"魑魅梦哭""髑髅杯""饮腥血"既形容乐声又表现了乐曲中的形象，营造了一种令人毛骨悚然的境界。结尾用"云散月荒凉""归路人稀"形容音乐渐弱的尾声。从高潮的紧张到结尾的舒缓，诗人把读者从恐怖中拉回到日常的平静，把握了松紧适度的节奏韵律，使作品更有张力。这与李贺有所不同。

雄雷怨别雌雷老，云海镘沙地无草。□①尘不受紫檀风，三寸芦中元气巧。微声辚辚喘不栖，魑魅梦哭猩猩饥。壮声九漏雪如铁，酥灯焰冷春风灭，神妻夜传髑髅杯，倒解昆仑饮腥血。紫台云散月荒凉，归路人稀腔更长。（《筚篥乐为西瑛公子》）②

贯云石的这首音乐诗堪比唐代著名的音乐诗李贺《李凭箜篌引》和韩愈《听颖师弹琴》，我们能看到贯云石学习模仿韩孟诗派的痕迹。类似作品还有《观日行》《画龙歌》《君山行》等，色彩浓烈，节奏强劲，想象奇特，力大气猛，体现了贯云石追求光怪震荡之审美情趣。

六龙受鞭海水热，夜半金乌变颜色。天河蘸电断鳌膊，刀击珊瑚碎流雪。（《观日行》）③
烈风倒雪银河倾，珊瑚盏阔堪不平。吸来喷出东风迎，春

---

① （明）汪砢玉《珊瑚网》卷十作"胡"。
② （元）贯云石：《筚篥乐为西瑛公子》，（明）汪砢玉《珊瑚网》卷十题作《筚篥乐》，参见胥惠民、张玉声、杨镰《贯云石作品辑注》，新疆人民出版社1986年版，第119—120页。
③ 胥惠民、张玉声、杨镰：《贯云石作品辑注》，新疆人民出版社1986年版，第111页。

色万国生龙庭。(《画龙歌》)①

此外，贯云石还向孟郊、柳宗元等人学习。《思亲》学习了孟郊《游子吟》的写法。

细较十年衣上泪，不知慈母线痕多。(《思亲》)②

贯云石曾任职永州，他用敏感的心体会着五百年前被贬到永州的柳宗元的心境，学习柳宗元笔法。《芦花被》最后一句"青绫莫为鸳鸯妒，欸乃声中别有春"就是学习了柳宗元作于永州的山水小诗《渔翁》："渔翁夜傍西岩宿，晓汲清湘燃楚竹。烟销日出不见人，欸乃一声山水绿。回看天际下中流，岩上无心云相逐。"

贯云石在创作过程中，出于对汉文化浓厚的兴趣和良好的文化素养，从思维方式、题材选择、语言运用、创作手法各个方面积极学习前贤长处，李白、李贺、韩愈、孟郊、柳宗元等人，贯云石无所不师，足见其转益多师的学习精神。

第三节　地域迁徙对贯云石诗风的影响

贯云石的艺术风格多元兼容，不仅有慷慨激烈与豪放诡异的作品，而且有清新绮丽与温婉冲淡的作品，这与地域的流动相关，地域的迁徙对其文学风格产生了深刻的影响。贯云石辞官南下，遍历江南各地。贯云石在杭州受到人们的追捧，曾改造海盐腔。元代姚桐寿《乐郊私语》载海盐腔始自贯云石，贯云石把北方曲调带到南

---

① 胥惠民、张玉声、杨镰：《贯云石作品辑注》，新疆人民出版社1986年版，第94页。
② 胥惠民、张玉声、杨镰：《贯云石作品辑注》，新疆人民出版社1986年版，第98页。

方，结合当地曲调，传授给浙江海盐澉浦人杨氏，海盐腔在明代开始流行，成为明代南戏的四大声腔之一，也是昆曲的先声。他的诗词曲等各类体裁的作品都呈现出一派江南风情，洞庭烟雨、西湖云树消解了粗豪，创作风格也逐渐清新冲淡。其诗歌创作从豪放激烈到"冲淡简远"[1]，地域文化的影响是重要因素之一。

《小梁州》对西湖的春夏秋冬进行了一一描述，对西湖山水的喜爱之情溢于言表。西湖景色的婉媚与大都阔大的气象大相径庭，让诗人感到新奇。

>春风花草满园香，马系在垂杨。桃红柳绿映池塘，堪游赏，沙暖睡鸳鸯。(《小梁州·春》)
>
>佳人才子游船上，醉醺醺笑饮琼浆。归棹晚，湖光荡，一钩新月，十里芰荷香。(《小梁州·夏》)
>
>芙蓉映水菊花黄，满目秋光。枯荷叶底鹭鸳藏。金风荡，飘动桂枝香。〔么〕雷峰塔畔登高望，见钱塘一派长江。湖水清，江潮漾。天边针月，新雁两三行。(《小梁州·秋》)
>
>梅梢冻，雪压路难通。么六桥顷刻如银洞，粉妆成九里寒松。酒满斟，笙歌送，玉船银棹，人在水晶宫。(《小梁州·冬》)[2]

桃红柳绿的春天，十里荷香的夏天，丹桂飘香的秋天，粉妆玉砌的冬天，每一种景色都令诗人欣喜若狂，四时之景不同，但诗人的热爱西湖之情是不变的。

千百年来，中秋钱塘观潮是文学作品的重要题材，留下许多名

---

[1] (元)欧阳玄：《贯公神道碑》，《圭斋集》卷9。
[2] (元)贯云石：《小梁州》，载胥惠民、张玉声、杨镰《贯云石作品辑注》，新疆人民出版社1986年版，第9—11页。

篇，如苏轼《八声甘州·寄参廖子》就有"有情风、万里卷潮来，无情送潮归。问钱塘江上，西兴浦口，几度斜晖"，描写钱塘江大潮的气势磅礴，豪情满怀的贯云石对壮观的钱塘江大潮尤为喜爱，代表作《寿阳曲》以欣喜之情描写了钱塘江大潮的景象，"鱼吹浪，雁落沙，侍吴山翠屏高挂，看江潮鼓声千万家，卷朱帘玉人如画"①。如画的山水激发了作家的创作灵感，诗人倾其毕生所学，语句越发雅致温婉，粗豪之气渐弱，如《蟾宫曲》中描写西湖美景时的用语就颇为凝练优雅，清新细腻。"月枕冰痕，露凝荷泪，梦断云裾。""明月冷亭亭玉莲，荡轻香散满湖船。""春景扶疏，秋色模糊，若比西施，西子何如？"②

远离纷争的政治中心，隐遁山林，诗人获得了心灵的自由与安逸，闲适恬静的生活加之江南的杏花春雨为他的诗歌注入一股柔和清新之气。《西湖游》一诗为读者展开了一幅明丽婉媚的西湖画卷，主人带着宾客们在船上畅游，奏乐饮酒，阡陌小路蜿蜒盘桓在遍野鲜花芳草之间，臂间挎着篮子采购的女子匆匆回家，雕栏画柱的石桥飞跨在水上，几个小舟停靠在岸边，画桥有几人携手买舟：

会意追游分主宾，隔篷别调忽伤神。水边芳草去时雨，风外落花何处春。紫陌抱篮归市女，画桥携手买舟人。龙香准为湖山赋，重嘱西施莫厌贫。（《西湖游》）③

令贯云石心仪的不仅有西湖，还有风景如画的庐山。庐山这座文化名山在文学史、绘画史、哲学史上都具有重要意义，贯云石之前无数文人墨客来到庐山，从司马迁、顾恺之、萧统到李白、孟浩

---

① 胥惠民、张玉声、杨镰：《贯云石作品辑注》，新疆人民出版社1986年版，第43页。
② 胥惠民、张玉声、杨镰：《贯云石作品辑注》，新疆人民出版社1986年版，第27页。
③ 胥惠民、张玉声、杨镰：《贯云石作品辑注》，新疆人民出版社1986年版，第115页。

然、白居易、王安石、苏轼、朱熹等，都留下不朽的作品。"释道同尊"的庐山还是宗教名山，从4世纪到13世纪，各种宗教昌盛，道观、寺院林立，一度多达五百多处，张道陵、陆修静曾在庐山修炼，创建简寂观，开创道教灵宝派。东晋慧远在这里创立东林寺，观像念佛，开创佛教净土法门。庐山优美的自然山水和深厚的人文积淀深深吸引着贯云石，庐山成为贯云石学习汉文化的绝佳场所。《题庐山太平宫》就是他努力学习的成果。"山上清风山下尘，碧沙流水浅如春。不知松外谁敲月？惊动南华梦里人。"[①] 高山流水，清风碧沙，松柏常青，思绪悠悠，冲淡简远不仅是诗人追求的诗歌风格，更是诗人的一种精神境界。

洞庭湖位于长江南岸，南来的湘、资、沅、澧四大支流汇入，烟波浩渺。岳阳楼，坐东朝西，俯瞰洞庭湖，遥望君山，风格古朴，三国时期东吴大将鲁肃曾在此楼阅兵。一望无际的八百里洞庭曾令范仲淹《岳阳楼记》中的无数"迁客骚人"为之动容，如杜甫"昔闻洞庭水，今上岳阳楼。吴楚东南坼，乾坤日夜浮"，孟浩然"气蒸云梦泽，波憾岳阳城"，李白"楼观岳阳尽，川迥洞庭开"，刘禹锡"遥望洞庭山水色，白银盘里一青螺"。令贯云石倾心的不仅是前贤们留下的精美的诗句，更令他感慨追念的是这里还是他祖父纵横驰骋的疆场，至元九年（1272）贯云石的祖父阿里海牙参加了旷日持久的襄阳会战，元军攻下樊城、襄阳后，阿里海牙留守鄂州，并转战江陵，攻下沙市后，阿里海牙下令屠城。之后进兵长沙，攻打潭州。可见洞庭湖一带是阿里海牙攻城略地，建功立业的战场。自襄阳会战的13世纪70年代到阿里海牙去世的1286年，阿里海牙一直驻守管理着由他率部攻下的荆湖行省后改为湖广行省，被任命为湖广行省左丞相。贯云石伯父忽失海涯曾任湖广行

[①] 胥惠民、张玉声、杨镰：《贯云石作品辑注》，新疆人民出版社1986年版，第115页。

省左丞,父亲贯只哥任湖广行省参知政事。来到祖辈们战斗生活过地方,刀光剑影已成过往,在瑟瑟秋风中登岳阳楼,遥望洞庭湖,追思无限。贯云石留有两首题咏岳阳楼的诗篇。

天远岳阳楼影孤,下窥梦泽渺平芜。城南老树依然在,试问仙童重到无。(《题岳阳楼》)[1]

西风吹我登斯楼,剑光影动乾坤浮。青山对客有余瘦,游子思君无限愁。昨夜渔歌动湖末,一分天地十分秋。(《岳阳楼》)[2]

诗歌以岳阳楼一带的景色为题材,伤怀念远,表达了诗人无限怅惘的思绪,与当地文化的互动。诗中有学习模仿的痕迹,如"剑光影动乾坤浮"模拟杜甫"乾坤日夜浮"一句。前辈诗人的妙语连珠,是贯云石学习的对象,诗中"一分天地十分秋"一句,就运用了"天地秋"的语句。前人成句如唐代李子卿《听秋声歌》:"时不与兮岁不留,一叶落兮天地秋",宋代释道璨《和雨崖吴提弄奉母夫人雨中登鲁公亭》"西风天地秋,细雨江城莫",宋代邓肃《再用南斋韵谢》"但足箪瓢乐,不知天地秋"等。

因此,我们认为江南的自然景观和地域文化对贯云石诗歌的内容、题材和风格都产生了深刻的影响。类似的诗还有《秋江感》:"澄净秋江一舸轻,不堪踪迹乐平生。西风两鬓山河在,落日满船鸿雁声。村酒尚存黄阁醉,短檠犹照玉关情。料应今夜怀乡梦,残

---

[1] (元)贯云石:《题岳阳楼》,载胥惠民、张玉声、杨镰《贯云石作品辑注》,新疆人民出版社1986年版,第107页。

[2] (元)贯云石:《岳阳楼》,载胥惠民、张玉声、杨镰《贯云石作品辑注》,新疆人民出版社1986年版,第108页。

月萧萧月二更。"①

贯云石的文风和书法在后期都发生了较大变化，诗风由慷慨激烈转而变为冲淡简远，这既有江南温婉细腻的地域文化的影响，又有禅宗出世思想的影响。

公元前1世纪到10世纪初，西域地区作为连接印度与中原汉地的桥梁，一直盛行佛教。蒙元时期，西域地区出现了多种宗教共存的格局，北部高昌地区盛行佛教，南部地区以伊斯兰教为主。高昌地区一直没有被伊斯兰教所征服，所以有元一代，佛教在高昌地区保持了发展的势头。目前并没有资料明确显示贯氏家族的原奉宗教，但推测其对西域佛教并不陌生。

研修禅宗对贯云石的思想及创作都产生了深刻的影响。在杭州，贯云石从高僧明本习禅。中峰明本禅师（1263—1323），元朝最杰出的僧人，号中峰，名明本，法号智觉，钱塘人。24岁赴天目山，诵经学道。其思想成为明清两代禅宗的主流，被推崇藏传佛教的蒙古皇帝先后赐号"广慧禅师""智觉禅师""普应国师"，受到文人学士的推崇。据载，贯云石"入天目山，见本中峰禅师，剧谈大道，箭锋相当。每夏，坐禅包山，暑退，始入城。自是为学日博，为文日邃，诗亦冲淡简远。书法稍取法古人而变化，自成一家"②。

贯云石汉学受教于姚燧，禅学受教于中峰明本，都是当时该领域造诣最深的人物，被陈垣称为"双料华化"③。习禅削弱了其用世的激情，贯云石日渐淡漠人间烟火，其文风也渐渐冲淡。"其论世务，精核平实。识者喜公，谓将复为世用。而公之踪迹与世接渐

---

① （元）贯云石：《秋江感》，载胥惠民、张玉声、杨镰《贯云石作品辑注》，新疆人民出版社1986年版，第102页。
② （元）欧阳玄：《贯公神道碑》，《圭斋集》卷9。
③ "若西域人既邃于汉学，又以境遇或性近之故，去而谈禅，则可谓之'双料华化'矣。"陈垣：《元西域人华化考》卷3，上海古籍出版社2008年版，第36页。

疏，日过午，拥被坚卧，宾客多不得见。僮仆化之，以昼为夜。道味日浓，世味日淡。去而违之，不翅解带。"①

贯云石自由随性的生活天性在某种程度上契合了道家追求精神安逸和逍遥自在的思想，作品中多次表达了对道家思想的推崇。"绕柴扉水一洼，近山村看落花，是蓬莱天地家。""冷清清无是无非诵《南华》。"②

> 秋鸣无数醉秦娥，却把轻风惹扇罗。明月碧澄天似水，此山云气动纤波。
> 红旭如铅海上来，苍苍烟雾小蓬莱。东风昨夜醇如酒，吹得桃花满树开。
> 翠幙低垂护午阴，碧瓶里面水痕深。东风截断人间热，勾引清凉养道心。
> 一帘明月倚阑干，宇宙尤宜就夜看。飞上仙槎河汉近，手招沉瀣海铜盘。
> 功成不用服丹砂，笑指云霞总是家。清晓山中三尺雪，道人神气是梅花。
> （《陈北山扇五首》）③

诗歌用梅花傲雪开放形容了道人的精气神，用明月云气、海上蓬莱形容神仙境界的美妙，全诗充满了对仙境的向往。

> 些儿名利争甚的，枉了着筋力。清风荷叶杯，明月芦花

---

① （元）欧阳玄：《贯公神道碑》，《圭斋集》卷9。
② （元）贯云石：《［仙吕］村里迓鼓》，载胥惠民、张玉声、杨镰《贯云石作品辑注》，新疆人民出版社1986年版，第80页。
③ 胥惠民、张玉声、杨镰：《贯云石作品辑注》，新疆人民出版社1986年版，第91页。

被，乾坤静中心似水。①

药炉经卷作生涯，学种邵平瓜。渊明赏菊在东篱下，终日饮流霞。咱，向炉内炼丹砂。②

综上所述，贯氏家族和廉氏家族对贯云石产生了深刻的影响，其深厚的文化修养主要来自廉氏家族。家族文化、畏兀儿文化、儒释道兼容的汉文化传统都影响到他的创作，而地域文化对其诗歌创作的影响尤巨，贯云石宦游南北，最后定居杭州，受到不同地域文化的影响。贯云石的诗风由慷慨激烈转向冲淡简远，其中地域文化的影响是因素之一。同时，色目作家在创作汉语诗歌的过程中，不断学习，转益多师，模仿的痕迹正是学习过程的体现。

---

① （元）贯云石：《［双调］清江引》其六，载胥惠民、张玉声、杨镰《贯云石作品辑注》，新疆人民出版社1986年版，第55—56页。
② （元）贯云石：《［仙吕］村里迓鼓》，载胥惠民、张玉声、杨镰《贯云石作品辑注》，新疆人民出版社1986年版，第80页。

第 六 章

《述善集》与濮阳唐兀崇喜等地方作家

《述善集》是西夏遗民唐兀崇喜（字象贤）[①]于元至正十八年（1358）所编纂家族文集。分《善俗》《育材》《行实》三卷，并有附录二，共收录濮阳西夏遗民及其亲朋师友等所撰记、序、碑铭、诗赋、题赞、杂著等各种体裁作品75篇，除元末西夏遗民之著述外，大多为亲朋师友撰写的赠诗、赠文，其内容主要记述西夏遗民唐兀氏迁居濮阳前后的事迹。保存下来的元代西夏遗民资料相当丰富，而且具有非常高的史料价值。[②]家族成员的诗文主要有：唐兀忠显、唐兀崇喜父子二人合著《龙祠乡社义约》，崇喜还著有诗歌《〈唐兀公碑〉赋诗》，散文《自序》《为善最乐》《观德会》《节妇后序》《报效军储》《祖遗契券志》《劝善直述》，崇喜的姻家伯颜宗道有《节妇序》和《龙祠乡社义约赞》两篇诗文。

1998年，杨富学、焦进文对《述善集》进行整理、校注，三

[①] 唐兀氏于元末被赐姓为杨，故唐兀崇喜又有杨崇喜之称。为行文之便，本书通称为唐兀崇喜或简称崇喜。

[②] 朱绍侯：《试论〈述善集〉的学术价值》，《史学月刊》2000年第4期；刘巧云：《〈述善集〉学术价值刍议》，载何广博主编《〈述善集〉研究论集》，甘肃人民出版社2001年版，第15—25页。

易寒暑，终得以刊行，① 引起了国内外学术界的关注，② 十余年来研究不辍。但观当前研究状况，多偏重于具体史实的考订和西夏遗民的教育、汉化、乡村建设等问题，而没有重视《述善集》作为家族诗文集在元代文学的意义。以反映唐兀崇喜家族事迹为中心的《述善集》，是元代色目人家族文集。围绕崇喜家族形成了一个从大都到濮阳的多族文人互动的交游网络，这个文人圈的文学活动与元末文坛息息相关，成为连接大都文坛和濮阳文坛的纽带。以唐兀崇喜为中心的这个文人圈，上至朝廷大员、文坛领袖，下至底层百姓、草根作家，都曾为崇喜家族创作诗文。其中张翥、危素、潘迪是元末文坛领袖，也是崇喜在国子学的老师，崇喜的姻家伯颜宗道③是西域理学名儒。元末明初著名文人学士、各级官员还有：张以宁（1301—1369），泰定四年（1327）进士，仕至翰林侍读学士，知制诰，入明为翰林学士，以博学闻名，有《翠屏集》四卷。曾鲁（1319—1372），与宋濂齐名，洪武初年，与修《元史》，累官至礼部侍郎。陶凯，元末已有才名，入明曾任湖广参政、国子祭酒，善诗文，朝廷诏令、碑碣等多出于其手，《明史》卷136有传。张筹，明初任礼部尚书，与陶凯共著《昭鉴录》一书。魏观，元末隐居蒲山，入明后仕至国子祭酒、两知苏州事，著有《蒲山集》《蒲山牧唱》等，《明史》卷140有传。曾坚，与危素齐名，元末进士，官至翰林学士，明初任礼部侍郎。张祯，《元史》卷186有传，元统元年（1333）进士，历任监察御史、山南道肃政廉访司佥

---

① 焦进文、杨富学校注：《元代西夏遗民文献〈述善集〉校注》，甘肃人民出版社2001年版。（以下简称《〈述善集〉校注》）

② 相关述评见［日］舩田善之《新出史料〈述善集〉介绍——新刊の关连书三册》，《史滴》2002年第24期；刘再聪《觅宝于"寻常百姓家故纸堆中"——评〈元代西夏遗民文献述善集校注〉》，《甘肃民族研究》2005年第3—4期；李吉和《〈元代西夏遗民文献述善集校注〉述评》，载《西夏学》第1辑，宁夏人民出版社2006年版。

③ 崇喜之子理安娶伯颜宗道之女哈剌鲁氏。

事、开州刺史等职。程徐,元代任兵部尚书、明初任刑部尚书。除了上述这些著名的文人、官员,崇喜家族的交游网络还有那些名不见经传、社会地位不高的作者,他们也为崇喜家族而创作诗文,如刘让、睢稼、李颜、项驾、王章、广㝢、王继善、周臣、武起宗、忠公严、马淳斋、马国骃、胡益上、唐兀伯都、陈信之、孙子初、张士明、贾俞、董庸、邓震、刘文房、罗逢原、空空道人等,而《述善集》编纂者唐兀崇喜出身于下层士兵,其家族五代人最高职位是"百夫长",同样没有显赫的社会地位,这些地位不高的作者或可称为草根作家,他是文学大家的追随者、陪衬者,恰是元代底层文学发展最真实、最鲜活的反映,是对主流文坛的有力补充。崇喜家族东迁后,五代人的家族谱系非常明确,为我们研究色目作家的产生的背景、发展的轨迹提供了难得的依凭,同时,唐兀家族的家庭教育为研究色目士人阶层在下层色目人中的扩张提供了范本,对于这些学界几无关注。本章拟以《述善集》为中心探讨濮阳西夏遗民唐兀崇喜家族的文学创作及其与元末主流文坛的关系。

唐兀崇喜家族的文化深受理学思想的影响。今河南地区自北宋到元代一直是理学重镇,濮阳色目作家的文学思想深受理学思想的影响。《述善集》比较完整地记录了元代色目作家受理学影响并将之付诸实施的过程,可以看作元代晚期理学在社会上广泛流行的缩影,在中国理学史上占有一席之地。其实,《述善集》所载龙祠乡约的制定、唐兀氏对家族教育的重视和书院的兴建,都在强调一个"善"字。究其深层背景,皆可追溯至元代理学的影响,这是研究崇喜家族应关注的核心问题之一。有鉴于此,本章拟从忠君、孝道、中庸、善乐、贞节等方面对崇喜家族的家族文化及其所蕴含理学思想略作阐释,进而探讨其成因和影响。

第一节 以"善"为中心的家族文化

崇喜家族的家族文化可用"善"字概括,富蕴元代理学所强调的忠君、孝道、中庸、善乐、贞节思想。崇喜家族来自素有儒学文化背景的河西地区,家族几代人崇尚儒学,崇喜更是自幼深受理学思想濡染,后就读于国子学,理学思想逐渐形成系统,回乡后在濮阳兴办教育,制定乡约,传播理学思想。

一 忠孝传家

在中国传统文化中,忠孝乃立德之本,忠孝思想在古代中国的意识形态领域占有核心地位,在维系社会稳定方面发挥了重要作用。

儒家的忠君思想,源自孝道,推家及国,忠君即是孝。《孝经》云:"夫孝,始于事亲,中于事君,终于立身。"《孟子·公孙丑下》曰:"内则父子,外则君臣,人之大伦也。"彼时的君臣之义尚停留在理论倡导阶段,及至宋代,理学大兴,作为伦理纲常重要环节的忠君观念被大大强化,近乎宗教。

《述善集》对崇喜忠君思想多有记载,言其在罄家资兴办学校的同时还为元政府献粮,如《锡号崇义书院中书礼部符文》记载:"唐兀崇喜创建宣圣庙学,并置学田四顷五十四亩,献粟五百石,草一万束,以供调兵之用"[1],故而被朝廷树立为忠君报国的楷模,不仅准其兴建书院,而且赐额曰"崇义书院":

> 斯人尚义轻财,尊儒重道,建学田,育人才以报国,献粟

---

[1] 《锡号崇义书院中书礼部符文》,载《〈述善集〉校注》卷2《育才卷》,第120页。

草，供军需而效忠……本人不望名爵官钱，欲尽报国之心，以为殄寇之资，乞赐以书院之号，护持禁约，使庙学无沮坏之虞，田土免侵欺之弊，上不失朝廷重道崇儒之意，下可励士庶学古向善之心。①

除崇喜外，《述善集》中还记载了与之有着姻亲关系（伯颜宗道女嫁于崇喜子理安）的伯颜宗道的忠君之举。

伯颜宗道（1292—1358），开州濮阳月城人，哈剌鲁氏，又名师圣，字宗道，号愚庵。《元史》卷190《伯颜传》及《述善集》附录中收录的《伯颜宗道传》均载有其生平事迹。《伯颜宗道传》又见于《正德大名府志》卷10《文类》。②通过比较可以看出，《正德大名府志》所载的《伯颜宗道传》比《述善集》所载多出了近三十字，而且二者文字略有不同。《述善集》所载当为底本，在收入《正德大名府志》时内容有补充。

据载，至正四年（1344），朝廷招纳才德隐迹之士，伯颜宗道被征召至京师，成为翰林待制，参与编修《金史》，书成后，因病辞归，后又担任江西湖东道肃政廉访司佥事，又辞归，回乡讲学。伯颜宗道修辑《六经》，很多著述均毁于兵燹，幸赖《述善集》存其《节妇序》和《龙祠乡社义约赞》两篇诗文，③被陈垣称作"西域理学名儒"④。

至正十七年（1357），红巾军进攻濮阳地区，伯颜宗道带领门

---

① 《锡号崇义书院中书礼部符文》，载《〈述善集〉校注》卷2《育才卷》，第120页。
② 陈高华：《读〈伯颜宗道传〉》，《元史及北方民族史研究集刊》1986年第10期（收入氏著《元史研究论稿》，中华书局1991年版，450—453页）。
③ 杨富学：《元代哈剌鲁人伯颜宗道新史料》，《新疆大学学报》2001年第1期（收入氏著《中国北方民族历史文化论稿》，甘肃民族出版社2012年版，第379—391页）。
④ 陈垣：《元西域人华化考》卷2，《励耘书屋丛刻》第1集，民国廿三年刻本，页16a（上海古籍出版社2000年版，第16页）。

生乡亲上百家，避乱到安阳，在野外筑起堡垒对抗红巾军，一时间有上万人来投。翌年，红巾军将领沙刘二率部来攻，缺乏作战指挥经验的伯颜宗道被俘，不屈而死，享年67岁。[①] 妻子宗族三十余口同时遇害。伯颜宗道虽为一介文士，却能组织起一支武装力量拱卫元朝，被俘后又表现出视死如归、杀身成仁的凛然之气，因而被朝廷追封为范阳郡伯，谥号"文节"。

在不同种族，忠义行为都会获得认可与称赞。伯颜宗道祖上来自西域，系哈刺鲁人的血统，刚健豪迈，富有忠君报国思想。潘迪论曰："侯出于穷乡下里，非有父师君上之教督也，乃能以经训道学为己任，诚所谓无文王而兴者欤？然与古忠臣烈士比肩并列，斯可尚矣。"[②] 潘迪还论道，大部分学习理学者流于言论文辞，躬身践行的太少，像伯颜宗道这样舍生取义的就更少了，"其好古博雅，真履实践之士，盖千百无一二焉"[③]。

与忠君思想相伴，儒家的孝道思想在濮阳西夏遗民中也有着根深蒂固的影响。孝道之核心在于敬老养老，《述善集》多处提及孝道，崇喜和弟弟卜兰台（字敬贤）均堪称孝道之典范。

卜兰台孝亲的举动成就了一段传奇。至正四年（1344）秋，兄长崇喜尚在京师，卜兰台独自操办父亲丧事，家中突遇强盗，卜兰台令母亲及家人逃走，而自己独守父亲灵柩，面对强盗。张以宁《书唐兀敬贤孝感后序》称赞其孝举："大哉孝乎！可以感天地、感鬼神，笋生而瓜实，兔扰而鹿驯，鱼之跃，鸟之号，鸟之为耘。"[④]

---

① 杨富学：《元代哈刺鲁人伯颜宗道事文辑》，《文献》2001年第2期。
② （元）潘迪：《伯颜宗道传》，载《〈述善集〉校注》卷3《行实卷》附篇，第228页。原文未著录作者姓名，笔者考定为潘迪。
③ （元）潘迪：《伯颜宗道传》，载《〈述善集〉校注》卷3《行实卷》附篇，第228页。
④ （元）张以宁：《书唐兀敬贤孝感后序》，载《〈述善集〉校注》卷3《行实卷》，第181页。

儒家强调将生前的孝敬延至死后，注重丧葬祭祀。祭祀是以神道设教的方式，缅怀先人，后世子孙在反复习礼中得到教育。《礼记》称："祭者，所以追养继孝也……君子生则敬养，死则敬享，思终身弗辱也。"至正四年（1344），崇喜"虑母老，欲豫寿器，躬诣炎陬，市紫沙棺材，修盈又广尺许"①。崇喜营建家庙，妥置祖先牌位，命名为"思本堂"。潘迪撰《思本堂记》盛赞崇喜之孝道，认为思本即孝道的最高境界："故孝子之思亲也，不以孝思为难，而以时思为难；不以时思为难，而能思其本为尤难欤。"②

崇喜、卜兰台兄弟通过为祖辈获得追封，以示感恩思本，"褒封祖考，荣及存殁，诚子孙之至愿也"③。祖父间马、祖母哈剌鲁氏因卜兰台而被追封为"敦武校尉"和"宜人"，父亲达海（字忠显）亦因崇喜之故而被追封为"忠显校尉"。至正四年（1344），因父去世，在京师参加礼部考试，而正等候出贡入仕的唐兀崇喜即刻离京还家养母，"以守业务本为事"④。崇喜、卜兰台兄弟二人在父亡后，为侍奉母亲，均放弃仕进，潘迪感而撰《唐兀敬贤孝感序》，赞其为"知止之士"。

祖父间马去世后，崇喜拜求老师潘迪为之撰写碑文，"然先世潜德，苟不托巨笔铭诸琬琰，不惟无以示后人，而百世之下，亦安知余庆之所自哉？敢再拜请"⑤。并自作《〈唐兀公碑〉赋诗》表达

---

① （元）潘迪：《唐兀敬贤孝感序》，载《〈述善集〉校注》卷3《行实卷》，第178页。
② （元）潘迪：《思本堂记》，载《〈述善集〉校注》卷3《行实卷》，第154页。
③ （元）潘迪：《大元赠敦武校尉、军民万户府百夫长唐兀公碑铭并序》，载《〈述善集〉校注》卷3《行实卷》，第137页。参见穆朝庆、任崇岳《〈大元赠敦武校尉军民万户府百夫长唐兀公碑铭〉笺注》，《宁夏社会科学》1989年第1期；朱绍侯《〈述善集〉选注二篇》，《史学月刊》2000年第4期。
④ （元）唐兀崇喜：《自序》，载《〈述善集〉校注》卷1《善俗卷》，第49页。
⑤ （元）潘迪：《大元赠敦武校尉、军民万户府百夫长唐兀公碑铭并序》，载《〈述善集〉校注》卷3《行实卷》，第137页。参见穆朝庆、任崇岳《〈大元赠敦武校尉军民万户府百夫长唐兀公碑铭〉笺注》，《宁夏社会科学》1989年第1期；朱绍侯《〈述善集〉选注二篇》，《史学月刊》2000年第4期。

敬祖之意。

《孝经》中对事亲的各个方面提出要求,"孝子之事亲也,居则致其敬,养则致其乐,病则致其忧,丧则致其哀,祭则致其严,五者备矣,然后能事亲"。崇喜、卜兰台兄弟用孝心践行了这几个方面,他们的行为得到亲友的赞赏,张以宁《知止斋后记》即谓:"唐兀氏象贤及其弟敬贤之孝友,皆可传也。"①

二 家风之中庸与善乐思想

中庸是一种为人处世的智慧,是不偏不倚的行为准则。《述善集》所见中庸思想之核心可用一字即"止"来概括,唐兀崇喜以"敬止斋",弟弟唐兀卜兰台以"知止斋"来命名自己的书斋,佥有"止"字,意指凡事皆有度,止于所当止,不可超越规范,如潘迪《知止斋记》解释道:"当止之处止,不失其所止而止,适其时则止……父止于慈,子止于孝,兄止于友,弟止于敬。"朱熹言:"敬止,言其无不敬而安所止也。"②《述善集》中的"止",表述的正是这个意思。

《述善集》所示唐兀家风的一个重要特点是安分守己,如潘迪《顺乐堂记》所言:"今崇喜处于家道优裕之中,而能知止以安分。"③唐兀氏见于《述善集》记载的五代咸一夫一妻,同样表现出一种节制,是为"知止"也。这正是对中庸思想的践履。

儒家思想追求精神上的快乐,认为过度的物质享乐是不足取的。在《劝善直述》中,崇喜引用《尚书》所谓"天道福善祸淫"的观点,认为过分享乐就会带来灾祸。崇喜还撰《为善最乐》,言:"千日之乐,不足以敌一日之忧。汉诸侯王,大抵皆骄佚放恣。夫

---

① (元)张以宁:《知止斋后记》,载《〈述善集〉校注》卷3《行实卷》,第169页。
② (宋)朱熹:《四书章句集注》卷1,中华书局1983年版,第5页。
③ (元)潘迪:《顺乐堂记》,载《〈述善集〉校注》卷3《行实卷》,第161页。

其为骄佚放恣者，岂不以为乐哉？曾未几何，身死国除，其祸惨矣。岂非前日之乐，乃所以为后日之忧乎？"①中庸思想体现的是"善"的境界，是达到"乐"的方式。

崇喜所讲的"善"不只是指人性单纯的善良，"善"是仁义礼智信，是理学思想的本质，许衡说："上品之人，不教而善；中品之人，教而后善；下品之人，教亦不善。"②"述善"的本质在于恪守理学规范。在《述善集》中，"善"是一以贯之的一条主线，反复被提及。

陶凯《送杨公象贤归澶渊序》："力学树善，为乡间楷式……为善最乐……积善之报……力于为善。"③

唐兀崇喜《劝善直述》："善成福至……心既不藏沮疾为善……感发而进于善。"④

危素《赠武威处士杨象贤序》："称武威象贤之善而识之……善而能恒。"⑤

张以宁《〈述善集〉叙》："为善之积，盖四世矣……是时，士无不善……上之善治，下之善俗。"⑥

诸如此类，不一而足。"善"是研修理学最基本的方式和最高境界，是人生快乐的源泉，因此，"善"成为崇喜毕生的追求。其祖传遗书被命名为《述善集》，原因即出乎此。

至正元年（1341），唐兀忠显、唐兀崇喜父子与邻村耆老千夫

---

① （元）崇喜：《为善最乐》，载《〈述善集〉校注》卷3《行实卷》，第191页。
② （元）许衡：《小大学或问》，《鲁斋遗书》卷6，四库全书本。
③ （元）陶凯：《送杨公象贤归澶渊序》，载《〈述善集〉校注》卷3《行实卷》，第213页。
④ （元）唐兀崇喜：《劝善直述》，载《〈述善集〉校注》卷3《行实卷》，第198页。
⑤ （元）危素：《赠武威处士杨象贤序》，载《〈述善集〉校注》卷3《行实卷》，第205页。
⑥ （元）张以宁：《〈述善集〉叙》，载《〈述善集〉校注》，第4页。

长高公①等共同制定了《龙祠乡社义约》,核心内容就是"善",由己及人之"善"。该乡约为乡村百姓的日常行为制定了如下规范:

>一,除社簿内所载罚赏、劝戒事外,若有水火盗贼一切不虞之家,从管社人所举,各量己力而济助之。
>一,如有无事饮酒,失误农业,好乐赌博,交非其人,不孝不悌,非礼过为,则聚众而惩戒,三犯而行罚,罚而不悛,削去其籍。若有善事,亦聚众而奖之。
>如此为社,虽不尽合于古礼,亦颇有补于世教。②

其中有村民互助,奖善惩恶的条款,社内若有遭遇水火灾害的家庭,其他家庭要施以援手,尽力救济。不孝不悌等行为要聚众惩罚,善事则聚众奖励。③ 其奖惩方式具有非常强烈的道德评价色彩。如设立社籍,将社众道德行为书于"簿"上,对于历来以重名为风的社会来说,本身就是一道很有影响的道德防线。④《龙祠乡社义约》强调:"乡社之礼,本以义会;风俗之美,在于礼交。"⑤ 乡约的制定,既是一种心灵教化,同时也是一种行为约束和道德防线。唐兀崇喜父子以程朱理学为基础,依据北宋嘉祐二年(1057)吕大

---

① 高公墓在今濮阳县城东二十公里处高家村,西距唐兀崇喜所在之杨十八郎村仅有一公里。有关考证见 Tomoyasu Iiyama, A Tangut Family's Community Compact and Rituals: Aspects of the Society of North China, ca. 1350 to the Present, *Asia Major* Third Series Vol. 27, No. 1, 2014, p. 131。
② (元)唐兀忠显、(元)唐兀崇喜:《龙祠乡社义约》,载《〈述善集〉校注》卷1《善俗卷》,第25页。
③ 杨富学、焦进文:《河南濮阳新发现的元末西夏遗民乡约》,《宁夏社会科学》2001年第5期。
④ 刘坤太:《元代唐兀杨氏〈述善集·龙词乡约〉的伦理学探析》,载何广博主编《述善集研究论集》,甘肃人民出版社2001年版,第32页。
⑤ (元)唐兀忠显、(元)唐兀崇喜:《龙祠乡社义约》,载《〈述善集〉校注》卷1《善俗卷》,第25页。

钧所定《蓝田吕氏乡约》①而制定了《龙祠乡社义约》。《蓝田吕氏乡约》作为践履理学的有效方式，受到朱熹的推崇，元儒许衡把它作为美化社会风俗的教材大力宣传推广。潘迪《龙祠乡社义约序》言："余每爱《蓝田吕氏乡约》，诚后世转移风俗之机也。虽未必一一悉合先王之礼，而劝善惩恶之方，备载于籍。故鲁斋先生许文正公取之，以列善俗十书之一，而左辖张公仲谦为之锓梓以传世。"②《龙祠乡社义约》的制定，比诸《蓝田吕氏乡约》，强调了倡导节俭、明确奖惩、尚贤富民、经济公开等思想与举措。③这些促进了乡村建设，美化了社会风气。

  人生之"乐"来自"善"，来自对理学的践行。自古至今，中国儒者形成了自己独特的喜乐观，无论是"一箪食、一瓢饮，在陋巷……不改其乐"之乐还是"先天下之忧而忧，后天下之乐而乐"之乐，咸源于儒家"内圣外王"的入世精神，以天下为己任的情怀就是善与乐的最高境界。这也是《述善集》所尊崇倡导的超越一己之私的理学情怀，"自乡而邑，自邑而郡，自郡而天下，皆在春风和气中。则乐之所及广矣"④。安分守己、轻视功名利禄，就能获得一份精神上的安宁，崇喜在研修理学的过程中逐渐体认到超然物外的乐趣，诚如潘迪《顺乐堂记》所言："今崇喜处于家道优裕之中，而能知止以安分，延师以诲子，和顺以悦乎亲，怡逊以友其弟，薄利禄如浮云，鄙功名为外物，则其乐之所适，又岂他人之可逮哉？"⑤唐兀氏二祖闾马"好学向义，服勤稼穑，尝言：'宁得子

---

① （宋）吕大忠、（宋）吕大钧、（宋）吕大临著，陈俊民辑校：《蓝田吕氏遗著辑校》，中华书局1993年版，第563—566页。
② （元）潘迪：《龙祠乡社义约序》，载《〈述善集〉校注》卷1《善俗卷》，第16页。
③ 王君、杨富学：《〈龙祠乡约〉所见元末西夏遗民的乡村建设》，《宁夏社会科学》2013年第1期。
④ （元）潘迪：《顺乐堂记》，载《〈述善集〉校注》卷3《行实卷》，第161页。
⑤ （元）潘迪：《顺乐堂记》，载《〈述善集〉校注》卷3《行实卷》，第161页。

孙贤，莫求家道富。'厚礼学师，以教子孙。"① 三祖达海曰："欲求家道久昌，莫若教子义方"，而且出资"构讲堂，延师儒，诲子孙，以为永图"。② 历三世至于崇喜，终得于至正八年（1348）建成乡校亦乐堂，后发展为"崇义书院"。崇喜用自己无私的行动诠释了理学的"善"与"乐"，他说："夫为善之人，从容中道，不为不义。明无人非，幽无鬼责。浩然天地之间，俯仰无愧，心平气和，神安而体舒。天下之乐，岂夫有大于此者？"③ 深厚的儒学涵养流露于举手投足之间。

三　家族文化之贞节观

贞节观是理学思想的重要内容，从观念的形成到理论的成熟再到日常生活的实践，经历了漫长的发展过程，在不同时期，对女性生活和民风民俗的影响是不同的。《述善集》为我们展现的是理学贞节观在元代后期的情况，从中可以看出，在朝廷和文人的大力宣传下，这种观念已深入日常生活，融于民俗之中。

贞节观念最早可追溯到《易经》，其中爻辞《象传》有言："妇人贞吉，从一而终也。"嗣后，儒家将之纳入礼教范畴，要求妇女遵守。然而，从周礼的制定到宋代理学思想的成熟，从一而终的思想并没有对妇女生活造成非常严重的影响。

唐代贞节观念淡薄，影响延及宋代社会生活，在宋代女性再嫁为民风所接受。同时也正是因为唐代礼教规范的松弛，程颐和朱熹金斥其"三纲不正"，宋代理学家们才试图加强礼教的约束力，强调贞节观，重整社会秩序。理学形成之初，周敦颐、张载强调女性顺从的礼教规范，但没有特别强调贞节。理学发展至二程，贞节观

---

① （元）唐兀崇喜：《自序》，载《〈述善集〉校注》卷1《善俗卷》，第49页。
② （元）唐兀崇喜：《自序》，载《〈述善集〉校注》卷1《善俗卷》，第49页。
③ （元）唐兀崇喜：《为善最乐》，载《〈述善集〉校注》卷3《行实卷》，第191页。

完成了理论的建构。程颐提出女人再嫁,男人娶失节的女人,皆为失节,堵塞了女性再嫁之路。朱熹进一步完善二程的贞节理论,并将其上升到理的层次,强调要在实际生活中践履。经其大力宣扬,这一思想逐步深入人心,并渗透到社会风俗中去。这些举措,将儒家礼教所提倡由程颐发展成熟的贞节观,由道德范畴引向法制轨道,为明代朱元璋将贞节行诸法律提供了理论基础。[①]

宋代虽然在理论上倡导贞节观,但在实际生活中尚未推行开来,直到南宋末年,贞节观对妇女生活的影响力才开始显现,元代延续了这一趋势,妇女守节渐成流俗。有宋三百年,写进《列女传》的 3 名以孝闻名的女子中,只有 1 名是节妇(另两名是一对姐妹孝父例);而元代百年,载入《列女传》的夫死守节不嫁的 19 人,节而又以孝舅姑闻名者 18 人,孝已父母者 13 人,实际上元代孝节妇女远非正史表彰之数,当时社会已渐染成习。[②]

元代贞节观逐步深入社会生活,这在《述善集》中也不无体现。唐兀崇喜、伯颜宗道赞赏节妇之文显示了元代西夏遗民的贞节观。脱因是伯颜宗道的姻家,其母济阴县太君二十四岁守寡,抚育孤儿,奉养婆母,孀居五十多年,得到朝廷的表彰,"降花诰,表宅里,建雄门之壮观"[③]。伯颜宗道撰《节妇序》、唐兀崇喜撰《节妇后序》赞赏这种恪守妇道、志节坚定的行为,盛赞其"志节弥坚,脂松不御"的品格。

元代百年,朝廷大力提倡表彰守节殉夫的行为,要求女人对男人尽义,"一身二夫,烈妇所耻"以及"妇之行一节而已,再嫁而失节"[④]的贞节观从官方到民间,逐步深入人心,元末顺帝至正年

[①] 舒红霞:《宋代理学贞节观及其影响》,《西北大学学报》2000 年第 1 期。
[②] 杜芳琴:《元代理学初渐对妇女的影响》,《山西师范大学学报》1996 年第 4 期。
[③] (元)伯颜宗道:《节妇序》,载《〈述善集〉校注》卷 2《育材卷》,第 130 页。
[④] (明)宋濂等:《元史·列女传一》,中华书局 1976 年版,第 4490、4488 页。

间达到高潮。在所谓"烈女不事二夫"思想的主导下，元代众多妇女以生命践履贞节观，《元史·列女传》就记载了48例殉夫的事件，远远高于理学盛行的宋代，见于《宋史》的守节殉夫行为只有2例。《元史·列女传》还记载了83例在遭遇乱兵匪盗时为夫死烈的事迹，大多发生在至正年间。[①]

在西夏遗民的汉化过程中，理学贞节观对西夏遗民的思想和行为都产生了重大的影响，《述善集》中所显示的不仅是脱因之母的事迹，更有唐兀崇喜、伯颜宗道对贞节观的崇尚，体现了理学思想对西夏遗民贞节观的巨大影响。

崇喜是西夏唐兀人，他的姻家伯颜宗道是哈剌鲁人，伯颜宗道的姻家脱因是康里部人，脱因的母亲是钦察人，[②] 无论来自哪个民族，他们皆自愿接受儒家文化，自觉践行理学思想。《述善集》所呈现的是濮阳地区色目人对理学的践履，说明理学已经成为他们共同的价值观，濮阳地区的色目人由是而逐步汉化。

第二节 崇喜家族理学文化形成的原委

通过以上对崇喜家族文化的分析，可见理学在元代后期已深入社会最底层的乡村，值得注意的是，来自西夏，迁居中原仅有60年左右的唐兀氏子孙，却成为程朱理学的忠实躬行者。初祖唐兀台于1235年随蒙古军队征战到中原，二祖间马在13世纪70年代迁居濮阳，10年后生第三代达海，而第四代崇喜则生于1300年，在短短的几十年里，唐兀氏家族就积淀了深厚的理学根基。形成原因固然很多，但首要者莫过于元末中原一带理学思想的盛行。理学在

---

① 杜芳琴：《元代理学初渐对妇女的影响》，《山西师范大学学报》1996年第4期。

② 张迎胜：《杨氏家族婚姻关系刍议——〈述善集〉窥见》，载何广博主编《述善集研究论集》，甘肃人民出版社2001年版，第125—137页。

中原地区有着悠久的传统,经过元代近百年的传播、弘扬,至元末俨然已成为社会流行的思潮,深入人心,为崇喜家族理学文化的形成提供了契机。

一 中原地区理学传统是崇喜家族文化形成的大环境

理学的奠基者程颐、程颢兄弟本系洛阳人,程颐在洛阳讲学十年,故其学说被称为"洛学",主张天即理之学说,强调"去人欲,存天理",提倡"饿死事极小,失节事极大"。谢良佐和杨时紧承其后,大力弘扬这些说教。杨时曾讲学东南,于是,二程思想播迁于江南,对江南士人产生了深刻影响。及至南宋朱熹,在二程思想的基础上,进一步熔铸儒释道诸家思想,形成了富于理论思辨色彩的严密思想体系——闽学。[①] 南宋理宗以后,程朱理学逐渐成为官方哲学。但自理宗于1224年即位,仅过五十余年,南宋就灭亡了。所以,程朱理学成为后期封建社会的统治思想,关键是在元朝。

蒙古之入主中原,给宋初以来发展起来的理学带来了比较深刻的变化。13世纪初,蒙古崛起朔漠,南征北战,破金灭夏亡宋。在此过程中,蒙古人逐步汉化,开始大量吸取以儒学为主的中原文化。但在1279年南北统一之前,南北方"声教不通",北方盛行章句之学,并没有接触到南方程朱理学。1236年,窝阔台南下伐宋,理学名儒赵复在德安府(今湖北安陆)被俘获并北上在燕京太极学院讲授程朱理学,[②] 姚枢、刘因、许衡、窦默、郝经等一批北方著名学者成为赵复的门生,"学子从者百余人"[③],习得理学奥义的儒

[①] 侯外庐、邱汉生、张岂之:《宋明理学史》,北京出版社1997年版,第697—682页。

[②] 王君、杨富学:《〈龙祠乡约〉所见元末西夏遗民的乡村建设》,《宁夏社会科学》2013年第1期。

[③] (明)宋濂等:《元史·赵复传》,中华书局1976年版,第4314页。

士们又将所学带到各地。黄宗羲曰：

> 自石晋燕、云十六州之割，北方之为异域也久矣，虽有宋诸儒迭出，声教不通。自赵江汉以南冠之囚，吾道入北，而姚枢、窦默、许衡、刘因之徒，得闻程、朱之学以广其传，由是北方之学郁起，如吴澄之经学，姚燧之文学，指不胜屈，皆彬彬郁郁矣。①

赵复北上之前，许衡治学范围局限于汉儒章句之学，赵复所传程朱理学的宇宙观使他视野大开，理学的思辨哲理性更令许衡耳目一新，几近痴迷。"自得伊洛之学，冰释理顺，美如刍豢。尝谓：'终夜以思，不知手之舞之，足之蹈之。'"②赵复之后，许衡成为北方理学的一代宗师，对理学在北方的传播广大，厥功甚伟，被苏天爵誉为朱熹之后第一人：

> 伊川殁二十余年而文公生焉，继程氏之学，集厥大成，未能遍中州也。文公殁十年而鲁斋先生生焉，圣朝道学一脉，乃自先生发之。至今学术正，人心一，不为邪论曲学所胜，先生力也。所以继往圣开来学，功不在文公下。③

全望祖亦曰："河北之学，传自江汉先生，曰姚枢，曰窦默，

---

① （清）黄宗羲著，（清）全祖望补修，陈金生、梁运华点校：《宋元学案》卷90《鲁斋学案·赵复》，中华书局1986年版，第2995页。
② （元）耶律有尚编：《许文正公考岁略续》，《北京图书馆藏珍本年谱丛刊》第35册，图书馆出版社1999年版，第562页。
③ （元）苏天爵辑撰，姚景安点校：《元朝名臣事略》卷8《左丞许文正公》，中华书局1996年版，第179页。

曰郝经，而鲁斋其大宗也，元时实赖之。"① 许衡、姚枢、窦默等苏门山学者以传播理学为己任，他们讲学于怀庆、卫辉一代，又被称为怀卫理学家群体，他们是北方第一批理学家，其影响首先辐射到濮阳所在的河南地区。

在元代的北方学者中，苏门山学者长于理学，紫金山学者长于自然科技，封龙山学者长于文史。苏门山位于河南省辉县，邵雍、周敦颐、程颢、程颐均曾亲至其地。1242年，姚枢弃官隐居苏门山，在太极书院（明代改名百泉书院）讲授赵复所传理学，许衡前往求学。1250年，许衡移居苏门山，与姚枢、窦默等在此隐居、讲学，1251年，姚枢赴征，许衡独居苏门山。中统年间（1260—1264），许衡奉旨往河南怀孟聚徒授学，"世祖中统间，征许衡，授怀孟路教官，诏于怀孟等处选子弟之俊秀者教育之"②。许衡讲学的苏门山、大名府、怀卫等地，皆距濮阳不远。《述善集》中多次提及许衡的影响，如伯颜宗道《龙祠乡社义约赞》言："象贤衷友朋、结乡社，惟讲信修睦为事，蹑蓝田之芳踪，遵许公之垂训。"罗逢原《龙祠乡社义约赞》则曰："立社之约，盖仿蓝田吕氏旧规与鲁斋许公遗意。"二文中所谓的"蓝田"，代指蓝田吕氏，其乡约对濮阳《龙祠乡社义约》的制定有着决定性影响；"许公"指许衡，他提出的善恶消长、以善攻恶的思想影响很大，③ 影响所及，濮阳唐兀氏将其理学思想奉为圭臬。潘迪《龙祠乡社义约序》言："国家兴自龙朔，人淳俗质，初不知读书为事也。后入中国，风气渐变，世祖大阐文治，乃命硕儒许文正公，以经学训北来子弟。"④ 在序中，潘迪还谈到许衡对乡约善俗的重视，言其曾将《蓝田吕氏

---

① （清）黄宗羲著，（清）全祖望补修，陈金生、梁运华点校：《宋元学案》卷90《鲁斋学案·序录》，中华书局1986年版，第2994页。
② （明）宋濂等：《元史·选举志一》，中华书局1976年版，第2034页。
③ 陈正夫、何植靖：《许衡评传》，南京大学出版社1995年版，第271页。
④ （元）潘迪：《龙祠乡社义约序》，载《〈述善集〉校注》卷1《善俗卷》，第16页。

乡约》列为"善俗十书"之一。

唐兀氏第二代传人闾马（1248—1328）参加过著名的襄樊之战，后定居濮阳，斯时许衡正在河南一带传播理学。几十年后，唐兀忠显、唐兀崇喜父子与当地百姓共立《龙祠乡社义约》，兴办学校，建立崇义书院。许衡是躬身实践理学思想的楷模，在教育思想和对伦理纲常的践履方面对崇喜等人的影响既深且巨。

许衡不仅从理论上研修理学，而且非常注重践履。蒙古统治者崛起于朔漠，注重实用是其最重要的价值取向。在这样的政治环境下，许衡等人既有发展理学的诉求，又要迎合蒙元统治者的需要，空谈性理很难得到支持，因而，注重事功，强调在日常生活中的践行成为元代理学发展的方向，唯此，理学方可获得发展的机会。职是之故，缺乏理论建树，长于务实便成为元代理学的重要特点之一，在宋明理学由理论到实践的转化过程中，元代可谓关键期。[①]理学影响了蒙古文化，蒙古文化也为理学带来了实用的价值观和新的发展契机，为理学注入了清新之气。

许衡认为，国家不可一日无纲常伦理，上层的人如果不履行理学思想，一般的人也要履行，日常衣食起居、婚丧嫁娶皆应守礼。"日用间若不自加提策，则怠惰之心生焉，怠惰心生不止于悠悠无所成，而放僻邪侈随至矣……我所行不合于六经语孟中，便须改之，先务躬行非止诵书作文而已。"[②] 他认为，伦理纲常的教育要从小抓起，至元三年（1266），许衡上书建议兴办学校："自上都、中都，下及司县，皆设学校，使皇子以至庶人之子弟，皆从事于学，日明父子君臣之大伦，自洒扫应对至于平天下之要道，十年以后，上知所以御下，下知所以事上，上和下睦，又非

[①] Chi-pan Lau, *Hsu Heng's* (1209–1281) *Role in the Development of Chinese Institution and Culture under the Mongol Rule*, Ph. D. diss., University of Washington, 2000, p.150.

[②] （元）许衡：《鲁斋遗书》卷1《语录上》，文渊阁《四库全书》本。

今日比矣。"①

崇喜家族数代生活在理学之风盛行的河南地区，他们将理学奉为圭臬，深入践履理学。崇喜父子制定了旨在美化民风民俗的《龙祠乡社义约》，用乡约的形式规范村民的行为，以期移风易俗，匡扶时弊。唐兀氏重视教育，兴办学校，自二祖闾马始，便在西北官人寨置屋办学，未果。三祖达海在泰定年间购置房舍，兴办学校，又未果。四祖崇喜，绳其祖武，倾尽家资，终于在至正八年（1348）办起乡校讲堂——亦乐堂，至正十三年（1353）建成庙学。朝廷赐以崇义书院的名号。② 至正十八年（1358），兵燹起，崇喜避祸京师，至正二十七年（1367），崇喜再回濮阳，重办崇义书院。翌年，元朝灭亡，书院受此所累，自然难以长存。崇喜所办学校以尊儒治经、弘扬理学为主旨，因应了元代普及理学的需要，在当地产生了一定的影响。

由以上分析可见，北宋"洛学"的发源地在洛阳，元代理学名山苏门山等地距离唐兀氏家族所在的濮阳不远，地理空间上的相近，使得濮阳自北宋始就受到理学的深刻影响，中原地区悠久的理学传统成为崇喜家族理学思想形成的大环境。

二 国子学教育对崇喜家族文化的影响

自大蒙古国至元代，包括西夏唐兀氏在内的大批色目人迁居汉地，对传统汉文化十分向往，孜孜以求，"首信许公衡，举相天下，《诗》、《书》大振……人无不学，莫盛吾元；学无不用，

---

① （元）苏天爵辑撰，姚景安点校：《元朝名臣事略》卷8《左丞许文正公》，中华书局1996年版，第171页。
② 杨富学：《元政府护持学校档案两件——元代西夏遗民兴学档案之一》，《档案》2001年第2期；汤开建、王建军：《元代崇义书院略论》，载刘迎胜主编《元史论丛》第9辑，中央广播电视出版社2004年版，第151—161页。

莫盛今日也"①。研修理学最高级的殿堂就是国子学，唐兀崇喜的学养即来自国子学。潘迪《龙祠乡社义约序》"今崇喜之学，实得之成均"之言，即谓此也。就读国子学并参加科举，是蒙古、色目人晋身官场的重要途径，也与其族群文化背景及汉化进程的快慢有密切关联。②据萧启庆先生分析，蒙古、色目进士多来自仕宦家庭。③作为有军功的地方精英家庭，唐兀氏家族第四代有堂兄弟14人，除崇喜外，尚有从弟伯颜（字希贤）、广儿（字志贤）二人先后就读于国子学，而且三人同为上舍生。④上舍是国子学中的最高档次。

国子学创设于1271年，教学内容及管理形式始终沿用许衡制定的模式。崇喜于1341—1343年就读于国子学，《述善集》中多次提到他在国子学的经历。潘迪《亦乐堂记》言其"培养于成均者久"⑤，在《昆季字说》中又称"蒙古百夫长崇喜象贤，从予问学既久，闻见益广，而谦虚益甚。尝以国子生，积分及第，升上舍，略无自满色"⑥。崇喜在《自序》中自谦曰"资遂不敏，叨居胄馆"⑦。《唐兀公碑》言："崇喜，国子上舍生，积分及等，蒙枢密院奏充本卫百户，授敦武校尉。"⑧据《元史》卷81《选举志一》，每年国子学试贡，策试中上等一分，中等半分，年终算分，积分在八分以上的为上舍生，高等生员，成为"所贡生员"，可以参加礼

---

① （元）贯云石：《夏氏义塾记》，明刊本《松江府志》卷13，现收于李修生主编《全元文》第36册，凤凰出版社2004年版，第193页。

② Tomoyasu Iiyama, A Tangut Family's Community Compact and Rituals: Aspects of the Society of North China, ca. 1350 to the Present, *Asia Major* Third Series Vol. 27, No. 1, 2014, p. 122.

③ 萧启庆：《元代的族群文化与科举》，台北联经出版事业股份有限公司2008年版，第123—124页。

④ （元）潘迪：《昆季字说》，载《〈述善集〉校注》卷3《行实卷》，第159页。

⑤ （元）潘迪：《亦乐堂记》，载《〈述善集〉校注》卷2《育才卷》，第68页。

⑥ （元）潘迪：《昆季字说》，载《〈述善集〉校注》卷3《行实卷》，第159页。

⑦ （元）唐兀崇喜：《自序》，载《〈述善集〉校注》卷1《善俗卷》，第49页。

⑧ （元）潘迪：《大元赠敦武校尉、军民万户府百夫长唐兀公碑铭并序》，载《〈述善集〉校注》卷3《行实卷》，第137页。

部考试。试贡法用的是积分法，及等者所授官级也不同，蒙古人授官六品，色目人正七品，汉人从七品。由此可见，崇喜在国子学积分及等，官级应为正七品。① 这些说明，崇喜在国子学成绩优异成为高等生，即上舍生，参加了礼部考试，中试为贡生。至正四年（1344）秋，因父亲去世，"值丁忧"而未能参见殿试。

国子学主攻儒家经典，以五经四书为主，由博士、助教亲自讲授并出题考试，考试成绩优异者授予官职。在《观德会》一文中，崇喜即谈到了自己的学习内容——朱熹《小学》。《小学》全书六卷，分内、外两篇。内篇有四个纲目：前三者为立教、明伦、敬身，第四为鉴古。外篇分两部分：一为嘉言，二为善行。

至于国子学教官的来源，《元史·选举志》有如下记载：

> 凡翰林院、国子学官：大德七年议："文翰师儒难同常调，翰林院宜选通经史、能文辞者，国子学宜选年高德劭、能文辞者，须求资格相应之人，不得预保布衣之士。若果才德素著，必合不次超擢者，别行具闻。"②

可见，国子学教官的选拔标准是很高的，不仅要求德高望重、擅长文辞，而且需要有官职，一般不录用平民之士。如果民间有特别出色者，需要上报考核。任教于国子学的多是当时一流的硕学大儒，如太宗时期的冯志常，世祖时期的许衡、王恂。仁宗延祐时期，集贤学士赵孟頫、礼部尚书元明善等修订国子学贡试之法。崇喜在国子学的老师潘迪、张翥、危素，咸为元代中后期著名的学者、文学家。

---

① 张迎胜：《家族文化的灿烂奇葩——杨氏家族教育刍议》，载何广博主编《述善集研究论集》，甘肃人民出版社2001年版，第147页。

② （明）宋濂等：《元史·选举志三》，中华书局1976年版，第2064页。

通过对国子学修习内容、教师水平等各种高规格建制的分析，可以想见崇喜、伯颜（希贤）、广儿（志贤）等均受到了当时顶级水平的儒学教育。崇喜在国子学勤奋好学，得到了老师潘迪的赞赏："余素嘉崇喜有志嗜学，观其持守严，践履笃，讲习精明，议论正大，所以名斋之意可知矣。"[1] 潘迪还赞赏崇喜践履程朱理学的精神和深厚的儒学修养，"今象贤尝游成均，从事于四书，得之于程朱，闻之于师友者多，所以存养践履有非他人可逮者矣"[2]。国子学教育奠定了崇喜理学思想的基础，也使崇喜结识了京师的名家硕儒，形成了稳定的交游网络，例如与《述善集》有关的潘迪、张翥、危素等皆为其在国子学之师。唐兀伯都，同为国子学上舍生，曾任濮阳监邑、密州学正，后应崇喜之请，主持崇义书院教席，[3]《述善集》中收录其诗作一篇。[4] 国子学的经历对唐兀氏崇喜、伯颜、广儿三兄弟理学思想的形成产生了深刻影响，这可以说是崇喜家族理学思想得以形成的直接原因。

由以上分析可见，有着悠久理学传统的中原地区，经过元代百年理学涵养，理学渐入人心，这成为《述善集》理学思想形成的大环境，而国子学教育则直接推动了崇喜家族理学思想的形成。

三 崇喜家族理学文化与元代理学的发展

崇喜家族文化中洋溢着浓厚的理学气息，昭示出理学思想在民间已经被普及贯彻到乡村的日常生活中，通过其家族文化，我们还可以管窥到理学在元代的发展情况。

大蒙古国前四汗时代，以西域法治国，西域文化占主导，学者

---

[1] （元）潘迪：《敬止斋记》，载《〈述善集〉校注》卷3《行实卷》，第163—164页。
[2] （元）潘迪：《敬止斋记》，载《〈述善集〉校注》卷3《行实卷》，第163—164页。
[3] （元）潘迪：《亦乐堂记》，载《〈述善集〉校注》卷2《育才卷》，第68页。
[4] （元）唐兀伯都：《诗一首并序》，载《〈述善集〉校注》卷1《善俗卷》，第35页。

们治学活动的多元文化特点开始形成。从元世祖忽必烈继位历成宗到武宗时代（1260—1311），蒙古政权开始以汉法治国，汉文化开始向蒙元统治集团渗透，西域文化和中原汉文化并存，多元文化进一步融合，学者治学、文人创作都有较大的自由空间，元曲等俗文学的成长壮大就发生在这一阶段，治学活动呈现出驳杂多元的特点。至元十六年（1279）南北统一以后，南北文化交流加强，理学得到更广泛的传播，但尚未成为官学。

仁宗延祐以后，理学思想进一步加强，学术多元性减弱。① 南北统一之后，理学在北方的影响逐渐扩大，尤其在延祐以经术取士以后，理学和科举合二为一，士人学习理学的热情空前高涨，朱熹理学思想随之成为官学。"朱子之学盛行乎今，上自国学，下至乡校家塾，师之所教，弟子之所学，莫非朱子之书。"② 元代后期，郑玉、赵汸、赵偕、危素、李存、张翥、黄溍、吴莱、虞集、揭傒斯、张率等人，以继承光大理学为己任，精心研习。元代中后期的理学家不再如初期理学家那样一味排斥陆九渊之心学，而是兼取陆学之长，从而促进了心学发展。另外，元代陆学在江西、浙江某些地区亦呈现出"中兴"之势。元代理学预示了明代理学的一个可能的发展方向，即朝着心学的方向发展。③

合流朱熹理学、陆九渊心学，乃元代晚期理学的特点之一。朱熹主张研外物以明天理，陆九渊主张理在人心，元代理学家则兼取朱陆，用直取本心的办法，探究天理，力行所学，培养仁义礼智的"善端"。这为元代理学力矫宋学空疏之弊，贴近实际生活的主张提供了理论依据。

---

① 胡蓉：《元前期北方学者治学之驳杂及其成因》，《哈尔滨工业大学学报》2016年第1期。
② （元）王毅：《送陈复斋道士归金华序》，《木讷斋文集》卷1，续修《四库全书》本。
③ 徐远和：《理学与元代社会》，人民出版社1992年版，第252页。

唐兀氏二祖间马生卒年为1248—1328年，三祖达海生卒年为1280—1344年，四祖崇喜生卒年是1300—1372年。延祐元年（1314）恢复科举，以程朱理学为官学，"海内之士，非程朱书不读"①，家族三代人经历了这一时期。唐兀崇喜父子本身对理学谈不上有什么新见，更谈不上什么重要贡献，但父子二人合写的《龙祠乡社义约》，在那个时代，却是一个有意义的创举，可以看作许衡、张文谦之善俗理念在乡村的推广与实践。元代理学之重"行"，可以说是明代王阳明"知行合一"说的先导。

程、朱皆强调知先行后，朱熹论知行道：

> 致知力行，用功不可偏废……但也要分先后轻重，论先后当以致知为先，论轻重当以力行为重。②

其意是说，人必须首先了解道德准则，才能使自己在行为上合乎道德准则，履行道德行为，进而成为有道德的人。③如此一来，知和行自然就被分作两截了，强调知先行后，于是学者只知学、问、思辨，而缺乏实践。④职是之故，王阳明强调"知行合一"，认为人的本心作为道德实体，其自身就决定道德法则，从而突出了道德实践的主体性原则。⑤观《述善集》，从卷一之《善俗》，到卷二之《育材》，再到卷三之《行实》，在理论上都强调一个"善"字，在实践中强调一个"行"字，而最终落脚点却在"行"字上。《述善集》本身未必会对王阳明之学产生什么影响，但崇喜家族理

---

① （元）虞集：《跋济宁李彰所刻九经四书》，《虞集全集》，天津古籍出版社2007年版，第428页。
② （宋）朱熹：《朱子语类》卷9，中华书局1986年版，第148页。
③ 陈来：《宋明理学》，华东师范大学出版社2004年版，第188页。
④ 赵吉惠等主编：《中国儒学史》，中州古籍出版社1991年版，第687页。
⑤ 陈来：《宋明理学》，华东师范大学出版社2004年版，第13页。

学文化所代表的元末理学思潮,却必然会对王阳明有所濡染。

《述善集》在中国理学史上的地位,通过《龙祠乡社义约》即可清楚地看出来。

崇喜父子所作之《龙祠乡社义约》直接脱胎于《蓝田吕氏乡约》,而《蓝田吕氏乡约》的制定者吕大钧是理学家张载的信徒,《龙祠乡社义约》的制定者唐兀忠显、唐兀崇喜父子同为理学追随者,《南赣乡约》的制定者更是中国历史上最伟大的理学家之一王阳明,足见乡约的制定与宋、元、明时期理学的发展息息相关。《龙祠乡社义约》在元末无论对濮阳西夏遗民还是对周边地区都有一定影响,至于是否影响到明代,不得而知,但从王阳明的《南赣乡约》中,隐隐约约可以看到《龙祠乡社义约》的影子。不管在内容还是在表述方式上,《南赣乡约》都与《蓝田吕氏乡约》有很大距离,却与《龙祠乡社义约》颇类,尤其是二者对"行"的注重上更是如此,为《蓝田吕氏乡约》所不及。推而论之,《南赣乡约》应直接或间接地受到了《龙祠乡社义约》的影响,这体现了《龙祠乡社义约》在中国伦理学史上的重要地位。[①]

通过上述论证,庶几可以认为,《述善集》反映的就是元代后期理学从国子学到乡村传播的基本状况。元代文士(包括《述善集》的所有作者)对理学实用价值的倡导,对于开启明代理学具有重要意义。没有元代社会对理学的体认和践履,就没有明代注重实践而反对空谈的王阳明心学博大精微的发展。从这个意义上说,在中国理学发展史上,崇喜父子的《龙祠乡社义约》应有一席之地。

[①] 杨富学、焦进文:《河南濮阳新发现的元末西夏遗民乡约》,《宁夏社会科学》2001年第5期。

第三节　崇喜等人的文学创作与元末文坛

　　《述善集》是崇喜编纂的家族诗文集，因此这里对崇喜家族文学的研究不仅限于家族成员的创作，还包括亲友为崇喜家族创作的诗文，即《述善集》全部作品。哲学思想决定了文学思想，以浓厚的理学思想为主导的崇喜家族文化，直接影响了崇喜家族的文学创作。崇喜家族文学乃至整个濮阳文坛都继承了文以载道、重道轻文的文艺思想，恰与当时的雅正之风相合。可以说，崇喜家族诗文集《述善集》是地方文学下层作家传承道统的缩影。《述善集》汇集了不同层次的作者，有名不见经传的乡村作家，还有引领一代文风的文坛大家危素、张翥，政坛高官礼部尚书潘迪，他们既是当时元末文坛的领军人物，又是崇喜等人的老师，他们的文风直接影响了崇喜家族。透过其家族文学创作，可窥见文坛大家对基层作者的影响，大都文坛对地方文坛的影响，可见西夏遗民家族文学与元末主流文坛的关系，他们的创作显示一个更加真实、更加丰满的文学全貌，是对主流文坛的补充和映衬，同时能印证主流文学的走势。

一　崇喜家族文学的创作

　　综观《述善集》诗文创作，其主要特点是内容上注重实用性，形式上颇具简古质实的文风，与元末主流文学相辉映，能够体现出元末道统一派的创作风格。

　　（一）内容上强调实用性

　　崇喜《唐兀公碑赋诗》记述了请人刻写碑文的缘由，表达了感恩之情："欲镌金石纪宗枝，特特求文谒我师。为感恩亲无可报，且传行实后人知。"① 诗虽简短，但情真意切，表达了自己对先人的敬仰与怀念之情。刘让《自述》陈述唐兀氏祖上从西夏迁居中原，崇儒尚学的经历：

> 若祖来西夏，澶乡卜震居。百夫虽授长，三代是崇儒。②

唐兀伯都的《题龙祠社乡义约并序》以七言诗的形式赞颂了乡约的风俗之美，

> 虽假龙祠立社名，本书乡约正人情。祈晴祷雨非淫祀，劝善惩邪实义盟。③

伯颜宗道《龙祠乡社义约赞》以古朴的四言诗的形式陈述了乡约的内容：

> 吾友象贤，哀友朋，结乡社，惟讲信修睦为事，躐蓝田之芳踪，遵许公之垂训，与醵饮无仪者，大有径庭，予窃闻而是之，敢续朝列潘公辈众作之貂，为之赞云：
> 善俗有方，乡约为美；翘楚士林，蓝田吕氏；文正许公，十书中纪；锓梓寿传，仲谦张子；户庀家藏，化宏遐迩。猗欤象贤，祖居仁里；鸠集朋友，前修遵履；至祷神龙，克诚禋祀；有感必通，畴繁离祉；宴集有时，农隙是俟；朋酒斯享，序宾以齿；冗费裁省，奢华禁止；好乐无荒，礼勤而已；善恶惩劝，立监垂史；邻保相助，或耕或耔；吉凶所需，赗生赙

---

① （元）唐兀崇喜：《唐兀公碑赋诗》，载《〈述善集〉校注》卷3《行实卷》，第153页。
② （元）刘让：《自述》，载《〈述善集〉校注》卷2《育材卷》，第116页。
③ （元）唐兀伯都：《诗一首并序》，载《〈述善集〉校注》卷1《善俗卷》，第35页。

死；救患分灾，缕条理；礼让风淳，敬恭桑梓；迈迹于今，古风是似；化洽乡邦，济跄良士；一揆蓝田，端无彼此；爰赞兹垂，后昆昭示。①

李颜《送杨公象贤归澶渊》是一首典型的送别诗，清新工整，情意绵绵，有淡远自得之意。

> 与君同是贺兰人，柳色都门别意新。万里青山横上国，一簪白发照青春。诗书尚足征文献，耕钓何妨老缙绅？旧隐可能无恙否？好因秋雁寄书频。②

将崇喜等色目人的作品与张翥为《述善集》所题写的诗作进行比较，可见二者相似之处，即他们同样具有质实的特点。张翥在八十岁高龄为唐兀崇喜写诗，《题唐兀崇喜自序后》描述了崇喜家族自西夏迁居濮阳，几代人兴办学校，制定乡约造福当地的事迹。

> 大朴久已散，民风日浇漓。比屋昔可封，于今思见之。英英西夏贤，好古教民彝。几世家濮阳？乐兹风土宜。同乡余百年，桑梓联阴翳。礼让庶几兴，居人聿来归。父老乃申约，文修著明规。三时叙情会，孝弟无衍违。况复拓广宇，训迪资名师。匪直守望义，真将返雍熙。风尘鸿洞中，志业竟已隳。缅怀此古道，千载增唏嘘。王烈去避地，田畴甘息机。天运谅循环，思治惟其时。愿言终相依，岁寒以为期。
>
> 至正丁未腊月，四明程徐呵冻书，八十二翁河东张翥题。

---

① （元）伯颜宗道：《龙祠乡社义约赞》，载《〈述善集〉校注》卷1《善俗卷》，第27页。
② （元）李颜：《送杨公象贤归澶渊》，载《〈述善集〉校注》卷3《行实卷》，第220页。

(《题唐兀崇喜自序后》)①

自1323年始，崇喜家族经过第二代间马、第三代达海、第四代崇喜三代人不懈努力，最终于1348年建成澶渊乡校的讲堂——亦乐堂。张翥为此作诗《象贤征士亦乐堂诗》，赞赏崇喜尚儒学、重教化的义举。

> 好事多君有义方，里人弦诵共琅琅。须知石鼓终名院，要似匡山旧筑房。高栋宿云油素润，虚窗迎日碧□香。此心尚友当千古，不独朋来乐一堂。
> 河东张翥。(《象贤征士亦乐堂诗》)②

这两首诗代表了张翥诗歌创作的主要特点，从中亦可窥见"以文护道"一派创作风格。

儒家素有"立言"以传于后世的观点，文章乃"不朽之盛世"，崇喜为其祖父间马刻石立传、编写《述善集》都是为了传之后人，留名于世。文以载道，文以纪实成为其创作的主要特征，对此，张翥、危素有着同样的体认。友人陈众仲去世，张翥在悲伤之余担心其诗文散佚不传，"今不十二年，丧逝殆尽，不知天壤间诗卷留否？"③ 危素也认为文章有现实作用，不可轻视，在《送镏志伊采大元文集序》中，他指出："文章之有功于世尚矣，乌可以为儒者之末技而轻之哉！"④ 文章承载现实、记录历史的价值。他在

---

① （元）张翥：《题唐兀崇喜自序后》，载《〈述善集〉校注》卷1《善俗卷》，第58—59页。
② （元）张翥：《象贤征士亦乐堂诗》，载《〈述善集〉校注》卷1《善俗卷》，第79页。
③ （元）张翥：《松巢漫稿序》，清同治十年刻本《鄱阳县志》卷17，现收于李修生主编《全元文》第48册，凤凰出版社2004年版，第588页。
④ （元）危素：《送镏志伊采大元文集序》，1913年吴兴刘氏嘉业堂刻《危太朴文集》卷9，现收于李修生主编《全元文》第48册，凤凰出版社2004年版，第169页。

《黎省之诗序》中说:"夫文章之传,儒者视之以为末艺,然实与天地之气运相为升降,君子于此观世道焉。"①

(二) 行文简古省净

综观唐兀崇喜、伯颜宗道的诗文乃至《述善集》的每篇文章都以补救现实为宗旨,带有鲜明的政教色彩。与内容上重在实用相呼应,崇喜等人的作品行文朴实简洁、无造作之态,是典型的理学家的文笔。

崇喜的《为善最乐》一文表达以善为乐的思想,"善"的本质是理学思想,全文引经据典,论据翔实,层次分明,语言简洁工稳。宋人戴溪认为,光明正大,心平气和,无愧于心,浩然之气充塞天地间,心安体泰,此乃是天下之最乐,崇喜引用了《戴溪笔义》中的一段话,感慨世人放纵骄奢,贪图一时之乐,"以忧为乐""千日之乐,后日之忧",从反面论证了"为善最乐"。东汉东平宪王刘苍是明帝之弟,一日,明帝问何等最乐,刘苍回答"为善最乐",崇喜很喜欢这句话,认为这是有识之士,在洞悉人情、明辨利害之后,所得经典之语。反复考量之后,得出结论,"善"出自天性,是人的本性使然,人人可为。"夫为善,非是信邪诞之说,祭淫辟之祠,盖为是我职分之当,为善是性分之固,有俾人人俛焉。"② 全文有感而发,毫无矫揉造作之语,风格朴实劲健,文字古朴简洁。

以武功起家的唐兀家族,对习武极其重视,崇喜撰文《观德会》,力陈习射练武在生活中的作用。在陈述了"六德""六行"的作用后,重点强调了"六艺"之"射",众人相聚习射之会称为"观德会","故于鄙里与二三同志,考古人之成规,合当时之法

---

① (元) 危素:《黎省之诗序》,1913 年吴兴刘氏嘉业堂刻《危太朴文集》卷9,现收于李修生主编《全元文》第48 册,凤凰出版社2004 年版,第217 页。

② (元) 唐兀崇喜:《为善最乐》,载《〈述善集〉校注》卷3《行实卷》,第191 页。

制,而于岁余暇隙时日习射,以为会,名之曰'观德'"。而后陈述习射的规则,最后论述练武习射于国于家的现实意义,"宣力于国,忠君御敌,威震天下,使外夷不敢有谋于边境;用之于家,防已避患,风闻远道,使寇盗畏避乎闾里。为射之义,岂浅浅哉?"①文风刚健朴素、洗练省净。

伯颜宗道是崇喜的姻家,而脱因是伯颜宗道的姻家,脱因之母钦察氏守节五十年,伯颜宗道写下《节妇序》,崇喜作《节妇后序》,可见二人共同的创作倾向。《节妇后序》有叙有论,叙述简洁,议论精当,崇喜还特别描写了伯颜宗道一家被害的事迹,赞扬了伯颜宗道杀身成仁的死节之行,朴素的语言中没有过多的渲染修饰,但于字里行间可见崇喜强烈的感情倾向,冷静中见真情。"十八年夏五月,贼将刘二、梅芳颜等,率众来攻,破其营,生执先生至磁州,释其缚,待先生以礼貌,诱使附己。先生毅然不肯,返喻以大义,使之去逆效顺。贼不听。先生知其不悛,随骂不辍,求亟死。贼恚,尽杀其妻子。先生终不屈,死之。"②

不仅议论文如此,其记叙文亦有简古之风,如崇喜1367年为《述善集》所写的《自序》,以朴实无华、精当省净的笔触描述家族发展史,文笔冷静而内敛、质朴而深情。

> 余杨其姓,世居宁夏之贺兰山。先曾祖讳唐兀台,国初,从军有功,选为弹压。岁乙未,扈从皇嗣兄弟南征,收未顺之国,攻不降之城,累著劳绩,将议超擢,以疾卒于行营。先祖讳闾马,继其役,攻城野战,围襄取樊,无不在行。而素乐恬退,不希进用,大事既定,来开州濮阳县东,官与草地,偕民

---

① (元)唐兀崇喜:《观德会》,载《〈述善集〉校注》卷3《行实卷》,第193页。
② (元)唐兀崇喜:《节妇后序》,载《〈述善集〉校注》卷2《育材卷》,第133页。

错居。卜祖茔置居于草地之西北,俗呼十八郎寨者。迄今百年,逾六世矣。公为人资性纯厚,好学向义,服勤稼穑。尝言:宁得子孙贤,莫求家道富。厚礼学师,以教子孙。岁至治癸亥,于所居之西北官人寨之干隅卜地一区,市屋为塾,南北为楹者九,东西广亦如之。肇始经营,而竟不果。

先考忠显公,慨然继志,立乡约、一风俗,兴学校、育人材,以成其事。暨岁泰定,续置东西瓦舍,为楹者亦如先祖敦武公所市之数,适与南北九楹齐,先甃井于其西。乃叹曰:余求家道久昌,莫若教子义方。割资一千五百缗,购瓦舍为楹者三,为檩有七,欲于前所置东西九间房之正北构讲堂,延师儒诲子孙,以为永图。复未就,以疾终于正寝,可胜痛哉!愚窃自谓资遂不敏,叨居胄馆,悉预公试,俟贡有期。值父忧,还家养母,以守业务本为事。既毕丧,敢不思先祖积累之勤,成均师友切磋之笃,圣天子涵养六世之恩?使祖宗以来,安享百年之福,冀以报其万一。于是,拜禀于母恭人孙氏,恪遵先志,计仰时俯育之余,罄家资购材佣工,于先人忠显公续置东西九间房之正北,创购讲堂,为间者三,颜以亦乐,故集贤学士魏郡潘先生名且记之。复于其西规地为亩者三,建大成之殿。神门两庑,斋馆庖湢,及学田五百亩,不侥浮誉,专为育材。寻以妖贼蜂起,两河调兵,遂至正十六年秋,愿献粟五百石、草一万束,助殄寇之资,不求官钱、名爵。朝廷嘉之,赐以崇义书院之号。继念先考显公先立乡会义约,凡十余条,月为一会,各相稽订,置簿立籍,定其赏罚。中推年高德盛、材良行修者,俾充约举、约司,掌管约人。酌古礼意,合今时宜,凡可行之事,当戒之失,悉书于籍,使各遵而由之。其在约者,死丧、患难济救之礼,德业、过失劝惩之道,历举而行。数年有成,四方来观,皆慕且仿。故学士潘先生复为之序,翰林待制愚庵颜先生为之赞,今翰林侍讲学士晋安张先生为之诗。乃至正十一年,盗起颍、亳。又七年,延蔓河北,兵燹之际,避地京师,又十年矣。今乱略既定,将挈家复业,哀友朋耆宿,续为前约,务农兴学,重建崇义书院,以酬平生之志,诚所愿也。谨缮写三先生所著暨元约于卷端,伏惟省、台馆阁、成均之巨公,四方游居在京之大夫士,赐之题咏,以为教勉。不惟使愚陋庶有传于当时后世,亦以见我圣朝用武之日,而其未乏材也夫!至正二十有七年春三月吉,杨氏崇喜敬书。①

短短一篇文章就叙述了唐兀家族百年的发展史,1235年唐兀家族第一代唐兀台离开西夏随军南征,自第二代闾马迁至中原,定居濮阳十八郎寨,崇喜家族三代人坚持不懈,罄家资办学,于元末办起崇义书院。文风简洁,用语精当,绝无雕饰,简古之气与危素不相上下。

(三)崇喜与危素的比较

比较崇喜等人与危素的散文创作,可见二者行文风格如出一辙。内容上以实用为核心,形式上简古质实,文笔省净,绝无雕饰。

至正二十四年(1364)崇喜自京师回濮阳,危素撰文《赠武威处士杨象贤序》相送,此文为《全元文》所漏收,文章赞扬了崇喜家族留居开州,为当地文化发展所做贡献,尤其赏识崇喜父子领头制定《龙祠乡社义约》之举,"盖其大父,国初在兵间,留居开州之濮阳,有惠及民。其父忠显君作龙祠乡社义约十有五条,所以维持风俗,保固人心者,其虑远矣"。崇喜与敬贤兄弟人品卓越,

---

① (元)唐兀崇喜:《自序》,载《〈述善集〉校注》卷1《善俗卷》,第49页。

恪守孝道，家风淳厚，危素在文章中表达了对崇喜家族的赏识：

> 向使河南山东都府所部将校士卒，皆若象贤父子、祖孙之立心处已，虽有悍嚚之徒，其能为乱乎？虽乱，亦岂有逾纪之久而靖乎？象贤有弟曰敬贤，居丧，遇盗，克尽其孝，惜乎其蚤世！然其见诸纪述，传诵于天下，后世不其盛欤！老子曰：修之于乡，其德乃长。吾于象贤之父子、祖孙见之矣。①

在这篇文章中，危素秉承了他一贯的文风，如"象贤有弟曰敬贤，居丧，遇盗，克尽其孝"省净干练、简洁顿挫，类似的短句在危素文集中随处可见。如他在至正九年（1349）所作的《兰溪桥记》：

> 宋之末，桥废，横木为略彴，车马必乱流而济，惟徒步者稍践而过焉。春夏之际，溪水横溢，则往往阻陀弗得进。溪上有毛氏，盖自南渡后，江宁县丞讳辨之子弟由南城之龙荫里实迁于此，今二百五十余年矣。②

仅仅几十个字就描写了由宋至元几百年间兰溪桥的历史，短句居多，行文骏切、紧致。又如：

> 夏侯尚玄字文卿者，华亭人也。年十六，梦神人有所授，由是为文词立就。久之，游京师，翰林学士承旨赵孟頫与之入

---

① （元）危素：《赠武威处士杨象贤序》，载《〈述善集〉校注》卷3《行实卷》，第205页。

② （元）危素：《兰溪桥记》，1913年吴兴刘氏嘉业堂刻《危太朴文集》卷3，现收于李修生主编《全元文》第48册，凤凰出版社2004年版，第305页。

见武宗。及英宗为太子，召为说书。即位，授侍仪司典簿。英宗崩，尚玄弃官，漫游江海。久之，明宗南还，尚玄恭迓于和林。明宗寻崩，乃徒步将言其事于海都。①

简短的几句话就概述了夏侯尚玄少年时代由赵孟頫引荐，在武宗、英宗、明宗各朝及明宗朝之后的经历。危素其他传记类作品诸如《吴尚辅传》《黄孝子传》《桂隐刘先生传》等，都秉持这种文风。通过以上分析，可见崇喜等人与危素在创作上的相似之处。

二 元末文学思想对崇喜家族文学的影响

元末简古尚实成为一大潮流，濮阳地方作家被裹挟其中，崇喜家族的诗文集《述善集》正是这种文风在地方文坛的体现。张翥、危素、潘迪是《述善集》中政治地位、文学成就最高的作者，作为唐兀崇喜的老师，他们在思想、文学创作等方面都深刻影响了崇喜，既然《述善集》文风受到了文坛领袖危素、张翥等人的强烈影响，并与之有着共同的创作倾向，那么，危素、张翥的文学主张是怎样的呢？

危素是吴澄的弟子，陆九渊的六代弟子，少通《五经》。曾供职于国子监、翰林院等处，任翰林学士承旨、国子监丞、太常博士、礼部尚书等职，是元季维护道统的重要人物。危素与虞集、柳贯、范梈等文学大家交游甚密，在元末明初文学发展的进程中，起到了承前启后的作用，被誉为"元季之虎"②。宋濂撰写的危素墓志称其为"太音玄酒"，意指其思想上的博雅纯正，艺术上的敦厚醇和。危素文学观的核心是实用，主张文学的教化作用，认为文学要有补于社会。

---

① （元）危素：《夏侯尚玄传》，1913年吴兴刘氏嘉业堂刻《危太朴文集》卷8，现收于李修生主编《全元文》第48册，凤凰出版社2004年版，第385页。

② （清）陈田：《明诗纪事》（甲签），清陈氏听诗斋刻本。

危素认为："盖闻文为载道之器尚矣。道弗明，何有于文哉？气有升降，时有污隆，而文随之。六经之文，其理明，其言约，其事核，弗可及矣。自是，离文与道为二，斯道湮微，文遂为儒者之末艺。"①"诗之作，夫焉有格律之可言？发乎情，止乎礼义而已。王泽久熄，世教日卑。于是代变新声，益趋于浮靡，何以有兴起人之善心，惩创人之逸志也哉？"②认为文学要反映社会现实。

危素推崇邵雍之学，"余读邵子自序其《击壤集》，深有感于斯言也。尝欲仿其体而为之，又退而思邵子之为。邵子其始学也，冬不炉，夏不扇，夜不就席者数年，将以去己之滓。久而玩心于高明，知天地之运化、阴阳之消长，至于安且成，必造乎此，而后邵子可几也。区区模拟其文字语言之末，则岂希圣希贤之道乎？"③危素不喜欢雕章琢句，他说："则其为诗，固非雕琢章句、流连光景者之比，余故喜而序之……余所喜者，喜邵之志不孤也。"④

危素推崇简练、平易之语，不为险怪之语，《白云稿序》："吾尝怪为古文者多用险语，以文义句读异于时为工，非有合于古道者也。古之人为言辞少文致，又时语不类，故为训诰等文，似难为解，大约使通上下之情而已，非故为其辞异于时也。然其宣布号令，君臣之等，天伦之重，性情之懿，义理所在，炳如日星，含蓄万变，无所不备。"⑤

---

① （元）危素：《与苏参议书》，1913年吴兴刘氏嘉业堂刻《危太朴文集》卷8，现收于李修生主编《全元文》第48册，凤凰出版社2004年版，第148页。
② （元）危素：《武伯威诗集序》，1913年吴兴刘氏嘉业堂刻《危太朴文集》卷6，现收于李修生主编《全元文》第48册，凤凰出版社2004年版，第189页。
③ （元）危素：《武伯威诗集序》，1913年吴兴刘氏嘉业堂刻《危太朴文集》卷6，现收于李修生主编《全元文》第48册，凤凰出版社2004年版，第190页。
④ （元）危素：《武伯威诗集序》，1913年吴兴刘氏嘉业堂刻《危太朴文集》卷6，现收于李修生主编《全元文》第48册，凤凰出版社2004年版，第190页。
⑤ （元）危素：《白云稿序》，1913年吴兴刘氏嘉业堂刻《危太朴文集》卷1，现收于李修生主编《全元文》第48册，凤凰出版社2004年版，第252页。

与危素持论类似，张翥积极倡导简古文风，认为延祐文风以简古之风清除了前代的迂腐骈俪之风，且有干预社会功能以及很强的实用价值，并演变为元代文学的主流。他说："本朝自至元、大德以迄于今，诸公辈出，文体一变，扫除俪偶，迂腐之语，不复置舌端，作者非简古不措笔，学者非简古不取法，读者非简古不属目，此其风声气习，岂特起前代之衰？而国纪世教维持悠久以化成天下者，实有系乎此也。"①张翥还说：

> 由是知性情之天，声音之天，发乎文字间，有不容率易模写。然亦师承作者，以博乎见闻，游历四方，以熟乎世故，必使事物情景融液混圆，乃为窥诗家室堂，盖有变若极而无穷，神若离而相贯，意到语尽，而有遗音。②

张翥通过自己学诗的过程，强调了"性情"与"自得"，可见其文道统一的文学思想。张翥还总结了有元一代诗风由前代的"雕琢磔裂"向"醇古"的转变，提出自得的标准。

> 文章至季世，其敝甚矣。元兴以来，光岳之气既浑，变雕琢磔裂之习而反诸醇古，故其制作完然一代之雄盛，文人学士直视史汉魏晋以下盖不论。方天历、至顺间，学士蜀郡虞公以其文擅四方，学者仰之，其许予君特厚，君亦得与相熏濡，而法度加密焉。故其所铺张，若揖让坛坫，色庄气肃而辞不泛也；其所援据，若检校书府，理详事核而序不紊也。其思绵丽

---

① （元）张翥：《圭塘小稿序》，文渊阁四库本《中州文贤文表》卷22，现收于李修生主编《全元文》第48册，凤凰出版社2004年版，第586页。

② （元）张翥：《午溪集原序》，文渊阁四库本《午溪集》卷首，现收于李修生主编《全元文》第48册，凤凰出版社2004年版，第582页。

藻拔而杼机内综也,其势飞骞盼睐而精神外溢也。此君之所自得,而予常以是观之。①

他推崇思想内容充实,语言简洁的雅正之风。

张翥以大量的现实主义的创作践行了简古尚实的文艺观。张翥作品弥散着一股刀光剑影的杀伐之气,勾画了风起云涌的时代画面。②《授钺》:"天子临轩授钺频,东南何处不红巾。铁衣远道三军老,白骨中原万鬼新。烈士精灵虹贯日,仙家谈笑海扬尘。只将满眼凄凉泪,哭尽平生几故人。"描写了战事吃紧的中原战场,成千上万的士兵死于战场。《大军下济南》:"总戎十万铁鹡子,殪贼一双金仆姑。白日照开花不注,乱云飞尽大明湖。数年父老回生气,千里山川复旧图。已喜武威平汴兖,可倾东海洗兵无。"描写了朝廷大军在济南战场获胜,济南百姓的生活恢复如初,《潼关失守哭参政述律杰存道》:"十月三日天地昏,将军拒贼死辕门。火飞华岳三关破,血浸秦川万马奔。望岳伍胥徒抉目,战篯先轸不归元。北风吹尽英雄泪,侍剑悲歌一怆魂。"描绘了元军保卫潼关的顽强斗志,再现了潼关之战的惨烈,表现了英雄末路的悲怆之情。再如《四月十三日》:"白丁驱上城,徒手不能兵。斗将惟人色,行途多哭声。惟将孔达解,竟遭夙沙烹。满眼黄尘暮,悲风惨淡生。"记述了部队因为伤亡严重,大量减员,没有经过军事训练的普通百姓被驱赶上城门守城,可以想见其必死的命运,惨烈的战场之上,生命如草芥,瞬间被摧毁。其他如《高沙失守哭知府李齐公平》:"高邮自昔号铜城,一旦东门委贼兵。杀气苍黄迷野色,怨魂呜咽泣江声。广陵琼树春仍在,甓社珠光夜不明。白首故人悲赵李,临风唯有泪

---

① (元)张翥:《安雅堂集原序》,文渊阁四库本《安雅堂集》卷首,现收于李修生主编《全元文》第48册,凤凰出版社2004年版,第583页。

② 以下诗作现收于杨镰主编《全元诗》第34册,中华书局2013年版。

纵横。"表现了战争给人们内心带来的创伤。张翥战争题材的诗歌还有《前出军五首》《后出军五首》《西内应制即事》《存道元帅师宗感时及陡溯山侯刀寨入贡次韵二诗送归关戍》等。

张翥诗歌继承了前代缘事而发的现实主义诗歌创作理念,关注现实生活的各个层面,反映了广阔的社会现实。《郭农叹》《拾麦吟》《人雁吟悯饥也二章》《辛未苦雨》等关心民生疾苦;《读瀛海喜其绝句清远因口号数诗示九成皆实意也》《蜕庵岁宴百忧薰心排遣以诗乃作五首》《七月廿九日书所见》《宫中舞队歌词二首》等揭露朝廷腐败、权贵争权夺利以及宫中淫乱生活。

综上所述,元末文坛呈现出两种不同的创作倾向,一种是以杨维桢、顾瑛等为代表的东南文坛,他们以自我为主体、与道统疏离,体现了元代文学狂放怒张的一面。另一种是恪守传统,以文护道,危素、张翥、余阙、丁鹤年等人可谓这一派的代表,他们坚持儒家文论观,在创作题材上,以反映现实生活为主,作品内容上重视对现实战乱、民生疾苦的描写,元末易代之际战乱四起,元末文坛不可避免地充斥着刀光剑影的杀伐之气。唐兀崇喜、伯颜宗道等人躬逢元季乱世,不同于延祐时期的温厚和煦,崇喜家族的诗文创作在浓浓的亲情背后,弥散着金戈铁马的杀伐之气,兵燹之际,从十八郎寨突遭匪盗,到唐兀崇喜大都避乱十年,捐献平乱物资,再到伯颜宗道全家死于乱兵,无不是元末社会现实的缩影。

儒家文论有着深厚的历史积淀和现实基础,从孔子的"兴观群怨"、孟子的"浩然之气"到"毛诗大序"的厚人伦、美教化、移风俗的文学思想,从白居易的"为时为事"的文章观、韩愈的"气盛言宜"到程朱"文以载道"的文艺观,以政教为核心的儒家文艺观可谓源远流长,在漫长的文艺思想发展史上,儒家文论观虽略有起伏,却一直占据了文艺思想的主流。逮及元代中叶,其表现为延祐醇和雅正文风,而到了元末道统逐渐式微,危素、张翥等受到理学熏陶的一批人，以传承道统为自任，践行儒家文学观，以复古为旨归，倡导并践行简古、淳雅文风。元代中后期，性理之学施于台阁之文，理学氤氲笼罩元代文坛。崇喜家族的《述善集》恰是延祐雅正文风的回响，是元代中后期"文道合一"的代表，不应该被为文学史遮蔽。

执教于国子学的张翥、危素，无论在理学思想还是在文学思想上，都对崇喜兄弟产生了直接的影响。如果说元末理学影响下的现实主义文风是一个大合唱，那么，危素、张翥等就是领唱，而崇喜等就是和声，他们同气相求，相互切磋，砥砺琢磨，形成了一种共同的文风。以《述善集》为载体的崇喜家族文学也因此与元末主流文坛发生了密切关系，成为元末文坛主张关注现实的一派在民间的反响，也是延祐雅正文风在元末的余音，与元末主流文坛遥相呼应。

第七章

中原作家马祖常及其家族文化

雍古部马氏家族优良的家族文化代代传承,马祖常的父亲马润著有诗集《樵隐集》若干卷,深厚的家学为马祖常的成长奠定基础。马祖常一生宦游各地,从西北大漠到东南沿海都留下他的足迹,他到过光州(今河南潢川)、仪真(今江苏扬州)等淮南地区,江陵(今湖北荆州)、三峡、洞庭等长江中下游地区,山东、漠北、大都等北方地区,杭州、漳州等闽浙地区。正如其诗《壮游八十韵》所言:"远行探禹穴,六月剖丹荔。巫峡与洞庭,仿佛苍梧帝。三吴震泽区,幼妇峨嵋细。唱歌搅人心,不可久留滞。沿淮达汶泗,摩挲泰山砺。圣乡有亡书,求道亦容易。童子操觚牍,价重麒麟斝。京国天下雄,豪英尽一世。"① 秦岭淮河一线是我国南北方的分界线,而马祖常的故乡恰位于淮河一线,这似乎在冥冥之中暗示了马祖常诗歌合南北之两长,集温婉与豪迈于一体。延祐二年(1315)科举及第后,他长期生活在以大都为中心的北方地区,文风发生了很大的变化,因此延祐年间是马祖常诗歌创作的转变期。

---

① 李叔毅、傅瑛点校:《石田先生文集》,中州古籍出版社1991年版,第3页。

第一节　马氏家族文化

马祖常的生平事迹见于黄溍《金华文集》卷43《马氏世谱》、宋濂《元史》卷143"马祖常传"、苏天爵《滋溪文稿》卷9《马文贞公墓志铭》、许有壬《至正集》卷46《马文贞公神道碑铭》、乾隆本《光州志·仕贤列传》、陈垣《元西域人华化考》卷2、陈衍辑撰《元诗纪事》卷12等，李叔毅等点校《石田先生文集》书中附有马祖常年谱。

马祖常在《故礼部尚书马公神道碑铭》中谈及马家世代相承的家族文化，颇能见其光宗耀祖的家族使命感，"祖常生三十三岁，父润南官漳州，教祖常曰：'吾祖有德未尽发，吾官州郡不得施。今汝颇树立，其大将在汝也。'后祖常佩父训不忘，忝官翰林直学士、太子右赞善大夫、礼部尚书、参议中书省事，入台进侍御史，叨冒宠荣，夙夜忧惧，惟恐违父之教，而坠我曾祖之业，蒙不孝之罪，死不瞑目于地下"①。

马氏家族文化起始于曾祖月忽乃，他对中原文化的造诣颇深，天下初定时期，辅佐世祖革新制定，"我曾祖尚书，德足以利人，而位不称德，才足以经邦，而寿不享年，世非出于中国，而学问文献，过于邹、鲁之士。时方遇于草昧，而赞襄制度，则几于承平。俾其子孙百年之间，革其旧俗，而衣冠之传，实肇于我曾祖也"②。

祖常的父亲马润与福建漳州有不解之缘，他生于漳州，卒于漳州，葬于光州，先后在襄阳、吉州、当涂、常州等长江中下游地区

---

① 李叔毅、傅瑛点校：《石田先生文集》卷13，中州古籍出版社1991年版，第238页。又见于李修生主编《全元文》第32册，第502页。
② 李叔毅、傅瑛点校：《石田先生文集》卷13，中州古籍出版社1991年版，第238页。又见于李修生主编《全元文》第32册，第502页。

为官，当涂罢官后，在仪真生活几十年，家境日益困顿，在母亲张夫人的督促下复出为官，作诗集《樵隐集》若干卷，惜已不传，"樵隐"一词暗含马润出世的情怀，亦可知马祖常的诗歌天赋是有家学渊源的。马祖常兄弟都是饱学之士，祖义是乡贡进士；祖烈是江浙行省宣使；祖孝与祖常同登进士第，任陈州判官；祖信，国子生，试中，授承事郎，同知冀宁路保德州事。①

马祖常非常珍视家庭，《饮酒》描述了祖母年过九十，家中五世同堂，一片和乐的家庭氛围，字里行间充满了对家庭的柔情，对祖先的崇敬。"祖母在堂上，小孙方稚孩。俯仰见五世，居生岂悠哉？""祖母九十七，堂上受封恩。小孙初一月，哇哇弧矢门。吾生岂不遂？知足心不烦。""考妣早弃我，得禄不逮亲。幸兹有祖母，九十康强身。我情终不乐，日思我亲仁。""昔我七世上，养马洮河西。六世徙天山，日月闻鼓鼙。金室狩河表，我祖先群黎。诗书百年泽，濡翼岂梁鹈？"②

马祖常的弟弟马祖谦，字元德，是马润的第六子，少年时代，入乡校，日诵记数百言，记忆力超常，资质清美。据苏天爵所撰墓志铭③，马祖谦跟随马祖常到京师，补国子员，在齐履谦制定的积分法考试中，马祖谦中选，授承事郎、同知保德州事，后调保定束鹿县，清廉守法，有很好的儒学修养，曾言："苟存心于爱物，於人必有所修，岂冀他日之富贵乎？"④

马祖常在诗中追忆少年时代与六弟元德共同读书的难忘岁月，

---

① （元）袁桷：《马润神道碑》，载李叔毅、傅瑛点校《石田先生文集》，中州古籍出版社1991年版，第291—293页。又见于李修生主编《全元文》第23册，第578—580页。

② （元）马祖常：《饮酒六首》，载李叔毅、傅瑛点校《石田先生文集》，中州古籍出版社1991年版，第11页。

③ （元）苏天爵：《马祖谦墓志铭》，载李叔毅、傅瑛点校《石田先生文集》，中州古籍出版社1991年版，第310页。

④ （元）苏天爵：《马祖谦墓志铭》，载李叔毅、傅瑛点校《石田先生文集》，中州古籍出版社1991年版，第309—310页。

年长后各自为官，相隔万里，表达兄弟之间的手足之情。

> 我有六兄弟，我长汝最幼。我长守田庐，汝幼侍亲右。跋涉万里途，随牒越闽岫。亲复当官清，昼坐置宴豆。教汝读诗书，夙夜猎文囿。不幸亲弃予，万里汝扶柩。汝兄元礼贤，斩服携汝走。我自河淮南，迎丧匍匐救。号哭天不应，崩裂屡颠踣。归安桐乡阡，铭文手自镂。（《寄六弟元德宰束鹿》）①

马祖常兄弟七人感情深厚，祖常离家万里之遥，还惦念着兄弟祖义祖烈，

> 万里天南地，逢君似到乡。欲同观海屿，忽别上河梁。楚树思题叶，淮僧忆借航。归时报兄弟，莫遣石田荒。（《赠里人别因寄祖义祖烈》）②

> 春云阁雨花泥少，池上波平飞白鸟。蓟中河外尽天涯，莲叶圆时身到家。（《寄家书》）③

马祖常重视家庭文化教育，族中孤寒者，收而养之，并使之入学受教育、举进士。他提倡以儒学治天下，强调伦理，"本朝及诸国人既肄业国学，讲诵孔孟遗书，当革易故俗，敬事诸母，以厚彝伦"④。

---

① （元）马祖常：《寄六弟元德宰束鹿》，载李叔毅、傅瑛点校《石田先生文集》，中州古籍出版社1991年版，第13页。
② （元）马祖常：《赠里人别因寄祖义祖烈》，载李叔毅、傅瑛点校《石田先生文集》，中州古籍出版社1991年版，第13页。
③ （元）马祖常：《寄家书》，载李叔毅、傅瑛点校《石田先生文集》，中州古籍出版社1991年版，第26页。
④ （元）苏天爵：《马祖常墓志铭》，载李叔毅、傅瑛点校《石田先生文集》，中州古籍出版社1991年版，第302页。

总之，祖常看重亲情、崇敬祖先、眷恋家庭。马氏家族文化积淀深厚，马祖常卓越的文学才华有着深厚的家学渊源。

第二节　家乡文化与早期诗风

在影响马祖常文学活动的诸多因素中，家族居地的地域文化深刻影响了诗歌的题材内容和风格。37岁前都生活在江淮一带。受到南方文化的影响。江淮水乡、闽浙山川多次出现在他的作品中，并且使他的作品呈现出温婉细腻柔媚清丽的风格。以下拟从江淮、闽浙等题材的诗歌中，来分析地域文化对其诗歌的影响。

马祖常的前半生即延祐之前，主要生活在江淮水乡，长江中下游一带，并漫游江南江北各地，即使延祐北上之后，也多次南下。元世祖至元十六年（1279）生于江陵，1—2岁，在江陵（今荆州地区），至元十八年（1281）随父马润至庐陵，3—8岁即1282年至1287年，在吉州（今江西吉安）、广陵（今江苏扬州），9—11岁，在当涂，12—19岁（1290—1297年）居仪真（今江苏扬州），20—22岁在武进（今江苏常州），23—36岁，居光州（今河南潢川），间或到长江中下游漫游。

一　江淮诗歌

马氏家族对光州有着深厚的感情，祖常的父亲马润，亡于漳州，而葬于光州，[①] 之后祖常家族几代人都葬于光州，视光州为故乡。

光州，唐时一度改称弋阳郡。宋升光山军，属淮南西路。至元十二年（1275）归附后，光州隶属蕲黄宣慰司。至元二十三年

---

① 马润临终前曾言："光，吾桐乡也，我死必葬诸"，见虞集《桐乡阡碑》。

(1286),黄州、蕲州划属湖广行省,光州改属淮西宣慰司。至元三十年(1293),隶属汝宁府。领定城、固始、光山三县,与南宋相同。① 固始县是光州下属的一个县,在《光州达鲁花赤乌马儿公去思碣》一文中提到了固始县的位置,"州东南境百里而远,属县曰固始"②,他对固始县充满感情:"固始,吾州之属邑也。父老子弟,吾之所爱敬者也。既来请文,夫何让焉?乃为诗以侑邑人迎送神之词,信民生太平之乐恺也。"③ 马祖常作诗称颂固始美景。"往岁曾登眺,今朝又漫来。山禽鸣独树,石壁渍荒苔。水浅沙痕乱,天低雁影回。春风吹白发,有酒且衔杯。"④ 马祖常以光州为题材,以满含深情的笔触写下一系列诗文。《石田山房记》记述了光州故居石田山房的修建过程及其邻里之间和谐的田园生活,房子周围的景色宜人,旁边有小山,小溪流经院外,有横木为桥梁,用芦苇编织院子的矮墙,用茅草覆盖屋顶。

> 桐柏之水发为淮,东行五百里,合浉、潢山谷诸流,左盘右纡,环缭陵麓。其南有州曰光,土衍而草茂,民勤而俗朴,故赠骑都尉、开封郡伯浚仪马公实尝监焉。公之子祖常,少贱而服田于野,以给馆粥。乡之人思慕郡伯之政,念其子之劳而将去也,乃为之卜里中地,亟其葺屋而俾就家焉。屋之侧有崇丘,可六七丈,溪水旁折而出岸碕之上,嘉树苞竹,荟蔚蔽亏,前为木梁,梁溪而行,周垣悉编菅苇,门屋覆之以茨。岁

---

① 参见李治安、薛磊《中国行政区划通史·元代卷》,复旦大学出版社2009年版,第124页。
② (元)马祖常:《光州达鲁花赤乌马儿公去思碣》,载李叔毅、傅瑛点校《石田先生文集》,中州古籍出版社1991年版,第194页。
③ (元)马祖常:《光州固始县南岳庙碑》,载李叔毅、傅瑛点校《石田先生文集》,中州古籍出版社1991年版,第169页。
④ (元)马祖常:《固始县南岳行祠》,载李叔毅、傅瑛点校《石田先生文集》,中州古籍出版社1991年版,第27页。

时里邻酒食往来，牛种田器，更相赀贷。寒冬不耕，其父老各率子若孙，持书笈来问孝经、论语、孔子之说。其耕之土虽硗瘠寡殖，不如江湖之沃饶，然犹愈于无业也，祖常者因乐而居焉。于是，名其屋曰石田山房，且自为记与图，以属当世能言之士，请为赋诗，异日使淮南人歌之。(《石田山房记》)[1]

《石田山居八首》描述了石田山居的农事活动，诗人笔下淮南水乡的田园生活，不只有"书懒眠尤熟，诗来酒更赊。春天云妩媚，相对坐鸥沙"的悠闲自在，更有"甲子人愁雨，河田麦已丹"的天降大灾的艰难，以及"贾客还沽酒，王孙自饱餐"的不公平的社会现实。

甲子人愁雨，河田麦已丹。岁凶捐瘠众，天远祷祠难。贾客还沽酒，王孙自饱餐。更怜黧面黑，征戍出桑干。

积雨衣裳湿，愁人是麦田。泥将深没马，雾欲堕飞鸢。爨火劳薪尽，家居老屋穿。墙根杂蛙蚓，拟买系篱船。

光山枫制锦，潇浦荻飞绵。秋熟何论酒？鱼来不计钱。卜邻多野老，求药有神仙。为客留美笋，清晨步石田。

四月淮天雨，清林荫碧池。笋香邻瓮酒，禽响客窗棋。田鼓春迎社，乡巫夜赛祠。渐知飘泊久，自觉是农师。

无麦夫何极！吾忧陇亩空。岂能驱盗贼？得忍鬻儿童。荼蓼充肠熟，樵苏救口穷，无端县小吏，召役到疲癃。

作客何多意？淮南即是家。自牵萝屋小，不正葛巾斜。书懒眠尤熟，诗来酒更赊。春天云妩媚，相对坐鸥沙。

---

[1] （元）马祖常：《石田山房记》，载李叔毅、傅瑛点校《石田先生文集》，中州古籍出版社1991年版，第169页。

竟日无宾主，山房一老翁。竹光浮昼碧，花蕊扬春红。田父分鸡栿，邻僧乞鹤笼。时行亲杖屦，未觉坐书空。

淮南穷僻地，先世有林庐。花曙鸣山鸟，芹春跃岸鱼。鼓琴仙度曲，种杏客传书。朋旧如相觅，休嗔礼法疏。

(《石田山居八首》)①

天历二年（1329）正月，马祖常回到光州，文宗两次遣使召之回京，他因腿病未能北上。在光州期间，马祖常游览了光州孔子庙和司马光祠堂，二十六年前，马祖常与父亲马润曾携手在这里种下的柏树，而今已苍翠森然，抚摩群柏，感怀父亲，马祖常潸然泪下，挥笔写下《感柏树赋》，其中记述光州虽土地贫瘠、物产不丰而百姓却乐善好学，民风淳厚，字里行间饱含深情。"怀寡殖而不丰，曰瘠土之民劳，庶善心之易挚。慨先哲之岂弟，兴黉宇而纳之。"②

马祖常多次提到光州民风淳厚，对光州的热爱溢于言表。"闻道光山县，城南十里氛。人家依翠竹，野水乱梅花。"③"吾州介江淮之交，生殖甚寡，然少长安于朴俗，衣服饮食给于田蚕、弋钓之力，工商给于粗完，男女婚嫁，养生送死，质而有节。其人已几于淳厚，故易富而易教，弗如他州之必待厚藏而后富，近刑而后教也……国家以文化成四海，考郡县之绩，当以吾州为首焉。"④

---

① （元）马祖常：《石田山居八首》，载李叔毅、傅瑛点校《石田先生文集》，中州古籍出版社1991年版，第45页。

② （元）马祖常：《感柏树赋》，载李叔毅、傅瑛点校《石田先生文集》，中州古籍出版社1991年版，第132页。

③ （元）马祖常：《五言九首》，载李叔毅、傅瑛点校《石田先生文集》，中州古籍出版社1991年版，第43页。

④ （元）马祖常：《光州孔子新庙碑》，载李叔毅、傅瑛点校《石田先生文集》，中州古籍出版社1991年版，第196页。又见明嘉靖三十四年《河南通志》卷16，收于李修生主编《全元文》第32册，第467页。

流于笔端的淮南风情是那样的灵动清新,淳朴自然。《淮南鱼歌十首》《淮南田歌十首》采用民歌写实的手法,描绘出一幅幅淮南水乡画,别有一番情趣。东塘西塘的水都已经满了,春风拂面,路人络绎不绝,匆匆而过。

东塘水初满,西塘泉又生。春风两塘侧,多少路人行。①

三五头水牛在草间徜徉,白发老人悠然躺在田间,他在想什么呢?经历过元兵南渡淮水征宋的战乱,也许他还心有余悸吧。

老翁白发短,放牛田间卧。记得南朝事,怕临淮水过。②

西家的竹笋越过了东家的墙,邻居们相互打趣。

西庄竹笋长,生过东家墙。东家吃竹笋,日日笑西庄。③

骤雨过后,门前的小溪涨水,鱼儿也随水越过南堤,在地上欢跳。

鱼儿随水上,到我屋前溪。更怨溪水小,随雨过南堤。④

---

① (元)马祖常:《淮南田歌十首》之一,载李叔毅、傅瑛点校《石田先生文集》,中州古籍出版社1991年版,第112页。
② (元)马祖常:《淮南田歌十首》之二,载李叔毅、傅瑛点校《石田先生文集》,中州古籍出版社1991年版,第112页。
③ (元)马祖常:《淮南田歌十首》之三,载李叔毅、傅瑛点校《石田先生文集》,中州古籍出版社1991年版,第112页。
④ (元)马祖常:《淮南田歌十首》之四,载李叔毅、傅瑛点校《石田先生文集》,中州古籍出版社1991年版,第112页。

"蒲"和"菰"都是生长于浅水中的多年生草本植物,"蒲"高近两米。根茎可食,叶可编席、制扇,夏天开黄色花。"菰"的嫩茎可作蔬菜,称"茭白",果实可煮食,称"菰米""雕胡米"。水滨的"蒲"和"菰"亭亭玉立,荷花在池塘里顾影自怜,一个充满生机的池塘。

蒲生亦有笋,菰生亦有米。可怜芙蓉花,照影秋塘里。①

淮南水乡,不仅有丰富的植物,而且还有水乡所特有的食鱼的鸟类,如鹭鸶和鸬鹚。鹭鸶又称白鹭,主要活动于湖泊、沼泽附近,通常涉行浅水中觅食蛙、鱼等水生动物,常常出现在文学作品和中国画中。鸬鹚的嘴长而薄,锥状,适于啄鱼,常大声呼叫,善于潜水,常被驯化来捕鱼。水田中,饱食的鹭鸶和鸬鹚,站在田埂上,闲散自在。

鹭鸶白如雪,鸬鹚嘴复长。双立田塍间,知是鱼满肠。②

农事活动如耕田、插秧、除草,都要暴露在炽烈的太阳下,无比艰辛。看着在水田中艰难拉犁的牛,诗人顿生怜惜。借钱买来饮食物品,请人帮忙插秧,翘首以盼,终于等到秋天稻米成熟,还要防备野鸭的侵害。秋收后纳粮入官仓,还要严防麻雀老鼠之类。

牛饱早耕田,田中水潚潚。春晚□草生,牛力更可怜。

---

① (元)马祖常:《淮南田歌十首》之五,载李叔毅、傅瑛点校《石田先生文集》,中州古籍出版社1991年版,第113页。
② (元)马祖常:《淮南田歌十首》之六,载李叔毅、傅瑛点校《石田先生文集》,中州古籍出版社1991年版,第113页。

借钱买盐茶,倩人莳早秧。日望秋田熟,仍防野鸭伤。
锄田莫用懒,夏日背上炎。秋税入官仓,雀鼠嘴尖尖。①

木棉树从江东移植到江南,秋天果荚成熟后,朵朵棉絮从中飘落,飘浮空中,如雪花飞舞一般,生趣盎然。木棉棉絮质地柔软,在南方可代替棉花作棉衣的填充物。

江东木绵树,移向淮南去。秋生紫荸花,结绵暖如絮。②

再如《淮南鱼歌十首》:

棹船淮水上,晒网赤岸南。船中捕来鱼,卖钱买鱼篮。
小艇如凫鹥,湘东紫杉木。载家复捕鱼,夜夜系江竹。
市中买蚕丝,新结横江网。江中鱼已尽,又结网十丈。
白云渡深竹,野水过斜桥。鸣榔下淮浦,笭箵③带朝朝。
船过蒹葭浦,人家唤买鱼。回船泊柳岸,却问种树书。
长年为鱼郎,税鱼与盐官。谁云无乡县,兵籍在邯郸。
渡江问鱼价,人来索酒钱。妇姑亦不恶,便煮缩项鳊④。

---

① (元)马祖常:《淮南田歌十首》之七、八、九,载李叔毅、傅瑛点校《石田先生文集》,中州古籍出版社1991年版,第113页。

② (元)马祖常:《淮南田歌十首》之九,载李叔毅、傅瑛点校《石田先生文集》,中州古籍出版社1991年版,第112—113页。

③ 笭箵即装鱼的竹篓,历代诗人多有题咏,如(唐)皮日休《奉和鲁望渔具十五咏·笭箵》:"朝空笭箵去,暮实笭箵归。归来倒却鱼,挂在幽窗扉。"(唐)陆龟蒙《渔具》诗序:"所载之舟曰舴艋,所贮之器曰笭箵。"(宋)陆游《湖塘夜归》:"渔翁江上佩笭箵,一卷新传范蠡经。"(清)唐孙华《渔父词》之一:"笭箵纶竿载满船,年年生计五湖边。"

④ 亦称"缩头鳊",鱼名,以肥美著名。前代对其描写颇多,如(唐)孟浩然《冬至后过吴张二子檀溪别业》诗:"鸟泊随阳雁,鱼藏缩项鳊。"(唐)杜甫《解闷》诗之六:"即今耆旧无新语,漫钓槎头缩颈鳊。"仇兆鳌注:"习凿齿《襄阳耆旧传》云:'岘山下汉水中出鳊鱼,味极肥而美,襄阳人採捕,遂以槎断水,因谓之槎头缩项鳊。'"(宋)苏轼《监洞霄宫俞康直所居·退圃》诗:"百丈休牵上瀬船,一钩归钓缩头鳊。"

第七章　中原作家马祖常及其家族文化 / 161

桃花水初涨，矶头好下罾。取得金鲤鱼，去换缚船藤。
卖鱼向城市，陌上遇王孙。争买双银鲫，持去赠红裙。
乌鬼①项细细，吞鱼不下咽。海鸥嘴亦短，衔鱼入野烟。②

诗人以纪实的手法，详细记录了淮水流域渔家的种种生活场景，在诗人笔端，结网、打鱼、买鱼的水乡生活，是那样真切自然，平淡却饶有趣味。紫衫木做的小艇像野鸭的形状一样，一家人吃住在船上，上岸晒网、结网，以捕鱼为生。他们用买来的蚕丝结了横江的大网，为了捕到更多的鱼，又结网十丈。银鲫的体形习性与普通鲫鱼相似，但大得多，肉白鲜美，是江淮一带的优质鱼，在卖鱼的路上，富贵人家的公子争着买成对的银鲫，送给心上人。渔民卖了鱼，去换缚船的藤绳，去买种树书，买鱼篮，买蚕丝。渡江来到酒店，还可以吃到新鲜的缩项鳊（即武昌鱼）。常年打鱼的鱼郎，他没有故乡吗？他来自邯郸。

乌鬼指鸬鹚，临水地方家家养鸬鹚来捕鱼，杜甫有诗"家家养乌鬼，顿顿食黄鱼"，鸬鹚的脖子很细，衔到鱼也不下咽，淮水边的水鸟除了长嘴的鸬鹚还有短嘴的海鸥，它们衔起鱼飞到人烟稀少的地方去了。诗人细致观察了水鸟，惟妙惟肖地表现了水鸟捕鱼的形象。

描写江淮农耕生活的诗还有：

五年衣上属车尘，自向澄江一洗新。长角吴牛尾黑色，仰鸣知我是耕人。

---

① 乌鬼，鸬鹚的别名。（明）焦竑《焦氏笔乘·乌鬼》："鸬鹚，水鸟，似鸦而黑，峡中人号曰乌鬼。子美诗：'家家养乌鬼，顿顿食黄鱼'，言此乌捕鱼，而人得食之也。"
② （元）马祖常：《淮南鱼歌十首》，载李叔毅、傅瑛点校《石田先生文集》，中州古籍出版社1991年版，第113页。

独爱江边黑牡丹，新编龙具不知寒。春来高价如金贵，背上童儿尔好看。(《淮上初见吴牛二首》)①

马祖常笔下的水乡生活有江淮地区的，也有湖北的。

江田稻花露始零，浦中莲子青复青。
楚船祠龙来买酒，十幅蒲帆上洞庭。
罗衣熏香钱满箧，身是扬州贩盐客。
明年载米入长安，妻封县君身有官。(《湖北驿中偶成》)②

具有鲜明地域特色的作品还有《暑雨》《沛县水村》。

凉生纱縠玉秋清，雨气霏霏满凤城。湖上荷花云锦烂，不能临水一闲行。(《暑雨》)
霜气渐寒河未冰，野云抹空起层层。略彴桥边沽酒市，夜深篝火看鱼罾。(《沛县水村》)③

二 浙闽诗歌

江南优美的自然风景，滋养了一代又一代的诗人，马祖常亦如此。

桐江位于富春江的上游，是钱塘江流经桐庐县的一段，以其秀美的风光载入中国文学和绘画的史册，南朝吴均就盛赞"自富阳至桐庐一百许里，奇山异水，天下独绝"，漫游至此的诗人被激发出创作的灵感，谢灵运、李白、孟浩然、范仲淹等

---

① 李叔毅、傅瑛点校：《石田先生文集》，中州古籍出版社1991年版，第93页。
② 李叔毅、傅瑛点校：《石田先生文集》，中州古籍出版社1991年版，第22页。
③ 李叔毅、傅瑛点校：《石田先生文集》，中州古籍出版社1991年版，第93页。

都留下美好的篇章，孟浩然漫游至此写下深情款款的《宿桐庐江寄广陵旧游》，"山暝闻猿愁，沧江急夜流。风鸣两岸叶，月照一孤舟"。陆龟蒙笔下的桐江则是烟雨迷蒙，"洛客见诗如有问，辗烟冲雨过桐江"。(《钓车》) 在元代，著名画家黄公望在这里创作了传世名作《富春山居图》，在萨都剌的笔下好茶要用桐江水来煮："仙茶旋煮桐江水，坐客遥分石壁灯。"[1] 神奇的自然风光同样滋养了马祖常，影响了他的审美追求。他把桐江水比作美酒。

青山围县郭，碧树出旗亭。千里桐江水，分明是醽醁。(《桐江》)[2]

初秋的桐江，暮雨潇潇，傍晚归船，天寒叶落，在醉人的山水中，醉酒作诗，别有一番情调。

江上船归暮雨疏，山中木落早秋初。天寒沽酒桐庐县，醉拟严光绝汉书。(《桐庐县》)[3]

萨都剌也描写过桐庐县的自然风景，我们可以比较两位诗人对同一题材的不同处理方式。

桐庐山水天下清，洪涛拍岸山围城。桐君已乘丹凤去，世间草木谁知情。落日摇红鱼尾赤，江上潮回沙嘴立。三三两两

---

[1] （元）萨都剌：《钓台夜兴》，《雁门集》，上海古籍出版社 1982 年版，第 293 页。
[2] 李叔毅、傅瑛点校：《石田先生文集》，中州古籍出版社 1991 年版，第 78 页。
[3] 李叔毅、傅瑛点校：《石田先生文集》，中州古籍出版社 1991 年版，第 87 页。

野人家,半住渔村半樵牧。(萨都剌《过桐庐》)①

萨都剌笔下的桐庐山水质朴而略带粗豪,马祖常的文笔则显得幽深细腻婉媚而略带朦胧。萨都剌长期生活在以山西为主的北方地区,他所濡染的是北方刚健之气,而马祖常则自幼深受江淮婉约之气的影响。

山水诗是最能体现地域特色的,中国山水诗经过了漫长的发展历程,《诗经》时代,山水自然只是作为渲染陪衬,直到南朝谢灵运时代,自然山水才作为主题进入诗歌,经过南朝和唐代诗人的不懈努力,山水诗被提升到新的境界,达到了古代诗歌史的巅峰,而马祖常的江南题材的山水诗就达到了这一高度,堪比唐代一流诗人。这主要表现在:诗中情和景的关系,不仅是彼此衬托,而且常常是水乳交融般的密合;诗的意境,由于剔除了一切不必要、不谐调的成分,而显得更加单纯明净,更加传神;诗的结构也更加完美。如马祖常的《舟中》:

丛薄萦云曲,冈峦引雾深。舟轻风燕疾,衣薄水萤侵。夜久江喧濑,秋清竹满林。闲情任飘泊,到处欲登临②。

深雾笼罩山峦草木,清秋水冷,夜寒衣单,舟轻风疾,任意东西,流露出一种闲居任情的情愫。这首诗做到了情景交融,境界纯净,无论意境还是用语都充满了温婉细腻的南派风格。类似这样南派风格的作品还有很多,如《送胡古愚还越四首》中的"越江秋水得霜清""江寒潮小鹭空飞""吴江蟹美橘初黄"③ 等都明显具有

---

① (元)萨都剌:《过桐庐》,《雁门集》,上海古籍出版社1982年版,第241页。
② 李叔毅、傅瑛点校:《石田先生文集》,中州古籍出版社1991年版,第31页。
③ 李叔毅、傅瑛点校:《石田先生文集》,中州古籍出版社1991年版,第85页。

江南地域风情。

> 河发昆仑水，天吹广莫风。徐州城下宿，一日过淮东。（《舟泊徐州》）①
>
> 石桥西畔竹棚斜，闲日浮舟阅岁华。金凿悬崖开佛国，玉分飞瀑过人家。（《钱塘潮》）②
>
> 溪水连云过竹间，溪声云影半潺潺。鹤来近屋童看熟，鹭下长松客对闲。（《追和许浑游溪夜回韵》）③

江南山水在他心里的印记是如此深刻，令他魂牵梦绕。即使身在北方，潜意识中江南风光也常常不自觉地出现在脑海中，在畅游山东洓水时，竟错觉身在湘南。"撷花结楚佩，宛若湘南居。"

> 鲁郊秋已深，西洓多蒲鱼。日暮积霭重，维舟月生初。露凉水禽宿，雨晴艳芙蕖。撷花结楚佩，宛若湘南居。（《西方洓》）④

位于今福州市台江区的解放大桥，原本只是一个浮桥，将船连在一起，以粗大绳索固定，"日以舟栉比，连大缆为浮梁以济"，江面风大浪高时，浮桥常被冲毁，行人极不安全。元大德七年（1303）万寿寺头陀王法助奉旨募款建造，历时20年，于至治二年（1322）竣工，称为"万寿桥"，是横跨闽江的第一座大石桥。仁宗皇帝曾赐予王法助"弘济大行禅师"的称号，马祖常1324年写

---

① 李叔毅、傅瑛点校：《石田先生文集》，中州古籍出版社1991年版，第79页。
② 李叔毅、傅瑛点校：《石田先生文集》，中州古籍出版社1991年版，第52页。
③ 李叔毅、傅瑛点校：《石田先生文集》，中州古籍出版社1991年版，第52页。
④ 李叔毅、傅瑛点校：《石田先生文集》，中州古籍出版社1991年版，第5页。

下《敕赐弘济大行禅师创造福州南台石桥碑铭》。马祖常还写下描写闽浙等东南地区自然风景的诗作，如：

> 江外淹留久，那堪去复回。水生客星濑，日出偃王台。娃灶茶瓯至，筠笼橘颗来。春云又成雨，着意落寒梅。
>
> 积雨关河湿，今朝日始晴。浮船下夜濑，觅酒近春城。鹅鸭将雏出，牛羊傍母行。独怜无侣客，万里又南征。(《再从浙入闽二首》)①
>
> 有檪兮灌木，有穹兮崇屋。石矿兮洑渔，师乐兮榜连。(《闽中山水》)②
>
> 月出山头犬吠云，隔林钟磬鹤应闻。老僧见客闲留坐，风落松花满寺门。
>
> 闽峤人居罨画图，客行只欲望京都。笋舆轧轧相思岭，秋雨空蒙叫鹧鸪。
>
> 九曲清溪下见鱼，云林濯濯对高居。南朝文物今都尽，惟有先生几卷书。
>
> 路入闽中尽翠微，家家蕉葛作秋衣。石墙遮竹松围屋，时有丹禽哺子归。
>
> 山溪秋濑急飞淙，万斛跳珠溅石矼。闽女唱歌来漂苎，素馨花插髻丫双。(《闽浙之交五首》)③

"笋舆"指用竹子编成的轿子，"蕉葛"指用甘蕉茎纤维织成的葛布。"鹧鸪""子归""闽女""石矼"等意象都有着强烈的福建地域色彩。"积雨关河湿，今朝日始晴。"用语细腻温婉。以上可

---

① 李叔毅、傅瑛点校：《石田先生文集》，中州古籍出版社1991年版，第34页。
② 李叔毅、傅瑛点校：《石田先生文集》，中州古籍出版社1991年版，第128页。
③ 李叔毅、傅瑛点校：《石田先生文集》，中州古籍出版社1991年版，第86—87页。

见，东南地域文化对其创作的影响。

第三节 延祐北上后诗风的转变

以往论者，认为马祖常诗主要受到先秦两汉等传统学术的影响，如认为他崇尚实学，反对魏晋以来的空言浮词，追求先秦两汉之学，"喜为歌诗，每叹魏晋以降，文气卑弱，故修辞立言，追古作者。其为训诂，富丽典雅"[①]。"公先世已事华学，至公始大以肆，为文精核，务去陈言，师先秦两汉，尤致力于诗，凌铄古作，大篇短章，无不可传者。"[②] 至顺初，在礼部选贤，"公择士务求实学，空言浮词，中选者多知名于时"[③]。

然而，笔者认为，马祖常多元诗风形成的一个重要因素是来自多地地域文化的不同影响，从南方到北方，地域的变迁深刻改变了马祖常的诗风。37—56 岁，大部分时间在京师，其中 1315 年（35 岁）四月至八月，1316 年（38 岁）三月至八月，扈从仁宗到上都（今内蒙古开平），1317 年（39 岁）以监察御史的身份出使河陇地区，抚谕河西。1319 年（41 岁），出行至闽浙一带。在京师为官期间，多处回到光州故居，1320 年（42 岁），被铁木迭儿挟怨报复，左迁为开平县尹。同年 5 月，辞职回到京师。1323 年（45 岁）随英宗至上都，1324 年（46 岁）扈从上都，1327 年（49 岁）扈从上都，1328 年（50 岁）扈从上都，1331 年（53 岁）扈从文宗到上都，1332 年（54 岁）文宗在上都召见祖常，在一生中至少八次

[①] （元）苏天爵：《马文贞公墓志铭》，载李叔毅、傅瑛点校《石田先生文集》，中州古籍出版社 1991 年版，第 302 页。

[②] （元）许有壬：《马文贞公神道碑》，载李叔毅、傅瑛点校《石田先生文集》，中州古籍出版社 1991 年版，第 305 页。

[③] （元）苏天爵：《马文贞公墓志铭》，载李叔毅、傅瑛点校《石田先生文集》，中州古籍出版社 1991 年版，第 300 页。

到过上都。57—60岁在光州。

一　辇路、两都扈从诗

北方的风土人情深刻影响了马祖常诗歌的风貌。两都之间的辇路有东西两道，东出西进，每条道上有多个纳钵，东道有十八个纳钵，常常出现在元人诗作中的著名纳钵有：大口、龙虎台、南口、居庸关、北口、龙门、黑谷、沙岭、程子头、牛群头、察罕脑儿、缙山、明安驿、李陵台、桓州等。

"侍从常向北方游，龙虎台前正麦秋。信是上京无暑气，行装五月载貂裘。"[1] 这首诗是元宫人所述元帝每年北上上都避暑的事情。麦秋时节即四月下旬启程，九月南归大都。开平府是世祖龙兴之地，1256年始建都城，据《金史·梁襄传》、王恽《中堂事记》、《黑鞑事略》等文献记载，金莲川（开平）气候特殊，地积阴冷，五谷不生，郡县难建，夏季降霜，自古以来是高寒荒弃之地。

龙虎台，在昌平境北，距居庸关二十五里，据大都百里，是元代著名的纳钵[2]，即汉语的行在、驿站的意思，是元帝巡行途中宿顿之所。

> 龙虎台高秋意多，翠华来日似鸾坡。
> 天将山海为城堑，人倚云霞作绮罗。周穆故惭黄竹赋，汉高空奏大风歌。西京巡省非行幸，要使苍生乐至和。（《龙虎台应制》）[3]

---

[1]　傅乐淑：《元宫词百章笺注》，书目文献出版社1995年版，第18页。
[2]　傅乐淑：《元宫词百章笺注》，书目文献出版社1995年版，第19页。
[3]　（元）马祖常：《龙虎台应制》，载李叔毅、傅瑛点校《石田先生文集》，中州古籍出版社1991年版，第59—60页。

马祖常的这首应制诗,与横跨欧亚的大元帝国运势相应,大气雍容,不可一世。得到了文宗帝的赞赏,"文宗尝驻跸龙虎台,祖常应制赋诗,尤被叹赏,谓中原硕儒唯祖常云"[1]。

马祖常在《车簇簇行》《李陵台二首》《驾发上京》《龙门》《还过龙门》《北歌行》等诗篇中,描述了一路上关隘、驿站的自然景观和宿顿生活,笔端流露的是仪仗队伍无敌的气势和冲天的豪情。

李陵台距离上都仅有桓州一站了,少年痛饮滦河美酒,小女清唱竹枝词佐酒。"李陵台西车簇簇,行人夜向滦河宿。滦河美酒斗十千,下马饮者不计钱。"[2] 李陵台不仅有美酒肥羊可以小憩,更有苏李悲歌往事可以凭吊。"颇闻苏属国,海上牧羝羊。""辛苦楼兰将,凄凉太史书。"[3] 龙门站位于辇路中段,"万壑奔流一峡开,君王岁岁御龙来"[4],"紫塞秋高凤辇回,龙门有客去还来"[5],诗歌气势磅礴,"人间尘土"与"天上星辰"相对,"荡摩日月昆仑坼"与"吐纳风云混沌开"[6] 相对,诗句与塞外的千里平沙、莽莽草原相映成趣,更彰显出粗犷豪迈之气。《驾发上京》则以骁勇将士、猎猎旌旗展示巡行队伍不可一世的豪情。"十万貔貅骑骧褒,一双固月绣旗幡。"[7]

大雁只影飞过,消失在大漠苍穹之中,在凛冽的北风中旌旗撕

---

[1] (明)宋濂等:《元史》,中华书局1976年版,第3413页。
[2] (元)马祖常:《车簇簇行》,载李叔毅、傅瑛点校《石田先生文集》,中州古籍出版社1991年版,第117页。
[3] (元)马祖常:《李陵台二首》,载李叔毅、傅瑛点校《石田先生文集》,中州古籍出版社1991年版,第79页。
[4] (元)马祖常:《龙门》,载李叔毅、傅瑛点校《石田先生文集》,中州古籍出版社1991年版,第71页。
[5] (元)马祖常:《还过龙门》,载李叔毅、傅瑛点校《石田先生文集》,中州古籍出版社1991年版,第71页。
[6] (元)马祖常:《还过龙门》,载李叔毅、傅瑛点校《石田先生文集》,中州古籍出版社1991年版,第71页。
[7] (元)马祖常:《驾发上京》,载李叔毅、傅瑛点校《石田先生文集》,中州古籍出版社1991年版,第73页。

裂，战马难以前行，《北歌行》极力刻画了塞外自然条件之恶劣，令人望而却步，"君不见李棱台，白龙堆，自古战士不敢来。黄云千里雁影暗，北风裂旗马首回。汉家卫霍今何用，见说军还如裹痛。"①之后，笔锋一转，元朝在此苦寒之地建立陪都，使之成为四海来朝、人人向往之地，讴歌了太平盛世。"高昌勾丽子入学，交趾蛮官贡麟角。斗米三钱金如土，国人讴歌将军乐。"②

《上京翰苑忆怀三首》《丁卯上京四绝》《上京抒怀》《上京效李长吉》《驾发上京》《开平事》《五月芍药》等，主要描绘上京独特的自然景观、风物特产、风俗民情。

至治二年（1322）八月，权臣铁木迭儿卒，马祖常得以复官，任翰林侍制。次年，随英宗至上都，面对曾经仕途上的失意和今日重归翰林院的欢喜，马祖常心情复杂，写下《上京翰苑忆怀三首》：

> 沙草山低叫白翎，松林春雨树青青。土房通火为长炕，毡屋疏凉启小棂。六月椒香驼贡乳，九秋雷隐菌收钉。谁知重见鳌峰客，飒飒临风鬓巳星。
>
> 门外春桥漾绿波，因寻红药过南坡。已知积水皆为海，不信疏星又隔河。酒市杯陈金错落，人家冠簇翠盘陀。熏风到面无蒸暑，去鸟长云奈客何！
>
> 万里云沙碣石西，高楼一望夕阳低。谷量牛马烟霞错，天险山河海岱齐。贡篚银貂金作藉，官窑磁盏玉为泥。未央殿下长生树，还许寻巢彩凤栖。③

---

① （元）马祖常：《北歌行》，载李叔毅、傅瑛点校《石田先生文集》，中州古籍出版社1991年版，第116页。

② （元）马祖常：《北歌行》，载李叔毅、傅瑛点校《石田先生文集》，中州古籍出版社1991年版，第116页。

③ （元）马祖常：《北歌行》，载李叔毅、傅瑛点校《石田先生文集》，中州古籍出版社1991年版，第116页。

这里的白翎雀就是百灵鸟，分布于荒漠、草地或岩石上，是塞北草原地区代表性鸟类，元代迺贤、萨都刺、张宪、杨维桢等诗人的笔下都描述过白翎雀。如迺贤有"最爱多情白翎雀，一双飞近马边鸣"①，萨都刺有"凄凄幽雀双白翎，飞飞只傍乌桓城。平沙无树巢弗营，雌雄为乐相和鸣"②。

诗中描述了上京特有风物，土房子里有火烧的土炕，毡房有小窗通风，六月是地椒飘香、骆驼丰奶的季节，九月夏雷消隐，是口蘑收获的季节。口蘑是塞上著名的特产，柳贯《后滦水秋风词》之三描写道："砂头蘑菇一寸厚，雨过牛童提满筐。"芍药花在江南三月份就开了，上京的芍药花五月端午节才开，来自江南的游客感慨上京迟到的春天。

　　红药花开端午时，江南游客苦相疑。上京不是春光晚，自是天家日景迟。③

马祖常还描写了大都地区的景色。

　　水南沙路雨清尘，桃李花开蛱蝶春。三月京华寒食近，东风十里酒旗新。④

玉泉山海拔约 100 米，位于西山东麓的支脉园西侧。沙痕石

---

① （元）迺贤：《塞上曲》，载杨镰主编《全元诗》第 30 册，中华书局 2013 年版，第 37 页。
② （元）萨都刺：《白翎雀》，《雁门集》，上海古籍出版社 1982 年版，第 158 页。
③ （元）马祖常：《五月芍药》，载李叔毅、傅瑛点校《石田先生文集》，中州古籍出版社 1991 年版，第 90 页。
④ （元）马祖常：《御沟春日偶成》，载李叔毅、傅瑛点校《石田先生文集》，中州古籍出版社 1991 年版，第 96 页。

隙,山中奇岩幽洞,随地皆泉,小溪潺潺,成为民间用水泉源之一。元、明以来就是皇帝游幸避暑之地。延祐五年(1318),马祖常游玉泉山,写下"凤城西去玉泉头,杨柳堤长马上游。六月薰风吹别殿,半天飞雨洒重楼"[①]。

二 河西诗歌

马祖常的河西诗歌传达出一种强烈的地理空间的讯息,可谓丝路文学的代表。

如果说,雍容大气是应制诗自身的特点,这些缺少自我性情的两都巡行的应制诗还不能准确反映出地域对马祖常诗风的影响,那么,河西诗歌则在题材和情感等方面体现出地域的特色。

延祐四年(1317),39岁的马祖常以监察御史的身份出使河陇地区(即今甘肃省河西走廊一带),抚谕河西。朝中同僚袁桷、揭傒斯、柳贯等送别,作为西北子弟,河西是马祖常魂牵梦绕的地方,"乍入西河地,归心见梦余"(《灵州》)。诗人用欣喜欢快的笔触描写了河西的风土人情,所见所闻慰藉了诗人的寻根情怀。《灵州》《河西歌效长吉体》《河湟书事二首》《庆阳》等诗篇,描绘了河西奇特的风俗。用植物红色的根染衣服,选和尚做夫婿,用黄金钉马掌,女子十八岁挽起发髻,女子能骑马但不识字,等等。

> 乍入西河地,归心见梦余。葡萄怜美酒,首蓿趁田居。少妇能骑马,高年未识书。清明重农谷,稍稍把犁锄。(《灵州》)[②]

[①] (元)马祖常:《西山》,载李叔毅、傅瑛点校《石田先生文集》,中州古籍出版社1991年版,第65页。

[②] (元)马祖常:《灵州》,载李叔毅、傅瑛点校《石田先生文集》,中州古籍出版社1991年版,第30页。

贺兰山下河西地，女郎十八梳高髻。茜根染衣光如霞，却召瞿昙作夫婿。紫驼载锦凉州西，换得黄金铸马蹄。沙羊冰脂蜜脾白，个中饮酒声渐渐。(《河西歌效长吉体》)①

诗中不仅有"贺兰山""河西""阴山"等地名，还有"阴山铁骑""草生碛里""角弓""白狼""沙羊冰脂""苜蓿"，这些都是河西地区所特有的与中原不同的意象。

湟水在青海，河湟是指黄河与湟水，也指河湟两水之间的地区，这里是丝绸之路的要冲，夜深人静，茫茫大漠中传来了悠扬悦耳的驼铃声，越来越近，又渐行渐远，这是波斯商队带着青玉石等中亚物产，来换取中国丝绸，他们万里迢迢，往返于戈壁大漠之间，文学作品中浪漫的旅程，实则凶险无比。"波斯老贾度流沙，夜听驼铃识路赊。采玉河边青石子，收来东国易桑麻。"② 马祖常的河西诗还为元代丝绸之路上物品交换的研究提供了佐证，丝绸和黄金是丝绸之路交换的主要商品。"紫驼载锦凉州西，换得黄金铸马蹄。"③ 西北地区女子尚武，象与骆驼是常见的交通工具，打猎结束，满载而归，"橐驼驯象奴子骑，女郎能舞大小垂。蹛林猎罢各献捷，卷唇芦叶逐手吹。"④ "翡翠明珠载画船，黄金腰带耳环穿。自言家住波斯国，只种珊瑚不种田。"⑤ 诗歌采取纪实的手法，诗风

---

① （元）马祖常：《河西歌效长吉体》，载李叔毅、傅瑛点校《石田先生文集》，中州古籍出版社1991年版，第112页。

② （元）马祖常：《河湟书事》，载李叔毅、傅瑛点校《石田先生文集》，中州古籍出版社1991年版，第84页。

③ （元）马祖常：《河西歌效长吉体》，载李叔毅、傅瑛点校《石田先生文集》，中州古籍出版社1991年版，第112页。

④ （元）马祖常：《和王左司柳枝词十首》，载李叔毅、傅瑛点校《石田先生文集》，中州古籍出版社1991年版，第114页。

⑤ （元）马祖常：《绝句》，载李叔毅、傅瑛点校《石田先生文集》，中州古籍出版社1991年版，第104页。

质朴浑厚。

　　以上诗歌内容和风格上都具有很强的地域性。不唯河西，马祖常对各地地域文化都表现出浓厚的兴趣，如"十岁驰骑北地子，八岁善泅越人孙。鲁国家家学弦诵，西方在在讲沙门"①。邹峄山又称"东山"，位于今山东省邹城市，诗人于行进的舟中远眺邹峄山，为奇石嶙峋、层峦叠嶂的奇特景观所折服，宁可一辈子留在这里，"东望邹峄山，六丁凿嶙峋……石髓若可食，吾将托兹身"②。

　　延祐首科及第后，近40岁的祖常北上。通过分析他的江南风情作品与塞北风情作品之后，我们发现马祖常诗歌风貌有很大的差异，我们基本可以得出结论，延祐前后，由南而北，马祖常前半生与后半生的诗风发生了很大变化。

　　但是，这里还存在一个问题，就是我们目前还不能厘清马祖常全部诗歌的创作时间，根据李叔毅所定的马祖常年谱，仅有很少的诗歌是可以判定年份的。这为判定马祖常前后诗风的变化带来了困扰。我们目前只能根据诗歌内容来判定地域，推测时间。因此，以延祐为界，按时间来对马祖常诗进行分期，目前还存在技术问题。这有待于研究的进一步深入。

　　综上所述，马祖常出生于1279年，当时南北业已统一，他在37岁之前生活在江淮地区，受到南方自然环境和文化的影响，诗歌的题材内容和诗风都带有江南风情，诗歌风格明显有细腻、婉约、清丽的特色。可以说，前半生的文化积淀形成了他的主要风格，北上后，诗风发生了较大变化。37岁以后，马祖常的生活重心北移，主要生活在大都为中心的北方地区，诗风逐渐浑厚大气。

---

　　① （元）马祖常：《绝句》，载李叔毅、傅瑛点校《石田先生文集》，中州古籍出版社1991年版，第104页。

　　② （元）马祖常：《舟中望邹峄山》，载李叔毅、傅瑛点校《石田先生文集》，中州古籍出版社1991年版，第5页。

马祖常是西北贵种，一旦回到草原，遗传基因里的奔放不羁的个性气质很快彰显契合，使他很容易得到北方粗犷之气的浸染，在文学创作上，诗风迅速改变，逐渐变得粗豪质朴是很容易发生的。这种改变还体现在其一系列现实主义题材的作品。文学的现实性和审美性是相辅相成的，强调一个方面而忽视另一方面是片面的，不符合文学发展的基本规律。马祖常的《踏水车行》反映了耕者的痛苦生活，"老父踏车足生茧，日中无饭倚车哭"[1]。《缫丝行》描述官府勒索"马鞭丝"，织者反而无衣的现实，"秋寒无衣霜冽肤，鸣机织素将何须"[2]。《拾麦女歌》对比了下层劳动妇女与富贵女子的不同生活，突出了社会的不公和民生的艰难。"寡妇持筐衣蓝缕，终朝拾麦满筐筥。儿啼妇悲灶无火，寒浆麦饭晡时取……绣丝系襦莲曳步，银刀绘鱼佐酒杯，狎坐酣歌愁日暮。"[3]《古乐府》讲述了征夫比贫女更痛苦的人生遭际，"蒺藜秋沙田鼠肥，贫家女妇寒无衣。女妇无衣何足道，征夫戍边更枯槁。朔雪埋山铁甲涩，头发离离短如草。"[4] 其为民为君为现实而作的强烈现实主义精神堪比唐代的白居易、元结，其激昂大气的格调又近于韩愈。

受到不同地域文化的影响，马祖常诗歌无论是题材内容还是诗风气格，都呈现出不同的风貌。虽然延祐北上后，题材和诗风都较南方题材的诗歌发生了较大改变，但马祖常的后期创作依然带有前期诗歌的那种清丽圆润，这一点深刻体现出南北地域文化的融合。

---

[1] （元）马祖常：《踏水车行》，载李叔毅、傅瑛点校《石田先生文集》，中州古籍出版社1991年版，第111页。

[2] （元）马祖常：《缫丝行》，载李叔毅、傅瑛点校《石田先生文集》，中州古籍出版社1991年版，第111页。

[3] （元）马祖常：《拾麦女歌》，载李叔毅、傅瑛点校《石田先生文集》，中州古籍出版社1991年版，第111页。

[4] （元）马祖常：《古乐府》，载李叔毅、傅瑛点校《石田先生文集》，中州古籍出版社1991年版，第111页。

第八章

从河西到东南——西夏遗民王翰(那木罕)

　　王翰家族有王翰、王偁父子两位文学家。王翰(1333—1378)是元代西夏第四代遗民,十六岁世袭爵位,主要生活在安徽、福建、广东等东南地区,元明易代之际,亲历战火,他忠于故元,入明 11 年后,自杀殉国,葬于福建。王翰保留河西旧姓和刚直守义的民族性格,体现了民族性,同时他的作品中所体现的儒家的忠孝思想、具有地域特征的东南风物的描写和交往的对象的广泛,则是其本土化的重要特征。王翰诗歌反映元末战争的社会现实,记录西夏遗民由元入明的心路历程。王翰是元明之际福建西夏遗民的缩影,同时是元末文坛的代表诗人。王偁(1370—1415),字孟扬,其父王翰诗歌八十八首辑录为《友石山人遗稿》一卷,王偁继承了父亲的才情,是明初闽中诗派的代表人物,与林鸿、高棅、郑定、唐泰等被称为"闽中十子",又与解缙、王洪、王达及王璲被称为"东南五才子"。有诗集《虚舟集》五卷留存,王偁还为高棅的《唐诗品汇》作序,署名"灵武王偁",推崇盛唐诗风,王偁在书法绘画方面也颇有才华。本章以王翰作为研究对象。

第一节 西夏遗风

王翰家族东迁中原已历四世，但依然保留了一些河西习俗，对其文学创作产生一定影响。

王翰（1333—1378），西夏人，字用文，号友石，本名那木罕、那木翰、诺摩罕，世居西夏灵武。王翰是元代西夏第四代遗民，十六岁世袭爵位，任职于安徽、福建、广东等东南地区，亲历元明易代之际的社会变迁，入明11年后，自杀殉国。王翰诗集《友石山人遗稿》（一卷）辑录诗歌88首，存于《文渊阁四库全书》，卷首是洪武二十三年（1390）陈仲述为诗稿所作之序，卷末有吴海为王翰所作的墓志铭、序、记等七篇。《友石山人遗稿》还有丁丙旧藏明洪武后刻本、明弘治八年（1495）袁文纪刊本、嘉业堂本等。吴海《闻过斋集》卷一收录了吴海所作《送王潮州序》与《王氏家谱序》，完整保存了王翰家族几代人自西夏东迁的资料，非常难得。

王翰的生平主要见于元人吴海《闻过斋集》，清朝顾嗣立、席世臣编的《元诗选·初集》，清末陈衍辑的《元诗纪事》卷26。王翰是元明之际福建西夏遗民的缩影，也是元末文坛的代表诗人，他的诗歌反映了元末战争的社会现实，记录了西夏遗民由元入明的心路历程。

目前对王翰的相关研究比较少，主要集中在其经历和诗歌创作方面。[①] 王翰与余阙一样，祖上都是从西夏东迁至东南地区，并同为元朝的方面大员，亲历元末战火，但相比余阙研究的丰硕成果，王翰研究冷清得多。与余阙相比，王翰跨越了元明两代，更多了元

---

① 殷晓燕：《论党项羌人王翰及其诗歌创作》，《中央民族大学学报》2007年第2期；王忠阁：《王翰的诗与元明之际的社会变迁》，《信阳师范学院学报》2008年第6期；袁宗刚：《望国孤忠徒自愤，持身直道更何求——王翰遗民心态初探》，《重庆师范大学学报》2013年第6期。

遗民的身份，王翰为研究东南地区西夏遗民的本土化进程及其在元明两代的生存状况提供了范本。民族文化的交流受制于特定的时代和地理空间，在元代民族迁徙的浪潮中，民族性和本土化是相互矛盾和相互影响的一对范畴，在民族融合的过程中呈此消彼长之势，在元代这一特定的历史时期，本土化意味着汉化，意味着民族特性的消亡。作为迁居汉地百年的西夏遗民家族后裔，王翰身上还保留了多少西夏遗风？本土化的程度如何？王翰与元末文坛主流风潮有怎样的联系？本节将对此加以探讨。

在考察13—14世纪东迁色目人个案时，会遇到一个问题，有的色目人的民族属性并不明确，有的色目人所属民族虽然明确，比如阿儿浑的，但民族文化积淀薄弱，并没有形成稳定的文化特征，那么，我们如何谈他的民族特征，以及东迁后的民族融合？王翰是河西人，王翰在河西的族源难以考证，西夏是一个多族混融的政权，而福建也是多族聚居的地区，考察从西夏东迁到东南地区作家的文化倾向，如果只是从民族融合的角度谈，显然有些笼统失当，而我们是从区域文化交融的角度来观察，在区域之下谈民族融合，显然更为科学。在这里，我们不妨把13—14世纪的中国文学划分为四大区域，以天山南北为主的西域文化区，以河西走廊为主的河西文化区，以腹里地区为中心的中原文化区，以东南地区为中心的江南文化区。

一　唐兀氏族源

除了畏兀儿外，唐兀诗人在元代色目作家中也占很大比例。元代唐兀作家有：张翔（雄飞）、余阙、买住、斡玉伦徒、孟昉、王翰、甘立、琥璐珣、昂吉、完泽、贺庸、李琦、观音奴（鲁山）、观音奴（志能）、拜帖穆尔、高纳麟、必申达儿、杨九思、塔不歹、刘伯温（沙剌班）等。

第八章　从河西到东南——西夏遗民王翰（那木罕）　/　179

"唐兀"指西夏党项羌人，元太祖灭西夏后称西夏部众为唐兀氏。唐兀一词早在唐代就已出现，辽代就称党项羌为唐古，蒙古人称之为唐古忒或唐兀惕。陕、甘、宁一带的黄河以西地区是西夏的辖区，元代文献中称为"河西"，元人吴海云："河西，古诸羌。宋李元昊据以为边……元初，得天下赐姓唐兀氏。"因此，唐兀即指西夏人或党项羌人、河西人。

《元史氏族表》记述了西夏国的发展史："唐兀者故西夏国，自赵元昊据河西与宋、金相持者二百余年，元太祖始平其地，称其部众曰'唐兀氏'。仕宦次蒙古一等，其俗以旧羌为蕃。河西陷没，人为汉河西，然仕宦者皆舍旧氏而称唐兀氏云。元昊本出拓跋部落，唐末始赐姓李，宋初又赐姓赵，国亡，仍称李，居贺兰于弥部，又号于弥氏，或称乌密氏，亦称吾密氏。太祖经略河西，有守兀纳剌城者，夏主之子也，城陷，不屈死，子惟忠。"①

公元1038年，元昊建立西夏。西夏领域东据黄河，西至玉门，南临萧关，北抵大漠，境土方二万余里，大体上包括今宁夏全境、甘肃大部及陕西、内蒙古的一部分。主要民族有党项、汉、吐蕃、回鹘、鞑靼等，党项为西夏的主体民族。西夏立国近二百年之久，先后与北宋和辽、南宋和金政权并存。②

元代，西夏故地仍称"西夏""中兴府"旧名，先后设立的管理机构有：西夏中兴等路行尚书省、西夏宣抚司、西夏宣慰司、宁夏路行中书省等，1286年，设甘肃行省，辖区基本是西夏故地。西夏故地泛称河西，大部分唐兀人仍居住在这里。河北邢台人张文谦在行省西夏中兴等路时，奖励垦荒，兴修水利，邢州学派的郭守敬疏浚了唐来、汉延、秦家等古渠，并开辟新渠，唐兀人得以安居

---

① （清）钱大昕：《元史氏族表》（二），中华书局1991年版，第144页。
② 罗贤佑：《元代民族史》，社会科学文献出版社2007年版，第170—171页。

乐业。①

元代唐兀人英才辈出，元统元年共录取色目进士二十五名，其中有八名唐兀人。他们形成一股强大的政治势力，元朝时在中央和地方做官的唐兀人达六十余人之多。②

二 墓志所见王翰家世

根据吴海所撰的《友石山人墓志铭》，王翰宗族是山东东阿、阳谷一代的名门望族，在李元昊时期陷没入河西，金朝占领中原时，难以回归，遂为西夏人。1227年，西夏亡于蒙古，其高祖回到山东老家，其曾祖跟随西夏名将昂吉南征江淮，因军功而被授予武德将军，领兵千户，镇抚庐州（今安徽合肥），王家遂定居庐州，自祖父始三代世袭爵位。③

王翰十六岁世袭爵位，任庐州路治中，后任福州路治中，接着升任同知、理问官，管理永福、罗源两县事务，之后再升任朝列大夫、江西福建行省郎中。④ 据王翰墓志，"平章陈公留居幕府，每有所匡益，然敬而惮之。南方屡扰，以君威望素著，表授潮州路总

---

① 罗贤佑：《元代民族史》，社会科学文献出版社2007年版，第175页。
② 王桐龄：《中国民族史》，吉林人民出版社2013年版。
③ "王氏，先世齐人，陷没于李元昊。元初，取天下，赐姓唐兀氏。曾祖某，从下江淮，有功，授武德将军、领兵千户，镇庐州，家焉。祖某、父某，追君，袭爵三世。君讳翰，仕名那木罕。年十六，领所部，有能名。"（元）吴海：《友石山人墓志铭》，《闻过斋集》卷5，元人文集珍本丛刊影印嘉业堂丛书本，台北新文丰出版公司1985年版，第278页。
④ "省宪共言其材于上，请畀民职，除庐州路治中，政誉日起。平章燕赤不花镇闽，辟为从事，改福州路治中。三魁贼起，地险难猝用兵制，君自造其垒，谕降之。升同知，又升理问官，综理永福、罗源二县。泉州土帅柳莽跋扈，越境以联泉莆，属邑皆受团结。既而遂向永福，民惧汹汹，君使人谓曰：彼此王民，各有定属，慎勿犯我一寸，吾有以待汝矣。莽遽退，不敢前他为好辞以应。擢朝列大夫、江西福建行省郎中。"（元）吴海：《友石山人墓志铭》，《闻过斋集》卷5，元人文集珍本丛刊影印嘉业堂丛书本，台北新文丰出版公司1985年版，第278页。

管,兼督循、梅、惠州"①。其中的"平章陈公"当指陈有定。

关于陈有定,据《蒙兀儿史记》卷 130《杨完者陈有定传》载,1366 年,陈有定任福建中书省平章政事,"朝旨进有定福建行中书省平章政事,行右丞事……八闽之地,尽听约束,又奄有潮州一路……数招致文学知名之士,如庐州王翰"②。至正二十六年(1366)王翰进入陈有定幕府,被任命为潮州路总管,兼督循、梅、惠三州。

亡国之际,王翰企图自海上退却到交趾、占城,继续为元朝而战,事败后隐居于福建永福山,自号"友石山人"。"遭世变更,浮海抵交、占,不果,屏居永福山中,为黄冠服十年,号友石山人。"③《蒙兀儿史记》亦载其亡国后隐居永福山十年,拒绝出仕新朝而自杀。"屏居永福山中十年,黄冠野服,自号友石山人,有上书荐之者,明廷聘至,叹曰:'女岂可再适人哉?'即病不服药。有司敦促就道,乃引刃自绝。"④

王翰高祖死后葬于阳谷祖坟。"若今福建江西行省郎中王君翰,先世齐人没元昊者,其宗族在东阿、阳谷甚盛。国初附属,时其高祖即[复]归山东,殁,从其族葬阳谷。"⑤ 王翰祖上三代皆葬在庐州,"曾祖从右丞昂吉下江淮,以功授武德将军,领兵千户,镇庐州。迄今又三世,坟墓皆在庐州"⑥。王翰则葬在福建永福县永唐里林坑山,"买地于永福县永唐里林坑山下,卜葬用十有

---

① (元)吴海:《友石山人墓志铭》,《闻过斋集》卷5,元人文集珍本丛刊影印嘉业堂丛书本,台北新文丰出版公司1985年版,第278页。
② 屠寄:《蒙兀儿史记》卷130,中国书店1984年版,第795页。
③ (元)吴海:《友石山人墓志铭》,《闻过斋集》卷5,元人文集珍本丛刊影印嘉业堂丛书本,台北新文丰出版公司1985年版,第278页。
④ 屠寄:《蒙兀儿史记》卷130,中国书店1984年版,第796页。
⑤ (元)吴海:《王氏家谱叙》,《闻过斋集》卷1,元人文集珍本丛刊影印嘉业堂丛书本。
⑥ (元)吴海:《王氏家谱叙》,《闻过斋集》卷1,元人文集珍本丛刊影印嘉业堂丛书本。

二月甲寅"①。

　　墓志称，王翰有两任妻子夏氏和刘氏，有三子王偁、王修、王伟，时年分别为九岁、六岁、三岁。②

　　吴海的《故王将军夫人孙氏墓志铭》是记载王翰家世的重要资料，根据该墓志可知：王翰生母夏氏系出当地望族，被封为合肥县君，王翰五岁时，夏氏去世。其父也先不花的第二任妻子孙氏，是合肥人，育有二女，娶孙氏三年后，也先不花去世，孙氏将之葬于祖坟，独自支撑家庭，将王翰抚养成人，继母孙氏宽厚和蔼，母子感情深厚，继母五十几岁去世，王翰伤心之余，请好友吴海为继母撰写墓志。

　　据其子王偁《自述诔》称，王翰死后，家人备尝艰辛，王偁得到吴海的教导，"是时，偁方生九龄，家毂然壁立，太夫人守节自誓，艰难备尝，手疏先君之迹与古今豪杰大略教之……闽先生闻过斋吴公学行醇伟，为士林望，与先君交谊相与也。先君没时，属偁夫子教之。第未弱冠，夫子没，怅怅罔依"③。王偁继承了父亲的文学才华，成为明初闽中诗派的重要人物，对明代诗坛产生较大影响。

三　河西先祖的影响

　　王家曾获元世祖赐姓"唐兀氏"，获此荣宠，可以提升社会地位，获取更多的利益。很多人遇此情况就舍旧姓而用新姓了，但是王家则不同，他们私下里依然用河西旧姓，在家谱中沿用西夏旧

---

　　①　（元）吴海：《友石山人墓志铭》，《闻过斋集》卷5，元人文集珍本丛刊影印嘉业堂丛书本，新文丰出版公司1985年版，第278页。

　　②　"君配夏氏，前卒于淮，再娶刘氏。子三人：偁甫九岁，修甫六岁，伟三岁。"（元）吴海：《友石山人墓志铭》，《闻过斋集》卷5，元人文集珍本丛刊影印嘉业堂丛书本，台北新文丰出版公司1985年版，第278页。

　　③　（明）王偁：《自述诔》，《虚舟集》卷5，文渊阁《四库全书》本。

名，以示不忘河西祖先故地。"元初，得天下，惟河西累年不服，最后乃服。世祖以其人刚直守义，嘉之，赐姓唐兀氏，俾附国籍，次蒙古一等。其俗自别旧羌为蕃，河西陷没人为汉。河西而仕宦者，皆舍旧氏用新氏。国家尚宽厚，虽占旧氏不禁，然能存者，仅一二数。""迨军袭职，乃冠旧氏名上。一日，出家谱相示，予观其自曾、祖以来，皆着私名，而以河西名缀。其意谓新氏，乃天子所命而不敢违，旧氏乃祖宗所传而不可弃，故兼录之，所以尊君而重祖也。"[1] 据吴海《故王将军夫人孙氏墓志铭》，王翰父亲名字是"王也先不花"[2]，王翰本名那木罕、那木翰、诺摩罕。在《送王潮州序》中王翰被称为"河西王君"[3]，在《悠然轩记》被称为"潮州督守灵武王君"[4]。清人顾嗣立《元诗选》，钱谦益《列朝诗集小传》沿用此说，称其为"灵武人""唐兀氏"等。可见，终元一代，王家虽历四世，但他们一直保持着西夏人的身份，直至元朝灭亡，也没有忘却自己是党项族人。他们之所以不断强调自己的民族身份，一方面是因为他们有忠义的品德，不忘祖先。另一方面，色目人的身份使他们可以在元代社会获取更多的现实利益。在元代，色目人并没有真正与汉族融合。色目人真正融入汉族是在明朝之后，色目人失去了高于汉人的社会地位。

西夏遗民的民族情结不仅体现在姓氏上，他们"刚直守义"的民族性格也代代相传，并没有随着时间的流走而改变。西夏人勇武少文，刚直尚义的传统源远流长。

---

[1] （元）吴海：《友石山人墓志铭》，《闻过斋集》卷5，元人文集珍本丛刊影印嘉业堂丛书本，台北新文丰出版公司1985年版，第278页。

[2] （元）吴海：《故王将军夫人孙氏墓志铭》，《闻过斋集》卷5，元人文集珍本丛刊影印嘉业堂丛书本，台北新文丰出版公司1985年版，第277页。

[3] （元）吴海：《送王潮州序》，《闻过斋集》卷1，元人文集珍本丛刊影印嘉业堂丛书本，台北新文丰出版公司1985年版。

[4] （元）吴海：《悠然轩记》，《闻过斋集》卷3，元人文集珍本丛刊影印嘉业堂丛书本，台北新文丰出版公司1985年版。

其性大抵质直而尚义，平居相与，虽异姓如亲姻。凡有所得，虽箪食豆羹不以自私，必召其朋友。①

这种"质直""尚义"的民族性格曾得到过忽必烈的嘉许，"世祖以其人刚直守义，嘉之，赐姓唐兀氏"②。王翰性格刚直果敢，忠君爱民，为政廉洁干练，正直不阿，不失西夏人刚直守义之风。吴海曾这样评价王翰的性格，"河西王君用文，刚直明快，遇事剖决，权势不能夺，人以为难者，君处之有余力"③。《蒙兀儿史记》概括了王翰的一生："翰性强介精敏，持身刻苦，历官二十余年，家无余积。行政以爱民为本，诗格浏亮。"④ 其子王偁也记述了王翰的一生："当时称廉吏第一人，所莅政绩卓异，字惠小民，攘剔豪右，礼贤士、植纲纪，民奉以祠。元运改玉，度时不可为，浮海去之。道闽，闽父老遮留，退居永福山中，为黄冠服者十年。朝廷聘之，耻为二姓臣，遂自引决。"⑤ 因此，我们认为王翰的性格中保留了一些民族特征。

这种民族特性还体现在文风上。文如其人，与其高风亮节的人品一样，如前《蒙兀儿史记》所称，王翰"诗格浏亮"，他的诗作没有婉媚纤弱、炫才矫饰，其反映现实之作，忠爱激烈；描写山水之作，冲淡自得，正如陈仲述在《友石山人遗稿序》中所论，"予观其诗毋虑百余篇，而咏于感慨者，极忠爱之诚；得于冲澹者，适山林之趣；已心异之，而未知其详。及取其自决一首读之，凛然如秋霜烈日之严，毅然如泰山岩岩之象，出处之分明，死生之理得，

---

① （元）余阙：《送归彦温赴河西廉使序》，《青阳先生文集》卷4，四部丛刊续编景印明刊本。
② （元）吴海：《王氏家谱叙》，《闻过斋集》卷1，元人文集珍本丛刊影印嘉业堂丛书本。
③ （元）吴海：《送王潮州叙》，《闻过斋集》卷1，元人文集珍本丛刊影印嘉业堂丛书本。
④ 屠寄：《蒙兀儿史记》卷130，中国书店1984年版，第796页。
⑤ （明）王偁：《自述诔》，《虚舟集》卷5，文渊阁《四库全书》本。

然后知其尝任于胜朝，而秉义于今日。故凡其所作，皆心声之应，而非苟然炫葩组华者比"①。

综上所述，王翰自身的民族特征主要表现在三个方面，坚持自己的西夏旧姓和民族身份，留存有党项族刚直守义的民族性格，慷慨凛然的诗风犹有西北遗风。因此，这个西夏遗民家庭自河西至福建虽已历百年，但其民族特征依然保留，并没有彻底融入当地文化。

第二节 王翰本土化特征

通过以上分析，我们看到王翰保留了一些党项羌族的特征，尽管如此，其本土化特征仍是主要的，在元代这一特定的历史时期，民族文化交流乃大势所趋，本土化势不可当。从河西地区东迁至山东，再迁至安徽，终至福建，王翰家族生活在以汉文化为主的大环境中，受到中原人文与自然环境的双重影响，逐渐本土化。王翰的本土化特征主要表现在以下几个方面，一是王翰有着强烈的儒家忠孝节义思想，二是诗歌作品描写了东南地区的自然风物，带有鲜明的地域性特征，三是交游的圈子多是同僚和当地民众，深受当地文化的濡染。以下我们首先论述王翰的儒家忠孝思想。

一 王翰的儒家思想

王翰生活了二十余年的福建地区，在宋代就是理学的发祥地之一，东南地区的理学传统可谓源远流长。自程颐、程颢兄弟倡导"洛学"之后，谢良佐和杨时紧承其后，杨时讲学于东南，创立闽

---

① （明）陈仲述：《友石山人遗稿序》，《友石山人遗稿》卷首，文渊阁《四库全书》本。

学，二程思想播迁到江南，对江南士人产生了深刻影响。至南宋，闽学派的代表人物朱熹是福建人，朱熹在二程思想的基础上，熔铸了儒释道思想，形成了富于理论思辨色彩的严密思想体系，奠定了宋明理学的基础。

元代后期，东南地区的郑玉、赵汸、赵偕、危素、李存、张翥、黄溍、吴莱、虞集、揭傒斯、张率等人，以继承光大理学为己任，精心研习，不断深化理学思想，东南地区成为陆学的中心，在一定程度上匡正南宋程朱理学的弊端，"元代中、后期的理学家不再像南宋末期和元代初期的理学家那样一味排斥陆学，而是较为自觉地兼取陆学之长，从而促进了理学中的心学因素的增长。另一方面，元代陆学在江西、浙江某些地区亦呈'中兴'之势。这样，元代理学便预示了明代理学的一个可能的发展方向，即朝着心学的方向发展"①。东南地区的浓厚的理学氛围，为王翰忠孝节义思想的形成营造了大环境。

王翰深受忠君爱国的儒家思想的影响，以天下为己任，积极为朝廷献策、分忧。至正九年（1349）正值元末大动荡的前夜，16岁的王翰任庐州路治中，开启了他与风雨飘摇的元朝同呼吸共命运的十九年从政生涯。王翰是一位治世能臣，他廉洁奉公、处事果敢明快、爱民如子。

> 河西王君用文，刚直明快，遇事剖决，权势不能夺，人以为难者，君处之有余力。治永福、罗源，吏畏若神明，民戴之犹父母。②

---

① 徐远和：《理学与元代社会》，人民出版社1992年版，第252页。
② （元）吴海：《送王潮州叙》，《闻过斋集》卷1，元人文集珍本丛刊影印嘉业堂丛书本。

大军南渡淮河，王翰目睹百姓在战乱中恶劣的生存状况，发出"生民憔悴竟谁怜"的感慨。

> 挟策南游已十年，梦魂几度拜幽燕。王师近报清淮甸，羽檄当今到海壖。妖气苍茫空独恨，生民憔悴竟谁怜。庙堂早定匡时策，我亦归耕栗里田。(《闻大军渡淮》)①

诗作表现了渴望为朝廷建言献策的强烈愿望，忧国忧民的赤子之心跃然纸上。他迫切希望朝廷能拿出对策早日平定战乱、安定民生。这种急切的心情和对时局深深的忧虑还表现在《雨夜官舍有怀》一诗中，面对干戈四起的局面，作为朝廷大员，诗人为没有平乱的良策而惭愧。

> 官舍人稀夜雨初，疏灯相对竟何如。乾坤迢递干戈满，烟火萧条里社虚。报国每惭孙武策，匡时空草贾生书。手持汉节归何日，北望神京万里余。(《雨夜官舍有怀》)②

王翰的儒者情怀还体现在他对浴血奋战的将士们的敬佩之情，他在诗中高度赞扬了将士们视死如归的英雄之举。漳州路达鲁花赤迭里弥实在明军破城之日，书写"大元臣子"，端坐自杀，大义凛然之举令人闻之动容。《蒙兀儿史记》载："郡民聚哭庭中，敛葬之东门外，时闽有三忠，有定、柏帖穆尔及迭里弥实。"③《元史》

---

① （元）王翰：《闻大军渡淮》，弘治八年袁文纪刊本《友石山人遗稿》，现收于杨镰主编《全元诗》第64册，中华书局2013年版，第147页。
② （元）王翰：《雨夜官舍有怀》，弘治八年袁文纪刊本《友石山人遗稿》，现收于杨镰主编《全元诗》第64册，中华书局2013年版，第147页。
③ 屠寄：《蒙兀儿史记》卷130，中国书店1984年版，第797页。

也记载了迭里弥实的英勇就义的事件。① 王翰不惜笔墨歌颂了迭里弥实忠贞的气节，由衷感佩其舍生取义、以身殉国之行为，这似乎在冥冥之中预示了王翰自己的命运。

> 黑云压城天柱折，长烽夜照孤臣节。剑血飞丹气夺虹，银章触手纷如雪。丈夫顾义不顾死，泰华可摧川可竭。蕉黄荔丹酒满壶，千载漳人酹鸣咽。（《挽迭漳州子初》）②

《挽君寿柏金院》是一首英雄的挽歌，在刀光剑影的战场上，为国捐躯者与贪生怕死之臣形成鲜明对比，王翰认为国家安危高于个人生命，他歌颂了柏金院杀身成仁的英雄壮举。

> 臣虽力困肝胆存，臣当杀身思报恩。誓将一木支颓厦，肯竖降帜登辕门。人生恩爱岂不顾，讵忍贪生负天子。（《挽君寿柏金院》）③

忠臣的惨烈之行深深震撼了王翰，十几年后他追随这些忠臣烈士而去。

---

① "迭里弥实，字子初，回回人。性刚介，事母至孝。年四十，犹不仕，或问之，曰：'吾不忍舍吾母以去也。'以宿卫年劳，授行宣政院崇教，三迁为漳州路达鲁花赤，居三年，民甚安之。时陈有定据全闽，八郡之政，皆用其私人以总制之。朝廷命官，不得有所与。大明兵既取福州，兴化、泉州皆纳款。或以告，迭里弥实仰天叹曰：'吾不材，位三品，国恩厚矣，其何以报乎！报国恩者，有死而已。'亡何，吏走白招谕使者至，请出城迓之，迭里弥实从容语之曰：'尔第往，吾行出矣。'乃诣厅事，具公服，北面再拜毕，引斧斫其印文，又大书手版曰'大元臣子'。即入位端坐，拔所佩刀，刺喉中以死。既死，犹手执刀按膝坐，俨然如生时。郡民相聚哭庭中，敛其尸，葬东门外。"（明）宋濂等：《元史》，中华书局1976年版，第3413页。

② 弘治八年袁文纪刊本《友石山人遗稿》，现收于杨镰主编《全元诗》第64册，中华书局2013年版，第152页。

③ 弘治八年袁文纪刊本《友石山人遗稿》，现收于杨镰主编《全元诗》第64册，中华书局2013年版，第151页。

第八章 从河西到东南——西夏遗民王翰(那木罕)

王翰对故国的情怀堪比杜甫。杜甫偏居夔州孤城思念长安，写下"每依北斗望京华"的感人诗句，忠爱之情，令人动容。六百年后，王翰写下了同样感人的诗句：

挟策南游已十年，梦魂几度拜幽燕。(《闻大军渡江》)①
京洛繁华事已远，怀人竟日掩空扉。 (《春日雨中即事》)②

大都是王翰心中的圣地，北上大都的经历令他一生都魂牵梦绕，身处南国，交通不便，千里之外，魂兮梦兮，足见其对元朝强烈而深沉的感情。"葵蕾倾太阳，物性固难夺"，和杜甫一样，倾心向阳的葵花正是王翰对元朝赤子之心的写照。

上苑余春辇路荒，芳菲落尽更堪伤。怜渠自是无情物，犹解倾心向太阳。(《题画葵花》)③

王翰深受元朝恩泽，对元廷感情深厚。王翰祖上靠军功起家，曾祖因战功卓越被封为将军，王家三代世袭爵位，接受元朝赐姓，荣宠至极，王翰16岁从政后不断升迁，仕途顺利，这一切使王翰对元朝心存感激，这成为他誓死效忠元朝的感情基础。

儒家思想对王翰的影响不仅体现在忧国忧民、忠于朝廷等方面，还表现在他对故元的无尽哀思。

---

① 弘治八年袁文纪刊本《友石山人遗稿》，现收于杨镰主编《全元诗》第64册，中华书局2013年版，第147页。
② 弘治八年袁文纪刊本《友石山人遗稿》，现收于杨镰主编《全元诗》第64册，中华书局2013年版，第150页。
③ 弘治八年袁文纪刊本《友石山人遗稿》，现收于杨镰主编《全元诗》第64册，中华书局2013年版，第145页。

王翰目睹了元朝由盛而亡的全过程，亲历了亡国之痛，亡国11年后，46岁的王翰选择了以死明志，把生命献给故国。他这份舍生取义的操守，既源于儒家的忠君思想，也是耿介忠义的性格使然，儒家文化与西夏遗风在王翰身上得到完美融合。王翰用诗歌记录了西夏遗民在易代之际的心路历程。

> 望国孤忠徒自愤，持身直道更何求。（《和马子英见寄韵》）①
> 丹枫尽逐孤臣泪，黄菊空怜处士心。（《游雁湖》）②
> 归去故人如有问，春山从此蕨薇多。（《送陈仲实还潮阳》）③

选择了做遗民，就选择了痛苦，悲苦怅惘之情在作品中随处可见。王翰长于直抒胸臆，毫不掩饰自己的孤苦悲愤。乍暖还寒的初春更易勾起悲苦凄凉的遗民心境，《春日雨中即事》《立春日有感》所表现的正是这样一种不尽的哀愁伤感，杜鹃啼怨、落花流水、关河惆怅、残冬新愁、暮云寒江，种种东南意象无不暗示着王翰对故国缠绵不绝的哀思。

> 京洛繁华事已远，怀人竟日掩空扉。望迷楚岫闻啼鸠，思入秦川怨落晖。野馆萧条芳草合，寒江寂寞暮云飞。落花片片随流水，惆怅关河泪满衣。（《春日雨中即事》）④

---

① 弘治八年袁文纪刊本《友石山人遗稿》，现收于杨镰主编《全元诗》第64册，中华书局2013年版，第149页。
② 弘治八年袁文纪刊本《友石山人遗稿》，现收于杨镰主编《全元诗》第64册，中华书局2013年版，第149页。
③ 弘治八年袁文纪刊本《友石山人遗稿》，现收于杨镰主编《全元诗》第64册，中华书局2013年版，第146页。
④ 弘治八年袁文纪刊本《友石山人遗稿》，现收于杨镰主编《全元诗》第64册，中华书局2013年版，第150页。

第八章 从河西到东南——西夏遗民王翰(那木罕)

故国栖迟去路难，园林此日又冬残。天涯往事书难寄，客里新愁泪未干。腊雪渐随芳草变，东风犹笑布袍单。堤边杨柳开青眼，肯傍梅花共岁寒。(《立春日有感》)①

"日日花前常病酒，不辞镜里朱颜瘦"，与执着于痛苦的南唐宰相冯延巳一样，王翰退隐山林，日日病酒，并不能忘却亡国之痛，足见其忧思之重。《江上醉归》一诗中王翰自称"飘零客"，他借酒开怀，在潦倒颓废中体会着杜甫、陶渊明的心境。

江边日日醉，应被野鸥猜。潦倒依芳草，猖狂藉绿苔。杜陵非嗜酒，彭泽岂觊杯。近是飘零客，愁怀强自开。(《江上醉归》)②

《故人遂初过山居》是诗人的荒居秋歌，故国往事是心中不能承受之重，"漫写当年事，偏惊此日魂"与杜甫"感时花溅泪，恨别鸟惊心"有异曲同工之妙。

秋气谁相问，荒居懒闭门。剑歌双鬓换，国步寸心存。漫写当年事，偏惊此日魂。风流非旧日，有虱对谁扪。(《故人遂初过山居》)③

《游雁湖》一诗中弥散在雁湖之上是孤臣之恨，遥岑野水，雨

---

① 弘治八年袁文纪刊本《友石山人遗稿》，现收于杨镰主编《全元诗》第64册，中华书局2013年版，第150页。
② 弘治八年袁文纪刊本《友石山人遗稿》，现收于杨镰主编《全元诗》第64册，中华书局2013年版，第136页。
③ 弘治八年袁文纪刊本《友石山人遗稿》，现收于杨镰主编《全元诗》第64册，中华书局2013年版，第135页。

后夕霭,"空""泪""霜前""寒阴"将美丽的雁湖蒙上一层伤感。

  雁去湖空野水深,秋风吹客上遥岑。丹枫尽逐孤臣泪,黄菊空怜处士心。雨后诸峰浮夕霭,霜前一叶送寒阴。停车欲问当年事,尺素何由到上林。(《游雁湖》)①

  王翰自杀的时间是在元朝灭亡的 11 年后而不是在故国灭亡之初,《自决》一诗给出答案,亡国之初,王翰膝下无子乃大不孝,为尽孝而不死。入明 11 年后,有子三人,在明朝敦促上任的时候,以死殉国。以儒家伦理观之,王翰可谓尽忠尽孝。

  昔在潮阳我欲死,宗嗣如丝我无子。彼时我死作忠臣,义祀绝宗良可耻。今年辟书亲到门,丁男屋下三人存。寸刃在手顾不惜,一死却了君亲恩。(《自决》)②

二 王翰诗歌的地域性特征

  王翰的诗歌中大量描写了东南地区的自然风物,题材与意象都具有很强的地域性,这成为其本土化的一个重要特征。

  王翰一生主要生活在安徽、福建、广东等地,东南地区的山水成为王翰诗歌的主要意象,尤其在人生的最后十年,王翰隐居在福建永福山,其诗歌创作超越了个人的生活领域,更多地转向了自然山水本身,山水诗的创作水平达到了新的高度。"作品中个人的东

---

① 弘治八年袁文纪刊本《友石山人遗稿》,现收于杨镰主编《全元诗》第 64 册,中华书局 2013 年版,第 149 页。
② 弘治八年袁文纪刊本《友石山人遗稿》,现收于杨镰主编《全元诗》第 64 册,中华书局 2013 年版,第 152 页。

西越多，也就越不成其为艺术。艺术作品的本质在于它超越了个人生活领域而以艺术家的心灵向全人类的心灵说话……作为艺术家，他就是他的作品，而不是他这个个人。"[1]

王翰酷爱山水，与清风明月为伍，盘桓于幽林飞流之间，饮酒啸歌、吟诗奏曲，与天地自然相往来，为他的山水诗创作创造了条件。

> 宦游南方，遭世变易，屏居远迹，栖止于龙泉之上。箨冠卉服，葛屦绳带，与樵童牧竖、田夫渔父杂处于沙门，法虽不甚解，然时往来，听其谈论。性简易，喜读书、吟诗、饮酒，酷有山水癖，四时朝昏，不问寒暑，曳杖入幽林深谷，攀高崖绝壁，览飞流潨湲。每遇石处必坐，坐则咄咄首肯自语，啸歌盘桓，或解衣而卧。既去复返，眷恋不忍舍。虽日遇百石，率用为常。户外有盘陀，阴雨不能出，则倚户伫玩。清夜月出，必就与蹲踞俯仰，或赋诗一篇，奏琴一曲，然后引杯孤酌，陶然至醉，不知天地之大，今古之变，身世之无何，日月之不足也。故凡龙泉之上，目以为异人。[2]

居住在人迹罕至的山中，返璞归真、心如止水，溪水、白云、萝香、翠微、野鸟、杨花成为王翰生活的伴侣，

> 水气掩柴扉，萝香识翠微。涧回云去尽，地僻客来稀。野鸟伤春去，杨花作雪飞。只因漂泊久，对此也沾衣。（《春暮山居》）[3]

---

[1] ［瑞士］荣格：《心理学与文学》，冯川、苏克译，生活·读书·新知三联书店1987年版，第140页。
[2] （元）吴海：《友石先生传》，《闻过斋集》卷6，元人文集珍本丛刊影印嘉业堂丛书本。
[3] 弘治八年袁文纪刊本《友石山人遗稿》，现收于杨镰主编《全元诗》第64册，中华书局2013年版，第134页。

王翰诗歌中的意象富于地域特色,主要有:岸落潮起、苔藓兰苕、月明潮生、沧江扁舟、孤舟寒渚、江风渔火、寒雁空江、危矶苔石、芰荷蒲苇、薜萝肥蕨等,这是东南地区典型的自然风物,这些意象显然不同于西北的大漠孤烟、千里草原,具有很高的地域识别度,成为孤臣遗民情感的载体。举证如下:

偶信东山屐,寻幽到翠微。白云空野树,红叶恋斜晖。岸落潮初满,天寒雁未归。(《晚眺次公伟韵》)①

壁藓经春合,台花逐夜飘。不知飞锡处,惆怅采兰苕。(《重到龙泉寺怀秋谷肃上人》)②

胜地标孤塔,遥津集百船。岸回孤屿火,风度隔村烟。树色迷芳渚,渔歌起暮天。客愁无处写,相对未成眠。(《夜宿洪塘舟中次刘子中韵》)③

碧松阴底大江边,两岸猿声更悄然。落日乱云迷远近,无心重理钓鱼舡。(《题边道士山水》)④

为怜霄汉客,暂解薜萝衣。雨过苔初合,云深蕨正肥。(《春日客至》)⑤

王翰诗歌所表现的是一幅幅南国风情,烟雨迷蒙的江南山水恰

---

① 弘治八年袁文纪刊本《友石山人遗稿》,现收于杨镰主编《全元诗》第64册,中华书局2013年版,第138页。
② 弘治八年袁文纪刊本《友石山人遗稿》,现收于杨镰主编《全元诗》第64册,中华书局2013年版,第134页。
③ 弘治八年袁文纪刊本《友石山人遗稿》,现收于杨镰主编《全元诗》第64册,中华书局2013年版,第135页。
④ 弘治八年袁文纪刊本《友石山人遗稿》,现收于杨镰主编《全元诗》第64册,中华书局2013年版,第145页。
⑤ 弘治八年袁文纪刊本《友石山人遗稿》,现收于杨镰主编《全元诗》第64册,中华书局2013年版,第137页。

可表现出王翰如秦观"雾失楼台,月迷津渡"般的内心迷茫。

> 野馆萧条芳草合,寒江寂莫暮云飞。落花片片随流水,惆怅关河泪满衣。(《春日雨中即事》)①

"野馆萧条""寒江寂莫""落花流水""关河惆怅",诗人把自己的主观情绪倾注在山水之间,达到了忘我的境界,这种无我之境的描写,超越了个体的情感,成为人类共同的一种审美表达。又如:

> 虚亭倚危矶,苍莽淡无迹。幽人时往还,日暮坐苔石。芰荷露涓涓,蒲苇风渐渐。(《题潮州郡学鸢飞鱼跃亭》)②

苍茫的晚亭,岸边的危石,水中绽放的荷花,风中摇曳的蒲苇,诗人沉醉自然山水之中,达到庄子"堕肢体,黜聪明,离形去知,同于大通"虚静坐忘、与宇宙融于一体的境界,获得了天地自然的灵性。"只有当对于外部生活的自觉兴趣逐渐减弱,人越来越内向、越来越返回和沉醉在自己的内心生活中,这时候,自主情绪才依靠从意识中转移,和回流的大量能量而发展了自己的势力,从而对艺术家个人占据压倒的优势。"③ 亡国的痛楚消解了王翰对现实的强烈关注,他对外界社会生活不再感兴趣,而与自然山水融为一体,这时候作为诗人,能迸发出更多的艺术灵感,王翰的山水诗意

---

① 弘治八年袁文纪刊本《友石山人遗稿》,现收于杨镰主编《全元诗》第64册,中华书局2013年版,第150页。

② 弘治八年袁文纪刊本《友石山人遗稿》,现收于杨镰主编《全元诗》第64册,中华书局2013年版,第141页。

③ [瑞士]荣格:《心理学与文学》,冯川、苏克译,生活·读书·新知三联书店1987年版,第21—22页。

境悠远，像一幅幅山水画，清丽温婉，达到了炉火纯青的地步。

三　王翰的交游对象

交游对象对人的思想行为能产生深刻的影响，从交游对象可以判断其价值观，正如余阙所论："人若近贤良，喻如纸一张：以纸包兰麝，因香而得香；人若近邪友，喻如一枝柳：以柳穿鱼鳖，因臭而得臭。"[①] 交游对象所形成的人际关系网络就是一个人生存的文化环境，标志着其介入当地文化的程度，成为本土化的重要标志。

王翰的交游对象的范围很广，上至官员学者，下至当地普通民众、方外人士，从一个侧面显示了其本土化的程度之深。尤其元朝灭亡之后，王翰黄冠野服，混迹于田夫渔父、沙门释子之中，与最底层的民众交朋友，把自己视为他们中的一员。"箬冠卉服，葛屦绳带，与樵童牧竖、田夫渔父杂处于沙门，法虽不甚解，然时往来，听其谈论。"[②]

在王翰的交游圈中，最引人注意的是学者吴海（？—1390），他是王翰托孤之友，最受王翰信任，就连王翰自杀也与吴海有关，"海数劝之死，翰果自裁"。吴海为王翰及其家族撰写了多篇墓志、传记，收于《闻过斋集》中，成为我们研究王翰的主要资料来源，也为研究福建西夏遗民提供了难得的依凭。

那么吴海究竟是何许人也？《明史》将其列入"隐逸传"：

　　吴海，字朝宗，闽县人。元季以学行称。值四方盗起，绝意仕进。洪武初，守臣欲荐诸朝，力辞免。既而征诣史局，复力辞。尝言："杨、墨、释、老，圣道之贼，管、商、申、韩，

---

① （元）余阙：《染习寓语，为苏友作》，《青阳先生文集》卷9，四部丛刊续编景印明刊本。

② （元）海：《友石先生传》，《闻过斋集》卷6，元人文集珍本丛刊影印嘉业堂丛书本。

治道之贼，稗官野乘，正史之贼，支词艳说，文章之贼。上之人，宜敕通经大臣，会诸儒定其品目，颁之天下，民间非此不得辄藏，坊市不得辄粥。如是数年，学者生长不涉异闻，其于养德育才，岂曰小补。"因著书一编曰《书祸》，以发明之。

与永福王翰善。翰尝仕元，海数劝之死，翰果自裁。海教养其子偁，卒底成立。平居虚怀乐善，有规过者，欣然立改，因颜其斋曰闻过。为文严整典雅，一归诸理，后学咸宗仰之。有《闻过斋集》行世。[1]

四库馆臣对吴海有着类似的评价，吴海是学者，不求仕进，闻过则改，虚怀若谷。与王翰一样，退隐山林而不事新朝，并劝说王翰自杀并抚养其遗孤王偁。吴、王二人可谓志同道合，肝胆相照，王翰的思想和人生道路的选择都受到了吴海深刻的影响。"君子相亲，如兰将春：无夭色之媚目，有清香之袭人；小人相亲，如桃将春：有夭色之媚目，无幽香之袭人。"[2]

王翰的酬唱抒怀、送别赠答之作很多，可以部分地圈定他的交游网络，王翰写给刘子中的诗最多，有五首，根据《挽子中刘别驾》推测，刘子中是湖南人，有才学，善吟诗。颜子中也是王翰的朋友，其赠别诗为《送颜子中使广州》，萨都剌也有一首寄给颜子中的诗《寄铅山别驾完颜子中》。这两首诗中的颜子中当为同一人即伯颜，伯颜（1327—1379），西域人，字子中，父、祖两辈出仕江西，曾任南昌东湖书院山长，后又任建昌路教授，宣讲儒家教义。至正十二年（1352）任赣州路知事，行省参知政事等职。至正十八年（1358），领兵抗击攻赣的陈友谅部，败走福建，隐遁江湖。

---

[1] （清）张廷玉等：《明史》，中华书局1974年版，第7627页。
[2] （元）余阙：《结交警语》，《青阳先生文集》卷9，四部丛刊续编景印明刊本。

明洪武十二年（1379），与王翰一样，拒绝出仕新朝，饮鸩而亡。物以类聚，在王翰的朋友中不乏这种誓死效忠故国的死节之臣，王翰与他们同气相求。王翰其他交游的对象也多是元朝遗民，在往来酬答之诗中，表现了怀念故国、遗世独立的孤臣遗民之情，如鲁客、陈仲实、杨隗、胡温、马子英、林公伟、程民同、吴升甫、蔡司令等。王翰的朋友中还有一类人是方外人士，如古心淳上人、秋谷上人、古心上人、心泉疑上人、方中上人、谷肃上人、性空居士、卧轩上人等。

通过以上分析，可知王翰交友对象多是当地官员学者，亡国后，王翰混迹于下层百姓之中，人际关系网络涉及多个民族，社会的各个阶层，不同的文化层次，时间上跨越了元明两代。可见，王翰的交游圈是多民族、多阶层混融的东南地区社会文化的缩影，显示了东南地区民族文化的多元与交融，成为王翰本土化的重要特征之一。

元末的文学艺术领域呈现出两大走势，一种是以艺术至上、与政教疏离，思想上追求个性化、世俗化的艺术精神，元末文人画的审美理想和人文精神可为代表，创作上以杨维桢的"铁崖体"和黄公望、倪瓒等"元四家"的绘画为代表。另一种思潮是以文护道的传统诗教观，重视诗歌的社会功能，政教色彩较为浓郁，但并不是完全否定艺术价值，如余阙在《题涂颖诗集序》中所论，"其精丽有谢宣城，步骤平淡，闲适不减孟浩然"[1]。

无疑，王翰归属文道合一派。元明易代之际，王翰、余阙等作家在生死抉择之间选择了把生命献给故国，诗文作品记录了他们在易代之际的心路历程，这样的经历使得作品呈现出慷慨优柔的汉魏之风，正如清人对王翰的评论，"翰本将家子，志匡时难，不幸遭

---

[1] （元）余阙：《题涂颖诗集后》，《青阳先生文集》卷8，四部丛刊续编景印明刊本。

第八章　从河西到东南——西夏遗民王翰（那木罕） / 199

宗邦颠沛，其慷慨激烈之气，往往托之声诗。故虽篇什无多，而沈郁顿挫，凛然足见其志节"[1]。再如清人论余阙，"其诗以汉、魏为宗，优柔沈涵于元人中，别为一格"[2]，"文章虽公余事，然片言只字，求前世作者之精英，而议论雄伟多过人者"[3]。同为西夏遗民和元朝的死节忠臣，王翰与余阙更为接近，他们的表现现实之作有汉魏之质实豪放，山水之作有盛唐之玲珑清丽。

从某种意义上说，民族特征与本土化不同程度地体现在诗风上，豪迈慷慨带有西北遗风，而清丽细腻则体现的是本土化的影响。同样是来自西域，而且成长于东南地区，同样表现东南风物，但是其风格却有些差异，迺贤清丽、温婉细腻，王翰、余阙则沉郁顿挫、激愤感伤，不失西北强悍遗风。可以说，王翰、余阙更多地带有汉魏慷慨古雅之风，而迺贤更多地沾汲了江南文化的温婉细腻的灵气。就这一方面来说，似乎迺贤本土化的程度要高于王翰、余阙。

综上所述，随着蒙古对河西地区的征服，大批西夏遗民随军东迁至中原各地，至元朝灭亡，大多已历四世。以王翰为代表的福建西夏遗民作家，在逐渐本土化的过程中，依然保留了部分民族性，如坚守民族身份，坚持河西旧姓，保留刚直守义的性格，文如其人，作品中慷慨激烈之气都可视为一种民族性的体现，可见，终元一代，西夏遗民并未完全汉化。当然，他们的本土化特征是主要的，儒家的忠孝思想、具有地域特征的东南风物的描写和与当地民众的广泛交往，则是其本土化的重要特征。

---

[1] （清）纪昀：《钦定四库全书总目》（整理本），中华书局1997年版。
[2] （清）纪昀：《钦定四库全书总目》（整理本），中华书局1997年版。
[3] （元）王璲：《青阳先生文集序》，《青阳先生文集》卷首，四部丛刊续编景印明刊本。

第九章

色目作家创作的地域特征

　　家族居地环境是色目作家成长的摇篮，家族的历史就是色目作家的成长史。色目作家流散在大江南北，其诗歌题材和诗风都不同程度地受到地域文化的影响。这是中原地域文化与西域民族文化的结合，为各地区域文化增添了新的色彩，为中国传统文化的发展汇入了新的血液，这也是元代文化发展的重要特点。

　　大部分色目家庭是在大蒙古国时期内迁，到元朝灭亡的百余年的时间内，已历四五世。本书所论色目家族都有明确翔实的碑铭墓志材料的记载，列表如第三章，此不赘述。

　　内迁后家族第一代多以武功与政事起家，如不忽木家族的海蓝伯、廉氏家族的布鲁海牙、贯氏家族的阿里海牙、马祖常家族的月乃合、崇喜家族的唐兀台、王翰家族的曾祖武德将军。第二代则是家族由武功转向文事的过渡，大部分的第二代尚未在文坛崭露头角，如不忽木、贯只哥、廉希宪、合剌普华、马世昌、闾马，而第三代则完成了由武功向文事的转变，他们从小生活在汉地，与汉人杂居，拜汉族的饱学之士为师，与汉族文人雅士交往，受到汉文化的濡染，开始崛起于文坛，如贯云石、巙巙、廉惇、马润、崇喜之父达海、偰文质等。第四代则承袭了家族尚文的传统，这一代人大多经历了易代之际的战乱，成为元遗民了，如王翰等。而同时，我们也注意到，他们维护自己的民族身份，尤其是色目人与色目人通婚的家族，更是保持了强烈的民族意识，这在文学作品中有一定程度的体现。

凭借军功起家的家族第一代，拥有较高的政治地位和经济地位，在社会上为家族文化的发展奠定了良好的经济基础，他们仰慕汉文化，重视家庭教育，为色目作家的成长创造了良好家庭条件。自第二代开始，离开西域文化圈，在中原土生土长，与汉人杂居，开启了全面汉化的进程以适应新的生存环境，谋求更好的发展。色目作家的出现是伴随色目士人阶层的扩张而大量涌现的，从第三代开始，尤其在第四、第五代大批色目士人和色目作家开始涌现。逮及元末，经历百年家族变迁的色目作家，在创作上日益成熟。

第一节　色目作家与地域文化

按照其籍贯结合其作品，我们以秦岭淮河一线为界，将色目作家进行了地域的分类。众所周知，由于战争、仕宦、游学等因素，元朝人流动性较大，出现了大量南人北上、北人南下的现象，在进行地域分类时，本书按照出生地、幼年生长地及死后墓葬处，来确立其归属地。比如贯云石出生、成长于大都畏吾村，后流寓湖南、四川、浙江等地，在浙江去世，后归葬于大都畏吾村祖坟，那么，我们就把贯云石归于北方作家。按照这一原则，我们把色目作家进行了地域分类，那些籍贯不详的作家暂不列。

北方作家：贯云石、廉惇、廉惠山海牙、三宝柱、大都间、脱脱木儿、边鲁、倚男海涯、安藏、高克恭、马元德、斡玉伦徒、孟昉、甘立、唐兀崇喜、塔不觧、不忽木、嶷嶷、回回、马祖常、伯颜宗道、赵世延、赡思、答禄与权、凯烈拔实、萨都刺。

南方作家：偰玉立、偰哲笃、偰逊、买闾、沙班、丁鹤年、吴惟善、余阙、买住、王翰、琥璐珣、昂吉、完泽、观音奴（鲁山）、观音奴（志能）、杨九思、乃贤、答失蛮彦修、仉机沙、雅琥、金哈剌（金元素）、泰不华、伯笃曾丁、聂古柏、月忽难、赵世延、丁文苑、辛文房、伯颜子中。

  考虑到诗人地域迁徙流动的特殊性，在研究内容上，尽可能根据其生平活动的地域、作品题材等方面首先辨析其作品所属地域，对于同一地域的作家着重于其总体特征的归纳，对于宦游旅居外地的诗人则侧重从比较的角度进行研究。

  地域文化在作家风格形成的过程中起到重要作用，不同地域有不同的学术倾向和创作风气，例如宋末元初，北方以阔大文风为主，南方以纤弱文风为主，正如四库馆臣对曹伯启的评价，"伯启生于宋末元初，而家世江北，不染江湖末派，亦不沿豫章馀波，所作乃多近元祐格"[①]。

  作家与当地文化的互动是双向的，身处不同地域的色目作家，受到当地文化的熏陶，同时也反哺当地文化，为当地文化发展做出贡献。唐兀崇喜与父亲达海就曾在濮阳地区制定乡约，美化当地民风。

  贯云石为浙江文化做出贡献。他是音乐家，曾改造海盐腔。元代姚桐寿《乐郊私语》载海盐腔始自贯云石，贯云石把北方曲调带到南方，结合当地曲调，传授给浙江海盐澉浦人杨氏，这种海盐腔自明代开始流行，成为明代南戏的四大声腔之一，也是昆曲的先驱。

  贯云石在杭州受到人们的追捧，人们纷纷索要其作品，得之如获至宝，以至于他在杭州不得不隐姓埋名。

[①]（清）纪昀等：《钦定四库全书总目》，中华书局1997年版，第2218页。

十余年间，历览胜概，著述满家。所至，缙绅之士，逢掖之子，方外奇人，从之若云，得其词翰，片言尺牍，如获珙璧。公曰："我志逃名，而名随我，是将见害。江浙物繁地大，可以晦迹。"乃东游钱塘，卖药市肆。诡姓名，易冠服，混于居人。尝过梁山泺，见渔父织芦花絮为被，爱之，以绸易被。渔父见其贵易贱，异其为人，阳曰："君欲吾被，当更赋诗。"公援笔立成，竟持被往。诗传人间，号芦花道人。公至钱塘，因以自号。①

第二节 色目作家创作的地域特征

色目作家们都有宦游旅居各地的经历，他们在足迹所及的大江南北都留下作品，承载了他们在不同地域的生活与情感，从中可以看到他们对不同地域的情感体验是不同的。尽管亲历各地千差万别的地域文化，但是，对于生于斯长于斯的故乡，却终生难以释怀，受到故乡的地域文化影响而形成的文风、作家的情感性气质也很难随地域的变迁而改变。如贯云石、萨都剌、马祖常等内心体认的是西域和北方，而迺贤则体认江南。

一 贯云石、萨都剌南方诗歌中的北方故乡情怀

贯云石寓居钱塘多年，虽然有"金风荡，飘动桂枝香。雷峰塔畔登高望，见钱塘一派长空"（《小梁州·秋》）的欣喜，但依然把自己视为"江南客"，澄江明月、落日鸿雁、村酒孤檠难以消解对故乡的眷恋，他心中无时不在怀念西北高昌祖居。

---

① （元）欧阳玄：《贯公神道碑》，《圭斋集》卷9。

人生行此丈夫国，天吴立涛欺地窄。乾坤空际落春帆，身在东南忆西北。(《观日行》)

兰影香中，总是江南客。去国一场春梦灭，关情不记分吴越。(《蝶恋花·钱塘灯夕》)

澄净秋江一舸轻，不堪踪迹乐平生。西风两鬓山河在，落日满船鸿雁声。村酒尚存黄阁醉，短檠犹照玉关情。料应今夜怀乡梦，残月萧萧月二更。(《秋江感》)

与贯云石类似，萨都剌虽然流寓大江南北，但世居雁门的萨都剌和贯云石一样内心体认的是北方文化，视自己为江南游子，文风也倾向于粗犷的北方之气。

萨都剌（1308—1355?），字天锡，号直斋，历史文献对其族属的记载不明确，有"回回人""回纥人""答失蛮氏""汉族人""蒙古人"等说法，邓绍基《元代文学史》梳理了各类文献的记载，[1]本书从其"回回"说。其祖曰萨拉布哈，父曰傲拉齐，以世勋镇云代，居于雁门。泰定四年（1327）中进士，出任镇江录事司达鲁花赤，历南台掾、宪司照磨等职，后入方国珍幕府。

萨都剌事迹见于宋濂《元史》、孔齐《至正直记》、顾嗣立《元诗选·初集》、钱谦益《列朝诗集》、陈衍《元诗纪事》、柯劭忞《新元史》、邵远平《元史类编》。现代多位学者对萨都剌的家世生平进行了考订。[2]

元代至正年间的八卷本《雁门集》不传。明代八卷本有三种刊本，于成化年间、弘治癸亥年、嘉靖十五年三次刊刻。万历四十三

---

[1] 邓绍基：《元代文学史》，人民文学出版社1991年版，第492页。
[2] 张旭光：《萨都剌生平仕履考辨》，《中华文史论丛》1979年第2期；林松、白崇人：《萨都剌族籍考》，《中央民族学院学报》1979年第4期；张旭光：《回族诗人萨都剌姓氏、年辈再考订》，《扬州师院学报》1983年第3期；王叔磐：《关于萨都剌的族属家世的考证》，《民族文学研究》1988年第1期。

年（1615）潘是仁刻《宋元诗六十一种》本《萨天锡诗集》八卷，天启二年（1622）重修。清代八卷本有嘉庆丁卯年刊本、毛晋汲古阁康熙刊本等。

明天顺三年，萨都剌后人萨琦编《雁门集》六卷本，萨都剌的后人于康熙十九年（1680）、宣统二年（1910）多次再刻，上海图书馆藏六卷旧钞本即是此系。现藏于北京图书馆的是明成化二十年（1484）张习所刻《雁门集》八卷本。成化二十一年（1485）兖州知府赵兰刻《萨天锡诗集》六卷本。乾隆年间，萨都剌后人萨龙光综合各种版本，注释编年，汇编各种序跋评论，编纂为十四卷，嘉庆十二年（1807）刊刻为《雁门集》，后于光绪三年（1877）、民国四年（1915）重刻，今上海古籍出版社于1982年出版的殷孟伦、朱广祁点校本，即是此系。六卷本还有：明祁氏淡生堂钞六卷本《萨天锡诗集》仅存前两卷，傅增湘所跋此本存卷三至卷六。

五卷本《萨天锡诗集》有：明弘治十六年（1503）李举刻本、清初补钞本、嘉靖十五年张邦教重修本、上海涵芬楼《四部丛刊》影印弘治十六年（1503）李举刻本。

毛氏汲古阁刻清初增刻六十二卷本《元人十种诗》中有三卷《萨天锡诗集》，一卷《集外诗》，之后有何焯、毛绥万分别校跋此本，又有沈岩过录何焯校本。

还有一些版本不分卷：明曹学佺《石仓十二代诗选·元诗选》、明晋安谢肇淛小草斋钞本、清陈作霖编《萨天锡诗集》本。

日本的刊本主要有：南北朝刻本（永和本）《新芳萨天锡杂诗妙选稿全集》；庆长七年（1602）刻本；明历三年（1657）京博粕子刻本；日本江户间传钞毛氏汲古阁刻清初增刻六十二卷本《元人集十种》的三卷《萨天锡诗集》、一卷《集外诗》；大正三年（1914），《雁门绝句钞》由东京瓯梦吟社铅印。

《元诗选》初集分为《雁门集》与《萨天锡集》载录其诗303

首。杨镰《全元诗》收录了辑自明弘治十六年李举刊本《萨天锡诗集》、明成化二十年张习刊本《雁门集》及《诗渊》《永乐大典》等文献的794首诗。李修生《全元文》收录了辑自《大元圣政国朝典章》《元史》《元朝典故编年考》《永乐大典》等文献的《禹溪和尚住雪窦》《龙门记》《冷石泉住平江北禅教寺诸山》等九篇文。

萨都剌常常一年多次往返于江南与京城之间，诗人描写了短衣匹马，扬鞭飞驰在南北大道上的自我形象。

> 归到江南才一月，短衣匹马又京尘。明朝拟下江东去，晴日柳花飞送人。
> 水绕池塘朝饮马，月明苍栢夜鸣乌。年来南北几千里，却笑书生无远图。（《春日偶成二首》）

为了生存与发展，诗人年复一年，奔波于蓟北与江南之间。在旅途中，最重要的是鞋。《芒鞋》一诗中，以草鞋表现了人们奔走于大江南北的原因即是求名求利，天下熙熙，皆为利来，天下攘攘，皆为利往。

> 年去年来年复年，帛书曾达茂陵前。影连蓟北月横塞，声断江南霜满天。雨暗芦花愁夜渚，露香菰米下秋田。平生十里与万里，尘世网罗空自悬。（《飞鸣宿食雁》）
> 东家西家买芒屦，南州北州多歧路。严霜烈日太行坡，斜风猛雨瓜洲渡。南人求利赴北都，北人徇利多南趋。朝朝迎送名利客，身身消薄非良图。人负履，履负人，草从土生复归土，人兮履兮不知所。（《芒鞋》）

在诗作中萨都剌多次称自己为"江南客"：

天上故人频寄语，江南倦客只吟诗。梨花开尽东廊雪，又过梅黄杏熟时。(《寄诸台掾》)

王郎酒醒倚修竹，雪后重檐拥毳衣。亦有江南未归客，青山影里马如飞。(《戏王功甫》)

江南倦容好清斋，炼得身形瘦似梅。不到清溪三四日，藕花无数水中开。(《病起戏笔奉答御史王文休》)

何人吹笛秋风外，北固山前月色寒。亦有江南未归客，徘徊终夜倚阑干。(《秋夜闻笛》)

高低柳絮飞渡水，红白桃花开满枝。自笑江南无用客，一春无事只题诗。(《还台偶成》)

歌诗呼酒江上亭，墨花飞雨江不晴。江风吹破蛾眉月，我亦东西南北客。(《题鲁港驿和贯酸斋题壁》)

通常人们对于客居之地有一种心理上的疏离感。诗人对南方景物的描写，是以一位匆匆过客的身份来描写所见所闻，比如《和同年观志能还自武昌咏》一诗中对江汉景象的描写，文字的背后，是对江汉风物的陌生和疏离。

短衣匹马走江汉，山川历历何雄哉。汉阳风紧鼓角动，洞庭水深鸿雁来。雪消巴蜀浪翻屋，黄鹤矶下声如雷。是时立马夜呼渡，清江苦竹猿声哀。(《和同年观志能还自武昌咏》)

再如《无题》一诗中描述了异地的风俗，将岭南海岛称为"数千里外蛮人域"，颇有不认同之感。

为客三年海上洲，故乡何处瘴云稠。数千里外蛮人域，十八滩头过客舟。时有山禽呼姓字，或从海鸟作朋俦。故人珂佩

周旋处，紫殿风清十二楼。(《无题》)

诗人在南方思念着北方家乡。京口即今江苏镇江，在京口的月光之下，萨都剌的脑海里浮现的是塞外草原众人围猎的场景，而苜蓿是草原特有的喂马的草，寄托着诗人千里之外对故乡的思念，诗中称自己为"江南游子"。

铁瓮城头刻漏迟，凉霜如雪扑帘飞。雁声堕地梦回枕，月色满城人捣衣。塞北将军犹索战，江南游子苦思归。呼应腰箭从围猎，苜蓿秋深马正肥。(《京口夜坐》)

在家千日好，出门一时难，寒夜孤舟独酌，诗人想象着在家里温暖的烛光下喝酒是多么温馨，在孤苦的旅途中，家是多么令人神往啊。

江风吹狼十丈强，孤舟远客愁夜长。何如岁①晚在家者，拥烛酌酒天昏黄。(《夜寒独酌》)

尤其生病的时候，身边没有家人照顾，就更想家了。《病中杂咏》描写了诗人客居在千里之外，卧病中秋的情景，抒发了诗人月满西楼之时孤苦无依、思念家乡的情愫。

十日九风雨，深秋独闭门。积阴须自散，依杖望朝暾。
为客家千里，思归月满楼。木樨开欲尽，病里过中秋。

---

① 台湾商务印书馆出版文渊阁《四库全书》景印本《雁门集》四卷为"虽"，宣统庚戌重刻的《雁门集》作"岁"，这里采用的是后者。

门系青骢马，多应问病人。小官好疏散，莫讶懒衣巾。
病形如瘦鹤，照影向清池。自有冲霄志，游鱼莫见疑。
风叶高下落，秋砧远近闻。天涯多病客，倚杖看孤云。
陶令贫无酒，郎言菊也无。家僮烧柿叶，邻舍送茱萸。
多病东厅客，深秋出幕迟。芙蓉开也未，叶上好题诗。（《病中杂咏》）

诗人在作品中，多次抒发了对故乡的思念，"游宦既知离别苦，何如拂衣归故乡"（《北人上冢》），"而今江海多归思，白发慈亲暮倚阁"（《送张都事南台》），"万里关河成客舍，五更风雨忆吾庐"（《金陵道中》），"今年冷落江南夜，心事有谁知"（《小阑》）。可见，尽管游历各地，亲身体验过千差万别的地域文化，但是萨都剌内心体认的、难以释怀的家乡还是北方。

二 廼贤北方诗歌的江南故乡情怀

与贯云石和萨都剌相反，廼贤虽然也对塞北风情感到新奇，但作为土生土长的南方人，他是以局外人的身份来观照北方，在内心深处，江南才是故乡，北方是客居。

廼贤（1309—1368），字易之，世居金山（今阿尔泰山）之西，葛逻禄氏，译言马。迁居内地居南阳（今属河南），故称南阳马易之，之后又迁居庆元（今浙江宁波）。曾游历京师十年，每一诗出即被传诵，与能书的韩与玉和善古文的王子充，并称"江南三绝"。曾任东湖书院山长，至正二十二年（1362）出任翰林国史院编修官。

廼贤代表作《金台集》（二卷），收录了他的大部分诗歌作品。至正十二年（1352）欧阳玄、李好文、贡师泰分别为《金台集》作序，黄溍于元至正十年（1350）题词。撰于至正二十三年

(1363）的《河朔访古记》，被收入《永乐大典》。杨镰《全元诗》收录其诗269首。

迺贤至正五年（1345）北上大都，与危素交往，约于至正十五年（1355）返回庆元，元刊本《金台集》就已刊刻，虞集、欧阳玄、黄溍、张起岩、余阙、危素为之序跋，据称刻印精美，今已散佚。

明崇祯十一年（1638），《元人十种诗》由毛氏汲古阁刊行，收录《金台集》，毛晋跋文叙写了迺贤的生平事迹，此本现收于国家图书馆、北京大学图书馆。《元人十种诗》1926年上海商务印书馆影印，1990年中国书店《海王邨古籍丛刊》影印。

乾隆四十六年（1781）十月，四库馆臣编校《金台集》收录《四库全书》别集类称迺贤为纳新。20世纪80年代后，学界从文献、生平考述到诗歌创作等多方面对迺贤进行研究。[①]

从大都到上都的辇道上风物状伟奇绝，这对于迺贤来说既陌生又新鲜，他体验了从未有过的神奇之旅。

> 居庸土高厚，民物何雄强。老稚尚弓猎，不复知耕桑。射雕阴山北，饮马长城旁。驼羊足甘旨，貂鼠充衣裳。酒酣拔剑舞，四顾天茫茫。（《京城杂言六首其四》）

> 关北五里，今敕建永明宝相寺，宫殿甚壮丽，三塔跨于通衢，车骑皆过其下。

> 迭嶂缘青冥，峭绝两厓束。盘盘龙虎踞，岑巚互回伏。重

[①] 齐冲天：《论元代民族诗人乃贤》，《内蒙古社会科学》1980年第3期；张丹飞：《乃贤和他的〈金台集〉》，《民族文学研究》1997年第1期；星汉：《乃贤生平考略》，《新疆师范大学学报》1998年第4期；查洪德、刘嘉伟：《迺贤尚清诗风及其成因》，《民族文学研究》2009年第4期；段海蓉：《元代诗人迺贤的本土化及其诗歌创作》，《民族文学研究》2011年第1期；黄鸣：《元代葛罗禄族诗人迺贤诗风考论》，《中央民族大学学报》2012年第1期；施贤明：《论葛逻禄诗人乃贤的江南情怀》，《民族文学研究》2014年第1期。

关设天险，王气舆坤轴。皇灵广覆被，四海同轨躅。至今豪侠人，危眺屡惊蹴。崎岖栈阁峻，萦纡冈涧曲。环邨列虚市，凿翠构庐屋。溪春激岩溜，山田杂稌菽。绝顶得幽胜，人烟稍联属。浮图压广路，台殿出层麓。白云隐疏钟，落日带乔木。岂须叹蜀道，政可夸函谷。居人远念我，叩马苦留宿。恐辜殷勤情，解鞍看山瀑。(《居庸关》)

落日关塞黑，苍茫路多歧。荒烟澹漠色，高台独巍巍。呜呼李将军，力战陷敌围。岂不念乡国，奋身或来归。汉家少恩信，竟使臣节亏。所愧在一死，永为来者悲。千载抚遗迹，凭高起遐思。褰裳览八极，茫茫白云飞。(《李陵台》)

元代有两都巡幸制，每年三四月份皇帝和朝臣赶赴上都，九月返回大都，从大都到上都的辇路途经的驿站有：大口、龙虎台、南口、居庸关、北口、缙山、黑谷、龙门、程子头、沙岭、牛群头、明安峄、李陵台、桓州。元代文士萨都剌、马祖常、胡助等都写下多篇上都纪行诗，如萨都剌就有《上都即事》诗十首，马祖常作有《上京书怀》《上京翰苑书怀三首》《上京效李长吉》《龙虎台应制》《龙门》《还过龙门》《李陵台二首》《上都翰苑两壁图》《驾从上京》和《丁卯上京四绝》等。廼贤在至正九年（1349）北上大都，写下26首上都纪行诗，在廼贤笔下这一带"土高厚""民雄强"，叠嶂峭绝，关塞歧路，绝域苍茫，雄关漫道，水激岩溜，山田菽麦，一切都令诗人感到新奇壮观。

饮马长城下，水寒风萧萧。游子在绝漠，仰望浮云飘。前登枪竿岭，冈岑郁岹峣。崩崖断车辙，层梯入云霄。幽㲉构绝壁，微径纤山椒。人行在木末，日落闻鸣蜩。履险力疲苶，凭高思飘摇。何当脱羁鞅，归种南山苗。(《枪竿岭》)

枪竿岭驿是元代著名的驿站，枪竿岭又名长安岭、桑干岭，位于今北京西北的怀来，唐代就已驻广边军，元代设置驿站。行进在人迹罕至的枪竿岭，是廼贤从未体验过的一次神奇塞上之旅。路险力疲，艰辛无比，但是穿行在山间丛林的小路上，目睹绝漠浮云、峭壁危崖、日落晚霞的奇观，听到蝉鸣阵阵，令人神思飘摇，有一种难以言说的情绪。

尽管北方令廼贤感到新鲜甚至震撼，但他觉得自己是个北方游子，对于朔漠风情，深受江南文化濡染的廼贤只是个看客。廼贤对塞外草原感到新奇与陌生，恰好说明在心理上，他对祖上游牧生活生活方式和草原文明的疏离。廼贤内心体认的是中原的农耕文明，江南才是他的灵魂皈依处。在多首诗作中，廼贤都表达了对江南的思念。

> 江南小儿不识愁，新月指作白银钩。家人见月更欢喜，卷帘唤我登高楼。三年留滞京华里，衮衮黄尘马头起。一番见月一番愁，归心夜逐东流水。在家不厌贱与贫，出门满眼多故人。谁念天涯远游客，只有新月能相亲。(《新月行》)

滞留京师多年，思念江南亲人的时候，只能望月相亲，归心随水东去。

> 楼船留客宴凉宵，坐看冰轮出海潮。却忆去年滦水上，夜深孤馆雪萧萧。(去年客上京，是日大雪。)
> 征人七月度榆关，貂鼠裁衣尚怯寒。不信江南今夜月，有人挥扇着冰纨。(《七月十六夜海上看月》)

北方时令唤起廼贤江南的体验，上都七月飞雪，身着貂裘还觉得冷，但是在江南，还是酷热难耐，人们要用扇子，穿鲜洁如冰的轻细丝绢制作的衣服。江南的生活经验不时地涌现在诗人的脑海中，就连夜晚人们的欢声笑语也令他想到了江南。

　　东风悄悄著罗衫，秉烛归时酒半酣。听得隔帘人笑语，夜来春气似江南。(《雪霁晚归偶成二首》其二)

　　前年七月去明州，却向京华住两秋。千里乡心双鬓改，朝来临镜不胜愁。(《秋日有怀徐仲裕三首》其一)

明州即庆元路，今浙江宁波，唐朝为鄞州，后改为明州。来往于庆元与大都之间，千里乡愁，令人销魂。廼贤家族是从南阳郏县迁到庆元路的，在廼贤心中，南阳也是故乡，《金台集》卷首署名为"南阳廼贤易之"，可见廼贤对南阳的重视，至正五年（1345）廼贤北上大都，就先到南阳，"我家南阳天万里，十年不归似江水。秋来忽作故乡思，裹剑囊衣度扬子"(《巢湖述怀寄四明张子益》)。

三　萨都剌与廼贤同题诗作比较

在色目作家群中，廼贤和萨都剌是最出色的两位诗人，是南方与北方不同诗风的典型代表。廼贤诗风平易通俗温婉，长于具象描写，细腻精巧，很注重生活的细节描写。如：《使归》一诗描写了诗人回到阔别已久的家乡，春天自家庭院深深，中午山房寂静，院里种了树木和各种鲜花，黄鹂鸟上下翻飞，莺歌燕舞，诗人睡醒躺在床上，听到家中小女学鸟叫，万里归来的诗人享受着这难得的安逸，这首诗描绘了一幅庭院深深的温馨场景，以日常生活为题材，意象具体而通俗，文笔细腻。

白头万里喜来归,小院深深过客稀。睡起无题闲锦橐,春来多病怯罗衣。流莺乱蹴残红溜,乳燕争衔落絮飞。莫道山房浑寂寞,卧听小女学鸣机。(廼贤《使归》)

萨都剌擅长大场面,粗线条,快节奏,"秦淮晓发,挂云帆十丈,天风如箭。一碧湖光三十里,落日水平天远"(《酹江月·任御史有约不至》)。他喜欢豪爽的朋友,形容燕孟初"平生豪气如虹吐"(《燕孟初》),形容三军将士"豪气不减关云长"(《夜寒独酌》)。廼贤即使描写北方塞外题材的诗歌,也富于温婉细腻的手法,看不到葛逻禄先人的粗豪之气,就如同萨都剌、贯云石等北方色目作家在描写江南题材时,也有清丽秀美的文字,但依然执着于豪放之气,而难有南方文人的纤细婉约之风。此或为廼贤本土化了而萨都剌没有本土化[①]的原因,萨都剌世居雁门,地处北中国塞外之地,地缘上与西域漠北相邻,风物习俗有共同之处。就中国北方地域文化来说,窃以为萨都剌是否已经本土化尚待商榷。

比较萨都剌和廼贤描写京城春天的同题诗作,可以看出他们诗风的差别。

三月京城飞柳花,燕姬白马小红车。旌旗日暖将军府,弦管春深宰相家。小海银鱼吹白浪,层楼珠酒出红霞。蹇驴破帽杜陵客,献赋归来日未斜。(萨都剌《京城春日》)

三日诸郎傧直闲,绕城骑马借花看。晚来金水河边路,柳絮纷纷扑绣鞍。

黄鹤楼东卖酒家,王孙清晓驻游车。宝钗换得蒲萄去,今日城东看杏花。(廼贤《京城春日二首》)

[①] 段海蓉:《元代诗人廼贤的本土化及其诗歌创作》,《民族文学研究》2011年第1期。

官闸冰消绿漫堤，落花流水五门西。黄鹂不管春深浅，飞入南城树上啼。

新样双鬟束御罗，叠骑骄马粉墙过。回头笑指银瓶内，官酒谁家索较多。(廼贤《京城春日二首》)

春天的大都柳絮漫天似雪花飞舞，萨都剌作"三月京城飞柳花"，而廼贤作"柳絮纷纷扑绣鞍"，前者概括京城整体景象，后者着眼于具体细小处；春天冰雪消融，大地回暖，萨都剌作"日暖将军府""春深宰相家"，廼贤作"冰消绿漫堤""城东看杏华""黄鹂蒲萄""落花流水"，前者着眼于抽象的大人物，后者写具象的底层生活；春天万物复苏，王孙贵族出游踏青，萨都剌作"燕姬白马小红车"，用套路之语、有笼统之嫌，而廼贤则是细致描写了出游的着装、出行工具、饮食，"新様双鬟束御罗，叠骑骄马粉墙过……黄鹤楼东卖酒家，王孙清晓驻游车"。在廼贤的笔下，春天的大都，河水开始解冻，杏花渐次开放，男女老少装扮一新，备好葡萄美酒，骑马坐轿，穿街过桥，出城踏青，伛偻不绝。萨都剌眼中的大都是一些粗略大致的意象"吹白浪""出红霞""小红车"。总之，从同题诗歌的比较，可以看出南派文人廼贤和北派文人萨都剌，文风上的差异，廼贤注意到了生活中普通细微的事物，着眼于下层世俗生活，意象精致，构思精巧，文笔细腻，较之那些粗犷之笔，廼贤笔端意象更加生动而鲜活，可谓妙笔生花，有通俗化倾向。而萨都剌则更注意那些宏大场景的描写，文笔豪迈大气，意象更加简约，有程式化倾向，有流于既定套路、规定动作之嫌。尽管他们各自都南游北徙，但其固有风格，却难以改变。这种不同还可以在同样表现塞北题材的诗中得到印证。先看萨都剌的组诗《上京即事》。

一派箫韶起半空，水晶行殿玉屏风。诸工舞蹈千官贺，齐捧蒲萄寿两宫。

上苑棕毛百尺楼，天风摇拽锦绒钩。内家宴罢无人到，面面珠帘夜不收。

行殿参差翡翠光，朱衣花帽宴亲王。绣帘齐卷熏风起，十六天魔舞袖长。

中官作队道官车，小样红靴踏软沙。昨夜内家清暑宴，御罗凉帽插珠花。

大野连山沙作堆，白沙平处见楼台。行人禁地避芳草，尽向曲阑斜路来。

院院翻经有呪僧，垂帘白画点酥灯。上京六月凉如水，酒渴天厨更赐冰。

祭天马酒洒平野，沙际风来草亦香。白马如云向西北，紫驼银瓮赐诸王。

牛羊散漫落日下，野草生香奶酪甜。卷地朔风沙似雪，家家行帐下毡帘。

紫塞风高弓力强，王孙走马猎沙场。呼鹰腰箭归来晚，马上倒悬双白狼。

五更寒袭紫毛衫，睡起东窗酒尚酣。门外日高晴不得，满城湿露似江南。

再看廼贤的组诗《塞上曲》。

秋高沙碛地椒稀，貂帽狐裘晚出围。射得白狼悬马上，吹笳夜半月中归。

杂沓毡车百辆多，五更冲雪渡滦河。当辕老妪行程惯，倚岸敲冰饮橐驼。

双鬟小女玉娟娟，自卷毡帘出帐前。忽见一枝长十八，折来簪在帽檐边。

马乳新挏玉满瓶，沙羊黄鼠割来腥。踏歌尽醉营盘晚，鞭鼓声中按海青。

乌桓城下雨初晴，紫菊金莲漫地生。最爱多情白翎雀，一双飞近马边鸣。

无论是人物事件还是大自然的风景，廼贤都着眼于底层世俗生活，从细微处着手，"长十八"是野花名，清丽少女从毡帐中走出来，忽然看到"长十八"，就摘下一朵戴在帽檐上，表现了草原上普通少女的生活情趣；而萨都剌表现的是亲王家宴上的"朱衣花帽""凉帽插珠花"，着眼于大人物、大场面。对于草原上的饮食，一个"腥"表现的是廼贤的不适应，"马乳新挏玉满瓶，沙羊黄鼠割来腥"；而萨都剌则吃得津津有味，"野草生香奶酪甜"，"甜"透露出对食物的喜爱。对于大漠风光的描写，廼贤着眼于优美与可爱，乌桓城雨后初晴，紫菊花、金莲花漫山遍野，白翎雀四处翻飞，飞到马的旁边了，廼贤用细腻精巧之笔表现纤弱小巧之物，"乌桓城下雨初晴，紫菊金莲漫地生。最爱多情白翎雀，一双飞近马边鸣"；而萨都剌着力表现的则是苍茫与壮美的特点，牛羊遍地，朔风卷沙，家家的毡房都把帘子放下来，文笔刚健粗犷，"牛羊散漫落日下，野草生香奶酪甜。卷地朔风沙似雪，家家行帐下毡帘"。

在色目作家中，有一位与廼贤诗风类似的拂林作家金哈剌。

金哈剌，又名金元素，号葵阳老人。西域拂林人，家族有景教背景。元文宗天历三年（1330）进士。历任任钟离县达鲁花赤，刑部主事，江南浙西道肃政廉访司佥事。至正间出任监察御史，江浙行省左丞，工部郎中，枢密使。至正二十八年（1368），随元顺帝北遁朔漠，成为北元重臣，不知所终。

生平事迹见于：陶宗仪《书史会要》、欧阳玄佚文《刑部主事厅题名记》（收于熊梦祥《析津志·朝堂公宇》）、贾仲明《录鬼簿续篇》、《凤阳府志》卷二十五、杨镰《元西域诗人群体研究》、黄仁生《日本现藏稀见无明文集考证与提要》等。

金哈剌著有《南游寓兴集》《玩易斋集》。《玩易斋集》已佚，日本江户时期钞本诗集《南游寓兴集》存于日本内阁文库，存诗三百六十四首，包括了《永乐大典》中的佚诗。卷首有赵由正、刘仁本至正二十年（1360）分别所作的序文。杨镰《全元诗》收录了辑自日本内阁文库本《南游寓兴集》以及《永乐大典》等文献的金哈剌诗368首。

1991年，内蒙古大学周清澍发布其旅日所见元人诗文珍本，其中有国内未见的《南游寓兴集》。① 1995年萧启庆较早关注了金哈剌和他的《南游寓兴集》，其文《元色目文人金哈剌及其〈南游寓兴诗集〉》②，探讨了金哈剌的生平家世和内阁文库本《南游寓兴集》在日本流传的情况及其诗歌所体现的思想。1998年，杨镰详尽考述了金哈剌其人其集。③ 2009年段海蓉《从交友诗看金哈剌的思想》④ 一文考述了金哈剌的交友诗，将其友人分为官员、文化人、释道人物三类，并认为其思想以忠君爱国为主，辅以佛道思想。2010年段海蓉《元代莆林诗人金哈剌寄寓东南的诗咏》⑤ 一文论了金哈剌诗歌忠君报国的思想内容和古朴平易的诗风。刘嘉伟《元代莆林诗人金哈剌刍议》⑥ 进一步考述了金哈剌及其《南游寓兴集》，

---

① 周清澍：《日本所藏元人诗文集珍本》，《东洋文库书报》第23号，1991年。
② 萧启庆：《元色目文人金哈剌及其〈南游寓兴诗集〉》，原刊于台湾《汉学研究》1995年第13卷第2期。收于萧启庆《元朝史新论》，台北允晨文化实业股份有限公司1999年版，第300—321页。
③ 杨镰：《元西域诗人群体研究》，新疆人民出版社1998年版，第343—358页。
④ 段海蓉：《从交友诗看金哈剌的思想》，《民族文学研究》2009年第1期。
⑤ 段海蓉：《元代莆林诗人金哈剌寄寓东南的诗咏》，《新疆大学学报》2010年第1期。
⑥ 刘嘉伟：《元代莆林诗人金哈剌刍议》，《文学遗产》2016年第3期。

认为其多元诗风源于其多元文化构成。

元末易代之际，大厦将倾，色目精英们无力挽狂澜于既倒，面临时代的困境甚至生死抉择，他们的政治认同与文化认同发生冲突，内心矛盾挣扎。王翰选择留下遗孤而自杀，家庭支离破碎；金哈剌留其子文石、武石在中原，自己则随元帝亡命大漠，骨肉分离，易代之际他们有着共同的悲剧命运。

金哈剌最能给人审美享受的是写景诗，长于白描，语句、格调都很平和，丝毫没有西北粗豪之气，也没有刻意追求雕琢和新奇。字里行间透露出一种温柔敦厚的儒者情怀，在平静的语言背后是内心的淡淡喜悦和自足安逸之感。

> 昨朝初入夏，景物便清和。紫燕寻巢定，青梅结子多。柳堤飞落絮，池水上新荷。渐喜南风好，清凉满扇罗。（《初夏》）

> 客窗连夜雨，吟袖晓生寒。尽道之官好，谁知行路难。湿云留树杪，飞瀑落崖端。明日还开霁，青山马上看。（《久雨》）

金哈剌文笔简易直白，古朴质实，直抒胸臆，毫不造作，也没有纵横开阖的气势。体现了元代诗歌的浅与直的走势。如：

> 野径秋花发，山田晚稻香。春声林外急，天气雨余凉。妇女皆操耒，夫男尽执枪。行行戎骖从，体索过都粮。（《西乡杂题六首寄郑永思员外》）

综合以上分析可见，不同地域文化之下成长起来的色目作家，对同一题材的表现，呈现出不同的表现视角和风格。作家所接受的不同的地域文化是造成这种差异的重要原因。而同时，我们也看到色目作家的诗作中没有追求一种高昂的激情，在大部分南方色目作家的作品中，南方纤弱之气消解了西北粗豪之气，使得一些色目作家的创作呈现出一种儒者的温柔敦厚之态，但也并没有达到南方传统意义上的细腻精致柔媚的风格。

第十章

色目作家在元代文坛的地位

在元代诗坛上，色目作家从无到有，以弱而入，初期以模仿为主，后期蔚为大观，以盛而终。色目作家的发展与元代诗坛的发展相同步。色目作家群在元代的发展可分为前后两期。在元代文坛注重现实和追求审美两种发展走势中，都有色目作家的积极参与。

第一节 色目作家的发展分期

元代文学的发展经历了三个时期，萌芽与酝酿期——从大蒙古国到元武宗至大年间（1308—1311），高潮期——元仁宗延祐年间（1314—1320）到元顺帝至元时期（1335—1340），发展期——元顺帝至正时期（1341—1368）。色目作家产生、发展过程与元代文学的发展相始终，按照色目作家的主要创作时期，结合元代文学发展的进程，以元仁宗延祐年间（1314—1320）为界，笔者把元代色目作家群进行了分期，按时间可分为前后两期。

前期作家主要有：贯云石、廉惇、必兰纳识里、安藏、高克恭、观音奴（鲁山）、不忽木、赵世延、丁文苑、盛熙明等。后期作家主要有：马祖常、萨都剌、伯颜不花、边鲁、马（薛）昂夫、道童、王嘉闾、偰玉立、偰逊、丁鹤年、张雄飞、余阙、买住、王翰、唐兀崇喜、昂吉、观音奴（志能）、巎巎、回回、伯颜宗道、廼贤、金哈剌、泰不华、凯烈拔实、答禄与权、伯颜子中等。还有一些作家，生卒年不详，作品很少或是没有作品留存，我们就无法进行分期。综观元代色目作家群，多数色目作家兼具官员与作家双重身份，后期诗人多于前期诗人，南方诗人多于北方诗人。

总的来说，色目作家的创作水平经历了从低级到高级的发展过程，前期色目作家，如安藏、必兰纳识里、不忽木等熟知本民族语言和汉语，能进行双语创作，从早期作家到后期作家，我们能看到写作技巧日益娴熟。以题为《岳阳楼》的诗歌为例。早期作家高克恭、贯云石、张翔有浓重的模仿痕迹，文笔稍显艰涩，意象不够鲜活，而后期作家廼贤抒情写景都从容自如，遣词造句信手拈来，意象生动鲜活、手法娴熟，超越了前期作家。

九水汇荆楚，一楼名古今。地连衡岳胜，山压洞庭深。宿雁落前浦，晓猿啼远林。倚阑搔白首，空抱致君心。（高克恭《岳阳楼》）

天远岳阳楼影孤，下窥梦泽渺平芜。城南老树依然在，试问仙童重到无。（贯云石《题岳阳楼》）

西风吹我登斯楼，剑光影动乾坤浮。青山对客有余瘦，游子思君无限愁。昨夜渔歌动湖末，一分天地十分秋。（贯云石《岳阳楼》）

楼上元龙气不除，湖中范蠡意何如。西风万里一黄鹄，秋水半江双白鱼。鼓瑟至今悲二女，沉沙何处吊三闾。朗吟仙子无人识，骑鹤吹箫下碧虚。（张翔《岳阳楼》）

岳阳楼下船初泊，悢岸黄芦秋漠漠。刲羊浇酒赛龙君，高挂蒲飘晚风作。白头波里君山青，满湖明月进洞庭。金银台殿出林麓，疏钟隐隐烟中听。小市人家茅缉缉，山翠蒙蒙客衣湿。一声渔唱浦口回，竹艇摇摇归去急。崖巅云气暝不开，夜深风雨如奔雷。游子衣寒倚篷看，一双白雁沙头来。只今作客僧窗下，白发灯前空看画。漫吟诗句忆潇湘，少慰江南未归者。（廼贤《题潇湘八景图》）

宋元易代之际，文学面貌发生了深刻的变化，元初文学的主要任务就是矫正宋末文学陋习，重振文坛风气，变革是元初文学发展的主题。宋末江西诗派、江湖派、四灵派盛行，诗风尖巧纤佻，道学派文风庸沓猥琐，元代诗文脱胎于此。"诗文皆沿宋季单弱之习，绝少警策。"①

针对这种情况，元代文人表现出振衰起废的勇气，以大气来矫正孱弱诗风是元代文人的使命。宋诗由西昆体变而为元祐体，又变为江西诗派，至宋末变为江湖派、四灵派等诗派，至元杨载、虞集等一改宋末之弊，开始从卑弱纤巧，走向大气雅正。

> 盖宋代诗派凡数变。西昆伤于雕琢，一变而为元祐之朴雅；元祐伤于平易，一变而为江西之生新；南渡以后，江西宗派盛极而衰，江湖诸人欲变之，而力不胜。于是仄径旁行，相率而为琐屑寒陋，宋诗于是扫地矣。载生于诗道弊坏之后，穷极而变，乃复其始。风规雅赡，雍雍有元祐之遗音。史之所称，固非溢美。故清思不及范梈，秀韵不及揭傒斯，权奇飞动尤不及虞集，而四家并称，终无怍色，盖以此也。（杨载《杨仲弘集》提要）②

然南宋季年文章凋敝，道学一派以冗沓为详明，江湖一派

---

① "王义山《稼村类稿》提要"，（清）纪昀《钦定四库全书总目》，中华书局1997年版，第2603页。

② （清）纪昀：《钦定四库全书总目》，中华书局1997年版，第2228页。

以纤侻为雅隽。先民旧法几于荡析无遗。士林承极坏之后，毅然欲追步于唐人，虽明而未融，要亦有振衰起废之功，所宜过而存之者也。(任士林《松乡文集》提要)①

文章至南宋之末，道学一派侈谈心性；江湖一派矫语山林，庸沓猥琐，古法荡然。理极数穷，无往不复。有元一代，作者云兴。大德、延祐以还，尤为极盛。而词坛宿老，要必以集为大宗。此录所收，虽不足尽集之著作，然菁华荟萃，已见大凡。迹其陶铸群材，不减庐陵之在北宋。(虞集《道园学古录》提要)②

世祖时期，元代诗文创作相对低迷，大德、延祐以后，以杨载（1271—1323）、虞集（1272—1348）、范梈（1272—1330）的崛起为标志，元代文学开始勃兴。色目人的汉语诗歌创作与此同步，在至元（1264—1294）、大德（1297—1307）年间，以不忽木（1255—1300）、高克恭（1248—1310）为代表的色目作家数量少、作品质朴少文，模仿痕迹很重，处于起步阶段。从武宗至大时期（1308—1311）开始，到延祐时期（1314—1320），以贯云石（1286—1324）、廉惇（1276—？）为代表的色目作家开始成熟起来。有元一代诗风宗尚李贺、温庭筠，"惟七言古诗时杂李贺、温庭筠之体。盖有元一代风气如斯"③。贯云石的诗风奇崛，是早期效法李贺的代表，在早期的元代诗人中独树一帜，为元末杨维桢所仰慕。

经过几十年的发展，到延祐（1314—1320）、至治（1321—

---

① （清）纪昀：《钦定四库全书总目》，中华书局1997年版，第2210页。
② （清）纪昀：《钦定四库全书总目》，中华书局1997年版，第2228页。
③ "岑安卿《栲栳山人集》"，（清）纪昀《钦定四库全书总目》，中华书局1997年版，第2242页。

1323）年间，元代文学出现了一批有才华的作家，"范、杨、虞、揭"四家、马祖常、黄溍、袁桷、邓文原、陈旅、陈孚、贡奎、许有壬等以其雍容典雅的文风，影响了元代文坛，一时间，雅正之风占据文坛。这一时期文风雅正醇美却又朴厚，无雕琢靡丽之态。四库馆臣对这一时期的文风及诗人蒲道源的诗风作了准确的概括：

> 国家统一海宇，士俗醇美，一时鸿生硕儒所为文，皆雄深浑厚，而无靡丽之习。承平滋久，风流未坠。皇庆、延祐间，公以性理之学施于台阁之文。譬如良金美玉，不假锻炼雕琢，而光耀自不可掩。①

马祖常以"西北子弟"的身份称霸延祐文坛，格外令人瞩目。苏天爵称马祖常在元代文坛具有崇高的地位：

> 接武隋、唐，上追汉、魏，后生争效慕之，文章为之一变。与会稽袁桷、蜀郡虞集、东平王构更迭倡和，如金石相宣，而文益奇。盖大德、延祐以后，为元文之极盛，而主持风气，则祖常等数人为之巨擘云。②

逮及元末易代之际，色目作家或以死报国，或于战乱之中雅集继续审美的追求，他们以生命书写诗篇，成为元末诗坛的劲旅。元末明初，即便是汉族文人，如杨维桢、叶子奇、郑玉、宋濂、刘基等也怀念元朝、不情愿为明朝效力，蒙古、色目人更是视蒙元为本

---

① "蒲道源《闲居丛稿》提要"，（清）纪昀《钦定四库全书总目》，中华书局1997年版，第2232—2233页。
② "马祖常《石田集》提要"，（清）纪昀《钦定四库全书总目》，中华书局1997年版，第2227页。

朝，强烈维护元廷。以余阙、泰不华、王翰、金哈剌、脱脱木儿、唐兀崇喜、伯颜宗道等为代表的色目作家经历着共同的困境，在政治认同与文化认同的冲突中，甚者以身殉国，表现出忠君爱国的不屈节操。体现在诗歌中，他们忧心时局发展、关注战争民生，战火硝烟充斥在诗歌中，同时创作更加成熟，情感更为沉郁，文风也由延祐的雅正雍容转而平易通俗，更加贴近现实，并加强了叙事性。色目作家以对故国的深情、沉郁顿挫的笔触为元代诗坛画上了句号。

第二节　色目作家在元代诗坛的发展

在中国文学发展史上，素有文统与道统之分。在南朝，当宫体诗等形式主义文风盛行之时，文学反映现实的功能被弱化；在宋朝，理学家的文论充满"作文害道"的观念，忽视文学的审美功能。文学的现实性和审美性是相辅相成的，强调任何一个方面而忽视另一方面都是片面的，不符合文学发展的基本规律。元代文人对此问题持冷静而通达的观念，平衡了道统与文统，既能正视残酷现实，又不失对美的执着向往。延祐雅正文风的主要特点一是复古，二是反映现实，延祐之后，文坛延续了这一走势，以危素、张翥等为代表的儒者之诗，关注现实，强调诗歌的实用性、现实性和政教色彩。色目作家中马祖常、迺贤、萨都剌、余阙、王翰、丁鹤年、伯颜宗道、唐兀崇喜等是这一派的代表。而以杨维桢和顾瑛为代表的玉山雅集则体现了元代文学的另一个走势，代表了元代文学在审美领域的继续发展和不懈追求。元末战争的惨烈并不能阻止他们对美的向往。活跃在东南地区的色目文人昂吉、边鲁、完泽、燕不花、不花帖木儿、掌机沙等参与雅集唱和，追随了这一派的创作理念。以下就这两种走势分而述之。

一 元代现实主义文风中的色目作家

元代儒者之文始自许衡、刘因等,多数道学家和儒臣是以余力作文,主力为学,写文章不事雕琢,只要达意即可,无意求工。正如清人对安熙和王结的评论,"诗颇有格调,虽时作理语,而不涉语录。……杂文皆笃实力学之言,而伤于平沓,盖本无意于求工耳"①。"统观所作,所谓词必轨于正理,学必切于实用者也,固不与文章之士争词采之工拙矣。"② 元人对文道关系持通达态度,主张文道合一,理学家并不排斥文采,文士之文只要有理,道学之文只要有文就是传世之文,不必拘泥一格。"文士之文以词胜,而防其害理。词胜而不至害理,则其词可传。道学之文以理胜,而病其不文。理胜而不至不文,则其理亦可传。固不必以一格绳古人矣。"③ 很多元代儒者既有学问又有文采,如清人评价刘因:"其文遒健排奡,迥在许衡之上,而醇正乃不减于衡。"④ 北有许衡,南有吴澄,许衡和吴澄是元代前期的儒学宗师,他们的著述不乏文采,各有特色,"当时盖以二人为南北学者之宗。然衡之学主于笃实以化人,澄之学主于著作以立教。故世传《鲁斋遗书》,仅寥寥数卷;而澄于注解诸经以外,订正张子、邵子书,旁及《老子》《庄子》《太玄》《乐律》《八阵图》《葬经》之类,皆有撰论,而文集尚裒然盈百卷。衡之文明白质朴,达意而止;澄则词华典雅,往往斐然可

---

① "安熙《默庵集》提要",(清)纪昀《钦定四库全书总目》,中华书局1997年版,第2216页。
② "王结《王文忠集》提要",(清)纪昀《钦定四库全书总目》,中华书局1997年版,第2225页。
③ "汪克宽《环谷集》提要",(清)纪昀《钦定四库全书总目》,中华书局1997年版,第2257页。
④ "刘因《静修集》提要",(清)纪昀《钦定四库全书总目》,中华书局1997年版,第2213页。

观。据其文章论之,澄其尤彬彬乎"①。

清人很是推崇元代文采斐然的道学之士的文章,如:

> 谦有《读书丛说》,已著录。谦初从金履祥游,讲明朱子之学,不甚留意于词藻,然其诗理趣之中颇含兴象。五言古体,尤谐雅音,非《击壤集》一派惟涉理路者比。文亦醇古,无宋人语录之气,犹讲学家之兼擅文章者也。②

> 故其诗风格高迈,而比兴深微,闯然升作者之堂,讲学诸儒未有能及之者③。

> 然其杂文乃平正醇雅,无宋人语录方言皆入笔墨之习。其诗虽颇入《击壤集》派。然皆不失雅韵。殆其天姿本近于词章,故门径虽殊,而性灵时露欤。至于古文之中,往往间以藻饰……以文体论之,皆为破律,然较诸侈言载道,毫不修饰者,固有间矣。④然集中诸文,大抵皆醇正质实,不涉诡诞。如《深衣考》之类,虽未必尽合古制,而援据考证,究与空谈说经者有间。⑤

> 今考其文,气格虽不甚高,而质实简洁,往往有关名教……诗非所长,而陶冶性灵,绝去纤秾流派,亦足觇其志趣

---

① "吴澄《吴文正集》提要",(清)纪昀《钦定四库全书总目》,中华书局1997年版,第2210页。
② "许谦《白云集》提要",(清)纪昀《钦定四库全书总目》,中华书局1997年版,第2216页。
③ "刘因《静修集》提要",(清)纪昀《钦定四库全书总目》,中华书局1997年版,第2214页。
④ "胡炳文《云峰集》提要",(清)纪昀《钦定四库全书总目》,中华书局1997年版,第2217页。
⑤ "陈栎《定宇集》提要",(清)纪昀《钦定四库全书总目》,中华书局1997年版,第2223页。

之高焉。①

盖其早年本留心记览,刻意词章;弱冠以后,始研究真德秀书。故其所作,与讲学家以余力及之者,迥不同耳。②

吴当是吴澄的孙子,是元末文坛的代表作家,他不事新朝,拳拳不忘故国,吴当忠义凛然,文风遒劲,其置生死于度外,决然不食明禄的气节高于杨维桢、张宪诸人,也在其祖父吴澄之上,四库馆臣给予其高度评价:"澄于元代,致位通显,号曰大儒。然实宋咸淳乡贡士。出处之间,犹不免责备于贤者。当不受僭窃之辟,则高于张宪诸人。乃天下已定,仍不降礼于万乘,尤在杨维桢诸人上。盖死生久付之度外,其不为谢枋得者,特天幸耳。有元遗老,当其最矫矫乎。其诗风格遒健,忠义之气,凛凛如生,亦元季之翘楚。"③ 余阙、王翰、泰不华等人的文风与人品与吴当如出一辙,共同为元末文坛增添了新的色彩。

马祖常、迺贤、萨都剌、余阙、王翰、丁鹤年、伯颜宗道、唐兀崇喜等色目作家秉持文以载道的创作思想,创作了大量现实主义题材的作品。

值得注意的是,一些色目作家关注现实,创作了一系列现实主义题材的作品,其为民为君为现实而作的精神堪比白居易,如马祖常的《室妇叹》《踏水车行》《缫丝行》《拾麦女歌》《淮上初见吴牛二首》,迺贤的《颍州老翁歌》《新乡媪》《送都水大监托克托清卿使君奉命塞白茅决河》《新堤谣》《卖盐妇》,王翰的《挽柏金

---

① "萧㪺《勤斋集》提要",(清)纪昀《钦定四库全书总目》,中华书局1997年版,第2226页。
② "吴师道《礼部集》提要",(清)纪昀《钦定四库全书总目》,中华书局1997年版,第2234页。
③ "吴当《学言诗稿》提要",(清)纪昀《钦定四库全书总目》,中华书局1997年版,第2248页。

院》等。

马祖常的《踏水车行》反映了耕者的痛苦生活,"老父踏车足生茧,日中无饭倚车哭"。《缫丝行》描述官府勒索"马鞭丝",织者反而无衣的现实,"秋寒无衣霜冽肤,鸣机织素将何须"。《拾麦女歌》对比了下层劳动妇女与富贵女子的不同生活,突出了社会的不公和民生的艰难。"寡妇持筐衣蓝缕,终朝拾麦满筐筥。儿啼妇悲灶灶无火,寒浆麦饭晡时取……绣丝系襦莲曳步,银刀脍鱼佐酒杯,狎坐酣歌愁日暮。"《古乐府》讲述了征夫比贫女更痛苦的人生遭际,"蒺藜秋沙田鼠肥,贫家女妇寒无衣。女妇无衣何足道,征夫戍边更枯槁。朔雪埋山铁甲涩,头发离离短如草"。

至正四年(1344),黄河南北地区大旱,第二年又有瘟疫,百姓半数死亡。迺贤《颍州老翁歌》记录了这一事件,反映了"朱门酒肉臭,路有冻死骨"的尖锐的社会问题。

  颍州老翁病且羸,萧萧短发秋霜垂。手扶枯筇行复却,操瓢丐食河之湄。我哀其贫为顾问,欲语哽咽吞声悲。自言城东昔大户,腴田十顷桑阴围。阖门老稚三百指,衣食尽足常熙熙。河南年来数亢旱,赤地千里黄尘飞。麦禾槁死粟不熟,长镵挂壁犁生衣。黄堂太守足宴寝,鞭扑百姓穷膏脂。聒天丝竹夜酣饮,阳阳不问民啼饥。市中斗粟价十千,饥人煮蕨供晨炊。木皮剥尽草根死,妻子相对愁双眉。鹄形累累口生焰,脔割饿莩无完肌。奸民乘隙作大盗,腰弓跨马纷驱驰。啸呼深林聚凶恶,狎弄剑槊摇旌旗。去年三月入州治,踞坐堂上如熊罴。长官邀迎吏再拜,馈进牛酒罗阶墀。城中豪家尽剽掠,况在村落人烟稀。裂囊剖筐取金帛,煮杀鸡狗施鞭笞。今年灾虐及陈颍,疫毒四起民流离。连村比屋相枕藉,纵有药石难扶持。一家十口不三日,藁束席卷埋荒陂。死生谁复顾骨肉,性命喘息县毫厘。大孙十岁卖五千，小孙三岁投清漪。至今平政桥下水，髑髅白骨如山崖。绣衣使者肃风纪，下车访察民疮痍。绿章陈辞达九陛，撤乐减膳心忧危。朝堂杂议会元老，恤荒讨贼劳深机。山东建节开大府，便宜斩础扬天威。亲军四出贼奔溃，渠魁枭首乾坤夷。拜官纳粟循旧典，义士踊跃皆欢怡。淮南私廪久红腐，转输岂惜千金资。遣官巡行勤抚慰，赈粟给币苏民疲。获存衰朽见今日，病骨尚尔难撑持。乡非圣人念赤子，填委沟壑应无疑。老翁仰天泪如雨，我亦感激愁歔欷。安得四海康且阜，五风十雨斯应期。长官廉平县令好，生民击壤歌清时。愿言观风采诗者，慎勿废我颍州老翁哀苦辞。

这首诗后有危素作跋称其激昂大气的格调近于韩愈，而揭露时弊、关怀民瘼的强烈现实主义精神则堪比元结，"易之此诗，格调则宗韩吏部，情性则同元道州"。

大灾发生的至正四年（1344），余阙恰以御史身份在河南，亲历整个事件，目睹民生艰难，至正八年（1348）读到迺贤此诗，追忆往事，仍感悲伤。为此诗作跋如下：

> 至正四年，河南北大饥。明年又疫，民之死者过半。朝廷尝议粥爵以赈之，江淮富人应命者甚众，凡得钞十余万锭，粟称足。会夏小稔，赈事遂已。然民罹大困，田菜尽荒，蒿蓬没人，狐兔之迹满道。时余为御史行河河南，请以富人所入钱粟贷民，具牛种以耕，丰年则收其本。不报，览易之之诗，追忆往事，为之恻然。八年三月翰林待制武威余阙志。

黄河经常溃堤发生水患给两岸百姓带来灾难，成为元代社会问题，至正十一年（1351），征调二十万劳工筑堤修坝，并建河伯祠，欧阳玄曾为此作《河宁碑》。天寒地冻，劳工冻坏了手脚，营建祠宫，官府还要索要钱财，南村百姓不得不卖儿卖女。筑堤之害，甚于水患。廼贤的《新堤谣》揭露了黑暗的社会现实。

近岁河决白茅，东北泛滥千余里。始建行都水监于郓城，以专治之。少监蒲从善筑堤建祠，病民可念。予闻而哀之，乃为作歌。黄河决道时，有清水先流至，名曰渐水。曹濮之人见此水，皆迁居高丘预避。

老人家住黄河边，黄茅缚屋三四椽。有牛一具田一顷，艺桑种谷终残年。年来河流失故道，垫溺村墟决城堡。人家坟墓无处寻，千里放船行树杪。朝廷忧民恐为鱼，诏蠲徭役除田租。大臣杂议拜都水，设官开府临青徐。分监来时当十月，河冰塞川天雨雪。调夫十万筑新堤，手足血流肌肉裂。监官号令如雷风，天寒日短难为功。南村家家卖儿女，要与河伯营祠宫。陌上逢人相向哭，渐水漫漫及曹濮。流离冻饿何足论，只恐新堤要重筑。昨朝移家上高丘，水来不到丘上头。但愿皇天念赤子，河清海晏三千秋。

廼贤《新乡媪》描述了乡村老妇艰难劳作，卖孙子还债的贫困生活，并与皇宫里的高丽女子的奢华生活作对比，反映了下层百姓的悲惨生活。"囊中无钱瓮无粟，眼前只有扶床孙。明朝领孙入城卖，可怜索价旁人怪……恨身不作三韩女，车载金珠争夺取。银铛烧酒玉杯饮，丝竹高堂夜歌舞。"

王翰的《挽柏金院》反映了元末战争时期，两军激战的场景，"楼船一旦下江水，杀气兵氛压城垒。大臣凤驾思弃城，战士魂销将心死。臣虽力困肝胆存，臣当杀身思报恩。誓将一木支颓厦，肯竖降帜登辕门"。

元代诗人注重诗歌的实用价值，不仅用诗歌来吟咏性情，关注现实，还以诗歌为工具描述日常生活。实用主义的理念不仅在学术界产生影响，而且对诗歌创作也产生影响。以《述善集》为代表的元代文坛实用主义的倾向，受到多方面因素的影响，蒙古统治者的影响是其中之一，蒙古统治者的理念对学界产生了一定影响。

汉族文人在政治上需要依附于强权的蒙古、色目人，加之蒙古统治集团对汉文化的精深很难迅速领悟、欣然接受，早期的蒙古统治集团更喜爱西域文化。汉族文人在文化上不得不妥协，不可能回到以传统经术为主的治学老路上去。

蒙古民族在征服各地的过程中，不断学习汲取容纳先进民族的文化，蒙古文化有了跨越式提升，但是蒙古草原原始的宗教信仰和实用主义思维却根深蒂固，难以改变，这是蒙元时期占卜、星象、术数和实用技术得以流行的重要原因。蒙古统治者从精神到物质都从实用主义出发，精神上空谈无益，物质上奢华无益，宪宗认为回鹘贡品奢华不实用，故拒收。"回鹘献水精盆、珍珠伞等物，可直银三万余锭。帝曰：'方今百姓疲弊，所急者钱尔，朕独有此何为？'却之。"[1] 蒙元时期朴野之风自上而下，生活上简朴，财务上反对铺张，"帝刚明雄毅，沉断而寡言，不乐燕饮，不好侈靡，虽后妃不许之过制"[2]。

在蒙元统治集团实用主义思维的影响下，身处那个时代的学者多以实用为目的。学者们孜孜以求的是"纯德实学"[3]的为人为学的境界，经世致用成为一种普遍的学风，只要有补于世的学问，就是学者们研究的对象。这也成为治学多元特点的原因之一。

---

[1] （明）宋濂等：《元史·宪宗本纪》，中华书局1976年版，第50页。
[2] （明）宋濂等：《元史·宪宗本纪》，中华书局1976年版，第54页。
[3] （元）齐履谦：《太史郭公行状》，载（元）苏天爵编《元文类》卷50，商务印书馆1968年版，第721页。

郝经曾言："读书为学，本以致用也。今王好贤思治如此，吾学其有用矣。"①许衡主张学术要为现实服务，"用"是学术的终极目标，"夫人之学，贵于师古，师古者或滞于形迹，而不适于用也；贵于随时，而随时者或狗之苟简，而不中于理也。二者其可谓善学乎？惟师古适用，随时中理，然后可与论学"②。

二 色目作家与东南文人雅集

元末昆山富豪顾瑛（1310—1369）推崇文艺，热衷结交士人，官员、平民、僧人道士等不同阶层、不同地域、不同民族的文士冲破战事阻隔，汇集一处，流连山水，弹琴作画，诗酒唱和，从至正八年（1348）开始，前后持续十七年，很多东南名士都参与了顾瑛的玉山雅集，文词之富，宾客之佳，池馆之盛，使之成为元末东南地区令人瞩目的文艺沙龙。

玉山是指昆山、天平山、灵岩山、虎丘、西湖、吴江、锡山、上方山、观音山等地的总称。来往落脚聚会的地方称"玉山堂"，人员主要有：袁华、会稽杨维桢、遂昌郑元祐、吴兴郯韶、沈明远、南康于立、天台陈基、淮南张渥、嘉兴瞿智、吴中周砥、释良琦、昆山陆仁，又有顾佐、冯郁、王濡之等人。总集《玉山名胜集》《玉山名胜外集》《草堂雅集》《玉山纪游》，别集《玉山璞稿》记载了这一盛况。顾瑛编《草堂雅集》收录了自陈基至释自恢共70人的唱和之作，又为诗人小传，简录其平生之作。"山水清音，琴樽佳兴，一时文采风流，千载下尚如将见之也。"（《玉山纪游》提要）③"池馆声伎，图画器玩，甲於江左。风流文采，倾动

---

① （元）苟宗道：《故翰林侍读学士国信使郝公行状》，清雍正十二年《山西通志》卷189。

② （元）许衡：《留别谭彦清序》，《鲁斋遗书》卷8，现收于李修生主编《全元文》第2册，凤凰出版社2005年版，第507页。

③ （清）纪昀：《钦定四库全书总目》，中华书局1997年版，第2636页。

一时。"(《玉山璞稿》提要)① "其所居池馆之盛，甲于东南，一时胜流，多从之游宴"，"虽遭逢衰世，有托而逃，而文采风流，照映一世，数百年后，犹想见之。录存其书，亦千载艺林之佳话也"。②这其中，萨都剌、泰不华、马九霄（马九皋之弟）、昂吉、斡玉伦徒、孟昉等色目文人都直接或间接地参与了玉山雅集。③泰不华、马九霄为玉山草堂馆阁等多处题匾撰联。顾瑛在燕麦田中得到苏轼题识之奇石，立于中庭，砌石为坛，后至元五年（1339）三月，泰不华来这里写古篆"拜石"二字，又题写"寒翠"二字，④这成为草堂雅集的最早记载。泰不华题名撰匾之处还有：渔庄、金粟影、雪巢等处。马九霄擅长书画，长于篆书，《书史会要》有载，曾为"玉山佳处""柳堂春"撰写匾额对联。至正九年（1349）草堂雅集九次，昂吉至少参加了七月、八月、十二月三次雅集，至正十年（1350）雅集二十八次，昂吉至少参加了七月十三日的雅集，至正十一年（1351）雅集十一次，昂吉至少参加一次。⑤昂吉在草堂雅集中唱和之多首诗文收录在《玉山名胜集》，其中一首为《玉山草堂分韵诗》。⑥

　　西夏昂吉起文七月既望日，玉山主人与客晚酌于草堂中。肴果既陈，壶酒将泻。时暑渐退，月色出林树间，主人乃以高秋爽气相鲜新分韵。昂吉得高字，诗不成者三人，各罚酒二

---

① （清）纪昀：《钦定四库全书总目》，中华书局1997年版，第2255页。
② "《玉山名胜集》提要"，（清）纪昀：《钦定四库全书总目》，中华书局1997年版，第2635—2636页。
③ 萧启庆：《九州四海风雅同——元代多族士人圈的形成与发展》，台北联经出版事业有限公司2012年版，第231—233页。
④ （元）顾瑛：《拜石坛记并东坡纪石手帖考》，载《玉山名胜集》，中华书局2008年版，第356—357页。
⑤ 牛贵琥：《玉山雅集与文士独立品格之形成》，人民出版社2014年版，第23—29页。
⑥ （元）顾瑛辑：《玉山名胜集》卷1，文渊阁《四库全书》本。

觚。诗成者，并书于后。

　　窗外白云翻素涛，座间翠袖妒红桃。风生杨柳暑光薄，月上芙蓉秋气高。喜近山僧吟树底，更随仙子步林皋。主人才思如元白，日日题诗染彩毫。

　　萨都剌至正三年（1343）出任江浙行省郎中，在酒宴上与顾瑛唱和，写下《席上次顾玉山韵》："画墙斑鸠啼绿树，白日紫燕穿朱帘。画长深院弄瑶瑟，吴姬十指行春织。"收于《玉山名胜集·玉山遗什》。顾瑛有《斡克庄题寿安寺诗》和《长歌寄孟天旸都事》可知其于斡玉伦徒、孟昉之间有唱和。

　　杨维桢在元末有着广泛的影响，引领着元末文学发展的趋势。杨维桢有众多追随者，元末一些有才华的作家如：郭翼、张宪、宋禧等都出自杨维桢门下。"翼从杨维桢游，诗颇近其流派。其间如《望夫石》《精卫词》诸篇，皆用铁崖乐府体，尤为酷似。要其笔力挺劲，绝无懦响，在元季诗人中可谓矫然特出者矣。"[①] "宪学诗於杨维桢，维桢许其独能古乐府。今集中乐府《琴操》凡五卷，皆颇得维桢之体。"[②] "禧学问源出杨维桢。维桢才力横轶，所作诗歌，以奇谲兀？凌跞一世，效之者号为'铁体'。而禧诗乃清和婉转，独以自然为宗，颇出入香山、剑南之间。文亦详赡明达，而不诡於理。可谓善学柳下惠，莫如鲁男子矣。"[③] 杨维桢在元末文坛有着崇高的地位：

[①] "郭翼《林外野言》提要"，（清）纪昀《钦定四库全书总目》，中华书局1997年版，第2247页。

[②] "张宪《玉笥集》提要"，（清）纪昀《钦定四库全书总目》，中华书局1997年版，第2249页。

[③] "宋禧《庸庵集》提要"，（清）纪昀《钦定四库全书总目》，中华书局1997年版，第2260页。

元之季年，多效温庭筠体，柔媚旖旎，全类小词。维桢以横绝一世之才，乘其弊而力矫之，根柢于青莲、昌谷，纵横排奡，自辟町畦。其高者或突过古人，其下者亦多堕入魔趣。故文采照映一时，而弹射者亦复四起。①

色目作家也受到了杨维桢的影响。杨维桢编集的《西湖竹枝集》是元季东南文坛的又一盛事。众多作者以一个题目吟咏，称为"同题集咏"，题咏杭州风物，一时间蔚为风气。《西湖竹枝词》收录的作者来自各个阶层，宫廷文人、布衣僧道、女子等118家，活跃在东南地区的包括蒙古、色目人在内的诗人广泛参与。其中色目文人有九个：马祖常、萨都剌、甘立、边鲁、掌机沙、不花帖木儿、完泽、燕不花、别里沙。

湖上美人弹玉筝，小莺飞度绿窗棂。沈郎虽病多情在，倦倚屏山不厌听。

先生胜隐得孤山，小艇沿湖日往迁。自爱烟霞居物外，岂知名姓落人闲。

鹤无过迹苔痕老，梅自开花月影闲。表墓有铭词有奠，高风千载起廉顽。

（萨都剌《竹枝词》）

凤篁岭下月色凉，无数竹枝官道旁。东家为爱青青节，截作参差吹凤皇。

（别里沙《西湖竹枝词》）

南北峰头春色多，湖山堂下来棹歌。美人荡桨过湖去，小

---

① "杨维桢《铁崖古乐府》提要"，（清）纪昀《钦定四库全书总目》，中华书局1997年版，第2259页。

雨细生寒绿波。

（掌机沙《西湖竹枝词》）

河西儿女戴罟罛，当时生长在西湖。手抱琵琶作胡语，记得吴中吴大姑。

（甘立《西湖竹枝词》）

花满苏堤酒满壶，画船日日醉西湖。阿侬最苦两离别，不唱黄莺唱鹧鸪。

（完泽《和西湖竹枝词》）

堤边三月柳阴阴，湖上春光似海深。游人来往多如蚁，半是南音半北音。

（完泽《和西湖竹枝词》）

东南地区的色目文人积极参与了杨维桢发起的西湖竹枝词的唱和，歌咏西湖山水，描述杭州风物，与汉族文人相比，文化修养与创作水平毫不逊色，展示了与汉族文人之间的密切交往和深厚友谊。在多族士人圈中，色目作家广泛参与了与汉族文人的唱和，共同切磋交流，这方面的例子有很多，例如：诗人戴良曾师从柳贯、黄溍等多位老师，其中就有色目作家余阙，"尝学文于柳贯、黄溍、吴莱，学诗于余阙"[①]。而很多色目学生拜汉族文人为师，与汉族学生同学，从许衡、赵孟頫到杨维桢都悉心教导色目学生，培养出一批色目学者。贯云石师从姚燧，马昂夫受业于刘辰翁，马祖常师从四川著名学者张𡙇。何伯翰，来自西夏，祖父仕宦于江浙，家居杭州，拜杨维桢为师，研修儒家经典，至正十九年（1359）乡试中选，成为著名学者。杨维桢的另一名色目学生"宝宝"也同时

---

① "戴良《九灵山房集》提要"，（清）纪昀《钦定四库全书总目》，中华书局1997年版，第2253页。

中选。

再如僧释文人释大䜣撰的《蒲室集》中有与赵孟頫、柯九思、马臻、高彦敬、李孝光、张翥、虞集等多位文人的往来赠答之作，其中就有萨都刺。而周权《此山集》中有周权写给虞集、赵孟頫、揭傒斯、陈旅等文章大家的诗，其中就有与马祖常的酬唱之作："绝怜白发南州士，山斗弥高与独仰韩。"（《赠马祖常诗》）

仅有著名的人物事件是不能呈现出一个时代全貌的，底层的、零散的草根作家才是整个时代更生动更全面的写照，这些人受到重要人物事件的影响，并陪衬了主流作家。在元末，那些被埋没的隐逸作家，需要被关注。赖良编《大雅集》辑录元末吴越隐士之诗两千多首，无诗集行世的诗人赖此集得以保存。《元音遗响》又名《崆峒樵音》，收胡布、张达、刘绍三人的诗，"三人皆元之遗民，虽声华消歇，名氏翳如，而遗集犹存"[1]。《荆南倡和集》收入元末丧乱之际小人物周砥、马治诗，四库馆臣称其"感时伤事，尤情致缠绵"[2]。新近发现的《述善集》是色目作家唐兀崇喜编纂的诗文集，收集了元末濮阳地区下层作家的作品，可与上述四库所收文集相比肩。

四库馆臣运用知人论世的方法评论了六位色目作家的文风及人品，为我们多角度了解元代色目文人提供了途径。作家身世经历和所处时代影响了其文风的形成，比如不追求仕宦名利就会影响一个人的心态，进而形成一种淡泊而气格高昂的文风，没有猥琐之态。如清人评论丁鹤年"遭乱不求仕宦，笃尚志操"[3]；评迺贤"而仕进非所汲汲，惟以游览唱酬为事。故气格轩翥，无世俗猥琐之

---

[1] （清）纪昀：《钦定四库全书总目》，中华书局1997年版，第2637页。
[2] （清）纪昀：《钦定四库全书总目》，中华书局1997年版，第2638页。
[3] （清）纪昀：《钦定四库全书总目》，中华书局1997年版，第2250页。

态"①。兹录四库馆臣对六位色目作家的评论如下：

丁鹤年，色目人。本世家子。遭乱不求仕宦，笃尚志操，兼以孝闻……鹤年既绝意于功名，惟覃思吟咏，故所得颇深。尤长于五七言近体，往往沉郁顿挫，逼近古人，无元季纤靡之习。至顺帝北狩以后，兴亡之感，一托于诗。悱恻缠绵，眷眷然不忘故国。瞿宗吉《归田诗话》所称"行踪不异枭东徙，心事惟随雁北飞"句，及《逃禅室与苏生话旧》一篇，可以知其素志。

元马祖常，世为雍古部人。居靖州之天山。高祖锡里济苏金末为凤翔兵马判官。子孙用以官为氏之例，遂称马氏。曾祖雅哈从元世祖南征，因家于汴，后徙光州……其文精赡鸿丽，一洗柔曼卑冗之习。其诗才力富健，如《都门壮游》诸作，长篇巨制，回薄奔腾，具有不受羁靮之气。至元间苏天爵撰《文类》，录其诗二十首、文二十首，视他家所收为夥。又请于朝，刊行其集，而自为之序。称其接武隋、唐，上追汉、魏，后生争效慕之，文章为之一变。与会稽袁桷、蜀郡虞集、东平王构更迭倡和，如金石相宣，而文益奇。盖大德、延祐以后，为元文之极盛，而主持风气，则祖常等数人为之巨擘云。

萨都剌，虞集作《傅若金诗序》，称进士萨天锡最长于情，流丽清婉。今读其集，信然。

余阙撰。阙字廷心，一字天心，色目人。世居武威。以父官合肥，遂家焉。元统元年进士。累官淮南行省左丞，分守安庆。陈友谅陷城，自到死。阙以文学致身，于五经皆有传注。篆隶亦精致可传。而力障东南，与许远、张巡后先争烈。故集

① （清）纪昀：《钦定四库全书总目》，中华书局1997年版，第2241页。

中所著，皆有关当世安危……其诗以汉魏为宗，优柔沈涵，于元人中别为一格……然则文章虽阙之余事，而心声所发，识度自殊，亦有足觇其生平者矣。

廼贤，廼贤有《河朔访古记》，已著录。是集为危素所编。前有欧阳玄、李好文、贡师泰三《序》，作于至正壬辰……廼贤天才宏秀，去元好问为近。虽晚年内登翰林，外参戎幕，而仕进非所汲汲，惟以游览唱酬为事。故气格轩鼚，无世俗猥琐之态。其名少亚萨都剌。核其所作，视萨都剌无不及也。

王翰，翰字用文，其先西夏人。元初从下江淮，授领兵千户，镇庐州，因家焉。翰少袭爵，有能名，累迁江西、福建行省郎中。陈友定留居幕府，表授潮州路总管，兼督循、梅、惠三州。友定败，浮海抵交趾，不果。屏居永福之观猎山，著黄冠服者十一年。洪武间辟书再至，翰以幼子囗托其故人吴海，遂自引决。翰本将家子，志匡时难，不幸遭宗邦颠沛，其慷慨激烈之气，往往托之声诗。故虽篇什无多，而沈郁顿挫，凛然足见其志节……盖翰于死生之际，明决如此，亦可见其志之素定也。

综观元代文坛，在文学发展的不同走势中，无论是道统一脉的儒者之诗还是文统一脉对审美的追求，色目作家都广泛参与，无论是声名显赫的文坛巨子还是默默无闻的底层草根作家，都有色目作家的身影，色目作家与主流文坛息息相关。

色目作家的作品更体现出元诗浅易直白的特点，如金哈剌等人就绝无雕琢奇崛之求。"山中无酷暑，七月似深秋。枕席晨光润，松篁露气浮。望云观鹤过，俯槛看鱼游。自觉添才思，题诗更上楼。"（金哈剌《西乡杂题六首寄郑永思员外》）

色目文人的诗歌创作与中原汉族文人的创作情况暗合。色目作家的浅易与由宋到元中国诗歌发展的某些特点相齿合。在汉文学的发展史上，早在南宋时代，南方严羽，北方王若虚，就力矫江西诗派的艰涩、用事的弊端，主张以汉魏盛唐之诗为法，走自然感发的路子，诗歌开始走向浅易。而恰在这个时候，大批色目人东迁，东迁之色目人作诗缺少文学的积淀，从模仿开始，浅近也就成为主要的特点，加之元代文坛实用主义的倾向，二者合流，使得浅易、自然、实用成为元代诗歌的走势。与汉族文学大家相比，早期色目文人散文和诗歌都水平较低，值得注意的是，不忽木、巎巎等人迁居汉地已是第三、第四代了，而且接受了汉族著名学者如许衡、赵孟頫等的教导，巎巎还曾任职奎章阁与多位造诣较高文人交流切磋，尽管如此，其汉语诗歌创作水平依然稍逊一筹。如：巎巎《送高中丞南台》："鹦鹉洲边明月，凤凰台下清风。人物江山两绝，才高不为时容。"简单粗疏并且有明显的模拟痕迹。所以并不是如我们主观想象的，迁居汉地，与汉人杂居后第二、第三代就完全汉化了。汉化是一个漫长而艰难的过程，受到家庭、社会、政治、宗教等多方面因素的影响。

　　诗歌承载着人类最深刻的思维、最幽微的情感，因而诗歌语言就应该是最美的、最考究的，需要长时间的积淀、深厚的学养来砥砺琢磨，需要真诚专注的赤子之心来滋养，需要优渥的社会时代来培植，唯此始见奇才精品。显然，这样的条件没有出现在元代。百年元代诗歌，无论是色目作家还是汉族文人的创作，都像是蹒跚学步的小儿，他没有足够的时间长成一个健壮的青年，戛然而止于蹒跚起步阶段，因此，无法与发展数百年的、富于独特个性的唐宋诗歌相抗衡。

第十一章

色目作家的理学思想

元代学术的发展，尤其中后期理学的兴起，对色目作家产生重大影响，色目作家在思想上被理学同化，在行动上躬身实践甚而以生命践履理学，在创作上践行儒家重政教实用的文学观。那么，元代学术的发展情况如何？其中，元代理学是如何发展起来的，对研究元代理学发展是如何影响到元代色目作家的，至关重要。本章主要探讨元代学术及理学的发展情况以及对色目作家产生的影响。

第一节 元代学术的发展

元代前期，尤其在南北统一之前，北方学者肩负文化救亡的使命，冀以接续行将断裂的文化脉络。学者们治学不以一门一派为守，各种学说，靡不研究，格局广大、内容驳杂，成为学者们治学活动的主要特点。以世界性和深刻的包容性为特征的元初文化生态是这一特点形成的重要原因。在这一特殊的历史时期，中亚、吐蕃、大理、畏兀儿、辽、西夏、金、宋等不同地域、不同民族、不同宗教的文化交织碰撞，蒙古人、色目人、汉人的精英学者汇集一堂，呈千帆竞发之势，形成了多族文化圈，这为治学驳杂特点的形成奠定了基础。蒙古统治者的实用主义思维也影响了元代多元治学思想的形成。元代后期，理学之风兴起，元人治学的多元性受到削弱，学术旨趣走向单一，学风发生明显变化。

根据治学特点的不同，元代学术的发展可分为前后两个时期，共三个阶段。大致以延祐时期（1314—1320）为界限，前期治学特点是驳杂多元，后期学风递嬗，治学活动趋向单一。

元前期包含两个阶段，第一个阶段是萌芽期，即大蒙古国时期前四汗时代（1206—1259），以西域法治国，西域文化占主导，多元文化特点开始形成，学者的治学活动开始萌芽。第二个阶段是成长期，从世祖时期到成宗、武宗时代（1260—1311），蒙古政权开始以汉法治国，汉文化开始向蒙元统治集团渗透，西域文化和中原汉文化并存，多元文化进一步融合，学者治学、文人创作都有较大的自由空间，元曲等俗文学的成长壮大就发生在这一阶段。这一阶段的治学活动呈现出驳杂多元的特点。尤其是1279年南北统一以后，南北文化交流加强，理学得到更广泛的传播，但尚未成为官学，对学者治学活动并没有产生大的影响。延祐以后，学风嬗变，元人治学进入第三个阶段发展期。理学思想进一步加强，学风也悄然改变，开始从驳杂走向单一。

一　前期学术活动的特点

元前期北方学界呈现出多元混融、兼容并蓄的治学特点，对元朝立国和有元一代的学术思想产生了深远影响。

蒙元时期，北方游牧民族入主中原，中华传统文化的传承与发展面临前所未有的危机。在这一关头，中国北方地区的许多学者肩负起文化救亡的使命，他们试图接续行将断裂的文化脉络，挽救危机中的文化传统，并借此来影响蒙元高层的文化决策，由是涌现出一大批学有大成而兼济天下的人物。他们兴趣广泛，治学内容驳杂，涉及历史上人文与自然科技的各种学说，儒释道、阴阳术数、奇门遁甲，算术、天象星历、医药、占卜风水等，包罗万象，他们不以一门一派为守，并不特别推崇某一种学说来压制其他学说，北方之学郁起。① 正如《宋元学案》所载："有元之学者，鲁斋、静修、草庐三人耳。草庐后至，鲁斋、静修，盖元之所藉以立国者也。"② 鲁斋许衡、静修刘因等北方学者对于蒙元之际的学术重建、文化救亡贡献之巨，由此可见一斑。北方学者主要来自元代中书省所辖腹里地区③，封龙山、紫金山、苏门山三山学者④是北方学者的主要力量。虽然学者们学术旨趣不尽相同，各有侧重，但他们治学内容之驳杂，兴趣之广泛，学术格局之大，兼容宇宙所有学问的学术精神是一致的。这在当时形成一种学术风尚。这种别具特色的现象背后，有着深刻的时代文化背景。蒙元文化是世界性政权之下的世界性文化，汇集了来自中亚、吐蕃、畏兀儿、蒙古、西夏、辽、金和宋等不同地域、不同民族、不同宗教的文化，形成了一个多族文化圈，多元混融和深刻的包容性是其主要特征，这是北方学者多元学术旨趣形成的重要原因。

这种多元的学术旨趣，在蒙元时期的北方，成为一时之尚。流

---

① 《宋元学案》卷90"鲁斋学案"载："自石晋燕、云十六州之割，北方之为异域也久矣，虽有宋诸儒迭出，声教不通。自赵江汉以南冠之囚，吾道入北，而姚枢、窦默、许衡、刘因之徒，得闻程、朱之学以广其传，由是北方之学郁起，如吴澄之经学，姚燧之文学，指不胜屈，皆彬彬郁郁矣。"

② 《宋元学案》卷91"静修学案"。

③ 据《元史·地理志》载："中书省统山东西、河北之地，谓之腹里，为路二十九，州八，属府三，属州九十一，属县三百四十六。"元代中书省所辖范围包括今河北省、山西省、山东省全境，河南省大部，内蒙古、辽宁南部。

④ 封龙山位于今河北省元氏县西北，是太行山东部的文化名山，李冶、元好问、张德辉在此讲学，号称"封龙三老"。紫金山位于太行山东麓邢台县境内，西距邢台市66公里，海拔1300米，峰峦叠翠，刘秉忠、张文谦、张易、王恂、郭守敬等同学于紫金山，号称"紫金五杰"。据《邢台县志》载："紫金山，在庄儿角东南三里，五峰高峙，巅有古庙。元刘秉忠、张文谦、张易、王恂读书处。"苏门山海拔184米，位于河南省辉县市，邵雍、周敦颐、程颢、程颐都曾到过这里，是理学名山。元代许衡、姚枢、窦默等人以传播理学为己任，在此隐居、讲学，《宋元学案》称："河北之学，传自江汉先生，曰姚枢，曰窦默，曰郝经，而鲁斋其大宗也，元时实赖之。"苏门山学者长于理学，紫金山学者长于科技，封龙山学者长于文史。

风所及，西域学者亦浸染此风，如阔里吉思，"尤笃于儒术，筑万卷堂于私第，日与诸儒讨论经史，性理、阴阳、术数，靡不该贯"①。又如畏兀人阿鲁浑萨理，"受业于国师八哈思巴，既通其学，且解诸国语。世祖闻其材，俾习中国之学，于是经、史、百家及阴阳、历数、图纬、方技之说皆通习之"②。

二 延祐后学术风尚之嬗变

由以上分析我们看到，元代前期治学活动内容驳杂、格局广大，那么这种学风在元代后期发生了怎样的改变呢？

延祐以后，学者治学的多元性受到削弱，开始走向单一，学风发生明显的变化。南北统一之后，理学在北方的影响逐渐扩大，尤其在延祐以后理学成为官学，理学之风兴起，这是学风递嬗的重要原因。延祐年间重启科举考试，考试内容以四书五经为主，以朱熹等理学家的思想为标准，由此确立了道学的官学地位。学者治学又回到传统的范围，即道统经术和政教色彩的文艺等。元代后期，郑玉、赵汸、赵偕、危素、李存、张翥、黄溍、吴莱、虞集、揭傒斯、张率等人，以光大理学为己任，精心研习，不断深化理学思想，在一定程度上匡正南宋程朱理学的弊端，"元代中、后期的理学家不再像南宋末期和元代初期的理学家那样一味排斥陆学，而是较为自觉地兼取陆学之长，从而促进了理学中的心学因素的增长。另外，元代陆学在江西、浙江某些地区亦呈'中兴'之势。这样，元代理学便预示了明代理学的一个可能的发展方向，即朝着心学的方向发展"③。检阅元代后期学者们的文集，充满道学气，思想与题材都较为单一，内容上没有了前期学者的自由兼容与驳杂多元，道

---

① （明）宋濂等：《元史·阿剌兀思剔吉忽里传》，中华书局1976年版，第2925页。
② （明）宋濂等：《元史·阿鲁浑萨理传》，中华书局1976年版，第3175页。
③ 徐远和：《理学与元代社会》，人民出版社1992年版，第252页。

学思想占据主导，比如：李璀父亲谋反，李璀力劝，知其父亲之志不可改，便告诉德宗皇帝，父事败后，李璀自杀。郑玉在《李璀论》一文中盛赞李璀自杀是尽了为臣为子的本分，忠孝两全，"凡人处君亲之间，当大变之间，既不能两全其道，则当各尽其道而已……既不背其君，又不遗其亲，斯为忠孝两全矣。君为臣纲，父为子纲，岂不各尽其道哉！"①类似这样道学气的文章在后期学者的文集中比比皆是，可见学者们的治学活动趋向单一。

那么，理学之风盛行是如何改变学者们的学术旨趣，进而改变治学风气的呢？我们不妨从理学自身的狭隘性谈起。

从先秦儒学到两汉经学再到宋明理学，理论不断精深严密，君权不断加强，思想禁锢越来越严重，知识阶层治学自由度就越来越小。理学在本质上具有排他性，本能地排斥外来文化，这势必会削弱文化的多元性，进而影响到学者的治学活动。我们不妨以李存为例，李存（1281—1354），字明远，安仁（今江西鹰潭）人。著有《俟庵集》，学者称为俟庵先生，是元后期著名学者。早年治学驳杂，"慨然于天文，地理、医药、卜筮、道家、法家、浮屠、诸名家之书，皆致心焉"②。后来遇到元代著名陆学传人陈苑③，便开始学习陆学，认为只有陆学才是天下最大最正宗的学问，"敬惟陆子本心之学，光绍于千有五百余年之后，非天地无以喻其大，非日月无以喻其明，非鬼神无以喻其变，而存何足以赞述之"④。从此，李存一改过去驳杂兼容的治学风格，不再涉猎其他学问，自称"舍其

---

① （元）郑玉：《李璀论》，《师山先生文集》卷2，现收于李修生主编《全元文》，第46册，凤凰出版社2004年版，第345—346页。

② （元）李存：《上陈先生书》，《番阳仲公李先生文集》卷28，现收于李修生主编《全元文》，第33册，凤凰出版社2004年版，第245页。

③ 陈苑（1256—1330），字立大，江西贵溪人，喜爱陆九渊心学，一生讲学，在朱学成为官学、陆学衰落的情况下，以光大陆学为己任。

④ （元）李存：《上陈先生书》，《番阳仲公李先生文集》卷28，现收于李修生主编《全元文》第33册，凤凰出版社2004年版，第246页。

邪而适于正"①，并将之前所写的关于其他学问的书一律焚毁，李存对理学的虔诚之心可见一斑。李存的举动从一个侧面说明了理学的狭隘性和排他性。元代学风从前期的驳杂兼容演变到后期的单一狭隘，理学之风盛行是一个重要原因。那么，学风嬗变对有元一代的学术发展产生了怎样的影响呢？

随着学风的嬗变，文人知识结构从庞杂多元变为单一，势必会影响多领域的学术发展，这种变化渗透到有元一代人文领域的各个方面。以文学为例，纵观有元一代的文学创作，俗文学得到了长足的发展，无拘无束、通俗感性是俗文学的本质特性，俗文学的生长发展需要宽松自由的社会环境。元代俗文学的发展壮大发生在前期，重要的原因是元初有着自由兼容的学术风气，俗文学所追求的自由浪漫的风格是对正统义理的疏离，而正统义理之学在前期是支流而非主流。元杂剧在大德年间（1297—1307）最为兴盛，延祐（1314—1320）以后，元杂剧走向衰落，这固然是因为杂剧南移，失去了北方音乐的基础，更是因为程朱理学地位的加强，义理之学占据主流使元杂剧失去了赖以生存的社会环境。与理学之风相生相伴的是文坛上的雅正之风。延祐时期，雅正之风占据文坛，"我元延祐以来，弥文日盛，京师诸名公咸宗魏、晋、唐，一去金、宋季之弊，而趋于雅正"②。杂剧归于雅正便失去通俗性，而失去通俗性必然失去生命力。

雅正文风最直接的体现是在诗文创作领域，延祐、至治年间，出现了一批有才华作家，如"虞、杨、范、揭"四家、马祖常、黄溍、袁桷、邓文原、陈旅、陈孚、贡奎、许有壬等，他们以其雍容

---

① （元）李存：《又书》，《俞阳仲公李先生文集》卷28，现收于李修生主编《全元文》第33册，凤凰出版社2004年版，第247页。

② （元）欧阳玄：《罗舜美诗序》，《圭斋文集》卷8，现收于李修生主编《全元文》第34册，凤凰出版社2004年版，第445页。

典雅的文风,影响了元代文坛,对雅正文风的形成起了推波助澜的作用。四库馆臣对这一时期的雅正之风做了如下评价:"国家统一海宇,士俗醇美,一时鸿生硕儒所为文,皆雄深浑厚,而无靡丽之习。承平滋久,风流未坠。皇庆、延祐间,公以性理之学施于台阁之文。"①

总之,元前期形成了治学驳杂的学风,在延祐以后,发生明显的变化。理学之风的兴起使元人治学的多元性受到削弱,学术旨趣走向单一。元代前期自由多元的学术风尚是元代俗文学成长的土壤,而后期治学思想的单一,又促成了雅正文风的形成。

综上所述,蒙元前期来自蒙古、中亚、吐蕃、大理、畏兀儿、辽、西夏、金、宋等不同地域、不同民族、不同宗教的文化交织碰撞,蒙古人、色目人、汉人的精英学者汇集一处,呈千帆竞发之势,形成了多族文化圈,构成了一道独具魅力的历史景观。这是元人治学活动的基础。蒙古统治者的实用主义思维也影响了学者们治学思想的形成。在延祐以后,理学之风的兴起,元前期形成的治学驳杂的学风,发生明显的变化。元人治学的多元性受到削弱,学术旨趣走向单一。学风的嬗变对元代文学产生了很大影响。元代前期自由多元的学术风尚是元代俗文学成长的土壤,而后期治学思想的单一,又促成了雅正文风的形成。

第二节 色目作家与元代理学

色目作家来自不同的文化背景,迺贤、丁鹤年、吉雅谟丁、爱理沙、萨都剌、鲁至道、仉机沙、买闾、别里沙、哲马鲁丁等有伊

---

① "蒲道源《闲居丛稿》提要",(清)纪昀:《钦定四库全书总目》,中华书局1997年版,第2232—2233页。

斯兰文化背景，马祖常、金哈剌、雅琥、赵世延、别都鲁沙等为基督教世家，余阙、王翰、孟昉等有儒学文化背景，偰氏家族是摩尼教世家，[①]巎巎、安藏、必兰纳识里、迦鲁纳答思、阿鲁浑萨里等是佛教文化背景。在不同种族之间，忠孝仁义的思想是相通的，西域地区素有忠义的传统，色目作家又有耿直彪悍的民族气质，内迁以后，在其科举和国子学等经历中，不断学习儒学，结出色目人忠君报国的理学奇葩，他们延续了南宋理学，为宋明理学的传承与发展做出了贡献。

蒙元时期，色目人对理学的接受经历了从无到有，由弱而盛的过程。延祐开科更为色目人学习理学创造了条件，色目人学习践履理学成为一种潮流，元代理学对色目人产生了深刻的影响。色目作家对理学的践履呈现出一种"西北气质"。

大蒙古国时期，于太宗五年（1233）创建的国子学是各族官员子弟研修汉学最早的机构。忽必烈时代（1260—1294）政治中心移到汉地，内迁的蒙古、色目人有三四十万，而汉人则有六千万以上，汉人成为主要统治对象，蒙古统治者尝试汉法治国，为了稳固政治统治，不得不倡导汉文化，在中央和地方广设学校讲习儒学。至元七年（1270）在中央重建国子学，由理学大师许衡主持，在各斡鲁朵、投下及以色目人为主的卫军中开设学校，讲授儒学内容。这一时期，汉学大儒姚枢、许衡、李德辉、刘因等肩负文化救亡的历史使命，努力接续行将断裂的汉学一脉，他们先后为太子真金和其他皇子授业，起到了很强的示范作用。延祐二年（1315）元朝恢复科举，为了求得更好地生存与发展的空间，以儒学为考试内容的科举成为蒙古、

[①] 黄时鉴根据《庆州偰氏诸贤实记》考述了偰氏一支东渡高丽的情况，认为高昌偰氏是佛教世家，与陈垣所论摩尼教世家相左。黄时鉴：《元高昌偰氏入东遗事》，载陈尚胜主编《第三届韩国传统文化国际学术讨论会论文集》，山东大学出版社1999年版。

色目人研习理学的主要动力。大批蒙古、色目人亲历场屋之困，在前后十六科的元代科举考试中录取的进士有 1139 人，其中蒙古、色目人有 400 人，占三分之一，而乡贡进士即乡试及第而会试落榜者约两千人，参加乡试的蒙古、色目子弟人数十倍于此，[①] 即约二万人。那些汉化较早，重视文化传统的家庭在科举中占得先机，如高昌偰氏两代人中，出了九位进士，一位乡贡进士，成为著名的科举世家。再如地位显赫的汪古马氏家族、高昌廉氏家族都有多人及第。河南濮阳西夏遗民唐兀崇喜家族是色目下层军人家族的代表，第一代唐兀台（1197—1257）从军东迁，第二代闾马（1248—1328）参加了襄阳会战，以下层军人的身份定居河南濮阳，第三代崇喜之父达海即唐兀忠显（1280—1344），第四代崇喜，第五代理安，这个家族从第二代开始就重视汉学教育，几代人坚持不懈创建崇义书院，虽然家族五代没有进士及第，也没有出现著名儒士，但其第四代崇喜、卜兰台兄弟二人就读于国子学，第五代崇喜之子理安（娶了伯颜宗道之女）也是国子生，受到了顶级的儒学教育。崇喜家族祖先是普通士兵，家族五代人中最高的职位不过百户，典型地反映了下层军人家庭的士人化，色目军人家族从军功向文事的转变，以及士人阶层在色目族群中的扩张。元廷中汉法派与反汉法派之争从未间断，在反汉法派蔑儿乞氏伯颜当政的后至元时期（1335—1340），科举被废。至元六年（1340）脱脱当政后，汉儒再度得到重视，至正二年（1342），再次恢复科举。科举之士对君臣伦常观念的体认，远比那些没有受过理学思想熏陶的封疆大吏要强烈，如杨维桢所论："我朝科举得士之盛，实出培养之久，要非汉比也。至正初盗作，

[①] 萧启庆：《九州四海风雅同——元代多族士人圈的形成与发展》，台北联经出版事业股份有限公司 2012 年版，第 25 页。

元臣大将守封疆者不以死殉而以死节闻者，大率科举之士也。兵革稍息，朝廷下诏取士如初。"① 清代赵翼也总结道："然末年仗义死节者，多在进士出身之人。"② 元代理学忠君思想对色目人深刻的影响可见一斑。

深受理学思想浸润的色目文人，无论在日常生活中、朝堂之上还是在生死抉择的战场上，都以赤诚的情怀躬身践行理学甚至以生命践履理学，在元末战争中，涌现大量死节之士。在《元史·忠义传》以死殉国的案例中有很多色目人，他们都有国子学和科举的经历，举其要者，如唐兀进士丑闾、明安达尔、塔不台、余阙、迈里古思等；畏兀儿进士昔里哈剌、普达实立、偰玉立、偰直坚、偰哲笃、偰朝吾、偰列篪、偰百僚、廉惠山海牙、三宝柱、拜都；回回进士吉雅谟丁。

许衡在国子学任教期间，也谈到蒙古与色目生员质朴的特点，认为质朴的弟子经过理学熏陶后可堪大用。余阙、泰不华、唐兀崇喜、伯颜宗道、贯云石、王翰、廉希宪、不忽木、嶷嶷、回回、薛昂夫、马祖常、赵世延等大批色目作家对程朱理学的深刻解读，为许衡之说提供了最好的诠释。至正十二年（1352），余阙率四千羸弱之兵与陈友谅军鏖战，苦守孤城庐州三个月，破城之日，余阙引刀自刎坠于清水塘中，妻子儿女亦投井而亡。③ 同年，儒者泰不华在台州与方国珍部战于船上，他在肉搏战中手刃数人，最终被敌众

---

① （元）杨维桢：《送王好问会试春官叙》，《铁崖先生集》卷2，四部丛刊初编本。
② （清）赵翼著，王树民校证：《廿二史札记校证》卷30，中华书局1984年版，第706页。
③ 《元史》载其浴血奋战，自刎报国的事迹，"西门势尤急，阙身当之，徒步提戈为士卒先……自以孤军血战，斩首无算，而阙亦被十余创。日中城陷，城中火起，阙知不可为，引刀自刎，堕清水塘中。阙妻耶卜氏及子德生、女福童皆赴井死。"并称其笃志于儒学"阙留意经术，《五经》皆有传注。为文有气魄，能达其所欲言。"《元史·余阙传》，中华书局1976年版，第3428页。

包围，死于长矛之下。① 朝堂上守正不阿，沙场上拼死报国，他们之耿介性情、刚烈行为，不失西北民族强悍之遗风。易代之际，更见节操，色目作家的气节令清代学人感佩，四库馆臣盛赞丁鹤年等人的人格高尚，认为元末作家沈梦麟出任明朝贡举的事，和杨维桢、胡行简是一类，比起丁鹤年这类节义之士要低一格，"梦麟以前朝遗老，不能销声灭迹，自遁于云山烟水之间，乃出预新朝贡举之事。此与杨维桢等之修《元史》、胡行简等之修礼书，其踪迹相类。以较丁鹤年诸人，当降一格"②。无论是崇喜在生活中恪守理学规范的虔诚之心，贯云石普及《孝经》的热情，还是伯颜宗道、余阙、王翰、泰不华等以生命来践履理学的死节之行，同为"西北子弟"接受并践行程朱理学之脚注。

民族文化交流是双向的，中原理学影响了周边民族，而不同民族的参与反过来也丰富了理学自身，携带"西北气质"践履理学的"西北子弟"为元代理学增添了新的色彩。后天学习濡染固然重要，但先天气质亦不容忽视，从遗传学的角度讲，个性气质难以在几代人的时间里彻底改变。被儒学思想中浸润千载的中原汉人，思想行为已成定式，规矩细腻中缺少一种与恶势力血战到底的决心，而以气质简约粗犷为特点的色目人学习理学则与之不同，儒化的色目人

---

① 泰不华治学倾向于邵雍之学，曾向苏天爵求邵雍的《皇极经世说》一书。见于苏天爵《答达兼善郎中书》："阁下由进士得官二十余年，始以文字为职业，人则曰儒者也。及官风纪，屡行而屡止，孰知其志之所存乎。向谕印祝泌皇极经世说，谨装潢纳上……每见公读邵子书不去手，晚岁又释外篇。"《滋溪文稿》卷二十四。（元）苏天爵著：《滋溪文稿》卷24，陈高华、孟繁清点校，中华书局1997年版，第415—416页。《元史》记载其死前英勇杀敌的情景："即前搏贼船，射死五人，贼跃入船，复斫死二人，贼举桨来刺，辄斫折之。贼群至，欲抱持过国珍船，泰不华嗔目叱之，脱起，夺贼刀，又杀二人。贼攒桨刺之，中颈死，犹植立不仆，投其尸海中。年四十九。"《元史·泰不华传》，中华书局1976年版，第3425页。刘基作《吊泰不华元帅赋》称泰不华一生忠诚耿介："世有作忠以致怨兮，曾不知其故然。怀先生之耿介兮，遭时命之可怜……权不能以自制兮，谋不能以独成进，欲陈而无阶兮，退欲复而无略。"《诚意伯刘文成公集》卷9，四部丛刊本。

② "沈梦麟《花溪集》提要"，（清）纪昀《钦定四库全书总目》，中华书局1997年版，第2257页。

更有一种决绝与忠贞的品性，别具一格。我们不妨称之为"西北气质"。色目作家群是北方游牧文化和中原汉文化融合的结晶，他们的加入使元代理学灿然有烂，推动了理学实践化的进程，"西北子弟"践履理学所携带的这种"西北气质"成为元代理学实践中最亮丽的一道风景，使得元代理学在中国理学发展史上别具风采。

结　语

元代文化是以多元混融和深刻包容性为特征的世界性文化，这是色目作家大量涌现的文化环境。在元代各民族文化交融的背景下，汉文化是强势的，但有向少数民族政权及其文化妥协的一面。色目人具有较高的社会地位，占有更多的社会资源，从现实政治考虑，汉族文人要依附蒙古、色目等地位高的人群，从文学艺术的接受层面，作家要考虑受众的接受能力，形象化的杂剧更容易接受，通俗的文艺形式更容易接受，戏剧、小说等文艺形式开始崛起。然而，千百年来诗歌为正统，言志的工具是诗，在心为志，发言为诗，其他艺术形式都是末流。元代色目作家依然秉持儒家的诗教观，以诗歌为最上，视诗歌为正统、主流，色目作家的文较少，杂剧较少，通俗文学为末流。东迁汉地以后，他们血脉中的传统因素和汉地文化不可避免地起着矛盾冲突，在民族融合的过程中，渐进式的文化融合既深刻又不可能一蹴而就。色目人各自背负的文化传统并没有像我们想象的那样全线崩溃消亡，在逐渐融入汉文化圈的同时，他们保留了一些传统文化，保留了色目人的身份。色目人的彻底融入汉文化圈是在明代。迁居内地后，色目人并没有立刻放弃自己的民族文化，他们有些家族在东迁汉地后的第三代还在使用本民族语言。

(一) 东迁色目家族文化发展进程

大都不忽木家族、贯氏家族和廉氏家族、光州马祖常家族、濮阳崇喜家族、福建王翰家族等自北而南流寓中原各地的色目家族汉语言文学创作的实践，折射出元代色目人汉语创作从无到有的过程以及色目人文学发展的特点。

色目文化家族无论是上层显赫家族如大都的不忽木家族、贯氏家族、廉氏家族、福建王翰家族、偰氏家族等，还是下层军人、农民家族如濮阳崇喜家族，都经历了由军事政事向文事转变，进而演变为文化家族的过程。

东迁后的色目家族，第一代以武功与政事起家，如不忽木家族的海蓝伯，廉氏家族的布鲁海牙，贯氏家族的阿里海牙，马祖常家族的月乃合，崇喜家族的唐兀台，王翰家族的曾祖武德将军。第二代则是家族由武功转向文事的过渡，大部分的第二代尚未在文坛崭露头角，如不忽木、贯只哥、廉希宪、合剌普华、马世昌、间马，而第三代则完成了由武功向文事的转变，他们从小生活在汉地，与汉人杂居，拜汉族的饱学之士为师，与汉族文人学士交往，受到汉文化的濡染，开始崛起于文坛，如贯云石、巎巎、廉惇、马润、崇喜之父达海、偰文质等。第四代则承袭了家族尚文的传统，这一代人大多经历了易代之际的战乱，成为元遗民了，如王翰等。而同时，我们也注意到，他们维护自己的民族身份，尤其是色目人与色目人通婚的家族，更是保持了强烈的民族意识，这在文学作品中有一定程度的体现。

蒙元时期，色目家族经历了五六代人的繁衍发展，家族成员的汉语言文学创作经历了从生疏到熟练自如的发展过程。几乎每一个色目家族都要经过漫长的家庭文化的积累与代际传递，才能培养出一个出色的汉语言作家，很难在一代人之内完成。而那些下层军人、农民家族，则需要用更长时间，付出更多努力才能达到目的。在著名的色目作家中，不忽木、贯云石、廉惇是家族第三代，马祖常、唐兀崇喜、王翰、偰玉立、巙巙和回回是家族第四代。

色目家族的文学活动与家族汉化密切相关。一些研究者认为色目家族在两三代后就彻底汉化了，事实并非如此。汉化过程是一个漫长而艰难的过程，受到家庭、社会、政治、宗教等多方面因素的影响，色目家族自身的西域文化传统和汉地文化不可避免地发生矛盾冲突，在民族融合的过程中，渐进式的文化融合既深刻又不可能一蹴而就，色目家族各自背负的文化传统不可能快速全线消亡。以不忽木家族为例，不忽木、巙巙已是迁居汉地之后的第三代和第四代（巙巙卒于1345年，已经接近元代后期了），巙巙还在使用畏兀儿语进行创作，其汉语诗歌创作水平依然简单粗疏并且有明显的模仿痕迹。

色目家族东迁汉地以后，从现实利益考虑，保留民族身份和民族文化更有利于提高家族社会地位，获取更多社会资源。元代色目作家的母语创作绵绵不绝就有力地证明了这一点，历史上双语作家现象并不鲜见，但在元代特别突出。受到元代政治、宗教、民族、文化、语言等多种因素的交互作用，双语创作蔚然成风，以不忽木家族的巙巙为代表一大批双语作家构成了一个颇具规模的群体，成为元代这一特定历史阶段的产物。

（二）优良的家族文化为色目家族的文学活动奠定了基础

色目文化家族重视家庭教育，嗜学的优良家风为家族成员的文学活动提供了条件。廉园藏书两万多卷，廉园的文人雅集连续几十年，为家族子弟饱读诗书营造了良好的家庭氛围，贯云石及其舅舅廉惇等家族子弟就是在当时文坛一流作家们的雅集唱和中走上文学艺术创作之路，从而成长为杰出的文学家、艺术家的。唐兀崇喜家族三代人坚持不懈创办崇义书院，乐学向善的家庭文化代代传承，使得这个下层军人家族逐渐演变为一个诗书传家的书香门第，这种家庭文化为家族在濮阳地方社会赢得较高的社会地位，并在濮阳地方文坛占有一席之地。在众多色目家族中，无论是位于北方的不忽木家族、贯氏家族、廉氏家族，位于中原的崇喜家族、马祖常家族，还是位于南方的王翰家族，儒学无一例外成为家族文化的主导，儒学成为文学创作的起点、科考晋身的工具、维系家族兴旺繁衍的纽带。

家族迁居地文化深刻影响了色目家族成员的文学创作，燕赵文化之于不忽木家族，江淮文化之于马祖常家族，闽南文化之于王翰家族，都有深刻的影响。这使得色目作家的文学创作带有鲜明的地域特色。家族居地不同的色目作家因为受到不同地域文化的影响，对同一题材的表现，呈现出不同的表现视角和风格。影响创作风格的因素有很多，仅从地域文化的角度来看，江南温婉之气消解了西北粗豪之气，使得家族居地在江南的色目作家的诗风呈现出一种儒者的温柔敦厚之态，趋向于细腻精致，如色目作家王翰、迺贤就具有清秀精巧的江南风格。而家族居地在北方的作家则更多地体现了粗豪之气，如萨都剌、不忽木、巎巎、唐兀崇喜等则是北派风格的代表。还有一些游历南北的作家，受到多种地域文化的影响，其创作风格会随之发生改变，如贯云石、马祖常等具有熔铸南北的风格。同时兼容西域文化因子的色目家族成员的文学活动也反哺当地文化，丰富了地域文化的内容，如唐兀崇喜与父亲达海所制定的乡约，就美化了濮阳当地民风。再如贯云石曾改造海盐腔，其诗词曲作品在江浙地区受到欢迎，为浙江文化作出贡献。

大多数从事文学创作的色目作家都成长、成名于大都、杭州、福州等政治、文化中心，随着家族成员的宦游足迹遍及全国各地，不忽木家族、贯氏、廉氏、马氏等家族文学的影响也是全国性的。

而濮阳崇喜家族的影响力则仅限于地方。福建王翰家族在元代的影响是区域性的,而到明代随着"闽中十子"之一王偁的成名,其影响则是全国性的。贯云石诗歌无论是早期效仿李贺的奇崛险怪之气,还是后期强调自我安逸性情的冲淡简远之风,都深刻影响了杨维桢和元末东南文坛的走势。元代诗歌在延祐时期达到高潮,而马祖常是当时主持雅正雍容风气的巨擘,并对元末文坛产生影响。逮及元明易代之际,以王翰、唐兀崇喜、伯颜宗道等为代表的色目作家以对故国的深情和沉郁顿挫的笔触为元代诗坛画上了句号。

(三) 色目作家群的创作丰富了元代文坛

受到元代政治、宗教、民族、文化、语言等多种因素的交互作用,嶷嶷、安藏、必兰纳识里、迦鲁纳答思等一大批双语作家应运而生,成为元代这一特定历史阶段的产物。历史上双语作家现象并不鲜见,但在元代特别突出,双语作家的产生与元代佛教播迁密切相关。元代双语作家不但存在而且蔚然成风,构成一个颇具规模的群体。

《述善集》反映了在元末文坛主将张翥、危素的影响下的濮阳地方作家的创作情况,与元末主流文坛息息相关,崇喜等濮阳色目作家受到理学思想的强烈影响,其文学作品表现出政教实用、关注现实等儒家文艺观。《述善集》在元代文学和中国理学史上都应有一席之地。

元代色目作家的发展从时间上讲,后期诗人多于前期诗人;从空间上讲,南方诗人多于北方诗人。综合色目作家的碑铭、墓志、家谱等史料,可知色目作家在内迁后的第二代还极为罕见,从第三代开始出现,多数色目作家出现在第三、第四代。从题材上看,南方作家和旅居南方的北方作家都选取了最具江南特色的自然景观,同样北方地域题材也在南、北方作家的诗歌中得到广泛反映。不同地域文化之下成长起来的色目作家,对同一题材的表现,呈现出不同的表现视角和风格。在大部分南方色目作家的作品中，南方纤弱之气消解了西北粗豪之气，使得一些色目作家的创作呈现出一种儒者的温柔敦厚之态，但也并没有达到南方传统意义上的细腻精致柔媚的风格。在色目作家乃至整个元代诗歌中，迺贤、金哈剌诗歌是最具有细腻精巧的江南风格的，而萨都剌、不忽木、巎巎等则是北派风格的代表，马祖常、王翰等具有熔铸南北的风格。

无论北方的廉园雅集、圣安寺宴游、《述善集》赠答，还是江南的玉山雅集，都有色目作家的身影，在元末文坛的两大发展趋势中，无论是现实派还是审美派，色目作家都积极参与。色目作家对元代文坛产生了广泛而深刻的影响，贯云石诗歌无论是早期效仿李贺的奇崛险怪之气，还是后期强调自我安逸性情的冲淡简远之风，都深刻影响了杨维桢和元末东南文坛的走势。元代诗歌在延祐时期达到高潮，而马祖常是当时主持雅正雍容风气的巨擘，并对元末文坛产生影响。色目作家从无到有，以弱而入，自模仿始，终蔚然繁盛。色目作家的作品更体现出元诗浅易直白的特点。明人出于政治民族等原因，贬低元代文学。事实上，西域各族民族文学的水平在元代达到历史巅峰，而元代色目作家的创作成就显示，各少数民族作家的汉文创作也达到了历史巅峰。尽管如此，诗歌承载着人类最深刻的思维、最幽微的情感，需要深厚的学养来砥砺琢磨，需要真诚专注的赤子之心来滋养，需要优渥的社会时代来培植，唯此始见奇才精品。显然，这样的条件没有出现在元代。百年元代诗歌，无论是色目作家还是汉族文人的创作，都像是蹒跚学步的小儿，他没有足够的时间长成一个健壮的青年，戛然而止于蹒跚起步阶段，因此，无法与发展数百年的、富于独特个性的唐宋诗歌相抗衡。

参考文献

一 古代史籍文献

（汉）班固：《汉书》，中华书局1963年版。

（元）程钜夫：《程雪楼文集》，元人文集珍本丛刊本。

（元）戴良：《九灵山房集》，四部丛刊本。

（元）黄溍：《金华黄先生文集》，四部丛刊本。

（清）黄宗羲：《宋元学案》，中华书局1986年版。

（清）纪昀：《钦定四库全书总目》，中华书局1997年版。

焦进文、杨富学：《元代西夏遗民文献〈述善集〉校注》，甘肃人民出版社2001年版。

李叔毅、傅瑛点校：《石田先生文集》，中州古籍出版社1991年版。

李修生主编：《全元文》，江苏古籍出版社1998—2005年版。

罗月霞主编：《宋濂全集》，浙江古籍出版社1999年版。

札奇斯钦：《蒙古秘史新译并注释》，台北联经出版事业有限公司1979年版。

（清）顾嗣立：《元诗选·三集》，中华书局1987年版。

（宋）宇文懋昭：《大金国志》，崔文印校证，中华书局1986年版。

（清）钱大昕：《元史氏族表》，中华书局1991年版。

任道斌校点：《赵孟頫集》，浙江古籍出版社1986年版。

任道斌辑集点校：《赵孟頫文集》，上海书画出版社2011年版。

隋树森编：《全元散曲》，中华书局1964年版。

（元）廼贤：《河朔访古记》，文渊阁《四库全书》本。

（元）廼贤：《金台集》，诵芬室丛书本。

（元）欧阳玄：《圭斋集》，四部丛刊本。

（元）任士林：《松乡集》，文渊阁《四库全书》本。

（明）宋濂等：《元史》，中华书局1976年版。

（元）苏天爵：《国朝文类》，四部丛刊本。

（元）苏天爵：《元朝名臣事略》，姚景安点校，中华书局1996年版。

（元）苏天爵：《滋溪文稿》，陈高华、孟繁清点校，中华书局1997年版。

（元）萨都剌：《雁门集》，上海古籍出版社1982年版。

（元）脱脱等：《金史》，中华书局1975年版。

（元）脱脱等：《辽史》，中华书局1975年版。

（元）脱脱等：《宋史》，中华书局1977年版。

（元）陶宗仪：《南村辍耕录》，中华书局1997年版。

（元）陶宗仪：《书史会要》，上海书店出版社1984年版。

（元）王翰：《友石山人遗稿》，嘉业堂丛书本。

王祎：《王忠文公集》，文渊阁《四库全书》本。

王颋点校：《庙学典礼》，浙江古籍出版社1992年版。

（元）王士点、（元）商企翁：《秘书监志》，高荣盛点校，浙江古籍出版社1992年版。

（元）吴莱：《渊颖吴先生文集》，四部丛刊本。

（元）许有壬：《至正集》，四部丛刊本。

杨镰主编：《全元诗》，中华书局2013年版。

（元）杨维桢：《东维子文集》，四部丛刊本。

（元）姚燧：《牧庵集》，四部丛刊本。

（元）余阙：《青阳先生集》，四部丛刊初编本。

（元）虞集：《道园学古录》，四部丛刊本。

（元）虞集：《虞集全集》，天津古籍出版社2007年版。

（金）元好问：《中州集》，中华书局1959年版。

（元）元明善：《清河集》，元人文集珍本丛刊。

（元）袁桷：《清容居士集》，四部丛刊本。

（元）郑元祐：《侨吴集》，北京图书馆古籍珍本丛刊本。

周绍祖、王佑夫选注：《马祖常诗歌选注》，新疆人民出版社1988年版。

《（正德）大名府志》，天一阁藏明代方志选刊本。

［波斯］拉施特：《史集》，余大钧、周建奇译，商务印书馆1983年版。

［波斯］志费尼：《世界征服者史》，何高济译，内蒙古人民出版社1980年版。

《（嘉靖）广平府志》，天一阁藏明代地方志选刊本。

《（光绪）邢台县志》，地方志人物传记资料丛刊·华北卷，第36册。

《内丘县志》，道光二十二年抄本。

《（万历）顺德府志》、《（成化）顺德府志》，邢台市翻印本，2007年。

二 现代著作论文

蔡美彪：《元代白话碑集录》，科学出版社1955年版。

陈得芝：《蒙元史研究丛稿》，人民出版社2005年版。

陈得芝：《蒙元史研究导论》，南京大学出版社2012年版。

陈高华：《元代佛教与元代社会》《中国蒙古史学会成立大会纪念集刊》，1979年。

陈高华：《元代画家史料汇编》，杭州出版社2004年版。

陈高华：《元代内迁畏兀儿人与佛教》，《中国史研究》2011年第1期。

陈高华编：《元代维吾尔哈剌鲁资料辑录》，新疆人民出版社1986年版。

陈垣《元西域人华化考》上海古籍出版社2000年版。

戴良佐：《西域碑铭录》，新疆人民出版社2013年版。

邓绍基：《元代文学史》，人民文学出版社1991年版。

段海蓉：《元代作家迺贤的本土化及其诗歌创作》，《民族文学研究》2011年第1期。

段海蓉：《从交友诗看金哈剌的思想》，《民族文学研究》2009年第1期。

段海蓉：《元代莆林诗人金哈剌寄寓东南的诗咏》，《新疆大学学报》2010年第1期。

范玉琪：《元初名臣刘秉忠书丹〈国朝重修鹊山神应王庙之碑〉考释》，《文物春秋》1994年第4期。

冯承钧原编，陆峻岭增订：《西域地名》，中华书局1982年版。

高人雄：《古代少数民族诗词曲家研究》，民族出版社2003年版。

耿世民：《回鹘文亦都护高昌王世勋碑研究》，《考古学报》1980年第4期。

耿世民：《新疆文史论集》，中央民族大学出版社2001年版。

耿世民：《古代突厥文碑铭研究》，中央民族大学出版社2005年版。

韩儒林：《穹庐集》，上海人民出版社1982年版。

韩儒林主编：《元朝史》，人民出版社1986年版。

黄仁生：《杨维祯与元末明初文学思潮》，东方出版中心2005年版。

黄文弼：《亦都护高昌王世勋碑复原并校记》，《文物》1964年第2期。

刘嘉伟：《元代莆林诗人金哈剌刍议》，《文学遗产》2016 年第 3 期。

罗时进：《地域·家族·文学　清代江南诗文研究》，上海古籍出版社 2010 年版。

陆峻岭编：《元人文集篇目分类索引》，中华书局 1979 年。

马建春：《元代东迁西域人及其文化研究》，民族出版社 2003 年版。

马娟：《元代高昌偰氏家族再探》，《北方民族大学学报》2009 年第 4 期。

任崇岳、穆朝庆：《略谈河南省的西夏遗民》，《宁夏社会科学》1986 年第 2 期。

任宜敏：《元代宗教政策略论》，《文史哲》2006 年第 4 期。

史金波、吴峰云：《西夏后裔在安徽》，《安徽大学学报》1983 年第 1 期。

尚衍斌：《元代畏兀儿研究》，民族出版社 1999 年版。

施贤明：《论葛逻禄诗人乃贤的江南情怀》，《民族文学研究》2014 年第 1 期。

唐长孺：《蒙元前期文人进用之途径及其中枢组织》，《山居存稿》，中华书局 1989 年版。

田卫疆：《元代高昌畏吾儿偰氏家族研究》，《新疆历史研究》1985 年第 1 期。

王德毅、李荣村、潘柏澄：《元人传记资料索引》（1—5 册），中华书局 1987 年版。

王红梅：《元代畏兀儿翻译家安藏考》，《敦煌学辑刊》2008 年第 4 期。

王红梅、杨富学：《元代畏兀儿历史文化与文献研究》，甘肃教育出版社 2015 年版。

王大方：《内蒙古赤峰市翁牛特旗元代"张氏先茔碑"与"住童先

德碑"》,《文物》1999年第7期。

王明荪:《元代的士人与政治》,台北学生书局1992年版。

王韶华:《元代题画诗研究》,中国传媒大学出版社2010年版。

王梅堂:《元代内迁畏吾儿族世家——廉氏家族考述》,载邱树森主编《元史论丛》,江西教育出版社1999年版。

王颋:《字得晋意——元康里人巙巙家世、仕履和作品》,载《西域南海史地研究》,上海古籍出版社2005年版。

萧启庆:《元代史新探》,台北新文丰出版公司1983年版。

萧启庆:《元代史新论》,台北允晨文化实业股份有限公司1999年版。

萧启庆:《元代多族士人网络中的师生关系》,《历史研究》2005年第1期。

萧启庆:《内北国而外中国:蒙元史研究》,中华书局2007年版。

胥惠民、张玉声、杨镰:《贯云石作品辑注》,新疆人民出版社1986年版。

杨富学、牛汝极:《沙州回鹘及其文献》,甘肃文化出版社1995年版。

杨富学:《回鹘之佛教》,新疆人民出版社1998年版。

杨富学:《回鹘文献与回鹘文化》,民族出版社2003年版。

杨富学:《印度宗教文化和回鹘民间文学》,民族出版社2007年版。

杨富学:《回鹘与敦煌》,甘肃教育出版社2013年版。

杨镰:《元西域作家群体研究》,新疆人民出版社1998年版。

杨镰:《元代文学编年史》,山西教育出版社2005年版。

杨怀中:《回族史论稿》,宁夏人民出版社1991年版。

杨志玖:《马可波罗在中国》,南开大学出版社1999年版。

杨志玖:《元代回族史稿》,南开大学出版社2003年版。

杨志玖:《元代西域人的华化与儒学》,《中国文化研究集刊》1988

年第 4 期。

么书仪：《元代文人心态》，文化艺术出版社 1993 年版。

殷小平：《元代也里可温考述》，兰州大学出版社 2012 年版。

余振贵、雷晓静主编：《中国回族金石录》，宁夏人民出版社 2001 年版。

张建伟、王海妮：《论北庭贯氏家族传统的转变》，《民族文学研究》2013 年第 3 期。

张沛之：《元代色目人家族及其文化倾向研究》，天津古籍出版社 2009 年版。

张剑、吕肖奂：《宋代的文学家族与家族文学》，《文学评论》2006 年第 4 期。

查洪德：《元代诗学通论》，北京大学出版社 2014 年版。

查洪德、刘嘉伟：《廼贤尚清诗风及其成因》，《民族文学研究》2009 年第 4 期。

赵琦：《金元之际的儒士与汉文化》，人民出版社 2004 年版。

赵文坦：《金元之际汉人世侯的兴起与政治动向》，《南开学报》2000 年第 6 期。

朱绍侯：《〈述善集〉选注（两篇）》，《史学月刊》2000 年第 4 期。

Michael C. Brose：strategies of survival：Uyghur elites in yuan and early ming china, pennsylvania university, 2000.

Michael C. Brose：Uyghur Technologists of Writing and Literacy in Mongol China, T'oung Pao, Second Series, Vol. 91, Fasc. 4/5（2005）, 396 – 435.

附录一

色目作家活动系年

1248 年，戊子，元定宗三年

高克恭生

马元德考取进士

1255 年，乙卯，元宪宗五年

不忽木生

1264 年，甲子，元世祖至元元年

张雄飞改南台御史

1265 年，乙丑，元世祖至元二年

张雄飞进南台都事

1266 年，丙寅，元世祖至元三年

元世祖下令，让不忽木入国子监学习

张雄飞迁浙东肃政廉访司佥事，又改岭北湖南肃政廉访司佥事

1272 年，壬申，元世祖至元九年

马昂夫生

1275 年，乙亥，元世祖至元十二年

高克恭由京师"贡补工部令史"，进入仕途

1276 年，丙子，元世祖至元十三年

不忽木和国子监的色目同学坚童等上书世祖，请求推行蒙古、

色目子弟学习儒家经典的制度

廉惇生

1277年，丁丑，元世祖至元十四年

不忽木步入仕途，初任利用少监

改安抚司为总管府，命张雄飞为达鲁花赤，迁荆湖北道宣慰使

1278年，戊寅，元世祖至元十五年

不忽木出为燕南河北道提刑按察副使

1279年，己卯，元世祖至元十六年

攻占江南后，高克恭是第一批赴南方任职的西域人之一

马祖常生

张雄飞拜御史中丞，行御史台事

1280年，庚辰，元世祖至元十七年

萨都剌生

1281年，辛巳，元世祖至元十八年

观音奴生

1282年，壬午，元世祖至元十九年

不忽木升任提刑按察使

1284年，甲申，元世祖至元二十一年

不忽木入朝参议中书省事，进入执政核心

丁文苑生

授赵世延承事郎、云南诸路提刑按察司判官

卢世荣以言利进用，张雄飞与诸执政同日皆罢

1285年，乙酉，元世祖至元二十二年

卢世荣以罪被诛，不忽木擢升吏部尚书

1286年，丙戌，至元二十三年

贯云石生

不忽木改工部尚书。九月，迁刑部

张雄飞起为燕南河北道宣慰使，决壅滞，黜奸贪，政化大行

1287 年，丁亥，元世祖至元二十四年

桑哥奏立尚书省，诬杀参政杨居宽、郭佑。不忽木争之不得，桑哥深忌之

1289 年，己丑，元世祖至元二十六年

赵世延擢监察御史，与同列五人劾丞相桑哥不法

1290 年，庚寅，元世祖至元二十七年

不忽木拜翰林学士承旨、知制诰兼修国史

1291 年，辛卯，元世祖至元二十八年

帝猎柳林，彻里等劾奏桑哥罪状，帝召问不忽木，具以实对

桑哥被诛，世祖召见不忽木，欲用为宰相，不忽木举"国族"完泽代己。于是完泽出任中书右丞相，不忽木拜平章政事

回回生

1292 年，壬辰，元世祖至元二十九年

赵世延转奉议大夫，出任江南湖北道肃政廉访司佥事

伯颜宗道生

1293 年，癸巳，元世祖至元三十年

帝不豫，故事，非国人勋旧不得入卧内。不忽木以谨厚，日视医药，未尝去左右

1294 年，甲午，元世祖至元三十一年

不忽木在元世祖病重时成为顾命大臣

高克恭在吴山之巅观赏月，为友人李公略画《夜山图》

偰玉立生

世祖崩，完泽受遗诏，迎成宗即位

1295 年，乙未，元成宗元贞元年

赵世延除江南行御史台都事，丁内艰，不赴

巙巙生

1296 年，丙申，元成宗元贞二年

廉惠山海牙生

1297 年，丁酉，元成宗大德元年

高克恭在钱塘为仇远画《山村图》

赵世延复除前官

1298 年，戊戌，元成宗大德二年

御史中丞崔彧卒，特命不忽木行中丞事

偰哲笃生

1299 年，己亥，元成宗大德三年

不忽木兼领侍仪司事

赵世延移中台都事，俄改中书左司都事

1300 年，庚子，元成宗大德四年

不忽木在病中因饮酒过量而去世。享年四十六岁

完泽加太傅、录军国重事

1302 年，壬寅，元成宗大德六年

赵世延由山东肃政廉访副使改江南行台治书侍御史

必兰纳识里奉旨从帝师受戒于广寒殿，代帝出家，更赐今名

1303 年，癸卯，元成宗大德七年

余阙生

完泽薨，年五十八，追封兴元王，谥忠宪

1304 年，甲辰，元成宗大德八年

高克恭自江西回杭州

泰不华生

1306 年，丙午，元成宗大德十年

贯云石承袭父爵，出任两淮万户达鲁花赤

赵世延除安西路总管

1308 年，戊申，元武宗至大元年

贯云石作套曲【新水令】《皇都元日》

贯云石《孝经直解》问世

贯云石与许有壬一同出游大都城南的廉园

凯烈拔实生

赵世延除绍兴路总管，改四川肃政廉访使

1309 年，乙酉，元武宗至大二年

廼贤生

1310 年，庚戌，元武宗至大三年

高克恭入京朝觐，病故于城南客寓。享年六十三岁

1311 年，辛亥，元武宗至大四年

聂古柏以吏部侍郎身份出使安南，并写诗纪行

答禄与权生

赵世延升中奉大夫、陕西行台侍御史

1313 年，癸丑，元仁宗皇庆二年

贯云石受到元仁宗赏识，被授予翰林院学士、中奉大夫、知制诰同修国史

贯云石为《阳春白雪》作序，首次就散曲风格作出评论

贯云石应平章政事察罕之请，写了长篇歌行《桃花岩》

赵世延拜江浙行省参知政事，寻召还，拜侍御史

1314 年，甲寅，延祐元年

贯云石上书元仁宗，条陈六件政事，但未被采纳

贯云石为李成名画《寒鸦图》题七绝一首

贯云石返回江南途中贯云石路经梁山伯，用一首诗换取了渔夫的以芦花为芯的被子。这首诗与这件事"天下喧传"

中书平章察罕致仕

赵世延劾奏权臣太师、右丞相帖木迭儿罪恶十有三，诏夺其官职。寻升翰林学士承旨，兼御史中丞，世延固辞，乃解中丞

1315 年，乙卯，元仁宗延祐二年

元首次会试于大都举行。偰哲笃为右榜进士

丁文苑（哈八石）为右榜进士

张翔为右榜进士。历西台御史

右榜马祖常会试第一，廷试降为第二。授翰林应奉，擢监察御史

1316 年，丙辰，元仁宗延祐三年

钱塘名僧普会主办了一次鉴赏书画的会集，贯云石应邀赴会

赵世延进光禄大夫、昭文馆学士，守大都留守，乞补外，拜四川行省平章政事

1317 年，丁巳，元仁宗延祐四年

贯云石与鲁山、干文传同游昌国州（今浙江舟山）普陀山，赋《观日行》诗

贯云石回到江南，定居在杭州

马祖常以监察御史出使河西

昂吉生

1318 年，戊午，元仁宗延祐五年

御史马祖常执币礼聘隐士丘葵

御试进士。忽都达儿为右榜状元

偰玉立成进士

偰逊生

1319 年，己未，元仁宗延祐六年

贯云石为张可久的散曲集《今乐府》作序

凯烈拔实以近臣之子入侍元仁宗

1320 年，庚申，仁宗延祐七年

廉惇任西蜀四川道肃政廉访使

1321 年，辛酉，元英宗至治元年

丁文苑改秘书监著作郎，拜监察御史，历户部员外郎

泰不华为右榜状元，授集贤殿修撰

三宝柱成进士

廉惠山海牙授顺州同知，入为监察御史，迁都水监

铁间成进士，授余姚州同知

廉惇任秘书监卿

伯笃鲁丁成进士

1323年，癸亥，元英宗至治三年

廉惇出任江西行省参政

廉惇请画家商琦为其画《读书岩图》

改赐金印，特授必兰纳识里沙津爱护持，且命为诸国引进使

1324年，甲子，元泰定帝泰定元年

贯云石去世于钱塘寓所，享年仅三十九岁

马祖常除典宝少监，历翰林直学士，拜礼部尚书

雅琥成进士

赵世延为集贤大学士

1325年，乙丑，元泰定帝泰定二年

廉惇在陕西行省左丞任上

1326年，丙寅，元泰定帝泰定三年

诏赡思以遗逸征至上都，见帝于龙虎台，眷遇优渥

1327年，丁卯，元泰定帝泰定四年

沙班登进士第

萨都剌登进士第，授镇江录事司达鲁花赤，秩满，入翰林国史院

纳璘不花登进士第，授湘阴州判官、同知，历阳县达鲁花赤

观音奴（志能）登进士第，由户部主事出为广西宪司经历

伯颜子中生

1328 年，致和元年

廉惠山海牙除秘书监丞

萨都剌到镇江莅任

1329 年，己巳，元文宗天历二年

萨都剌以七律《纪事》直接反映明宗、文宗兄弟纠葛

正月，赵世延复除江南行台御史中丞，行次济州；三月，赵世延改集贤大学士；六月，赵世延又加奎章阁大学士；八月，赵世延拜中书平章政事；冬，赵世延至京，固辞不允，诏以世延年高多疾，许乘小车入内

1330 年，庚午，元文宗至顺元年

丁文苑出为浙西佥宪，改山北道佥宪，赴任途中去世

马祖常召为燕王内尉，仍入礼部，两知贡举，一为读卷官，时称得人。升参议中书省事，参定亲郊礼仪，充读册祝官，拜治书侍御史，历徽政副使，迁江南行台中丞

甘立由内掾改奎章阁照磨。与修《经世大典》，仕至中书检校

诏赵世延与虞集等纂修《皇朝经世大典》，世延屡奏："臣衰老，乞解中书政务，专意纂修。"帝曰："老臣如卿者无几，求退之言，后勿复陈。"四月，赵世延仍加翰林学士承旨，封鲁国公。秋，赵世延以疾，移文中书致其事，明日即行，养疾于金陵之茅山

召赡思入为应奉翰林文字，赐对奎章阁

1331 年，辛未，元文宗至顺二年

雅琥任奎章阁参书

赵世延改封凉国公

赐玉印，加号必兰纳识里为普觉圆明广照弘辩三藏国师

1332 年，壬申，元文宗至顺三年

薛昂夫（马昂夫）由池州路总管，改任衢州路总管，在衢州期间与文人优游山水，唱和酬答，成一时之盛

必兰纳识里与安西王子月鲁帖木儿等谋为不轨，坐诛

1333 年，癸酉，元顺帝元统元年

马祖常召议新政，赐白金二百两、钞万贯。又历同知徽政院事，遂拜御史中丞

凯烈拔实授燕南肃政廉访司佥事，迁翰林学士，拜吏部尚书

王翰生

余阙右榜一甲进士第二名，授泗州同知，曾任监察御史、礼部员外郎和翰林待制等职

1334 年，甲戌，元顺帝元统二年

萨都剌与友人出游瓜州

诏赐赵世延钱凡四万缗

除赡思国子博士，丁内艰，不赴

1335 年，乙亥，元顺帝至元元年

丁鹤年生

赵世延仍除奎章阁大学士、翰林学士承旨、中书平章政事

1336 年，丙子，元顺帝至元二年

赵世延至成都，十一月赵世延卒，享年七十七

伯笃鲁丁累迁浙东廉访副使，改广西廉访副使

1337 年，丁丑，元顺帝至元三年

廉惠山海牙为南台经历，至正中，历河南、湖广、江西、福建等行省右丞，迁江浙行省宣政院使，入为翰林学士承旨

纳璘不花迁盱眙县达鲁花赤，历江浙行省都事、员外郎，四川行省理问

赡思任陕西行台监察御史，转浙西肃政廉访司佥事，即按问都转运盐使、海道都万户、行宣政院等官赃罪，浙右郡县无敢为贪墨者

1338 年，戊寅，元顺帝至元四年

马祖常去世，享年六十岁

纳璞不花在盱眙县达鲁花赤任上，于"第一山"创建淮山书院，并与同游者赋诗以纪。作品编为《第一山唱和诗》

赡思改金浙东肃政廉访司事，以病免归

1339 年，己卯，元顺帝至元五年

观音奴（忘能）主持龙翔寺的祀典。观音奴（志能）出任南台御史，与萨都刺等的唱和，主要在这一时期。转知归德府，断狱有声，升都水监

脱脱木儿参与谋逐伯颜之事

1340 年，庚辰，后至元六年

廼贤北游大都

1341 年，辛巳，元顺帝至正元年

泰不华除绍兴路总管

道童迁大都路达鲁花赤，出为江浙行省参知政事，寻召参政中书，顷之，又出为江浙行省右丞，遂升本省平章政事

伯笃鲁丁由礼部侍郎除秘书大监

回回卒

1342 年，壬午，元顺帝至正二年

答禄与权考取进士

1343 年，癸未，元顺帝至正三年

廼贤将其在北游期间写的诗篇，结为《金台集》

廉惠山海牙行郊礼，召拜侍仪使

答失蛮彦修任南台御史，转西台御史

1344 年，甲申，元顺帝至正四年

三史成，廉惠山海牙任兵部尚书

伯颜宗道以隐士征至京师，授翰林待制，预修《金史》，书成辞归。再除江西湖东道廉访金事，不久即辞去

赡思除江东肃政廉访副使

1345 年，乙酉，元顺帝至正五年

迺贤北游京师，一路问风俗，访古迹，写成《河朔访古记》一书

偰玉立出游晋祠。偰玉立作《绛守居园池》诗

偰逊考取进士，任翰林应奉，迁宣政院事官经历

偰逊随元顺帝赴上都，在上都建临时的翰林国史分院

巎巎去世

1346 年，丙戌，元顺帝至正六年

迺贤在大都金台坊寓居

1347 年，丁亥，元顺帝至正七年

昂吉中乡试

1348 年，戊子，元顺帝至正八年

昂吉登进士第，授翰林编修，改绍兴录事司达鲁花赤，迁池州录事

1349 年，己丑，元顺帝至正九年

迺贤首次赴上都滦阳观礼，并将此行的诗篇结为《上京纪行》

答禄与权任职于秘书监

偰玉立任泉州路达鲁花赤

王翰除庐州路治中，又以同知升理问官，综理永福、罗源二县，擢福建行省郎中

1350 年，庚寅，元顺帝至正十年

马昂夫去世

答失蛮彦修入为秘书少监

凯烈拔实去世。享年四十三岁

召赡思为秘书少监，议治河事，辞疾不赴

1351 年，辛卯，元顺帝至正十一年

迺贤与危素等七人出游大都南城，并写出组诗《南城咏古十六首》

泰不华迁浙东宣慰使，与孛罗帖木儿夹击方国珍，方国珍降元，改任泰不华为台州路达鲁花赤

沙班在杭州兴建义学，刘基为之写序

诏道童仍以平章政事行省江西

赡思卒于家，年七十有四

1352年，壬辰，元顺帝至正十二年

迺贤再次整编自己的诗集，并仍题名为《金台集》

泰不华死于"海寇"方国珍之手，享年四十九岁

为躲避战乱，年仅十八岁的丁鹤年逃出武昌，奉继母往依在浙东所作官的表兄马元德，暂居镇江

余阙出任淮东都元帅副使、都元帅，驻守安庆，与红巾军作战多年

孟昉历官翰林待制，累迁南台御史

伯笃鲁丁历潭州路总管

1353年，癸巳，元顺帝至正十三年

偰逊选为端本堂正字

1355年，乙未，元顺帝至正十五年

因战乱阻断南北，迺贤回到乡里。不久，辟为东湖书院山长

偰逊被派出守单州

1357年，丁酉，元顺帝至正十七年

脱脱木儿由京官奉调出守山西奉元，并作《帅正堂漫成》组诗

余阙任淮南行省左丞

1358年，戊戌，元顺帝至正十八年

偰哲笃去世

偰逊避兵寓居高丽

伯颜宗道全家死于战乱

天完红巾军陈友谅部攻下安庆，余阙战败自刎

道童退保抚州，与义军遭遇，战死

1359 年，已亥，元顺帝至正十九年

伯颜不花的斤在信州城破之际自尽

1360 年，庚子，元顺帝至正二十年

偰逊去世

大都间以中奉大夫，自户部尚书上

1361 年，辛丑，元顺帝至正二十一年

答禄与权改任翰林院经历

1362 年，壬寅，元顺帝至正二十二年

廼贤被选授翰林编修，因交通梗阻，便暂摄东湖书院山长以等待入京时机。后由海道入京就职

马元德由定海县尹调摄奉化州事，改任南御史台掾史

1363 年，癸卯，元顺帝至正二十三年

廼贤北上，复又代祀南海

1364 年，甲辰，元顺帝至正二十四年

廼贤以代祀南镇、南岳、南海，曾暂还乡里

1365 年，乙巳，元顺帝至正二十五年

王翰避处福建，在出游名胜时一再题名于摩崖石刻

1366 年，丙午，元顺帝至正二十六年

昂吉去世，享年五十岁

1368 年，戊申，元顺帝至正二十八年

廼贤出参枢密院同知桑哥实里军，移驻蓟州，明朝大军兵临城下之际，因中风死于驻地

丁鹤年作《自咏十律》

1373 年，癸丑，明太祖洪武六年

答禄与权以荐授秦王府纪善，改任御史，请求重刊律令，并请以瑞麦荐宗庙

1374 年，甲寅，明太祖洪武七年

答禄与权出为广西按察佥事，未赴职，又改为御史

1375 年，乙卯，明太祖洪武八年

答禄与权改翰林修撰，因事降为典籍。不久又进翰林应奉

1378 年，戊午，明太祖洪武十一年

答禄与权以年迈致仕

王翰自尽

1379 年，己未，明太祖洪武十二年

朝廷以"博学老成之士"召伯颜子中入朝。因不愿出山，写《七哀诗》明志，仰药自尽

1380 年，庚申，明太祖洪武十三年

答禄与权去世

1424 年，甲辰，明成祖永乐二十二年

丁鹤年去世，享年九十岁

附录二

相关色目家族碑铭墓志

故昭文馆大学士荣禄大夫平章军国事行御史中丞领侍仪司事赠纯诚佐理功臣太傅开府仪同三司上柱国追封鲁国公谥文贞康里公碑[1]

元·赵孟𫖯撰

粤若稽古，唐虞三代之时，尧、舜、禹、汤、文、武之为君，皋、夔、稷、卨、伊、傅、周、召之为臣，明良相逢，道同德一。[2] 天为之清，地为之宁，四海晏然，万物咸遂。是皆有以开乾坤之运，钟川岳之气，故能致雍熙之和，立泰平之基。更数千载，其事纪于诗书，不可诬也。唯我世祖圣德神功文武皇帝，躬神武之姿，心仁厚之德，混一区宇，视民如伤。

中统、至元之间，民物熙熙，知有生息之乐，盖将参尧舜而四三代，时则有以道事君，不诡不阿，跻世于时雍，若皋、夔、稷、卨、伊、傅、周、召之为者，则鲁国文贞公其人也。

公讳不忽木，自祖父海蓝伯而上，世为康里部大人。海蓝伯事

---

[1] （元）赵孟𫖯：《松雪斋文集》卷7，收入李修生主编《全元文》第19册，凤凰出版社2000年版，第235—239页。又见于任道斌辑集点校《赵孟𫖯文集》，上海书画出版社2011年版，第137—141页。

[2] "道同德一"，明刻本、城书室本作"道同而德一"。

王可汗，王可汗灭，帅麾下遁去。大祖皇帝虏其全部以归，第十子燕真，年十余岁，分赐庄圣太后，唯①恭谨。善为弓服。事世祖皇帝，不离左右。配以高丽美人，名长姬，姓金氏，生五子，次二为公。

公幼事裕庙于东宫，间因简卫士子，俾师赞善王恂。恂从北征，而太傅魏国许文正公衡为国子祭酒。公时年十二，眉目秀美，进退详雅，已如成人。父知其非常儿，请于上，欲教之读书。有旨入国子学，师事许公。性强记，日诵千余言，有问必及纲领。许公亟称之，谓公必大用于世，名之曰"时用"，字之曰"用臣"。

起家为利用少监，出为燕南河北道提刑按察副使，寻升提刑按察使。尝使河东道，遇饥民死徙相属，因便宜发廪，所活数万人。岁旱，行部所至辄雨。入为吏、工、刑三部尚书。桑哥得政，公数与之争事于上前。桑哥怒，切齿于公，使西域贾人诈为讼冤者，遗公美珠一箧，公却之，已而知其谋出于桑哥，因谢病免。拜翰林学士承旨，奉使燕南。公弟野理审班与彻里等，间劾奏桑哥。上怒，捕系桑哥，遣使者趣召公还，入见，语连日夜。卒诛桑哥。桑哥诛，命公为丞相，公让太子詹事完泽。

是时，上春秋高，成宗将兵北方，位号犹未正。公谓："相东宫旧臣，则众论自定，国家自安矣。"上默然良久，叹息言曰："卿虑及此，社稷之福也。"于是完泽为丞相，而公平章政事。桑哥时，卖官高下有定价，上自朝廷，下至州县，纲纪大坏。在官者以掊刻相尚，民不堪命，往往起为盗贼。公与诸公谋议，欲革桑哥弊政，首召用旧臣为桑哥所斥逐者，尤重文学知名之士，使更相荐举，虽毫发之善，亦无所遗。

桑哥之党，唯忻都、纳速纳丁、蔑理、王济等罪状尤著，则劾

---

① "唯"，明刻本、文渊阁四库本作"性"，意更确。

治而诛之，其余随才拔擢，待之无间，由是人情翕然悦服。每遣使，必慎择其人，使还，问之以所至长吏为政善恶之状。其自四方来者亦然，参伍相验，无能欺者。苟政绩尤异，辄上闻，或赐玺书，或赐衣物，随加迁擢。故当是时，百官得其人，万事得其理，阴阳调和，年谷屡登，庶民乐业，海内大治。

世祖莫年，以天下事属之于公，尝谓公曰："太祖有言，'国家之事，譬右手执之，复佐以左手，犹恐失之。'今吾为右手，左手非汝耶？"上每与公极论治道古今成败之理，至忘寝食，或危坐达旦，谓公曰："曩与许仲平论治，仲平不及汝远甚。先许仲平有隐于朕耶，抑汝之贤过于师耶？"公皇恐谢曰："臣师见理甚明，臣之所闻知，何足以跂其万一！第臣师起于布衣，君臣分严，进见有时，言不克究，臣赖先臣之力，陛下抚臣兄弟如家人儿子，朝夕左右，陛下又幸听其言，故得尽言至此。"上又尝抚髀叹曰："天既生汝为吾辅佐之臣，何不前三二十年，及吾未衰而用之也？"已而，顾谓侍臣曰："此吾子孙之福也！"或上书谓征流求国及征江南包银，有诏集百官议而行之。公力请于上，为寝其事。

公以朝廷庶政多仍袭前代，第求详于簿书，稽古礼文之事，顾缺而不讲，已奏得旨，与文学之士共议，定为规制，使万世可以循守。用事之臣有不便者，力加沮抑，故其事中辍，识者至今为恨。太尉伯颜受遗诏立成宗，召公共定大计，丞相欲入，亦拒不纳。成宗以公为先朝腹心之臣，尤加礼重。事有不可行，公必侃侃正言，援引古今复甚力。上闻之悚然，虽已成命，数夺而止。公在中书，同列颇严惮公，或以私意干政，公辄拒不从，由是深以为怨。会公以疾在告，上亦不豫久，因构公与丞相有隙，出公为陕西省平章。他日，圣体稍安，怪公不预奏事，问知其故，大怒，责丞相以为欺，立召公复入中书。

公体素弱，至是气羸益甚。上以御史台事简，拜昭文馆大学士、平章军国事，行御史中丞，领侍仪司事。公已去，朝廷之政稍紊于其旧，久之，丞相颇觉为同列所误，不得与公共事，引咎自责，流泪满襟，未几，果以累闻，于是朝廷益知公之贤。公在御史台，监察御史及各道廉访使者，多择士人为之，患吏不知义理，言通一经一史试吏，及劝上降诏，勉励学校，议行科举。所改苛法，如按官吏犯赃，子不得证父，妻妾不得证夫主，皆仁政之大者。

公虑完泽之后，大臣中无可继之者，乃荐答剌罕哈罕哈孙，自江浙行省平章政事召拜丞相，严重守正，卒有功于社稷。武宗出镇北边，百官郊饯，欲与公易所骑马，公谢不敢当，第献所骑马。明年，使者自塞上来，赐公名鹰一，盖武宗已属意于公矣。公喜剂量人才，闻人有善，汲汲然求之，唯恐不及。今之朝士，凡知名天下者，皆其客也。

世祖知公之贫，数厚赐公，公悉以分昆弟、故人之家，无所遗余。子孙所仰，唯第宅、碾磨之类，盖赐物之不可分者。公薨于大德四年□月十七日，年止四十又六。天子震悼，士大夫哭泣相吊。是月廿七，葬大都西四十里东安祖之原。葬之日，都城之民为之罢市。

公得君而不恃，得君而不满，居高位而自卑若不足。天下视其身进退为朝堂重轻。十年，武宗①追念其忠，赠纯诚佐理功臣、开府仪同三司、太傅、上柱国，追封鲁国公，谥文贞。夫人寇氏、王氏，皆鲁国夫人。寇氏前卒，生子回，今为淮西廉访使；王氏②，

---

① 明刻本、城书室本及文渊阁四库本在"王氏"之后均多出"御史中丞蓟国文正寿公之女"。

② 明刻本、城书室本及文渊阁四库本在"王氏"之后均多出"御史中丞蓟国文正寿公之女"。

生子巙，今为集贤待制。① 二夫人皆与公合葬。父官至卫率，赠开府仪同三司、上柱国，追封晋国公。母晋国夫人。祖父赠光禄大夫、上柱国，追封河东郡公。祖母河东郡太夫人。世祖临崩，赐公璧一，曰："汝死，持此来见我。"故公之薨，与璧俱葬。君臣之义，死生不渝如此。

铭曰：

大哉有元，皇皇世祖，仁明而武，以一天下。
天下既一，帝赉良弼，整我皇纲，仪尔百辟。
于唯鲁公，百辟是仪，笃学力行，圣贤为师。
利用是监，按察是司，入长天官，天官唯时。
乃董考工，百工攸宜，乃领司寇，直哉无私。
爰陟辨章，百揆咸叙，无言不雠，帝所倚注。
铢锄恶草，长养嘉谷，晚领台纲，朝廷是肃。
父父子子，夫夫妇妇，下毋证上，风俗益厚。
当是之时，阴阳和平，雨旸时若，百谷熟成。
薄海内外，于变时雍，匪公则贤，维帝任公。
昔在唐虞，皋夔稷卨，殷周之世，伊旦孔硕。
公之事君，动与道俱，虽古名臣，何以加诸？
帝将上天，白璧是授，公今虽没，在帝左右。
王城之西，巍巍高坟，树之松柏，郁然如云。
盛德之源，泽流子孙，凡百有位，视此刻文。

---

① 此处的"武宗"应为成宗之误。原因有二，一是文中提到的"十年"虽未明年号，但结合上下文，显然应为元成宗大德十年（1306）。二是继成宗位的武宗皇帝仅在位四年（1308—1311），无十年之谓。

元故荣禄大夫陕西等处行中书省平章政事康里公神道碑铭①

明·宋濂撰

代黄侍讲。至正元年五月二十有八日，故荣禄大夫、陕西等处行中书省平章政事康里公以疾薨于京师之私第，享年五十有一。某月日，其子某即奉柩葬于宛平县东安先茔之次。后十有六年，始奉门生杨迪所为状，不远五千里，俾某勒铭于神道之碑。某自退休以来，志念凋耗，疾病侵凌，凡以文来谒者，率皆谢绝。重念昔尝待罪太史，职在论撰，公之行能劳烈，实应铭法，又不敢以衰耄为辞，谨考次而铭之。公讳回回，字子渊，世为康里部大人族。康里，古高车国也。我太祖皇帝亲征，而略定其地。故其国人往往来效勋庸，以致显荣，若公家其一也。曾祖海蓝伯，赠光禄大夫、某官、柱国，追封河东郡公。妣蒙古某氏，追封河东郡夫人。祖燕真，赠推诚寅亮一德翊运功臣、太傅、开府仪同三司、河南江北等处行中书省左丞相、上柱国，追封晋国公，谥忠献。妣金氏，追封晋国夫人。考不忽木，昭文馆大学士、荣禄大夫、平章军国事、行御史中丞，领侍仪司事，赠纯诚佐理同德翊戴功臣、太师、开府仪同三司、上柱国，追封东平王，谥文贞。妣寇氏，追封鲁国夫人；王氏，追封鲁太夫人。初，文贞尝从许文正公游，亲传其正学，施于有政，蔚为名臣。故公自幼习闻家庭之训，于经史精微、政治得失，多所研究。业既成，以大臣子宿卫禁中，成宗嘉其寅畏，从台臣之请，命公为集贤学士，以年幼辞不受。大德末，复用荐者言，

---

① （宋）宋濂：《宋文宪公集》卷41，四部备要校刊本。罗月霞主编：《宋濂全集》，浙江古籍出版社1999年，267—274页。

擢公朝列大夫、太常少卿。先是，膰肉之颁无法，临事多纷纭，有力者恒负之而去。公为立契勘，以定其数，小大百司，依数致膰，朝廷为之肃然。转太常卿，进阶嘉议大夫，未几，改寺为院，升公为使，公辞。武宗正位宸极，人情未安，乃选藩邸旧臣出使四方，以布宣威德。唯公所历最远，复命最先，上悦，深被奖眷。盗发海滨，有梗漕运，丞相议设康里卫分镇其地，且命公为寓户。公曰：弭盗在用贤，不必设卫分屯，以虚縻廪粟。丞相然之，事遂寝。至大初，调大司农卿，公又以疾辞。台臣以风纪之司不振，奏选廷臣，付以持节之任。公一日入侍，上问及之，公对曰：中台，表也；诸道，景也；表正则景正，陛下宜慎简正人，以镇中台，次用刚毅有为者，以使诸道，则群有司知畏法矣。上曰：卿言得之，然非卿，莫能胜其任。即日，除公山南江北道肃政廉访使。公至，振肃宪度，治劲暴强，风采凛凛。属部有妇人以杀夫系狱，狱已具，公疑其冤，重鞫之，乃其夫仇家所杀，立破械出妇，而坐仇家以刑。同列以贪墨相尚，而反恶公之独洁，语数侵公。公叹曰：吾安能与若曹抗衡哉？宁谨避之耳。遂去官，居亡何，皆以赃败，人服公之先见。至大末，改江南诸道行御史台治书侍御史。时御史大夫怙权自尊，凡议事，自中丞以下，皆侍立候颜色，莫敢相可否。公独坐，与之辨事，有不直，每执法折之。大夫欲变斡勒氏狱，及黜知印静甲，以用其私人，公咸力争其非。大夫衔公甚，及其还朝，仁宗问台臣优劣，丞以危言中公。上不答，大夫言之不已，上怒，唾其面出之，即遣中使赐以上尊。复迁淮西江北道肃政廉访使。庐州从事以受赇被逮，累讯不引伏，公一问，即吐实曰：某信有罪，所不即伏者，以诸使者与某无大相，远或迁延，冀苟免耳。明公既至，烛下若曒日，尚何言？遂伏其辜。会朝廷遣省臣奉使河南，僚佐有误射飞鸽系禁物者，即上之大官，奉使以其不敬，劾免之。公抗言曰：彼误中禁物，已贡京师，复何罪？奉使代天子南巡，举贤黜邪，咨询民瘼，绝不见之。事为□□，□□顾以执公手曰：微子渊多闻，吾几失对矣。上愤先朝枋臣舞法，不及诛而毙，诏法司磔其尸以狥。公奏曰：斯人元恶，万磔莫赎。但时方春初，群汇发育，岂为戮一遗骸，以伤天地之和哉？上称善。上欲选校人材，丞相命百工各举所知，有以宦者子为荐者。公曰：君不见左悺杨复光之事乎？上重惜名爵，虽宰执官阶各降一等，君乃欲进此鼠辈耶？丞相闻公语，叱之使出。高丽嗣王兄弟弗睦，上欲废其国为郡县。公曰：是不当废，宜遣使谕之，使改过自新。谕之不从，然后择其宗室之贤者而立之尔。丞相偕公入奏，上不听，复叩头力净，久之，乃允。留司徒以曹梦炎讼田受赂，上怒，欲赐之死。公曰：受赂而按田不实，罪准枉法论，不至于死。丞相入奏如公言，上疑其私，欲穷建斯议者，或遽进曰：是回回参议也。上素知公守法律，特释公不问，然怒司徒挠法，卒杀之。公见上，上曰：朕虽不用卿言，知卿之忠也。宠遇弥渥。湖广省臣尝出兵讨杀峒酋，及以贿败，上欲置之极刑。公曰：赃罪应杖律，无置死之科，况有功可赎过乎！不然，适足快夷獠心，非御将之良术也。卒从公议，得以不死。会日食，上问其故，朝臣泛引汉、晋事，以天道悠远为言。公对曰：日者，君象也，君不修德，则天垂鉴戒。方今经理田赋，劳师边境，无罪杀杨朵儿只、萧拜住，皆足以致天变，唯陛下念之。上韪其言。镇戍官犯法，旧从行中书总制者决罚，后改隶枢府，事多违忤。凡条具机务，以国书译为奏目，前是敷绎，多剀切详致，后每简略，不敢尽言，公皆请复其旧。公在中书，与议天下大事，刚正峭直，略无顾忌。至于进贤退不肖，正法术、厚风俗之属，与丞相言之尤力。丞相尝称公有经济才，且谓人曰：吾以非才，备位宰辅。每惭见子渊。适有除拜，左右阙公在告，趋丞相以闻。丞相迟之，暨公起，示以铨目，公为简去庸懦及有罪者十有二人。丞相顾左右曰：吾所以迟迟者，为是故也。丞相退朝，诸佐皆送至私第,习以为常。公曰:是不过鼓为谄媚耳,均人臣也,于礼何稽乎?独不往,丞相益贤之。英宗崩,晋王践祚,时公在京城,俄有旨捕斩廷臣,公惧其有变,即夜宿中书,与大臣定谋,天初明,就其家执之,如缚狐兔,无一得脱者。泰定初,廷议及海漕事,公以廪积方饶,奏减粮数,以舒东南民力,上可其奏。拜太子詹事丞,进阶中奉大夫。公上疏言:方今国家之本,宜择正人,如赞善王恂、谕德刘因者辅,庶几他日可望三代之治。上命妙选东僚属,公举方正之士以闻。忤人有来位公上者,遂移疾而去。改山东东西道肃政廉访使,未上,升翰林侍讲学士、知制诰同修国史。公与时相议不合,辞,迁江浙等处行中书省右丞,进阶资德大夫,以病免归。晋王崩,明宗在北藩未至,中外危疑,群臣会议不决。公曰:处变异于处常,神器久虚,非国家之福也。皇弟宜居摄,以防他变。众论乃定。文宗立,拜荣禄大夫、宣政院使。公上言乞沙汰僧道,以革游食之弊,其所有田,宜同民间征输。擢中书右丞,幸臣有以利啖公者,曰:某氏珍宝、田宅,咸没入于官,吾属索之,宜无不得者。公正色曰:既入官,即府藏中物,尚可觊觎邪?况官食非贫,纵贫,亦士之常也。其人怒而止。太师太平王权势炽焰,炙手可热,公视之澹如,面折廷争,謇謇不少贬。故大臣多不乐公者,谋出公于外,乃除今官。公度为时不容,力辞还第。顷之,闻明宗陟方,涕泗交颐,不能食。自是杜门读书,不出者凡数年。今上皇帝入继大统,夙夜图治,方征用老成,而公薨矣。为震悼者久之,寻赐钞二万五千缗,以恤其家。公先配史氏、王氏,俱前卒,无子,并封渔阳郡夫人。再娶崔氏,封齐国太夫人。子男五人:佑童,太中大夫、济宁路总管兼管内劝农事;崔氏出也。孛栾台,入备宿卫,未及调;帖木烈思,中奉大夫、江南诸道行御史台治书侍御史;孛罗,奉训大夫、河间路献州达鲁花赤兼劝兵事;皆侧室蒙古乃蛮氏出也。脱脱木儿,国子生;侍姬高丽氏出也。某,某,某,皆先卒。女四人:长适某阶、福建亳州翼万户廉和尚;次许某阶、江南行台御史中丞吴释,未婚而夭;次适宣寿;次适某阶、监察御史买买。孙男三人:完者不花,某阶、某判官;太禧奴,至正甲午进士,将仕郎、太常礼仪院太祝;福寿,尚幼。孙女一人,元童亦先卒。曾孙男二人:也先帖木儿,某,俱幼。公敦默寡言笑,从幼至老,嗜学不倦,于书无所不读,而尤深于易。故其见于文章,不为蕲绝深刻之辞,而理致自然渊永。人以善书、射称公,不知特其余事耳。公弟巎巎,字子山,亦以文学政事致位二品,世号为双璧。公家法严峻,虽极寒隆暑,必正衣冠而处。子山旦夕燕见,不命之坐,不坐也。训诸子,动必由礼,以学业未成,不听其仕,故终公之身,无禄食者。家素贫,尝扈从上京,将发,成宗怜之,赐钞一万五千缗,公力辞,强之乃受。在淮西,藩王有以米三百石为馈者,公谢弗受,王以为有父风。自赐第为势官所夺,终身僦屋以居,无几微见于颜面。平生下士弗厌,虽布衣遇之,不异公侯。世有陷为人奴者,公为出金赎之,置于宾馆,卒成名儒。性不乐异端之说,仁宗以三教异同为问,公对曰:释氏以明心见性为宗,道家以修真炼性为务,皆一偏一曲,足乎自己。至于儒者之学,则修已治人,以仁义化成天下,此所以万世不可易,而帝王所宜究心者也。上为之嘉叹。公饮酒不过三觞,上知公贤,虽侍燕殿中,亦不夺其志,其见亲礼如此。晚以道之行止系于时,乃以时斋自号云。某惟自古帝王,必有世臣之家,敷布皇灵,式宣鸿化,以底时雍之治,若汝南之袁,颍川之陈是已。公家自文贞左右两朝,殊绩奇勋,照耀简册。公之兄弟起而继之,峻跻华要,茂建丕猷,益有光于前人。至子若孙,复克缵承惟谨,或以长材出膺郡寄,或从科目入属奉常。而今治书侍御史,尤以功名自砥砺,所至辄烈烈有声,人以象贤称之。诗所谓济济多士,书所谓世笃忠贞、服劳王家者,非公家之谓欤?嗟夫!躬亲俪美于前,而又使嗣人匹休于后，非盛德之士不能，公实有焉。媲之袁、陈，未足多让，泽流后裔，讵有既邪？是宜播之声诗，刻之乐石，使来世之士，知我朝名臣有如此者，不亦扬休无极矣乎？铭曰：圣皇御天，万方骏奔。秉德宣猷，厥有世臣。猗康里氏，远昭世序。迨于文贞，克膺帝辅。公起承之，奕奕其昌。宿卫禁宸，日受龙光。浼典秩宗，受膰以脤。五持使节，拜宪屡肃。何奸不锄？何污不澄？严霜之下，恶草弗生。暨参庙论，正气莫夺。方之太阿，百剉不折。上简主知，选贰宫端。袖中谏疏，言人所难。乃候北门，乃莅南国。乃宣院政，乃登丞弼。垂绅正笏，屹立龙墀。决定大疑，为国蓍龟。恔任忌之，有芒在背。俾服大藩，出居于外。公则夷然，归休于家。何以为娱？遗书五车。皇朝丽天，无物不被。将询黄发，以敷至治。彼苍者旻，胡不憖遗？一鉴之亡，四国之悲。公虽云亡，公多孙子。益伉其门，重珪迭组。东安之原，马鬣其封。骏发尔祥，其来不穷。河山带砺，勋在盟府。史臣勒辞，永诏千古。

元故翰林学士中奉大夫知制诰同修国史贯公神道碑[①]

元·欧阳玄撰

至治三年癸亥秋，玄校艺浙省。既竣事，出而徜徉湖山之间。故人内翰贯公，与玄周旋者半月余，及将去杭，薄暮携酒来别。谓玄曰："少年与朋友知契，每别辄缱绻数日。近年读释氏书，乃知释子莘有是心，谓之'记生根'焉，吾因以是为戒。今于君之别独不能禁，且奈何哉！"言已，凄然而别。

明年甲子，夏，公捐馆于杭，数月讣至。哭之尽哀。自是凡至

[①] 《西域碑铭录》，第272页—275页。欧阳玄《圭斋文集》卷9。《元代维吾尔哈拉鲁资料辑录》，第83—85页。《全元文》第34册，第651—654页。

杭遇公旧游，追忆临别之言，未尝不为之怆然出涕，呼酒相酹也。公薨廿又五年，其子阿思兰海涯展省于燕，顾公神道未铭，愿属笔焉。其忍铭乎？

公，家世北庭，云石其名，酸斋其号也。故湖广行省右丞相，赠宣威服远辅德翊运功臣、太师、开府仪同三司、上柱国，追封江陵王、谥武定阿里海涯之孙；故江浙行省平章政事，赠光禄大夫、河南行省平章政事、柱国，追封楚国公、谥忠惠贯只哥之子。母，赵国夫人廉氏，故平章政事希闵之女。

公之初生，赵国夜梦神人取天星为明珠以授，赵国掌玩而吞之，已而有身。公生，神采迥异，年十二三，臂力绝人，善骑射，工马槊。尝使壮士驱三恶马疾驰，公持槊前立而逆之。马至，腾上越而跨之，运槊风生，观者辟易。挽强、射生，逐猛兽上下。

初袭父爵为两淮万户府达鲁花赤，镇永州。在军气候分明，赏罚必信。初，忠惠公宽仁，麾下玩之。公至，严号令，行伍肃然。军务整暇，雅歌投壶，意欲自适，不为形势禁格。然其超擢尘外之志，夙定于斯时。一日，呼弟忽都海涯语之曰："吾生宦情素薄，然祖父之爵，不敢不袭。今已数年，法当让汝。"即日以书告于忠惠公署，公牍移有司。解所绾黄金虎符，欣然授之。

退与文士徜徉佳山水处，唱和终日，浩然忘归。北从承旨姚文公学。公见其古文峭厉有法，及歌行、古乐府慷慨激烈，大奇其才。仁宗皇帝在春坊，闻其以爵位让弟，谓其宫臣曰："将相家子弟，有如是贤者，诚不易得。"姚公入侍，又数荐之。未几，进《直解孝经》，称旨，进为英宗潜邸说书秀才，宿卫御位下。

仁宗正位宸极，特旨拜翰林学士、中奉大夫、知制诰、同修国史。一时馆阁之士，素闻公名，为之争先快睹。会国家议行科举。姚公已去国，与承旨程文宪公、侍讲元文敏公数人定条格，赞助居多，今著于令。

未几，公上书，条六事。一曰释边戍以修文德；二曰教太子以正国本；三曰立谏官以辅圣德；四曰表姓氏以旌勋胄；五曰定服色以变风俗；六曰举贤才以恢至道。凡万余言，往往切中时弊。上览，嘉叹。未报，公自筹曰："昔贤辞尊居卑，今翰苑侍从之职，高于所让军资，人将谓我沽美誉而贪美官也，是可去矣。"移疾辞归江南。

十余年间，历览胜概，著述满家。所至，缙绅之士，逢掖之子，方外奇人，从之若云，得其词翰，片言尺牍，如获珙璧。公曰："我志逃名，而名随我，是将见害。江浙物繁地大，可以晦迹。"乃东游钱塘，卖药市肆。诡姓名，易冠服，混于居人。尝过梁山泺，见渔父织芦花絮为被，爱之，以绸易被。渔父见其贵易贱，异其为人，阳曰："君欲吾被，当更赋诗。"公援笔立成，竟持被往。诗传人间，号芦花道人。公至钱塘，因以自号。

入天目山，见本中峰禅师，剧谈大道，箭锋相当。每夏，坐禅包山，暑退，始入城。自是为学日博，为文日邃，诗亦冲淡简远。书法稍取法古人而变化，自成一家。其论世务，精核平实。识者喜公，谓将复为世用。而公之踪迹与世接渐疏，日过午，拥被坚卧，宾客多不得见。僮仆化之，以昼为夜。道味日浓，世味日淡。去而违之，不翅解带。

泰定改元，五月八日，薨于钱塘寓舍，年三十有九。自士大夫至儿童贱隶，莫不悼惜。某年月日，诸此奉柩，葬于析津之祖茔。娶石氏，北京名家、江陵总管天麟之女。有妇德，追封京兆郡夫人。子二人，长阿思兰海涯，历兰溪州达鲁花赤、榷茶提举、慈利州达鲁花赤。所至，以清白吏著闻。次八思海涯。孙四人，长南山，次宁山，次葆山，皆业进士，应举。女一人，适怀庆路总管段谦。有学识，能文章。

玄尝评公：武有戡定之策，文有经济之才。以武易文，职掌帝制，固为斯世难得。然承平之代，世禄之家，势宜有之。至如铢视轩冕，高蹈物表，居之弗疑，行之若素，泊然以终身，此山林之士所难能，斯其人品之高，岂可浅近量哉？有碑铭、记叙、杂著、诗词若干卷，及所进《孝经》行于世。

铭曰：

呜呼贯公，麒麟凤凰。其往不可，诘其来不，可期者乎！

呜呼贯公，神龙天马。其变不可测，其常不可窥者乎！

抑宇宙英气，合沓为云，流布为霆，感物神化，文武动静，无施而不宜者乎！

将飞仙应真，出入机用。涉世为戏，一旦解悟，倏然而聚散，恚然而合离者乎！

死生幽明之际，焉知公之所甚乐，乃世之所为悲者乎！

呜呼噫嘻！事有可知，有不可知。所可知者，燕茔之藏体魄在兹！

我为铭诗，讵能为公之轻重，姑以慰公后人之思。

江陵王新庙碑①

元·欧阳玄撰

大元至正七年某月，制：故湖广等处行中书省左丞相，赠佐平南纪宣力功臣、太师、开府仪同三司、上柱国，追封楚国公、谥武定阿里海涯，改赠宣威服远辅德翊运功臣，进爵江陵王，官、职、勋、谥如初。

制下，王之诸生以旧庙在天临郡治之义和坊者，杂于阛阓，庙貌弗肃，徙于故第之侧，作正庙七间。中肖王像，后堂称是，别作

---

① （元）欧阳玄：《圭斋文集》卷9。《元代维吾尔哈拉鲁资料辑录》，第86—88页。

神主。父祖子孙，咸列于位，岁遇王之忌日，祭像前庙，时祭尝烝。设主后室，罇俎豆，一遵古遗，庙之门庑，垣墙崇大，厥制克称，封爵享祀之庖、斋宿之舍，祭毕饮福之所，各有序置。经始于六年之秋，落成于是年之冬。曾孙慈利监郡阿思兰海涯至浏上，谒玄记之。惟王建国，为国家表功之极荣，子孙旌德之盛典，具载国史。玄请举其荦荦大者，揭而书之，丽牲之石，庶几观者知王之功在社稷，德在人心，所为不朽者实在于兹。

玄博观天下大势，古今以江陵平江南者四代焉，未有不先得荆州而能得天下者。晋以王濬益州舟师下江陵，而吴降，隋因宇文氏先取萧詧江陵之北，用以图陈，而陈亡。赵艺祖即位之初，即命慕容钊将兵假道以伐湖南，延钊至江陵，袭降高继冲，由岳趋湖南，周保权平，然后东举闽越，西举巴蜀，南唐称臣。我世祖皇帝征宋，既渡江，阿里海涯以偏师捣江陵，既而拔之，由是进兵，溯洞庭，薄长河，遂平湖湘，声震南海。丞相伯颜以大兵顺流而东，徇吴越，传临安，宋主纳款。故今之善言兵者，谓王先取江陵，其功不在伯颜下。向使江陵未附，是时东蜀犹宋地也，万一宋人合荆蜀之兵，以窥江汉，虽胜负素定，然岂万全之策哉！王下江陵，降高逵（达），捷书至，上为之大燕三日，手书以劳王，诚以荆州定则东南之势定矣。

厥后，王建省湖湘，分兵岭峤，恩威并翔，悉有其地。宋太师既燔，其孤臣谋立两孱王于闽海，文天祥亦举兵江西、湖南、广右。王承制署吏，劳来既久，人心已安，势难动摇，寻自覆败。故今善论功者，谓王于斯时绥定湖广，视先取江陵之功，亦未易以高下论也。

抑玄尝闻长沙先辈缙绅大夫言，王初围潭州，守臣李芾婴城固守者三月余，芾死力尽，诸将乃开门入我师。同列两参政怒其后降，欲屠其城，王持不可。两参政不从，遣使入奏，王亦遣使附奏于上皇曰："臣初徂征受命，陛下首以曹彬下江南不杀人为训。今潭州城已降，同列疾其拒命之久，欲狝其民。臣诚不敢负陛下先诏，昧死为民请命。"参政使偶先至京半月（日），上询知不自王所来，疑之，未即召见。有顷，王使至，亟召入内，得王奏，大喜曰："阿里海涯言，与朕志正合。"乃召参政使入。切责之，若曰："国家征南，非贪其国，欲使吾德化均及其民人尔！今得土地而空其城，政复何为？汝不禀命主将，辄为异同，当正汝罪。以汝薄劳，今姑贳汝，后复敢尔，必置汝法。其从阿里海涯慰安吾民，毋或异议。"使者往复十有四日，奏下，王布宣德音，城中官民、士庶、道俗，男女贵贱长稚亡虑百万，游鱼在釜，寄命顷刻，赖王一言，易骨而肉。由是列城闻风，归附相望，未及期年，南尽八桂，冒于南隅，悉归职方。王之威惠，其盛矣哉。

夫天之为德，莫大于好生；圣人一天下之道，莫先于不嗜杀；用兵之不祥，莫大于杀降；杀降之惨，尤莫盛于屠城。将家一念之烈，流毒数世，其后嗣盛衰之报，百不失一，岂独曹彬、曹翰为有征也。王之子孙多贤，文武才器，代有闻人，天之报亦昭昭矣。

虽然，国家先定临安，后平淮东，今追爵伯颜淮安王，表武功之所终；先定江陵，次平临安，追封王以江陵之地，表武功之所始欤？二王之论定，天下混一七十余年矣。

王家世北庭，阿里海涯其小字也。及贵，以小字行。其世系之详，见故翰林学士承旨姚文公燧《神道碑铭》。

玄既述功德之大者，以遗后人，复作迎送神词曰：

出师四方，训以不杀。

惟江陵王，受命徂征，卷甲西南，荆州底平。

扬旗洞庭，和风鸣条，驻军长沙，以逸制劳。

湘人□降，王实活之，三军不刃，王实遏之。

土田第宅，赐在湘野，僮客千亿，是畇是稼。

奕奕新庙，于湘之壖，牺牲粢盛，岁取湘沅。
朱弓金铠，新庙是藏，钟鼖鞎鞳，牲肥酒香。
王徕徐徐，旗旐猎猎，湘灵岳祇，惟是震迭。
王降庭止，有蕃胤祉，绳绳曾孙，以享以祀。
曾孙绳绳，自云祖仍，江汉同流，汝功匹休。
皇家百世，吾王不留，言从世皇，世皇遐征。
旷瞩八荒，乃眷南顾，维此荆州，曰汝之功。
荆州汝功，朕世服膺，今我嗣皇，王汝江陵。
王拜稽首，曰凭天威，神算天授，荆人来归。
洞庭泱泱，湘水是汇，王有曾孙，庙祭来会。
国利利忠，家利利孝，忠有旗常，孝有庙貌。
王来风雨，王去日星，懋蒿昭明，曾孙以宁。
庙貌弘敞，曾孙众多，挽留莫从，屡舞以歌。
有朱斯扉，有雕斯俎，工歌溰溰，福禄来祜。
载奉雕俎，载阖朱扉，万有千祀，王无我遗。

湖广行省左丞相神道碑①

元·姚燧撰

初，公以中书右丞下江陵，驿闻，大帝为大燕三日，晓近臣曰："布延东兵阿尔哈雅孤军戍鄂，朕尝深忧。或荆蜀连兵，顺流而东，人心未牢，必翻城为应，根本斯蹶，孰谓小北庭人，能覆全荆，江浙闻是，肝胆落矣。而吾东兵可无后虞，朕喜以此御笔为北庭书。昔噜噜哈西地所生，阿尔哈雅为大将有功，信实聪明而安

---

① 《全元文》第9册，551—558页。《西域碑铭录》，第240页—248页。姚燧《牧庵集》卷13，《四库全书》本，台湾商务印书馆1986年。《元代维吾尔哈拉鲁资料辑录》，第89—93页。

详，其加卿为阿虎耳爱虎赤嫡近越名赤给日别平章。"求之亿万，维臣之中，降是宸翰，昭乎云汉之章，蔼如天语之温，崇功襃德，匪夸一时，可华及子孙百世者，才公一家，视古丹书铁券出臣子手者，何足道也。

即江陵民封之千家。始公微时，侍燕惟席地坐，后持置榻，班诸侯王实爱拉下，赐之金罍曰：埃至而省，必合乐鼓某曲饮是，他杂以青白缥色龙凤御服御帽、金玉珠带、白貂裘、西锦珠衣、海东白鹘，凡所以侈服贵近由娱其心者，靡不及公。呜呼，盛哉！

公，北庭人，妣夫人图沁呼都鲁，化胞生剖而出公。考额森和卓弗善也，将弃之，夫人未忍，益谨鞠。公幼聪颖而辩，长躬丰耕，喟然曰："大丈夫当树勋国家，何至与细民勤本畎亩。"释耒去，求读北庭书，一月而尽其师学，甚为舅氏实喇岱达尔罕所异，叹曰："而家门户其由子大。"及从事大将布拉吉达，俾其子故中庸右丞相呼噜巴哈，从受北庭书。又荐其忠谨，得宿卫大帝潜藩。

己未，从济江，帝射虎未殪，公舍马而徒，挺矛舂杀之。攻鄂先众而登，禽（擒）一人还，流矢贯喉出项。帝勇之，赐银为两半百。先是闻吐蕃有贮甘露宝函石室，藏山穴者，凡再使求之，皆为大蛇奇兽所惧莫至，最后遣至其所，无所见，竟与俱归。劝进之初，诸侯王议未一，惟一王閫察耳。尝有书，帝忘其谁在也，顾左右问，公曰："臣所有之。"书出而决，两事皆甚合旨。

中统三年，制以为中书省郎中，襃曰："久侍禁庭，已著劳迹。"至元改元，加朝请大夫、参议中书省事，发言惟以当可事宜为心，不惮伯相而阿其所志，人有小疵，必白帝前，众畏其口。明年，进嘉议大夫，金南京、河南、大名、顺德、洺磁、彰德、怀孟等路行中书省事，始罢世侯，而易置其地。又明年，转廉访使、虎符、领鹰坊，凡鸟兽皮角筋羽悉征输官。寻领诸路鹰师猎户，再兼中都路阑遗。又明年，进中议大夫、金制国用使司使。又明年，故中书左丞刘武敏公捄为策：襄阳吾故物，由弃弗戍，使宋得窃，筑为强藩，复此，浮汉入江，则宋可平。帝大然之，征天下兵，领以元帅府。观武襄阳城、白河，别开行中书省，以我少师文献公佥省，公为同签。凡襄、邓、唐、申、裕，在太宗世所残汉上诸州之民，避荒汴、洛间，与下户赋寡者，悉徙而南，屯田给饷，寻罢帅府。又明年，诏故平章合丹开府仪同三司、平章军国重事，赠太尉史忠武公天泽来莅师，宋遣人馈盐茗。襄阳乃筑长围，起万山，包百丈楚山，尽鹿门以绝之。又城岘，首开省其上，兵兴事剧星火，公专入奏，能日驰八百里，败宋殿帅今平章范文虎于灌滩。又明年，分中书省为尚书，拜中奏大夫、参知河南等路行尚书省事。又明年，兼汉军都元帅，分将新军四千六十。及废尚书，复以为河南等路行中书省事。宋遣都统张贵、张顺，将舟师从上游送袍甲犒师。自万山接，战二十里，斩顺，杀溺过所当，贵独以余众入。后水暴涨，虑贵乘出，下令军中舟置灯篝，岸积薪樵。贵果结战舰为阵宵遁，尽然灯薪，战四十余里，斩之柜门关。又明年，遂请以西域炮攻樊城，拔而屠之，无噍类遗。襄阳甚惨，移攻具临之，且晓守臣吕文焕：君以孤军御我数年，今鸟飞路绝，帝实嘉能忠而王，信，降必尊官重赐，以劝方来，终不仇汝置死所也。文焕感而出降，十年二月也。

诏公偕以入觐，真拜参知政事。明年，授资德大夫、中书右丞、同忠武公行荆湖等路枢密院。公策能籍民为兵十万，合旧军或丞相安童、布延一人将之南伐，宋社必墟，制皆从之。故太傅布延与忠武，时皆以左丞相赠开府仪同三司、太保并国武宣公，阿珍以平章与公及故平章文焕以参政行省，将大军发襄阳，将至郢，忠武疾还。敌宿兵数万筑新郢，夹江为城，横铁絙，锁战舰，江中巢炮弫弩，遏我舟师。郢北黄湾岸西去江三里所，港通藤湖达汉，敌壁其上，攻拔之，拖舟入港。丞相惟以公数十骑觇新郢，赵、范两都统鼓伏兵发葭林，诸将仓卒有未甲者，人人奋先，殄其一军，两将之首皆致。公割赵脑，肤挠酒饮之。行克沙洋新城，以临复，守臣翟贵逆降，大军去而复叛，及汉阳故平章夏贵，以制置舟师，陈汉口水军，千户马成为导，由己未济江沙武口涂入江，拔阳逻、青山、白湖诸壁，走贵军。鄂守臣张晏然、王诙、王胜以城下，遂徇州民，衣冠关会，仍其服行。乡郭帖然，无有夺菜秉者，民争德吾元仁政义声，恨服化晚。

檄下汉阳、寿昌、信阳、德安，大兵既东，分四万人戍鄂，咨公留后，寻进官荣禄大夫。自阳逻置驿以便行商，至蔡方请移师江陵，而荆阃安抚高世杰，将艨艟千六百艘，卒二万规袭鄂。公分兵御之，大败之荆江口，降诸洞庭桃花滩。下岳，承制以守臣孟之绍为安抚使，即西师。

至公安，誓曰："自今功者，健儿升长百夫，百夫长千夫，千夫长万夫，万夫取进止。"因南风大，沙市战城上，又战城中，屠之。江陵精锐于是焉尽。制置使朱禩孙辞疾，高节度达出降，下令安集如鄂岳，传檄归、峡、澧、常德、辰、沅、靖、荆门、随、郢，复皆下之，官其守臣如岳，除宋苛法，衣食茕嫠。诏故平章廉希宪，以右丞行省江陵，以世杰穷而来归，弃江陵市，禩孙征至京师，死，犹没入其妻子。还公于鄂，移兵长沙，行拔湘阴。潭守臣植滉柱江中，自乔口至城，凡十五所，皆断之。又拔城西栅，射书招其守帅李芾，速下以活州民，不然拔城屠矣。不答，乃令诸将画地分围，决隍水以树梯，冲炮铁埧石心台。百日，公中流矢，创甚，责战益急，申命诸将：凡所由久顿兵者，卒伍前驱，诸将安行其后也。自令万夫、千夫、百夫之长皆居前列，有退衄者，定以军兴法从事。三日而拔，谋诸将曰："国家为制，城拔必屠，是州生齿繁多，口数百万，悉鱼肉之，非大帝谕布延以曹彬不杀旨也。"其屈法生之，发仓以赈饿人，传檄郴、全、道、桂阳、永、衡、武冈、宝庆、江西袁、连，皆下之，幼主面缚。公入觐贺，始庭拜平章政事。

还，移兵靖江，破严关，败马都统临川，陈、张两总管小溶江，谕经略马塈不下，凡攻三十余日而拔。公以靖江远中土，非长沙匹，民性骜嚣，易叛难服，不重典刑之，广西它州，不可言以绥徕，其坑之市斩，暨传檄下柳、郁林、横、邕、廉、象、浔、藤、梧、贵、昭、融、宾、宜、贺、化、高、容、钦、雷，为州二十。广东肇庆、德庆、特，为州三。特磨农土贵南丹、牧莫、大秀皆请内属，乃闸全之湘水三十六所，以通递舟。承制以万户史格行宣慰司靖江，还潭。宋余孽益、卫两王，改元海中，啖人以爵，规复其旧。全、永诸州与潭属县之民文才喻、周隆、张虎、罗飞之伦，大或集众数万，小方千数，在在为群，与江之北黄、蕲相煽以动，皆削平之。

伪将张世杰传欲袭肇庆、雷，诏公讨之，且略地海外，无为贼巢。过柳州岭时暑，军士病渴，所乘马蹄地出泉，人资沃饮，至今名马蹄泉。而伪安抚赵与珞已戍海南白沙港。公航海五百里，不崇朝而至，击与珞，并获伪使冉南国、黄之纪，皆磔之。谕降琼、南宁、万安、吉阳，闻伪王陷南恩，公还，袭走之。降方经略，会卫王死崖山，乃还。复谕降八番，以其酋龙文貌入觐，置宣慰司。从镇南王伐交趾，其君蹈海去，得文毅、昭国两王以归。后二年，入觐上都，庭拜光禄大夫、湖广等处行中书省左丞相。再月而疾，敕尚医四人诊视。求见登马而剧归，即与夫人诀，当廿有三年丙戌五月廿五日，薨上都，享年六十，葬都城西高梁河。

公元配特哩，帝既才公，敕陈、亳、颖元帅郝谦女为亚妃，前卒。敕复以其妹为继，自陈三召传至京师。顺圣皇后为加帼服、白金为两二千五百，男六人。特哩生故资善大夫、湖广行中书省左丞和斯哈雅。长郝生正奉大夫、湖广行中书省参知政事、虎符、监两淮军格齐格。继郝生辅国上将、省湖南道宣慰使、虎符、监潭州军，赐玉带一品富华善。如夫人者萧生巴图尔哈雅、阿实克哈雅。媵生图噜默色哈雅。女五人，一适政嘉议大夫、同知广西道宣慰司事锡里萨巴，一适承务郎、大司农少卿僧嘉努，一适中书省断事官垯尔锦，一适昭勇大将军、监平阳太原军布延，一适传诏巴尔雅。男孙三人，硕被实哈雅、图图哈雅、和塔拉哈雅。女孙六人，一适郝某，一适平章库尔济苏子博啰，一适监平阳太原军子集赛，余幼。后公薨十四年。

今正奉、辅国以神道未碑，出公凡受制书与御笔及公平生行实，请燧曰："征是为铭。"呜呼！兄弟争与昭扬先德，于其子职责已塞矣。

尝读望诸君书："善作者不必善成，善始者不必善终。"未尝不兴慨叹于武敏开用兵端，视南国为奇货，思图形丹青，垂誉竹帛于今日，后者如取诸怀，及襄阳下，方戍淮西，功已不出乎己。大师南伐，复分兵淮东，渡江捷闻，一失声而死，岂先福始祸者，诚如道家所忌邪。而公鼓其孤军，留戍所余不能倍万，名城通都身至力取，利尽海表，图地籍民，半宋疆理，其时将相虽瞠后尘，犹不可望公少见。最所下州：荆之南十四，淮西四，湖南、九江之西二，广西二十有一，广东、河南各四，凡五十八。

自余洞夷山獠，荷毡被毳，大主小酋，棋错辐裂，连数千里受縻听令者，犹不与存。其依日月之末光，张雷霆之余威，以会其成功者，亦一世之雄哉！今列其由省幕戎麾与所受降登宰相者：丞相二，蒙古岱、阿理罕；平章十二，鄂啰齐、呼图克、特穆尔、阿里史格、吕文焕、特穆尔巴哈、李庭、李顺、张弘范、刘国杰、程鹏飞、史弼；右丞四，索多元、颜诺海、阃出、柔落也讷；左丞四，塔齐哈、唐古特、刘深、赵修己；参政十三，贾文备、郑也可、何玮、张鼎、樊揖、朱国宝、张荣实、囊嘉特、乌玛喇、博啰和塔拉、高达、马应龙、云从龙；都元帅、宣慰使、总管、万夫、千夫之长，又什佰。是观出其门众多，又足征公善推劳人也。

初，北上田租亩取三升，户调岁惟四两，及定湖广税法，亩取三升，尽除宋他名征。后征海南，度不足于用，始权宜抽户调三之一佐军，时以为虐，今较江浙诸省概增倍蓰。独西南赖以轻，平其境馆传修洁，亦甲他省。生祠所在岳、潭、柳、雷、公安、兴安皆一，而严关与全独二。

铭曰：

畴曰江汉，南北之限，天裂幅员，可恃为捍。
天混皇舆，其险则那，古以求之，同轨不多。
秦汉兹降，吴平于晋，陈兼于隋，矧赵遗胤。
曜灵生东，有炎朱光，爝火之微，宜尔灭藏。
于皇大帝，神武不世，行所睿思，效若龟筮。
由夫潜藩，自将六师，鹢舫浮江，亦既越之。
归正丹扆，群策明试，加兵襄阳，五稔克止。
公曰乘胜，籍民授兵，将以大臣，南国用平。
帝曰俞哉，惟尔协朕！假尔以钺，诛彼干禁。
大师克鄂，鼓行而东，四万其徒，留后卑公。
公乃按图，吾与吾守。待敌伺先，孰与进取？
自鄂而岳，自岳而荆，长沙桂林，皆赞以兵。
余州数十，虽定传檄，势詟言绥，心亦孔棘。
又锄武庚，于海之南，左右皇子，交州是戡。
畴知公劳，大帝简在，衣裘禽集，靡有遗赉。
不事故常，堕其奎章，捷捷翩翩，龙腾凤翔。
又锡金罍，合乐而饮，臣邻之家，宠未有甚。
犹若未然，丞相是崇，与太傅公，同元元功。
甲子二终，玄闾是宅，寿止名垂，晰晰竹帛。

北方诸流，所王维河，九里渐濡，尚其余波。

宜公有子，匪相伊使，不专美虞，赏克延世。

其北居庸，卢沟在西，有碑斯丰，流峙与齐。

敕赐故资德大夫御史中丞赠据忠宣宪协正功臣河南行省右丞上护军魏郡马文贞公神道碑铭并序[①]

元·许有壬撰

至正六年七月丁丑，集贤侍讲学士、通奉大夫兼国子祭酒臣天爵言：故资德大夫、御史中丞，赠据忠宣宪协正功臣、河南行省右丞、上护军，追封魏郡公，谥文贞马祖常，早擢高第，历践要途，始终五朝，有文有政，宜锡碑纪德，庸示报功。集贤院臣以闻，制可，命臣有壬为文，臣玄为书，臣起岩篆其额。三人，皆文贞公同年进士。而有壬托知尤厚，始以学士被命，继冒承旨，皆在纪述，其敢辞？公字伯庸，世雍古部，居静州天山。有昔里吉思锡哩济苏者，高祖也。金季，为凤翔兵马判官，死节，赠恒州刺史，庙赐褒忠，子孙因官以马为氏。曾祖乌呼讷月合乃，从世皇征宋，留汴，掌馈饷，累官礼部尚书，赠推忠宣力翊运功臣、金枢密院事，谥忠懿。祖世昌，行尚书省左右司郎中，赠嘉议大夫、吏部尚书。父润，朝列大夫、同知漳州路总管府事，赠中奉大夫、河南行省参知政事，追封梁郡公。妣杨氏，追封梁郡夫人。梁公官浮光，因家焉。七岁，知学，得钱即以市书。十岁，见烛欹烧屋，解衣沃水灭之，人叹其异。蜀儒张公鋆讲经仪真，公未冠，质以疑义数十，张公奇之。科举诏下，乡、会试皆第一，廷试第二，盖以国人冠也。

[①]（元）许有壬：《至正集》卷46，元人文集珍本丛刊影印宣统刊本。《西域碑铭录》，第288页—293页。《全元文》38册，第330—333页。李叔毅点校《石田先生文集》，303—306页。

授应奉翰林文字、承事郎、同知制诰兼国史院编修官，拜监察御史。仁皇久正宸极，犹居东宫，近侍利燕饮，得售所请，公抗言当御正衙、立朝仪，御史执简，太史执笔，虽有怀奸利己乞官赏者，亦不敢出诸口。承天地祖宗之重，当极调摄，至于酒醴，近侍进御，当思一献百拜之义。英庙为皇太子，请慎简师傅，下至臣仆，亦宜精择。时大奸当国，公首知其盗观国史，泊同列疏其十罪，仁庙震怒，罢之，党与之布列要地者，皆论列黜之，端人昔与抵牾而摈斥者，请拔用之。秦州山移，公言：山不动之物，而今动焉，岂在野有当用不用之贤，在官有当言不言之佞？大臣皆家居待罪，荐贤拔滞，知无不言。改宣政院经历，月余，辞归。起为社稷署令，罢杂事于泉南。大奸复相，左迁开平县尹，欲中伤之，退居浮光。大奸死，除翰林待制。泰定建储，擢典宝少监、太子左赞善，寻兼翰林直学士。成均释奠，陈太子视学之礼，内出礼币，命公助祭，除礼部尚书。祖母张夫人卒，护丧归，起为右赞善，复礼部，寻辞归。天历初，再使召为燕王内尉，仍入礼部，两知贡举，一为读卷官，时号得人。参议中书省事，参定亲郊典仪，充读祝册官，礼成，赍金币。拜治书侍御史，锡犀带及御书奎章阁记，内廷宴服七袭，金、玉腰带各一。改徽政副使，拜南台中丞。今上即位，召议新政，赍白金为两二百，楮币为贯万，金织绮为端四。改同知徽政院事，拜御史中丞，以公疾，特免朝礼，命光禄日给上尊。知经筵，进说必陈经史大义，参以祖宗故实，持宪务存大体。西台御史劾其僚禁酤时，面有酒容，以苛细黜之。山东宪以孔氏讼闻，以事关名教不行，按者亦引去，司宪有以贪墨败，没入其田庐，请归曲阜陵庙，从之。拜枢密副使，居无几，辞归，复南台中丞，迁西台，疾，不赴，积阶自承事郎至资德大夫。至元四年三月丙午，薨于光州之第，得年六十。是年四月壬申，葬州北平原乡西樊以里。有司以闻，有今赠谥。配索氏，封梁郡夫人。子男二：武子，承务郎、湖广行省检校官；文子，征事郎、秘书监著作郎。孙男三，女二。公言事剀切，尝建议：国人暨诸部既诵周、孔书，当遵诸诲，以厚彝伦。兵家子骄脆，有辜任使，庶人挽强蹶张，老死草野，当建武学、武举，储材以备非常。时虽勿用，识者韪之。至于论刑，则一本哀矜，常言：死罪遇赦且原，减死流徒，未蒙殊渥，当验情寓恩。内徙汉人满百执弓矢猎者死，不及百者流，条格已有禁弓矢聚众之条，又复为此，是错综网罗之，诚恐愚民举足蹈罪。至论：建德民妻之不首夫，死者则当以必死，其得用法之意乎？国家涵濡百年，誉髦斯士，公先世已事华学，至公始大以肆。为文精核，务去陈言，师先秦、两汉。尤致力于诗，凌轹古作，大篇短章，无不可传者。与修英庙实录，译润《皇图大训》《承华事略》，编集《列后金鉴》《千秋记略》若干卷。至顺间，龙虎台应制赋诗，有玉食之赐，尝进拟稿，为之叹曰：孰谓中原无硕儒乎？文集若干卷，台檄刻之扬州郡庠。仁皇始行贡举，国人而下，列为四色，国人洎诸部为右榜试，目视左榜差优。公虽右列，左列及之者，指未易屈焉，且其为学，初不为贡举也，以挺特之资，丁文明之会，哀为举首，驯至达官，威重足以镇薄俗，文章足以追古作，议论足以正风俗，设科得士，不得不以延祐之初为盛也。不幸寿仅六十，未究其用，悲夫！铭曰：元大一统，六合同风。南台北莱，芃生其中。部族有儒，文贞伊始。文贞之世，翼翼庙祀。后承聿修，讲学诸夏。延畀至公，大有无撼。崟然异禀，幼不事弄。濡衣扑燎，智剧碎瓮。益习以进，益滉以翰。不溺不流，而登于岸。先秦两汉，华咀实撷。天籁泠属，石湍激洌。天子有诏，乃兴乃宾。实三其魁，一推国人。甫试馆职，倏峨豸冠。以尔枘凿，安我考槃。遐心浮云，束帛空谷。春坊翊赞，经筵启沃。皇格于天，公司其度。俊造鉴衡，风纪砥柱。庞恩异数，川委充溢。云胡修途？六十而柅。既易其名，亦大其封。于光之原，赐碑崇崇。赐碑崇崇，于赫厥铭。同年之纪，考信匪诿。维尔部族，文贞有蹋。叙伦敦典，益介戬谷。

元故资德大夫御史中丞赠据忠宣宪协正功臣魏郡马文贞公墓志铭①

元·苏天爵撰

至元四年戊寅三月丙午，资德大夫、御史中丞、知经筵事马公薨于光州居第正寝。有司以闻，制赠抒忠宣宪协正功臣、河南江北等处行中书省右丞、上护军，追封魏郡公，谥文贞。其年四月壬申，葬郡城之北平原乡西樊里。公讳祖常，字伯庸。世本雍古部，族居静州之天山。四世祖锡里吉思，金季为凤翔兵马判官，死节，赠恒州刺史，祀褒忠庙。官名有马，子孙因以立氏。曾祖月合乃，从世祖皇帝伐宋，留汴，馈饷六师，卒官礼部尚书，赠推忠宣力翊运功臣，佥枢密院事，谥忠懿。侯祖世昌，行尚书省左右司郎中，赠嘉议大夫、吏部尚书。父润，朝列大夫、同知漳州路事，赠中奉大夫、河南行中书省参知政事，封梁郡公。母梁郡夫人杨氏。

公幼有异，年六七岁即知读书，岁时拜贺长者以钱赐之，他日行过市中悉以买书。十岁侍梁公宦游仪真，月朔列烛于庭，烛欹侧延烧屋壁，公解衣沃水扑灭。梁公走视，火已救止，问其故，对曰："恐惊长者。"蜀儒张公翌讲学仪真，公时未冠，质以经史疑义数十，张公奇之。公少慕古学，非三代、两汉之书弗好也。梁公尝语公曰："吾祖有德未尽发，吾官州郡，不克施，汝其能大吾门乎？"公愈力学。

---

① 陈高华、孟繁清点校：《滋溪文稿》卷9，中华书局1997年版，第138—145页。苏天爵《慈溪文稿》卷9。李叔毅点校：《石田先生文集》，第297—303页。《全元文》第40册，391—397页。

仁宗皇帝深厌吏弊，思致真儒丕变治化。延祐元年，诏辟贡举，网罗贤才。公偕其弟祖孝俱荐于乡，公擢第一。明年会试礼部，又俱中选，公仍第一。廷试则以国人居其首，公居第二甲第一人，隐然名动京师。授应奉翰林文字、承事郎、同知制诰、兼国史院编修官，日与会稽袁公桷、东平王公士熙以文章相淬砺。

三年冬，擢拜监察御史。时天子临御已久，犹居东宫，而群下每因燕饮，辄有奏请。公上疏曰："大内正衙，古帝王视朝之所，今大明殿是也。陛下圣德谦恭，尚居东宫之旧，愿御大明正衙，镇服华夏。夫陛下承天地祖宗之重，奉养当极精美，调摄宜进玉食。至于酒醴，固谷麦所为，然近侍进御之际，可思一献百拜之义。且百官奏事，古有朝仪，今承平百年，文物宜备，或三日、二日一御朝听政，宰相□臣以次奏对，御史执简，史官执笔，缙绅佩玉俨立左右，虽有怀奸利己乞官赏者，亦不敢公出诸口矣。"初，立英庙为皇太子，公请慎选师傅，朝夕辅养，下至臣仆亦宜精择，天下休戚实原于此。

丞相铁木迭儿专权擅势，大作威福。公帅同列论奏其恶，又撼其贪纵不法十余事劾之。仁宗震怒，命罢其政事，将治以罪，赖太后救解得免。公又言："赞画省务，允宜得人。而参议孛罗、刘吉为丞相腹心，交通贿赂；左右司都事冯翼霄、刘允忠依凭权势，侥幸图进。"遂皆黜退。又言："秦州山移，实惟大变，非遣使祈谢赈恤一方而可弭也。大臣各宜辞官让能，畏惧修省。史载平公石言之语，世世为监。今山移之谴，岂在野有当用不用之贤，在官有当言不言之佞，所以感召不动之物而动也。"于是宰臣皆家居待罪。河西廉访使杜某以赦后杀人者作赦前原之，肆意废法；大都路总管范某以盗窃家赀，自至兵马司督问，侵官失体；并劾罢之。又荐："前中书平章萧拜住、左丞王毅，曩在政府数与丞相抗论是非，当置机要，勿令外补，朝廷缓急有所赖焉。前监察御史彻里帖木儿、中书参议韩若愚皆被丞相诬罔排摈，早赐录用。翰林承旨刘敏中精力尚强，敛身高蹈，可赐半俸，以厉廉隅。国子司业□澄通经博古，海内名儒，可进两院，以备访问。翰林修撰陈观、刑部主事史惟良其材方严，宜居谏职。"

公论刑狱尤本哀矜，尝请量移流罪，及论禁挟弓矢曰："国家不嗜杀人，仁覆生齿。迩年屡发德音，未尝量移流徒，窃虑推恩或有未悉。夫大辟死罪，反被赦原，而减死流徒，独不蒙泽，岂法之平允哉。今后果应长流，请别定制，否则验情重轻，度地善恶，遇恩内徙，幸甚。"又曰："近制：汉人百人以上执弓矢猎者处极刑，百人以下流远方。微及一兔之制，又复为此，错纵而网罗之，诚恐愚氓□获，亦各有罪。方今条格已有禁弓矢之科及聚举足蹈罪，实可怜悯。"盖公建白剀切，故多见于施行。五年改宣政院经历，月余辞归。起为社稷署令，被命罢杂事于泉南。

七年正月，仁宗宾天，铁木迭儿复居相位，睚眦必报。屡欲害公未得，左迁公开平县尹。开平治行都，供亿浩穰，讼狱烦多，盖欲因事深中伤之。公退居浮光之野，咏歌诗书，漠然不以介意。久之，丞相不得专政，忧愤而死。郓忠献王柏柱独相，旌别邪正而升黜之，召公为翰林待制。泰定元年三月，诏建储宫，寻开经筵，公拜典宝少监，阶奉直大夫。四月，天子清暑上京，以讲官多老臣，乃命集贤侍读王公结、秘书少监虞公集及公执经从行。明年，拜太子左赞善，寻迁翰林直学士，仍兼赞善。方储宫之建也，一时宾赞之选，责成辅导之意，盖甚重焉。公述古昔调护辅翼之事上之，又因成均释奠，陈太子视学之礼。内廷出礼币，命公助祭。

三年，考试大都乡贡进士。明年，同知礼部贡举，取士八十五人。又充廷试读卷官。是秋，拜礼部尚书。会祖母梁郡夫人张氏卒，护丧南归，持服。公事夫人克尽孝养，初阶官五品，请于朝曰："祖常幼亡母氏，赖祖母鞠育有成。愿以封妻恩让封祖母。"于是夫人封庆都县太君，著于令。至是公移文曰："礼有为祖后者，祖卒，为祖母齐衰三年。我朝典制虽不登载，然某误擢礼官，理宜从厚。"无何，使者起复，转右赞善，寻命兼经筵官。又明年，公始至京，复入礼部，阶朝散大夫。旋又辞归。天历二年，文宗凡两遣使召之，方起。至顺初元，知礼部贡举，复取士九十七人。改燕王内尉，又拜礼部，阶太中大夫。公择士务求实学，空言浮辞悉弃不取，中选者多知名于时。拜参议中书省事。是岁十月，文宗举百年旷典，亲祀南郊，公充读祝册官，参定典仪。礼成，大赉四海，侍祠官赐金及币，致仕官一品月给全俸，二品半之，三品及九品赐币有差，民年八十以上者表号高年耆德，并免其家徭役。公议事庙堂，言简而理明。敕卫士饲驼马者听借民冗舍以居，公曰："卫士饲驼马已有定居，今不遵旧制，徒使细民横被惊扰。且祖常官列三品，尚无冗舍，况细民乎！"奏复其旧。建德之民远游被杀，莫诘谁何。岁余，妻以贫改嫁之后夫者曰："知汝夫之死乎？我以汝故杀之。"未几事觉，法司以不首坐之。公曰："纲常所系，当以重论，以责天下之为人妇者。"制可其请。二年，拜治书侍御史，迁侍御史，进中奉大夫，特赐犀带及御书奎章阁记，内宴服七袭，金玉腰带各一。三年，转徽政院副使。明年，拜江南行台御史中丞。

六月，今上皇帝即位，召公及翰林承旨许公师敬等赴上都，共议新政。赐公白金二百两，中统楮币二百锭，金织文绮四端。迁同知徽政院事。是月，复命儒臣进讲，公兼知经筵事。公每进说，必以祖宗故实、经史大谊切于时政者为上陈之，冀有所感悟焉。是冬，进拜御史中丞，阶资政大夫。

公风神秀异，威严端重，起居皆有礼法，人亦望而畏之。三为台臣，务镇以肃，或挠宪度，辄屏弃之。西台御史高坦劾同僚"时禁酤酒而面有醉容"，公以风宪当存礼体，纠劾务有其实，今以酒容罪人苟细，不持大体，奏黜罢坦。山东佥宪白元采按行曲阜，以李经自陈不当赂衍圣公求为官属，及孔氏讼衍圣公不法数事以闻。

公署其牍曰："李经所首在赦令前，宗人相讦事关名教。"元采闻之亦去。江西佥宪任忙古带以贪墨败，田庐奴仆在东阿者当没入官，公请以田庐供曲阜林庙祭享，奴仆充洒扫户，从之。公喜鉴拔后进，及官中台。故礼部尚书宋公本初至京师，人无识者，公揄扬其学，遂大有名。尝拟进汴处士冗，荐士尤□炳官风纪，上曰："朕新擢炳为艺文簿，汝俟其至用之未晚。"二年，拜枢密副使。公言："军将子弟骄脆，不胜任使，当立武学，教习兵法。庶人挽强蹶张，徒老草野，当建武举，储材以备非常。"不报，公遂辞归。复拜南台中丞，阶资德大夫，又迁西台，疾不赴，薨，年六十。

公娶索氏，常州录事判官某之女。次怯烈氏，河南镇守千户和尚之女。索氏封梁郡夫人，妇德母仪，宗党范之。子男二人：武子，太常太祝、中书省掾、奎章阁典签兼经筵参赞官，今承务郎、湖广行中书省检校官；文子，征事郎、秘书监著作郎。孙男三人，女二人，俱幼。

公自先世皆事华学，号称衣冠闻族，至公位益光显，文学政术为时名臣。尤笃友义，昆季子孙及宗族孤寒者，悉收而教养之，举进士释褐上庠者凡数十人。公上言："本朝及诸国人，既肄业国学，讲诵孔、孟遗书，当革易故俗，敬事诸母，以厚彝伦。"天下高其议。公自少至老好学弥笃，虽在扈从手亦未尝释卷，喜为歌诗。每叹魏、晋以降，文气卑弱，故修辞立言，进古作者。其为训诂，富丽典雅。既出词林迁他官，而勋阀贵胄褒赠父祖犹请公为之辞。文宗最喜公文，尝拟稿进，上曰："孰谓中原无硕儒乎！"文宗北幸，还驻龙虎台，公奏事幄殿敕近侍给笔札，命公榻前赋诗。卒章言两京巡幸非以游豫，盖为民尔，因诗以寓规谏，上览之甚悦。适太官进食，乃辍尚食以赐。今上闻公瘖疾，特免朝会行礼，命光禄日给尚酝二尊，服药疗治。近世儒臣恩遇，无以逾公矣。始梁公监光州，有惠政，公亦爱其风土，因买田筑室家焉。尝赞郡守修孔子庙，倡秀民兴于学。接光人谦逊以和，光人益敬爱公。或有讼者，闻公一言即解去，不复诣府。公薨，光人老幼咸悲思之。公有文集若干卷，奉诏修英庙实录，译润《皇图大训》《承华事略》，编集《列后金鉴》《千秋记略》共若干卷。

昔者公以御史监试国子，天爵偶忝科名。殆迁应奉，间以所作就正于公。公曰："勉之，当负斯文之任于十年后也。"呜呼，天爵学日荒落，不克副公所教，公之厚德，其能忘欤。谨考次其世族、官封、薨葬岁月，与其始终之大节，合而志于其墓，且铭之。铭曰：

维天生才，无间中外。封殖乐育，治世攸赖。皇有中国，万方会同。征伐谋猷，属诸□雄。维公之先，奋兴西北。佐官前朝，矢死靡忒。忠懿父子，种德百年。世载衣冠，至公益宣。黼黻皇猷，文华有烂。邈视魏晋，上本周汉。帝命褒嘉，中原硕儒。汝执宪度，往肃奸谀。正色立朝，百僚震慑。小臣以廉，大臣以法。公论刑狱，平恕不苛。念彼华人，日陷网罗。公于人才，惟祇惟慎。荐扬硕学，裁抑躁进。公在廊庙，侃侃进言。以厚伦纪，以安黎元。宝带对衣，锡赉繁舞。儒臣遭逢，孰步公武。赠官赐谥，爵以魏公。□典孔昭，维以劝忠。瞻彼行潦，朝盈夕涸。江汉滔滔，源远流濩。维马有氏，七世于兹。忠懿启之，魏公大之。百尔子孙，思慎其守。诗书之传，允克悠久。

大元赠敦武校尉军民万户府百夫长唐兀公碑铭并序[①]

元·潘迪撰

正议大夫、集贤直学士致仕、礼部尚书魏郡潘迪撰并书石、篆

[①] 杨富学：《元代西夏遗民文献〈述善集〉校注》卷3，第137—152页。《全元文》第51册，第17—21页。

额。敦武校尉、左翊蒙古侍卫百夫长崇喜,状其祖军民万户府百夫长府君行实,请曰:曩在成均,深蒙教养,获跻上舍,积分入等,已预会试,俟贡有期。奈户隶蒙古兵籍,为门户计,弗获已,俯就武职。荷祖宗之积累,迭蒙恩宠,一门之中,父子昆弟,咸膺武爵。褒封祖考,荣及存殁,诚子孙之至愿也。然先世潜德,苟不托巨笔铭诸琬琰,不惟无以示后人,而百世之下,亦安知余庆之所自哉?敢再拜请。余素嘉其有志嗜学,且从游久,固不敢以不敏辞。谨案府君讳闾马,唐兀氏。其父唐兀台,世居宁夏路贺兰山。岁乙未,扈从皇嗣昆仲南征,收金破宋,不避艰险,宣力国家。尝为弹压,累著功效,方议超擢,年六十余,以疾卒于营戍。其妻名九姐,年五十余,先卒。时府君甫十岁许,别无恒产,依所亲营次以居,即崇喜之祖也。及长成丁,优于武艺,攻城野战,围打襄、樊,诸处征讨,多获功赏。然性恬退,不求进用,大事既定,遂来开州濮阳县东,拨付草地,与民相参住坐。后置庄于草地之西北官人寨店东南十八郎寨两堤之间,卜茔于本宅之西北堤南道北爽垲之地,亲茔冢圹,栽植柏杨,乃迁其祖、考、妣而安葬焉。至元八年,籍充山东河北蒙古军户。十六年,奉旨选充左翊蒙古侍卫亲军。三十年,编类入籍,累得功赏马匹、楮币,弗肯过侈,用之过节,推其余以济乡党之匮乏。虽幼在戎行,然好学尚义,勤于稼穑。尝言:宁得子孙贤,莫求家道富。常厚礼学师,以教子孙,乡人家贫好学者,悉为代其束脩礼。亲戚有贫弗能育其子女者,府君辄与其值赎之,以养于家。或曰:他人之子女,费钱以养育,毕竟是他人。府君曰:不然,此非汝所知也。子女之父母,贫乏弗能自存,得钱,足以活己。故谚曰:减口胜添粮。其子女在吾家又得饱暖,一举而两全。他日,将养成人,女备妆奁以嫁,男备聘财以娶,所费几何?乡人有死,弗克葬者,则与丧具、米粮以葬之。其父、祖有官,而子孙不能袭荫者,则与楮币、鞍马,为之起复公文，以袭荫之，若此者十有余家。又置产于宿州灵璧县东南芦沟村，以为别墅。致和元年九月二十有八日，以天年终于正寝，享年八十有一。祖母哈剌鲁氏，纺绩织纴，佐夫内治，俭而好礼，和以睦族。后至元三年三月十有九日，以疾终，享年八十有二。子五人：长达海，次镇花台，次间儿，次当儿，次买儿。女一人，曰迈讷。长即崇喜之父也，以崇喜恩封忠显校尉、左翊蒙古侍卫百夫长。娶孙氏，年七十有二而康宁，封恭人。忠显性资温厚，仁慈恺悌。祖母既亡之后，凡诸家所假斛粟、楮币之类，悉命焚其券，以年难免索也，贫者莫不德之。其典买田土契券，命崇喜整治收顿，戒之曰：夫券者，家业之基，祖先所遗，祭祀供需之源，宗族衣食之本，诚为重事。本寨耆老等，旧随香会，名曰龙祠乡社义约，因袭之弊，尚于奢侈，以酒馔相矜。忠显一日来会，言于众曰：乡社之礼，本以义会，风俗之美，在于礼交。是会之设，本欲敬神明、祈雨泽，救灾恤患，厚本抑末，周济贫乏，忧悯茕独，弗意习奢至此，甚非可久之道，大为不可。遂佥议创置社籍，定其赏罚，斟酌古礼，合乎时宜，凡可行之事，当戒之矣，悉载于上，永远恪守。推举年高有德、才良行修之士，以掌其簿。至今遵守，乡里赖之。如纵放头匹，践蹂田禾，非礼饮酒，失误农业，好乐赌博，交非其人，不孝不弟，皆在所罚。祖先茔域，旧仅一亩，今扩为亩者十，亲诣指画，命崇喜栽植柏杨，东西南北，皆有伦理，赡坟地至二百余亩，内有所产，以供祭祀。天历兵兴，起遣渐丁，蒙朝廷差来官选委为百夫长。忠显恐乌合之众，有害于百姓，谕于众曰：他家即己家，彼我有父母，安可惟知有己，而不知有人乎？众皆感悟，循行正道，无有害于百姓者。其恤贫济困，克绍先志。至正四年七月五日，以疾终，得年六十有五。恭人孙氏亦极贤，自四年冬至五年春，大歉，恭人命崇喜令家人每旦多备粥饭，以食乞人之老弱，有少壮男子饥饿濒死，命收留养济以活者十余人。客户贫不能自荐，辄贷粮以济者十余家。子二人：长即崇喜，次卜兰台。崇喜，国子上舍生，积分及等，蒙枢密院奏充本卫百户，授敦武校尉。娶李氏，封恭人。子一人，名理安，娶征士、奉议大夫、翰林待制伯颜宗道之女，哈剌鲁氏。女二人：长适旭申氏阳律。卜兰台，攻习儒书及蒙古文字，深通农务，晓知水利。蒙塔塔里军民屯田万户府选保，充本府百户，授敦武校尉，以其先仕奉父命让，封祖父敦武校尉、本府百户，祖母宜人。娶旭申氏。子一人，名从安。女三人：长适国子生燕山忠显；次适武德将军、武卫亲军千户所达鲁花赤长安，封濮阳县君；次适哈剌鲁氏保住。镇花台，府君之第二子也，年六十有五而康宁，居于濮州鄄城县西南张村保青窝村。性禀温纯，尚义疏财，以勤俭起家。至正五年春，大歉，亲诣州廨，愿施白米五十石以赈饥民。娶盖氏。子一人，名塔哈出。天历兵兴，出征有功。至元四年，蒙枢密院除充塔塔里军民万户府百户，授敦武校尉，封其父亦敦武校尉、本府百户，母宜人。至正四年八月二十五日，以疾终，得年六十有二。再娶王氏。妻袁氏，亦封宜人。二子：长保童，次佑童。二女：长适山东河北蒙古军都万户府左手万户府镇抚宝宝，次适左翊蒙古军侍卫千户关住。间儿，府君之第三子也，居于官人寨店西。天资明敏，性格纯粹，儒、吏兼优，蒙本保充令史，辞曰：父母年迈，不能远离。至顺三年七月六日，卒，得年四十有七。娶王氏，年六十有二而康健。子六人：长曰换住，娶哈剌鲁氏，子三人：长福安，次延安，次善安，女一人：适儒士间间；次曰留住，早卒；次曰教化，娶高氏，子三人：长保安，次佑安，次祐安；次曰伯都，娶彭氏，女三人；次曰春兴，娶张氏，子二人：长安儿，次歪儿；次曰禄僧，未娶；女一人，适蒙古朵烈团。当儿，府君之第四子也。娶冯氏，早卒。子一人：帖睦，娶乃蛮氏，子四人：长翼安，以军功除固始县达鲁花赤，娶高氏；次卫安；次添儿；次芦安；女一人；再娶盖氏，子四人：长曰不老，娶怯烈氏，子三人：长童儿，娶乃蛮氏；次道二；次德儿。次曰脱脱，娶孔氏，俱早卒。次曰广儿，更名伯颜普化，国子生，至正四年，因劝籴拜爵，授进义校尉、济宁路金乡县务司提领，娶旭申氏，子一人：关住，女一人。次曰野仙普化，亦因劝籴以拜其爵，授敦武校尉、长芦盐运司利民场司令，娶刘氏，子一人：哈剌；女一人：赛珍，适兰阳县务司副使旭申氏添孙。买儿，府君之第五子也，泰定五年正月初三日，以病卒，年仅三十有九。娶乃蛮氏。子一人：拜住，娶李氏，早卒，再娶旭申氏，女三人：长适哈剌鲁氏保住，次适哈剌鲁氏保童，次适乃蛮氏。女一人：迈讷，府君之女也，适哈剌鲁氏普化，早寡，以孝节闻。有子一人：庆安，又名脱脱，充军民万户府百户。呜呼！观其子孙之荣盛，则其祖、考之积累不无启于前；观其祖、考之勤俭，则其子孙之发达，宜乎丰于后矣。唐兀氏自贺兰始祖启庆元于其端，而敦武府君以孑然孤童勤俭起家，功著于国而不求其报，则其子孙荣盛而发达，殆有以浚庆源于其后欤！一门之中，荣膺宠渥，长百夫者，父子、昆弟不啻数人，子孙及家人无虑近万指，苟非祖、考积累之功，奚克致是？猗欤盛哉！铭曰：贺兰右族，归顺国初。拥扈圣胄，强梗是锄。翦金麾宋，不避艰虞。未及受禄，抱勋以殂。奇哉敦武！零丁孤苦。生未十龄，居无宁所。爰依所亲，长隶行伍。襄樊之攻，多获丑虏。大勋未酬，慨然归休。济贫恤匮，余扩田畴。延师诲子，道义是求。贫而好学，愿代束修。子女匮食，乃赎于室。乃室乃归，俾遂所适。贫弗能官，我叙其职。亡不能葬，我资其力。有子有孙，家道裕温。恩加三命，寿逾八旬。庆分五派，春满一门。森森翠柏，惟公之坟。至正十六年六月吉日，崇喜等立石。

友石山人墓志铭[①]

元·吴海撰

岁著雍敦牂二月乙丑，友石山人王君用文卒。予走往哭焉，其孤曰：父有遗言，令我自进启缄，得书及诗，皆殷勤与予诀，与悼其后事。其词有甚可哀者，曰：吾幼失父母，值乱奔走四方，来闽将二十年，淮土为墟。吾家老幼僮仆殆百口，无一人存者，先垄遂为无主，吾目不能瞑。诸子皆幼，何以得还？将来失学，不能为人，吾葬不必择地，苟夫子不忘平生，其幸为我志焉。予既吊抚其孤，乃征其家牒。按王氏，先世齐人，陷没于李元昊。元初，取天下，赐姓唐古氏。曾祖某，从下江淮有功，授武德将军、领兵千户，镇庐州家焉。祖某、父某迨君，袭爵三世。君讳翰，仕名那木罕。年十六，领所部，有能名。省宪共言其材于上，请畀民职，除庐州路治中，政誉日起。平章完者不花镇闽，辟为从事。改福州路治中，三魁贼起，地险难猝用兵，制君自造其垒，谕降之。升同知，又升理问官，综理永福、罗源二县。泉州土帅柳莽跋扈，越境以联众，莆属邑皆受团结。既而遂向永福，民惧汹汹，君使人谓曰：彼此王民，各有定属，慎勿犯我一寸，吾有以待汝矣。莽遽退，不改前地，为好辞以应。擢朝列大夫、江西福建行省郎中，平章陈公留居幕府，每有所匡益，然敬而惮之。南方屡扰，以君威望素著，表授潮州路总管兼督循、梅、惠州。君请勿拘文法，至则大布恩信，已逋责、缓徭赋、简刑罚，事有害政者，以便宜罢之。兴学校、礼儒生，使民知好恶，革其旧习，奸凶宿蘖，不能煽乱服顺

[①] （元）吴海：《闻过斋集》卷5，元人文集珍本丛刊影印嘉业堂丛书本，新文丰出版公司1985年版，第278页。校以四库全书本。《全元文》第54册，第277—279页。

若良民。遭世变，更浮海抵交、占，不果，屏居永福山中，为黄冠服十年，号友石山人。一妄男子上书荐之，君闻命下，叹曰：女岂可更适人哉？即诒木病，不肯服药。逮有司迫就道，遂自引决，年四十有六。君性强介精敏，有胆略，常慕古志士立名于世，持身斩斩，刻苦节俭，衣服饮食，处人不堪。居官廉洁，货赂不入，吏畏若雷霆。其行事，一以爱民为主。平居阅书史，喜为诗，敏常先于人。君配夏氏，前卒于淮，再娶刘氏。子三人：俯甫九岁，修甫六岁，伟三岁。呜呼！世之仕者，或不能洁己爱人，或下材不任举职，徒能邂逅一死，君子犹必取之，况君所树立若此者哉！惟寡妻弱子，侨寓数千里之外，望乡井坟墓而不可及，行道有戚之者矣。买地于永福县永唐里林坑山下，卜葬用十有二月甲寅。铭曰：松柏受命天也特，太阿淬锋孰与楠？中道而废世既易，知死可畏子乃择。自献自靖作臣式，有其讯之视此刻。

秦国文靖公神道碑①

元·程钜夫撰

孔、释之道，为教虽异，而欲安上治民，崇善闭邪，则同。后世之士，各尊所学，更訾迭诟，莫归其极。自故翰林学士承旨、秦国文靖公，始以佛法见知天子，至于忠言谠议，敷弘治化者，孳孳焉、恻恻焉，悉本乎孔氏。孔、释之道，克协于一。夫天之生斯民也，岂无意哉？初，其父方燕坐作观音观想，忽有抱一童子付之者，已而其母有娠，及产，红光发屋，邻曲争以失火来救。生五岁，一日，卧三昼夜，始寤，问其故，则曰：文殊方为吾说法，不

---

① （元）程钜夫：《雪楼集》卷9，见于《全元文》第16册，第388—390页。《元代维吾尔哈拉鲁资料辑录》，第65—66页。《西域碑铭录》，第248页—251页。

觉久留耳。自是日闻父、兄讲诵经论，即了大义。九岁，始从师力学，一目十行俱下，日记万言。十三，能默诵俱舍论三十卷。十五，孔、释之书，皆贯穿矣。十九，被征召对，称旨，为特赐坐。世祖即位，进宝藏论玄演集一十卷，嘉叹不已，因劝上宜亲经史以知古今治乱之由，正心术以示天下向背之道，遂译《尚书无逸篇》《贞观政要申鉴》各一通以献，上深纳之。亲王阿里不哥潜谋不轨，天子重以骨肉之情，命公往调护之，而反状益闻。乃遣近侍孟速思、怗木不花亟召以还，曰：毋害善人。既至，慰劳久之，公因举任贤勿贰，去邪勿疑，与治同道罔不兴，与乱同事罔不亡。有言逆于汝志，必求诸道；有言逊于汝志，必求诸非。道敷绎详，暇以谏，上大悦，特授翰林学士、嘉议大夫、知制诰、同修国史；寻商议中书省事。奉诏译《尚书》《资治通鉴》《难经》《本草》成，进承旨，加正奉大夫，领集贤院会同馆道教事。公既以硕德重望，为上所信，幸每赐对，必以开言路、广圣虑、慎刑节用为言，未尝不称善。至元三十年五月二十有二日丁丑，忽端坐若禅定者，左右扶就寝，至夜，闻异香馥郁，即视之，已薨矣。是夕，有大星陨于庭，圆相，凝室不散，见白毫出西南去。天子闻之，震悼，遣中使致祭，赙赠有加。五日辛巳，阇维于国西南门之外，得五色舍利，不可胜计，塔葬其骨于宛平县七园之原，诏收其家遗书，得歌、诗、偈、赞、颂、杂文数十卷，命刻梓传世。延祐二年，赠推忠赞翊协德钦臣、太师、开府仪同三司，追封秦国公，谥文靖。明年，集贤大学士臣颙请刻石表墓，而以文命臣某。臣谨按：公讳安藏，字国宝，畏兀人，世家别石八里，自号龙宫老人。祖讳小乘都，赠银青荣禄大夫、大司徒；父讳腆藏帖材护迪，赠太保、仪同三司；并追封秦国公。祖妣普颜嫡瑾，妣叶仙郡主，并追封秦国夫人。配张氏，封秦国夫人。男二：斡儿妥迪钦，中宪大夫、同知徽州路总管府事。女一，适荆湖北道宣慰副使耶律希图，中书左丞相铸之子也。孙男二：阙间，朝列大夫、德安知府；九九。其门徒之贤者，则太师天藏沙津密护赤为之首。臣尝与公同僚，并受世祖之知，观公为学有根柢，制行有绳准，论事有本末，忧国如家，视物如己，忠信岂弟，有古君子之风。是以四海之内，黔黎之氓，缁素之流，希声光而谈道德者，翘首跂踵，莫有间焉。其能生为大臣，没享上公，宜矣。铭曰：佛以教离，儒以习衰。哲人之忧，愚者之疑。于铄秦公，孔释兼融。振衣金维，与道俱东。展也生知，允矣上智。搜罗群经，抒发秘义。以儒辅世，以佛洗心。嘉言罔伏，如玉如金。出入承明，余三十载。窈窕禁林，遗风犹在。音容虽邈，命数维新。茫茫秦郊，原隰如鳞。吁嗟秦公，百世之士。继之承之，惟尔后嗣。

大元敕赐故荣禄大夫中书平政事守司徒集贤院使领太史院事赠推忠佐理翊亮功臣太师开府仪同三司上柱国追封赵国公谥文定全公神道碑铭[①]

元·赵孟頫撰

太祖皇帝既受天命，略定西北诸国，回鹘最强，最先附。遂诏其主亦都护第五子，与诸皇子约为兄弟，宠异冠诸国。自是有一材一艺者，毕效于朝。至元、大德间，在位之臣，非有攻城野战之功、斩将搴旗之勇，而道包儒释，学际天人，寄天子之腹心、系生民之休戚者，惟赵国文定公而已。

今上皇帝临御之七年，始行褒恤之典，于是赠公祖父官爵勋封。越明年，复赐碑墓道，命臣孟頫为之文。当世祖时，公为平章

[①] （元）赵孟頫：《松雪斋文集》卷7。录文以《四部丛刊》本为底本。《西域碑铭录》第259页—262页。赵孟頫《松雪斋集》卷7，花溪沈磺1339年刻本。《全元文》，第19册，第231—235页。《元代维吾尔哈拉鲁资料辑录》，第53—55页。

政事，臣为兵部郎中，趋走省闼，识公为旧，承言论政，知公为详，敢不祗奉明诏。

公讳阿鲁浑萨理，回鹘北庭人，今所谓畏吾儿也。以父字为全氏。曾祖讳乞赤也奴亦纳里，妣可吕竭失怙林。祖讳阿台萨理，赠保德功臣、银青荣禄大夫、司徒、柱国，追封赵国公，谥端愿。妣张氏，追封赵国夫人。父讳乞台萨理，早受浮屠法于智全末利可吾坡地沙，圆通辩悟，当时咸推让之，①累赠纯诚守正功臣、太保、仪同三司、上柱国，追封赵国公，谥通敏。妣李氏，累封赵国夫人。

初，通敏公从父自燕还北庭，生公兄弟三人。已而被召，留妻子北庭。公兄弟稍长，奉母东求其父。岁余至云中，得通敏公。居三年，公从国师八思马学浮屠法，不数月，尽通其书，旁达诸国及汉语。世祖知其材，俾习汉文书。顷之，遂通诸经史百家，若阴阳、历数、图纬、方技之说，靡不精诣。会国师西还，携与俱。岁余，乞归省，师送之曰："以汝之学，非为我佛弟子者，我敢受汝拜耶！勉事圣君。"相泣而别。

比至阙，师已上书荐之裕宗，得召入宿卫，日以笔札侍左右。至元二十年冬，有二僧西来见，自言知天象。上召通象胥者数辈与语，莫能解。有脱烈者，言公可使。立召与语，僧乃屈，谢不如。上大悦。明年夏，擢朝列大夫、左侍仪奉御。秋，置集贤馆，命公领集贤。公请以司徒撒里蛮领之。乃以公为中顺大夫、集贤馆学士兼太史院事。明年夏，迁嘉议大夫。明年春，升集贤大学士、中奉大夫。明年春，进资德大夫、尚书右丞，并兼太史院事。冬，拜荣禄大夫、平章政事，兼集贤大学士、太史院使。廿八年，乞解机

---

① 明刻本、城书室刻本在"当时咸推让之"句后多"故其师又名之万全，事世祖皇帝，历大同路僧录众都提领，释教都总统，同知总制院事、统制院使，积阶资德大夫，号正宗弘教大师"。

务，以为集贤大学士。三十年，加领太史院事。自初授官至是，凡八迁，并兼左侍仪奉御。

明年，世祖登遐，裕圣皇后命公帅翰林、集贤、太常礼官备礼，册立成宗即皇帝位。明年春，以翊戴功加守司徒。大德三年，复拜平章政事。十一年春，成宗晏驾，哀恸成疾。秋八月十有七日，薨于大都发祥里第，年六十三。以是月□日，葬城西南冈子原通敏公兆次。

公开明廓深，喜怒不形于色，仁足以立政，智足以周物，明时务，识大体。初为世祖所知，即劝以治天下必用儒术，江南诸老臣及山林薮泽有道艺之士，皆宜招纳，以备选录。于是，置集贤院，下求贤之诏，遣使天下。天下闻风而起，至者悉命公馆之，礼意周给，皆喜过望。其有不称旨者，亦请厚赍而遣之，以劝来者。而集贤长贰，极一时名流，尽公所荐用。又请置国子监学官，增博士弟子员，优其禀，既学者益众。

及尚书省立，相哥用事，诏公贰政。公固辞，上怒，不许。相哥政日横，引用群小，以为腹心，公弥缝其间，小者损益，大者力谏。初犹信用，久渐乖违。又立征理司，征责财利，天下囹圄皆满，愁怨之声载路。会地震北京，公极言地震职此之由。上诏罢之，尽以与民。诏下之日，京师民相庆，市酒为空。相哥益怒，数奏公沮格。及相哥败，公一无所污，然犹坐累籍没。相哥临刑，吏以公为诘，相哥曰：“我惟不听彼言，以至于此！"上知公无罪，诏还所籍财产。裕圣皇后闻其廉正，赐以金帛，辞。又命所籍未尽还者还之，又辞。

成宗即位，赐楮币二十万缗，乃受。初，成宗在潜，世祖圣意已有所属，成宗屡遣使召公，公托疾不往。及成宗储位既定，索棋具于公，公始一至其邸。成宗曰：“人谁不求知于我，汝独不一来。我非为棋具，正欲一见汝耳！汝可谓得大臣体矣。"元贞、大德间，得赐坐视诸侯王者才五六人,公必与焉。上尝谓近臣曰:"若全平章者,可谓全才矣。于今殆无其比!"左右或呼其名,上必怒责之曰:"汝何人,敢称其名耶!"

公历事两朝余二十年,通夕未尝安寝,或一夕至再三召。日居禁中,弥纶天下之务,虽妻子未尝闻其所言。每一政出,一令下,莫能知其自公也。有谮公者,公不辩,而上亦不疑。及公罢政,有刘监丞者,言公在太史多言灾祥事,预国休戚,大不敬。上大怒,以为诽谤大臣,当抵罪。公顿首曰:"臣不佞,赖陛下含容,天地之恩也。若欲置刘罪,臣恐无复为陛下言者。"上怒不已,公力争之,乃得释。公所为类如此。公平生雅好推毂,士由公进者凡数十百人,位至公卿大夫者不可胜纪,而未尝有德色。前后所赐金玉、束带、裘服、弓矢、宝器,常辞让不敢当。呜呼!若公者,乃可谓大臣者矣。

公娶郜氏,封赵国太夫人。子男三:曰岳住,资善大夫、隆禧院使,力学为政,有父风;曰久住,翰林侍读学士、中奉大夫、知制诰、同修国史,卒官;曰买住,早世。女一,适荣禄大夫、徽政院副使也速。孙男三:曰普达、答里麻、安僧。女二。

铭曰:

世祖制治,三五同风,立贤无方,如汤执中。

惟文定公,始事裕宗,战战兢兢,夙夜在公。

名闻天子,为天子使,一话一言,纳民于轨。

既辟贤馆,亦集太史,学究天人,道通孔李。

保我皇极,烝我髦士,万国熙熙,众生济济。

权臣怙势,群小并起,皎然夫容,出于泥滓。

成宗当阳,帝贻孙谋,惟公佐之,益阐大猷。

其心孔休,其政孔修,物无不周,义无不由。

成宗宾天,公亦长逝,生死以之,君臣之义。

斯民之悲，哲人之泪，竹帛煌煌，千载无愧。

继述济美，褒荣斯备，刻辞丰碑，用劝来裔。

故嘉议大夫广东道都转运盐使赠通议大夫户部尚书上轻车都尉追封高昌郡侯合剌普华公墓志铭①

元·许有壬撰

公讳合剌普华，高昌人。其先曰暾欲谷者，助讨安禄山，封忠武王。数传至克直普尔，公高祖也，辽锡号阿大都督。曾大父岳弼，大父亚思弼，世有奇勋，皆国相。父岳璘帖穆而，慷慨自植。兄仳理加普华柄用既隆，杀西丹僧稍监，复有功，左右忌而谮之，不能自明，乃同归我朝。太祖皇帝待以殊礼，而留为质焉，傅皇弟斡真，以孝悌不杀统治中原。从平河南，监军民、总听断，化行盗弥，以寿卒官。公幼奉母奥敦夫人居益都，慨然趋父官所请学，父奇其志，授伟兀儒书。性警敏，诵辄不忘。李璮叛，母夫入逃难相失，公昼夜号泣，从父行省撒吉思平贼，购获奉归，行省器之。荐入宿卫，使益都立四脚山冶，以劳授金符、都提举，寻让厥弟。天兵之南，擢行都漕运使，馈输以济。宋平，上守成策，大要存国体、励士节，定官程、厚民生，昭旧族、抚新民，时论韪之。江南漕秋米二十万石，由邗沟达河，舟覆损十之一，斛之出纳，复有大小之耗，责偿舟人。公抗言多寡有量，水覆非人没，责偿非宜，请独当其责。报罢，时相愤嫉，黜监宁海路。迁江西宣慰使，改广东转运盐使，兼领诸蕃市舶。私贩之徒，连万人作乱，行省檄公暨招讨使笞失蛮捕之。渠魁既歼，亲抵巢穴，悉招出复业，条盐法不便

---

① 《至正集》卷54，元人文集珍本丛刊影印宣统刊本。《西域碑铭录》，第237页—240页。《全元文》第38册，第399—402页。《元代维吾尔哈拉鲁资料辑录》，第135—136页。

革之。劾按察脱欢奸利，罢之。盗欧南喜破城杀吏，众十万，公图上阨塞并攻取策，分兵扼之，功最诸将。占城之役，护饷道，遇贼欧、钟，锋甚锐。公慨然曰：军饷重事，退缩误国，可乎？率先力战，矢竭马创，格斗踣数十人，气益厉，兵寡，为所执。贼欲奉为主，公大骂之，遂遇害，至元甲申二月十九日也，年三十九。屡见神异，越民绘像祠之。某年月，赠通议大夫、户部尚书、上轻车都尉，追封高昌郡侯。配希台持勒氏，贤操夙著，后三十五年，寿七十二卒，封高昌郡夫人。二子：长曰偰文质，以其先出偰辇杰河，因偰为氏焉。守广德，治最诸郡，累官通议大夫，今佩金虎符，同知广西两江道宣慰使司事、副都元帅。十岁刲股，愈母疾，人谓忠贞孝萃一家，绘三节图传之。次曰越质伦，早世。女一人，镇江忽都花，适霍氏海牙。孙六人，曰偰玉立，延祐戊午进士，朝列大夫、济南路治中；曰偰直坚，泰定甲子进士，承直郎、同知新昌州事；曰偰哲笃，延祐乙卯进士，奉议大夫、南台监察御史；曰偰朝吾，至治辛酉进士，承直郎、枝江县达鲁花赤；曰偰列篪，至顺庚午进士，将仕郎、湖广行省管勾；皆文质子。曰善著，泰定丁卯进士，将仕郎、淮安录事司达鲁花赤；越质伦之子也。孙女四人。曾孙男九人。女六人。公少有志节，器可大受，用兵、理财，才一节尔，而履阅所施，人视为法。至于见危授命，则大节可知已。延祐设科，今六举，公六孙举辄中一人，唐、宋监时儒家世科，未有如偰氏一门兄弟之盛，天下传为美谈，不知其先，何修而得此于天也？观公之行，则天道可知已，然亦窃讶天之屑屑然，若有意于报公，秩秩然，犹举器而列置于地者，岂以科名之贵，实出至公，不于彼而一于此，以必天下后世之信于为善邪？抑公之忠义在天地间，百世不泯，精诚之至，则与天一，其必于天者自有在也？于戏！偰氏其益显矣。某年某月某日，改葬公滕州礼教乡清沟原，使来请铭。偰哲笃于有壬，偰列篪于弟有孚皆同年，义不敢让，为之铭曰：惟偎莘水，太古未漓。其钟为才，天下之奇。流祉在昔，盛乃萃今。繄尚书公，曰大是任。纯孝生知，忠贞有自。王师吊伐，允资饷馈。六合既一，守成异宜。大据厥蕴，以昌圣时。督漕□蹉，寸跬巨钟。民死而生，民盗而农。力战无前，蜂蚁敢兵。没当厉贼，首离岂惩？嗟嗟越民，庙祀无斁。匪公之异，实公之德。天之报公，曰惟显哉。诸孙联科，邓林取材。东山卜吉，土厚俗善。带以清沟，□□犹昔。庆源再启，时出其渊。刻铭纳幽，何千百年！

广东道都转运盐使赠推诚守忠全节功臣资德大夫
河南江北等处行中书省右丞上护军
追封高昌郡公谥忠愍合剌普华公神道碑[1]

元·黄溍撰

今天子至正九年春三月日，诏以工部尚书偰哲笃为参知政事，行省江浙。其祖、考高昌忠愍公之墓实在所治境内，偰哲笃将奉加赠进封制书展告于墓次，中书宰臣因奏请赐以神通之碑，用广孝而劝忠。制可其奏事，下翰林，命臣溍为之铭，别敕中政院使臣朵尔直班、礼部尚书臣泰不花书篆以赐焉。臣溍谨按：公讳合剌普华，伟吾尔人。其先曰暾欲谷，助唐平安禄山之乱，以功拜太傅，封忠武王。传数世至公高祖讳克直普尔，曾祖讳岳粼，并袭本国相、答剌罕，号阿大都督，兼辽主所授太师、丞相，总管内外藏事。祖讳亚思粼。有子二人：长化俚伽普华，次即公之考讳岳璘帖穆而。化俚伽普华既嗣相位，复立奇功，谗人间之，无以自白，乃归命于我

---

[1] （元）黄溍：《金华黄先生文集》卷25，四部丛刊初编景印元刊本。《元代维吾尔哈拉鲁资料辑录》，第111—113页。《全元文》第30册，第197—201页。

太祖皇帝，以岳璘帖穆而充秃鲁花；秃鲁花者，译言质子也。上察其材具周通，而识量宏达，俾传皇弟斡真那颜统治中原，朝夕左右，劝以孝悌不杀。上闻而嘉之，赐金虎符，授河南等处军民都达鲁花赤。太宗皇帝以为大断事官，出镇顺天，寻俾还治河南，卒于官，赠宣力保德功臣、亚中大夫、同知山东东西道宣慰使司事、轻车都尉，追封高昌郡侯，谥庄简。公幼警敏有大志，奉母奥敦夫人居益都。李璮起兵益都，据济南以叛，干戈抢攘之际，母子莫能相保，公昼夜号泣，驰走访问，期必见母。从父撒吉思行省山东，公从之平贼，乃得母所在，迎侍以归，人谓孝感所致。行省知公纯笃可用，荐于世祖皇帝，得备宿卫。奉上旨立二铁冶于益都四脚山，遂赐金符为其都提举，寻以让其弟。久之，上命丞相伯颜总兵伐宋，择可主饷馈者，擢公行都漕运使。公调度有方，师赖以济。宋人既奉版图入职方，公恐上下狃于宴安，乃条上守成之策：曰存国体，曰厉士节，曰定官程，曰厚民生，曰昭旧族，曰拊新民，上多采纳焉。江南漕秋米二十万石，由邗沟达大河，覆溺者十之一，出纳之量，复有小大之殊，折阅颇多，悉责偿于舟人。公抗言：此非舟人之罪，虽没入其家赀，所偿能几？请独当其责。时相恶其不附己，黜为宁海路，稍迁江西道宣慰使，改广东道都转运盐使兼领诸蕃市舶。奸民以私贩梗盐法，往往挟兵刃以自卫，因而构乱，有陈良臣者，众至万人。公奉省檄与招讨使答失蛮讨之，歼其凶渠，而谕胁从者使复业。既而有欧南喜者，复啸聚其党至十万人，借称名号，伪署官职，攻陷城池，戕杀吏民。公列上攻取之方略，奉省檄与都元帅课儿伯海牙分兵扼其要害，贼平，公之功居多。因请革盐法之不便者，并劾按察使脱欢奸利事罢之。会朝廷有事占城，属公出护饷道，行次惠之博罗，值剧贼欧钟横截石湾，据其陋塞，势猖獗甚。公慨然语其众曰：馈饷重事，苟有退缩，必误军需。即身先士卒，力战矢尽，而马被数创，犹徒步搏贼，格杀数十人，竟以众寡不敌见执。贼欲生之，使为主帅，公骂曰：吾天子贵臣，出将使指，宁能从汝蛮贼反耶？贼知不可屈，公遂遇害，时年三十有九，至元二十一年二月十九日也。是夕，公见梦于夫人希台特勒氏，曰：吾死矣。明日而讣至，幕僚刘闻、张德亦梦公衣金甲，指金榜城门曰：吾今治此，须若等为功曹。两人俄暴卒，官兵逐捕群寇，若见公乘骓督战，惠人咸共惊异，作堂于公死所，像而祠之。其后偰哲笃佥广东宪司事，广人见之，如公存焉，共请为公立祠，偰哲笃弗能止，又不欲以役事烦其人，乃捐俸资建祠宇，仍买田以给之。仁宗皇帝追念公死于国事，始以延祐五年冬十一月，赠公通议大夫、户部尚书、上轻车都尉，追封高昌郡侯。皇上以为情文未称，既以元统二年冬十月赐号守忠全节功臣，谥曰忠愍，复以至正九年春正月加赠推诚守忠全节功臣、资德大夫、河南江北等处行中书省右丞、上护军，追封高昌郡公。其得请树碑，则夏四月十一日也。公墓在溧阳州永成乡沙溪之原，葬于重纪至元之元年冬十二月日，盖改卜于兹，十有五年矣。夫人希台特勒氏盛年嫠居，以死自誓，封高昌郡太夫人，年七十有二乃卒。子男二人：长偰文质，以先世居偰辇杰河，因以偰为氏，十岁，刲臂肉愈母疾，人谓忠、贞、孝萃于一门，绘为三节图以传。其守广德，有异政，治他郡如在广德，历同知广西宣慰司事、副都元帅，卒官正议大夫、吉安路达鲁花赤兼管内劝农事，赠宣惠安远功臣、礼部尚书、上轻车都尉，追封云中郡侯，谥忠襄，阶如故。次越伦质，早卒，以子贵，赠承事郎、山东东西道宣慰使司都事。孙男六人：偰玉立，延祐五年进士，正议大夫、佥福建闽海道肃政廉访司事；偰直坚，泰定元年进士，从仕郎、淮安路清河县达鲁花赤；偰哲笃，延祐二年进士，中奉大夫、江浙等处行中书省参知政事；偰朝吾，至治元年进士，奉议大夫、同知循州事；偰列箎，至顺元年进士，儒林郎、潮州路潮阳县达鲁花赤，皆偰文质子；善著，泰定四年进士，承务郎、巩昌等处都总帅府经历，越伦质子也。女四人。曾孙男二十三人：偰玉立之子偰烈图，用忠襄荫为承事郎、绍兴路上虞县达鲁花赤；偰哲笃之子偰百①辽逊，至正五年进士，由应奉翰林文字、承事郎、同知制诰兼国史院编修官迁宣政院断事官经历；偰理台，国子生，今为将仕郎、丰足仓使；偰帖该，乡贡进士，今为翰林国史院译史；偰德其，今上潜邸速古儿赤；偰吉思、偰赉、偰弼，并国学生善著之子；正宗，至正五年进士，将仕郎、江浙等处行中书省照磨；阿儿思兰，至正八年进士，将仕郎、湖广等处行中书省理问所知事；余皆未仕。女□人。玄孙男四人，女三人。盖自仁宗皇帝肇建科目以取士，公六孙而六举擢第者各一人，惟偰哲笃最先达。暨皇上复行贡举法于既废之后，公曾孙擢第者又三人，名乡书者一人，登学馆者四人。谓天可必乎？则积善者不能皆食其报。谓天不可必乎？则公家余庆所钟，彰彰如是。昔人谓天人之相与，当俟其定而观之，自公殁逮今逾六十年，天之定也久矣，而况承休袭美，世有其人，克膺上眷，弗替益隆，泽流后裔，讵有既耶？臣潛辱与偰哲笃有同年之雅，颇获闻其家世之详，顾以鄙陋衰朽，无能发扬公之英光伟烈，以称塞明诏之万一，稽首献文，惶悸无地。铭曰：猗公之先，肇自有唐。以功锡爵，有家高昌。蝉联奕叶，相其国主。逮公显考，归我圣祖。出传宗王，统治兵民。导之不杀，守位以仁。公生名阀，夙有大志。挺身以学，敦行孝弟。移孝为忠，事我世皇。温恭匪懈，出入践扬。灵旗南指，貔貅百万。飞刍挽粟，公多益办。士欢为腾，贾勇直前。俘厥宝玉，铙歌凯旋。四方既平，守成不易。囊封亟上，敷陈至计。皇华遣使，盐筴是司。海濒遐远，人利其私。啸奸聚凶，循习其旧。公振厥武，殄彼二寇。岛

---

① "百"，刘岸等《万历兖州通志》卷53《秩官表》及黄溍《金华黄先生文集》卷39《魏郡夫人伟吾氏墓志铭》均写作"伯"。

夷弗率，王师有征。糗粻在道，辍公以行。群蛮跳边，猝与公遇。天竭马瘏，公奋不顾。见危授命，不有厥躬。生气凛然，万夫之雄。以死勤事，礼有常祀。追远弗忘，由今天子。日照月临，天子圣明。公多子孙，式克钦承。际时丕平，以文易武。保其遗祉，列于位序。公死不殁，神游无方。归形此□，有封若堂。史臣奉诏，属辞比事。揭为臣轨，昭示来世。

魏郡夫人伟吾氏墓志铭[1]

元·黄溍撰

至正元年四月二十日，今吏部尚书偰哲笃公之夫人卒，寿四十有一。以某年某月某日葬于溧阳州某乡某山之麓。尚书既亲志于幽堂，其子偰伯僚逊等复以尚书之命求予铭，揭诸封隧，用昭示于后人。予辱与尚书有同年之雅，故不敢以不文为解。谨按：夫人讳月伦石护笃，字顺贞，系出伟吾氏。曾祖讳雍吉脱忽伦，由雍吉脱忽伦而上，世仕本国。祖讳脱烈，事世祖皇帝为功德使，以劳绩被褒锡甚厚。桑葛秉政，嫉其能而恶其不附己，诬构以罪，遂遇害。考讳八里麻吉而底，资善大夫、福建道宣慰使都元帅。妣廉氏，中书右丞布鲁迷失海牙之女。夫人生而聪慧，稍长，能知书，诵《孝经》《论语》《女孝经》《列女传》甚习，见前史所记女妇贞烈事，必再三复读而叹慕焉。年十七，归于偰氏。偰氏，本突厥之贵戚，自唐以来世相伟吾氏，遂为其国人。尚书之曾大父曰庄简公岳璘帖穆尔，大父曰忠愍公合剌普华，父曰忠襄公偰文质，仕皇朝咸至大官。伟吾氏之国，实古高昌地。忠襄以上世尝居偰辇杰河，因以偰

---

[1]（元）黄溍：《金华黄先生文集》卷39，四部丛刊初编景印元刊本。《元代维吾尔哈拉鲁资料辑录》，第114—115页。《全元文》第30册，第510—511页。

为姓，示不忘乎初也。其在高昌最为巨族，而夫人出自名阀，以淑德克配君子，事其姑高昌郡太夫人尽孝，甘毳温凉，无不曲致其诚。处姒娣雍睦无间言，率群婢治丝枲。与凡女工之事，必以身先之。太夫人尝曰：新妇孝顺，吾将就汝终老焉。尚书起进士，由太常出为西台御史，夫人独留大都。天历之初，两京军旅并起，朝贵多以疑似获罪，妻子莫能自保。关右道阻，音问不通，夫人日夜号泣，以幼子属诸保姆曰：脱有不虞，汝等各图生全，以抚育儿。吾惟以一死，报所天耳。寻挈家而南，及尚书迁南台御史，夫人侍太夫人居高邮，俱病疫。夫人力疾，躬视粥药，太夫人竟不起。夫人晨夕号恸，声彻阃外，春秋修其时事，哀慕如初丧。尚书出佥广东宪司事，弹劾无所避，忤大臣意，解印绶径去。与夫人至江东，时忠襄方买地于溧阳州永成乡沙溪之上，奉忠愍而下六丧以昭穆序葬，竣事，举酒以祝曰：新妇佐吾儿，生事葬祭，孝敬不怠。愿新妇有子有孙皆如新妇，吾宗尚有赖焉。未几，夫人属疾，不脱茵席者五年。日训其子曰：吾鞠育汝等良不易，吾病久且死，汝曹务强学力行，兄弟和睦，毋听妇言，毋蓄私财。吾见恃才骄傲取败者甚多，汝等能以为戒，吾瞑目无憾矣。继而忠襄即世，夫人起治丧事如未病时，由是，病增剧，亲党来候问，犹以温言慰之，叩以遗命，笑而不答。临终，精爽不乱，夷然而逝。夫人初以尚书贵封乐安县君，进封南昌郡君；今追封魏郡夫人。生男十人：长即僇伯僚逊，御位下速古而赤，登至正五年进士第，今为端本堂正字；次僇理台，国学生，今为丰足仓使；次僇帖该，乡贡进士，今为翰林国史院译史；次僇德其，今上皇帝潜邸速古而赤；次僇吉思，次僇弼，次僇贲，皆国学生；余早夭。女三人：懿宁，许嫁廉咬咬，平章政事、大师恒阳文正王从曾孙也；余亦夭。孙男四人：长寿，延寿，海寿，山寿。女三人，尚幼。铭曰：姻联之盛，诗咏硕人。妇功妇德，莫得而闻。夫人之先，为国近臣。于归有家，显显相门。从夫而贵，正位小君。匪矜其仪，翟茀朱帱。英华外发，黄裳之文。音容未远，声猷具存。孰扬其名？子孙振振。授予彤管，写兹苍珉。

高昌王世勋碑应制[①]

元·虞集撰

至顺二年九月某日某甲子，皇帝若曰：予有世臣帖睦尔补化，自其先举全国以归我太祖皇帝，实赞兴运，勋在盟府，名在属籍，世绩今德以励，相我国家。至帖睦尔补化，佐朕理天下，为丞相，为御史大夫，文武忠孝，厥绩懋焉。昔其父葬永昌，大夫往上冢，其伐石树碑，而命国史著文而刻焉。臣集顿首，退而考诸高昌王世家。盖畏吾而之地，有和林山，二水出焉，曰秃忽剌，曰薛灵哥。一夕，有天光降于树，在两河之间。国人即而候之，树生瘿若人妊身然。自是光恒见者，越九月又十日，而瘿裂得婴儿五，收养之。其最稚者曰卜古可罕，既壮，遂能有其民人、土田，而为之君长。传三十余君，是为玉伦的斤。数与唐人相攻战，久之，乃议和亲以息民而罢兵。于是，唐以金莲公主妻的斤之子葛励的斤，居和民别力跛力答，言妇所居山也。又有山曰天哥里千答哈，言天灵山也，南有石山曰胡力答哈，言福山也。唐使与相地者至其国，曰：和林之盛强，以有此山。盍坏其山以弱之？乃告诸的斤曰：既为婚姻，将有求于尔，其与之乎？福山之石于上国无所用，而唐人愿见。遂与之，石大不能动，唐人使烈而焚之，沃以醇酢，碎石而辇去。国中鸟兽为之悲号；后七日，玉伦的斤薨。自是，国多灾异，民弗安

[①] （元）虞集：《道园类稿》卷39，元人文集珍本丛刊影印明初翻印至正刊本。《西域碑铭录》，第275页—283页。黄文弼《亦都护高昌王世勋碑复源并校记》，载黄烈编《黄文弼历史考古集》，文物出版社1989年版。此碑的汉文部分在《陇右金石录》《武威县志》有著录。该碑在虞集《道园学古录》以及苏天爵《元文类》中有录。《元代维吾尔哈拉鲁资料辑录》，第72—74页。《全元文》第27册，第244—248页。

居，传位者数亡，乃迁居交州，今高昌也。统别失八里之地，北至阿术河，南接酒泉，东至兀敦、甲石哈，西临西蕃，凡居是者七十余载。而太祖皇帝龙飞于朔漠，当是时，巴而术阿而忒的斤亦都护在位。亦都护者，其国王号也。知天命之有归，举国入朝，太祖嘉之，妻以公主曰也立安敦，待以子道，列诸弟五。与者必那颜征罕勉力、锁潭回回等国，将部曲万人以先启行，纪律严明，所向克捷。又从太祖征你沙卜里，征河西，皆有大功，薨。次子玉古伦赤的斤嗣为亦都护，玉古伦赤的斤薨，自马木剌的斤嗣为亦都护，将探马赤军万人从宪宗皇帝伐宋合州，攻钓鱼山，有功，还军火州，薨。至元三年，世祖皇帝命其子火赤哈儿的斤嗣为亦都护。海都、帖木迭儿之乱，畏吾而之民遭难解散，于是，有旨命亦都护收而抚之。其民人在宗王近戚之境，悉遣还其部，始克安辑。十二年，都哇、卜思巴等率兵十二万围火州，扬言曰：阿只吉、奥鲁只（赤）王以三十万之众，犹不能抗我而自溃，尔敢以孤城婴吾锋乎？亦都护曰：吾闻忠臣不事二王（主），且吾生以此城为家，死以此城为墓，终不能尔从。城受围，六月不解。都哇系矢以书射城中曰：我亦太祖皇帝诸孙，何以不归我？且尔祖尝尚主矣。尔能以尔女归我，我则休兵，不然则亟攻尔。其民相与言曰：城中食且尽，力已围。都哇攻不止，则沦胥而亡。亦都护曰：吾岂惜一女而不以救民命乎？然吾终不能与之相面也。以其女也立亦黑迷失别吉厚载以茵，引绳坠诸城下而与之。都哇解去。其后入朝，上嘉其功，锡以重赏，妻以公主曰巴巴哈儿，定宗皇帝之女也。又赐宝钞十二万定，以赈其民。还镇高昌，屯于南哈密力之地，兵力尚寡，北方军猝至，大战，力尽遂死之。子纽林的斤，方幼，诣阙请兵北征，以复父仇。上壮其志，赐金币巨万，妻以公主曰不鲁罕，太宗皇帝之孙女也。主薨，又尚其妹曰八卜叉公主。有旨师出河西，俟与北征大军齐发，遂留永昌焉。会吐蕃脱思麻作乱，诏以荣禄大夫、平章政事领本部探马赤等军万人镇吐蕃宣慰司，威德明信，贼用敛迹，其民以安。武宗皇帝召还，嗣为亦都护，赐之金印，复署其部，押西护司之官。仁宗皇帝始稽故实，封为高昌王，别以金印赐之，设王府之官。其王印，行诸内郡，亦都护之印，则行诸畏吾儿之境。八卜叉公主薨，尚主曰兀剌真，阿难答安西王之女也。领兵高昌（火州），复立畏吾儿城池。延祐五年十一月二十一日薨。子二人：长曰帖睦尔补化，次曰篯吉，皆八卜叉公主出也。帖睦尔补化，大德中，尚公主曰朵儿只思蛮，阔端太子孙女也。至大中，从父入备宿卫，又事皇太后于东朝，拜中奉大夫、都护，升资善大夫。又以资善出为巩昌等处都总帅（府）达鲁花赤。奔父丧于永昌，请以王爵让其兄钦察台，不允，嗣为亦都护、高昌王。至治中，与喃答失王同领甘肃诸军，且治其部。泰定中，召还，与宽彻不花威顺王、买奴宣靖王、阔不花靖安王分镇襄阳，寻拜开府仪同三司、湖广行省平章政事。今上皇帝归正大统，召之至汴，以左丞相留镇湖广。时左辖相娼而害政，人所弗堪。至是，有旨执而戮之。乃更为申救于上曰：是诚有罪，然不至死。再三言之，得释。其不念旧恶，以德量赞襄类如此。天历元年十月，拜开府仪同三司、上柱国、录军国重事、知枢密院事。明年正月，以旧官勋封拜中书左丞相。三月，加太子詹事。十月，拜御史大夫。大夫之拜左相也，追念先王之遗意，让其弟篯吉嗣为亦都护、高昌王。臣惟高昌祖之所出，事甚神异。其子孙相传数十代，至于今克治其土，岂偶然哉！火赤哈儿的斤百战以从王事，捐骨肉以救其民，后卒死之，其节义卓然如此。至其子与孙，再世三王，盛德之报也。大夫世胄贵王，清慎自持，户庭之间，动中礼法。平易以近民，正己以肃物，仁义之功沛如也。及其临大政、决大议，忧深思远，而声容凝重若泰山。然用能弥纶大经，以佐成雍熙之盛，所谓社稷之臣也哉！表以碑曰世勋为宜。敢再拜，系以诗曰：维皇太祖，建极定邦。知几先徕，伟兹高昌。列国率赋，宝玉重器。稽首受命，以表诚至。太祖曰嘻，天启尔衷。有附匪疏，以究尔功。櫜鞬介胄，十千维旅。以从四征，斥广疆宇。从我王事，靡解朝夕。邦之世臣，食其旧邑。旧邑高敞，介乎强藩。为暴突来，虔刘以残。保障捍城，我御我备。敌为弗顺，我死无贰。崇墉言言，寇来实繁。力殚守坚，责我师昏。有齐季女，出女纾难。义有绝爱，皇用咨叹。寇退民完，天子慨之。辇帛载金，悴斯溉之，城郭室家。既还既复，庶其宁我。皇锡之福，于庐于处。狂嚣掎之，矢尽众歼。执节死之，维时贤嗣。泣血入告，请扬天威。以报无道，天子壮之。俾军于西，抚尔民人。授之鼓鼙，有嚚西羌，弗靖以挠。移节往治，旋就驯扰。武皇缵武，眷尔旧服。节旄印绶，仍护其属。乃稽王封，在时仁宗。旗纛舒舒，刻章以庸。乃即永昌，幕府斯建。将星宵陨，亦既即远。宰木阴阴，阅历岁时。顾瞻徘徊，邦人之思。大夫嗣德，克敬以让。三命弥恭，世爵用享。佩玉琼琚，靖共以居。躬行孝严，服御不渝。肃肃雍雍，有察有容。亲亲尊尊，允德允功。天子还归，大义攸正。大夫在行，民信以定。既安既宁，治久告成。大夫司宪，百度孔明。衮裳赤舄，进见退忆。敬于无虞，匪泰伊惕。大夫中申，明哲以孚。嘘欷有怀，永昌之虚。天子有诏，大夫省墓。勒文载碑，世勋是祚。维王孙子，永言思之。岂惟子孙，百辟其仪。

平章政事廉文正王神道碑[①]

元·元明善撰

世祖皇帝，克肖天德，克承帝命，一天下而国，环四海而家。

[①]《西域碑铭录》，第224页—233页。虞集《国朝文类》卷57、杭州路西湖书院1342年刊本。《元代维吾尔哈拉鲁资料辑录》，第94—103页。（元）元明善：《清河集》卷5，收入李修生主编，《全元文》24册，第352—362页。

时则有三五臣同德佐命，恒阳王其烈烈者欤。蕴经国之学，展命世之才，刚明正大，清修峻洁，所处而经权合，所趋而事庸立，西定秦陇，东靖齐鲁，北安辽碣，南抚荆湖，在中书六年，大经、大法、大忠、大直，巍巍焉，迈前王之佐，岩岩焉，为后哲之师，圣贤际会，道义交孚，丰功巨业，光耀金石。乌虖伟哉！

王姓廉氏，讳希宪，字善甫，北庭人。考讳布鲁凯雅，从回鹘国主，归圣朝，官至真定顺德诸路宣慰使，赠仪同三司、大司徒，追封魏国公，谥孝懿。妣石抹氏，追封魏国夫人。司徒十三男子，魏国之男曰希闵，正奉大夫、蕲黄等路宣慰使；次即王。王生，司徒拜廉访使之命，顾曰："儿适承庆，宜以官氏。"遂廉姓。

王自早岁，已见伟度。魏国延明师教之以经，辄掇其要言，试诸行事。年十九，宿卫世祖王邸。一日，问王所怀何书？对曰："《孟子》。"又问大指。对曰："陈王道，明义利，不忍一牛，恩充四海。"上善之，尝呼王"廉孟子"。从征云南，师还，留为京兆宣抚使。关中时为世祖分地，西措陇蜀，杂以羌戎，号为犷俗。摧强破奸，纤弱起植，利赖所及，无顾忌焉。荐大儒许公衡提举儒学，辟智仲可参综府事。扁所居堂曰"止善"。公退，即与诸儒讲求事君立身大义，评品古今人物是非得失。焚香鼓琴，夜分乃息。

时戎车日驾，边需绎骚，惟以养民为本，饷馈亦给。有一大驵，贷母钱予人，征子数倍。王曰："岁月虽久，子止侔母。"后遂著为令。诏儒而隶者，听赎。京兆诸豪，不肯奉诏。王悉良之，或粗识字义者，即予钱使著儒版。

未几，宣抚司罢从，世祖伐宋，下鄂城。命王入籍府库。出，率百余儒生伏谒军门。上指庭实曰："恣汝所取。"王但取一墨，因请军士所俘儒生，以官钱购之，脱五百人隶。

宪宗崩于合州，世祖班师。王首陈大计曰："殿下太祖诸孙，先帝母弟。旗指六诏，群蛮着定。师今入宋，鄂城即下。天道人心，所向可识。且收揽英贤，政为今日。神器所属，非殿下而谁？"王奏曰："闻刘太平、霍鲁海复至陕西，浑都海骑兵四万，大驻六盘，征南之师，散屯秦蜀。太平挟才而奸，素附阿里勃哥，惮主威明，纠惑群情，据险致死，殆将不利。"即命赵良弼假事往觇以报。

初，宪宗南征，以季弟阿里勃哥留守。至是，发河朔民为兵，将与上争。王旋奏罢所发。宗王塔察儿，东诸侯之长也，上欲好之，难其所使，王请行。既飨，语及渡江，王大称上之威德劳烈，乃曰："大王属尊义重，发言推戴，谁敢不协！"宗王悦从。

还，奏所语。上惊曰："顾乃大事，何尔轻脱？"对曰："臣书谓时然后言，臣察其几，言入其诚尔。"赵良弼来奏，悉如王算，难犹未作也。

岁庚申春，上至开平，诸王宗戚咸会，塔察儿率先劝进。王奏曰："阿里勃哥挟居守之权，鬼夺其鉴，或窃位，号令至，违从顺逆立判。若早承大统，诏告天下，彼或顾望，我有辞矣。机会之乘，不容发间。"上良久曰："吾意决矣。"翼日，登大宝位，建元中统。

王奏封高丽世子倎为高丽国王，还之其国。奏遣郝经使，宋诏宋主息兵讲好。上虑关右难作，命王宣抚陕西四川道。刘太平、霍鲁海闻王当来，急传先入京兆。王迟二日至，宣即位诏，人情稍定。遣使诏六盘，浑都海杀所遣使，驰召成都帅密里霍者、青居帅乞台不花，约刘太平、霍都海内应。王得急报，夜集僚属议。王曰："今日之事，吾请任之。脱问专擅，罪不若及。"乃遣万户刘黑马等掩捕刘、霍，其党皆衷甲待约，捕至，斗而就缚，骂太平后事。遣万户刘黑马诛密里霍者，总帅汪惟正诛乞台不花，佩同金总帅汪惟良金虎符银印，将其兵进讨。惟良辞非朝命，王曰："身承密旨，君第了国事，已驰奏矣。"予其军银万五千两。别发诸军四千，命八椿将之，戒八椿曰："君所将乌合，未经抚循，六盘精兵，慎勿轻斗。鸣尔金鼓，大张声势，使之不东，吾事济矣。"

两军既行，浚隍完城，储材聚粮，为城守计。赦至近郊，王曰："刘、霍在狱，是何可宥？"尸诸康衢，然后出迓。王乃上奏曰："停赦杀贼，擅发诸军，专将惟良，臣罪当死，谨籍家赀，以竢严命。"上曰："书生贵权，政谓此也。"诏曰："朕委卿专制一方，事当从权，毋滞文法，坐失机宜。佩卿金虎符，节制诸军。"别降制书虎符，授汪惟良。

八椿遣其子执一人来献，曰："方受六盘重赏，及械系其党五十人乾州，请诛之。"王曰："浑都海西而不东，吾知其无能为也。悉杀此曹，徒携众心。因其怖死，释罪籍力。"乃送二人于京师，余皆纵去。面诲八椿之子，使晓其父，果得此军之用。

八椿振旅躐浑都海军后，阿览答儿为阿里勃哥曰和林师来，与浑都海合于甘州。朝议欲弃两川，退保兴元。王上奏曰："四川方宁，粮饷已足，无故自废成功，后悔为晚。"乃不弃两川。进拜中书右丞，行秦蜀省事。

浑、览兵既合，遂东。王师前驱不利。既而汪帅、八椿军会诸侯兵力战，获阿览答儿、浑都海，首枭之京兆市三日。诸军退屯便地，王上奏，上曰："大丈夫事也。"拜平章政事，赐甲第一区，王时年始三十。

奏曰："四川降民散处山谷，请禁我军，毋掳掠。违者罪及其帅。诸败易生口者罪之。"由是降者如归。获知资州张炳震、统制王政，辞有老亲，王使持书与宋四川制置使余玠，俾知天命。玠得书，敛守疆界，不敢妄动。巩昌帅上镇戎州叛者四百人，王但诛其首恶五人，余悉原释。

诏还朝，入中书。参政商挺驰奏，略曰："秦蜀重镇，非廉相不可。"诏归王。东川帅钦察诬阆州降将杨大渊反，王手书与大渊，开诚抚慰，大渊感泣，军府乃安。泸州降将刘整囚我叛人数百，军吏请诛以戒。王曰："力屈而降，岂其心哉！"奏而免之，导整入觐，手书宰臣，使整有所观感，恩恰其心，当得死力。王移书管安抚、程都统、张叙州曰："汝家今在成都，令所可供亿优厚，无他虑也。"听程都统子鹏飞归省，于是恩及宋人矣。

诏括京兆诸郡马牛以济河西，王奏曰："关中兵乱，凋瘵已极，岁赋不充，尚堪此役！"奏入，特复二年，马牛免括。其年自春涉夏，大旱，王步祷终南，其夕大雨。

司徒请朝，奏曰："臣子希宪，误蒙奖拔，恩过其分。且事多专制，辄恐开后衅。"上曰："朕欲大用希宪久矣，第以西南事重，难于代者。朕自知之，卿勿疑惧。"诏入中书平章事。王以天下自任，乃振举纲纪，综核名实，汰黜浮滥，抑逐侥幸，首议行迁转法。

会魏国薨，王力行丧礼，水不入口者三日，每恸呕血毁瘠，几至灭性。既葬，籍草枕块，必于终制。诸相往起，未至庐所，闻其哭声之哀，不忍言而退。为诏夺情。

至元改元，进荣禄大夫。明年，行省事山东，省并州县，黜陟官吏，承制行事，东诸侯耸惧听命。其为民害者登与除之，为民利者登与兴之。凡两阅月，召还。

俄司徒薨，力请终制。上不听，强起之，墨衰即事。自王居忧，中书滞事千数，上曰："其留希宪决之大都。"未及旬恰，剖析如流。事闻，曰："相已得人，朕复何忧？"车驾还幸，左丞相史公天泽顾诸相叹曰："廉相方尔振理机要，天下赖之。我辈既回，殆将沮挠。"

迁转法行，五品以上宣授，六品以下敕授。罢天下世官。诸路岁贡经明行修、长于吏治者各一人。中贵人传旨朝堂云云，王曰："小臣预政，此其渐也。当中覆之。"覆奏，上抶中贵人。阿合马领左右部，俄其党自相攻击，诏中书鞫实。王穷诘其罪，奏杖阿合马，罢其所领。上谕王曰："吏弛法而贪，民废业而流，工不给用，财不赡费，先朝尝已戚矣。自相卿等，朕无此戚。"王对曰："陛下圣犹尧、舜，臣等未能以皋、契之道赞辅治化，以致雍熙，惭对天颜。今日小康，未足多也。"上因论及魏征，王对曰："忠臣良臣，何代无之，顾人主用与不用尔！"

言者讼史丞相子侄布列中外，威权太盛，久将难制。诏王罢丞相政事，待鞫。王奏曰："知天泽深者，无逾陛下。粤自潜藩，多经任使，将兵牧民，悉著治效，以其可属大任，固使丞兹相位。小人虽实有言，陛下察其心迹，果有跋扈不臣者乎？今信臣，故臣得预此旨，他日一人讼臣，臣亦入于疑矣。臣等承乏政府，上之疑信若是，何敢自保！天泽既罢，亦当罢臣。"上曰："卿姑去。"明日，召王曰："昨思之，天泽无对讼者。"

有讼西川帅钦察罪者，上敕中书急发使诛之。明日，王覆奏。上怒曰："尚尔迟回！"对曰："钦察大帅以一人之言被诛，西川必骇，逮之至此，与讼者庭对，暴其罪于天下可也。"上曰："其遣能者按问。"既而无一实，钦察得免。

王奏议上前，谠论直陈，无少回借。上曰："汝昔事朕王邸，犹或容受，为天子臣，乃尔木强邪？"王对曰："王府事轻，为天子论天下事，一或面从，天下将受其害，非不自爱也。"

奏立御史台，诸道设提刑按察司。阿合马复总财利，中沮其事，有曰："众务责成总府，金谷任之运司，按察挠乱，何由集事？"王曰："立台察，遵古制，内察奸宄，外纠贪污，肃清朝纲。访求民瘼，裨益国政，无大此官。如君所言，必使群邪舞法，贿赂公行，事乃集邪！"其语遂塞。

匿赞马丁者，尝用事先朝，以告者被执。会诏释大都囚。上还，告者复诉。上怒，召留相诘之。王取堂案视无所署，补之。入对，顾堂吏曰："脱天威不测，岂可幸无已署而免。"王前，对以奉诏。上曰："诏并释匿赞马丁邪？"王曰："不释匿赞马丁，亦未尝有诏。"上愈怒，曰："于汝书此，当何罪？"王曰："陛下以此为罪，第当罢相。"遂罢，至元七年也。

王杜门养德，谈经讲道，课试诸子，然食顷不忘朝廷，一事便民则喜见颜间，一令害人则戚不能寐。上尝问希宪家居何为？左右以读书对。上曰："读书固朕所教，读之不肯见用，何多读为？"阿合马谗曰："日与妻帑燕乐尔。"上色变曰："希宪清贫，何从燕设！"右丞相安童奏王行省河西。上曰："河西诸王列地，希宪执法，于朕意无所曲从，岂听宗王语者。"

疾作，上遣御医三人诊视。或言须沙糖作饮，良。时最艰得。王弟求诸阿合马，与之二斤，且致密意。王推着地曰："使此物果能活人，吾终不以奸人所遗愈疾也。"上闻，特赐三斤。

先以嗣国王条辇哥行省镇辽霫，东人有言。王疾稍愈，上命王往。肩舆入辞，上曰："朝廷大议，朕将与之论决。"赐坐。上曰："昔在先朝，卿先事知几，每慰朕以帝道。及鄂渚班师，娄述天命，朕心不忘丞相，卿实当为，顾自退托尔！辽霫户不数万，政以诸王国婿分地所在，居者行者，联络旁午。明者见往知来，察微烛著。塔察儿诸王素知卿能，命卿往者，当识其意。"

王至北京，问民所苦。皆曰："有西域人，自称驸马，营于城外，逮系富家，诬其祖父尝贷子钱，讯之，使偿，无所于诉。"旦日，持牒告，王即遣吏逮驸马者。其人怒马而来，直入省堂，径坐榻上。王令曳下跪而诘之曰："制无私狱，汝何人，敢尔系民？其械系之！"哀祷请命，国王亦为之言，稍宽待对。一夕，拔营遁去。

塔察儿使者传旨，国王立听，王坐自如，曰："大臣无为，诸王起也。"使者还语，其王曰："朝廷大臣，彼无违礼也。"诏国王归国，王独行省事。朝廷发宝钞市马六千五百，主遣市东州，尽所发钞，得羡马千三百。王曰："上之则类自衒，其以马依元直予他郡。也郡马不入数，害及其民，终不忍分彼此也。"

长公主及国婿入朝，纵猎郊原，发民牛车，载其所获，征求须索，其费至钞万五千贯。王燕公主，从者怨食不及。王曰："我天子宰相，非汝庖者。"国婿怒，起。王随之曰："驸马纵猎原禽，非国务也，费民财不赀，我已驰奏矣。"国婿愕然，入语公主。公主出，饮王酒曰："从者烦民，我不知也。请出钞数偿民，幸公止使者。"自后贵人过者，皆不敢纵。

王师渡江，下江州，急召王入朝。会右丞阿里海牙下江陵，图其地形上之，请曰："荆州西距梁益，南控交广，据江淮上游，诚为要地，非朝廷重臣开大府以镇之，未足绥新附、来远人。"上夜召王，赐坐，曰："荆南入我版籍，彼新附者感恩忘苦，未来者怀化效顺，宋知我朝有臣如此，亦足以降其心也。南土湿下，于卿疾非宜。今以大事托卿，卿不辞，赐卿以其入食留者，马五十匹给从者。"王对曰："臣每惧识度浅薄，不能仰荷重寄，何敢辞疾。"力请不受新赐。诏荆湖行省承制官三品以下，刻印版授，奏入制出。

王暑行至镇，戢诸军毋擅离部，辟城门勿讥往来，弛灯火之禁，通商贩之途，馆传丰洁，邸舍相望，弭觊止虐，掩骼埋胔，鬻孥者罪之，杀俘者坐之。文武效力，小大协心，材者官之，不间新故。王一以清简自居，安辑为务，号令施惠，如旱而雨，溪岩毫倪，人与王对。泻潘水于江，得田数百万亩，听民耕佃，三年半征。取沙市失收米二十万斛，足二岁用，俄公安饥，发之以振。

王曰："民粗安矣，风教不可后也。"乃大兴学，且日亲至校官，讲授以倡。他郡撤官屋以复竹林书院，予书万四千卷，学者日盛。王既不纳诸人贽金，见老辄献所俘男女，王即受之，听其归完。归者感德，自称廉民云。王或疾，士民群走僧寺道馆，为王祈福，语及，必额手叩齿祝曰："愿我公永长我人。"

政化大行，声及四远。思播田、扬二氏，负固不下，遣使纳款。重庆赵定应坚守耻降，遣使纳款。王语二使曰："归语尔主，速归所隶，以全民命。我已驰奏天子，诏安尔土矣。"奏上，上曰："国家不用兵得地，未之见也。希宪坐致数千里外之坚士劲城，其仁政为何如也！"赐西域善药、高昌蒲桃酒。

宝庆、武冈、益阳、安化、善化、宁乡诸城，籍编民冒围纳款。王移文其省，使安全之镇。远溪洞蛮酋以其乐工四十余人重译来至，曰："愿奏土风于天子之庭。"王曰："而辈独无父母妻子乎？驱迫而来，岂其心哉！且天子仁圣，不重夷音。"皆泣拜而回。

关讯得江陵人私书，不敢发封。枢密臣发之上前，其语曰："归附之初，人无生意。大元皇帝命廉相出镇荆湖，岂惟人渐德化，草木昆虫咸被泽矣。"上叹曰："希宪不嗜杀人，故能至此！"

王疾日剧，佥枢密院事董文忠奏曰："江陵湿热，奈希宪沈痼何！"上即召还，荆南人闻王当去，皆号泣随之，拥所乘车，不得行。王慰喻再四，乃拜哭而别，大者绘像建祠，小者书版瞻礼。

王囊橐萧然，琴书自随，朝于上都。诏馆于华严寺，酒人饩夫，日敕供馈。王语太常田忠良曰："上都圣上龙飞，国家根本。近日火延龙冈，居民常事，无令杂学小生，妄谈风水，惑动上意。"未几，宰相果与南士数辈廷辩迁都。田奏王言。上曰："希宪大病，念亦及此邪！"南士之议遂寝。

诏征名医王仲明于扬州，未见行意。士大夫责之曰："君术固妙，其能已亿兆人之疾乎？苍生悬望廉公复相久矣，能起廉公，是惠及天下也。"仲明乃至，进其良剂，能杖而起。上喜，召入曰："闻卿比得良医，日俟痊复。"王对曰："医持善药，治臣沉疾。苟能戒谨，诚如圣喻，稍尔肆情，终将不疗。"盖以医谏也。上曰："卿从几人？"对曰："惟一弟扶赞。"上笑曰："儒习不少变邪！"命近侍举御前白金赐王，为两五千，敕中书赐钞万贯，曰："赏卿清白也。"

议立门下省。上曰："首官何称?"曰："侍中。"非希宪不可。遣近臣谕旨曰："鞍马之任，不以劳卿，乘轩论道，时至治所，必烦亲奏，肩舆以入。"王附奏曰："臣疾何恤，输忠效力，生平深愿。"皇太子方听天下政，遣人赐蒲桃酒，谕王曰："上命公领门下省，勿难群小，吾为公德。"阿合马不利而止。时营缮东宫，工部官请曰："牡丹名品，惟相公家，乞移植数本，太子知出公家矣。"王曰："若出特命，园虽先业，一无所靳，我早事圣主，备位宰相，未尝曲丐恩幸。方尔病退，顾以花求媚邪!"请者愧止。

十六年春，诏复入中书。王称疾笃，皇太子遣侍臣杨吉丁问疾，因叩治道。王曰："君天下者二道，用君子则治，用小人则乱。臣病虽剧，委之于天，所甚忧者，大奸专柄，群邪蠹附，误国害民，病之大者，殿下宜开圣意，急为屏除。不然，日以沈痼，不可药矣。"语闻，深嘉重之。

上尝语王曰："受戒国师，因参内典，开益神智。"对曰："臣幸蒙圣训，久受孔子戒矣。"上曰："孔子何戒?"曰："臣也尽忠，子也尽孝。"上颔之。尝戒子恪、恂曰："丈夫见义勇为，祸福不足逆计。"又曰："宰相须有力量，未有无力量能为贤相者。天下苟无牵掣，三代可复也。"又曰："稷、契、皋、夔、伊、傅、周、召，便谓无及，是自弃也。"又曰："汝读狄梁公传否?梁公有大臣节，乃为不肖子孙所坠。汝辈当深以为警。"

疾革，曰："吾疾不起矣，儿惟多读书，以承父志。"夜，大星陨于正寝之后乐堂，流光烛地，久之方灭。是夕王薨。至元十七年十一月十九日也，春秋五十。越某日，葬于宛平之西原。

讣闻，天子痛悼，士大夫走哭相吊，天下之知者无不嗟伤，咸曰："良相死矣，吾复何望!"上每追思之曰："当诸王大会议决大事，惟廉希宪能也。"

夫人伟吾氏，先朝贵臣孟苏速女也，生一男，曰孚，正议大夫、佥辽阳行省事。三女，适监吉州路淑丹，适监嘉兴路撒里蛮，适同知杂造总管府事蛮资。夫人完颜氏，知中山府事海撒女也，宽明贞亮，慈惠厚和，与王德齐清规雅范有内助焉。生五男，曰恪，通议大夫、台州路总管；恂，荣禄大夫、中书平章政事；忱，同知沔阳府事；恒，资德大夫、御史中丞；惇，太中大夫、西蜀四川道肃政廉访使。三女，适参知政事刘纬，适安抚使李恭，适管军万户何德温。

　　成宗皇帝制赠清忠粹德功臣、太傅、开府仪同三司，追封魏国公，谥文正。两夫人追封魏国夫人。仁宗皇帝制加赠推忠佐理翊运功臣、太师、开府仪同三司、上柱国，追封恒阳王，仍谥文正。两夫人加封恒阳王夫人。皇上既御宸极，一新庶政，由御史中丞相恂平章敬遵家范，克奏父绩，天子嘉之，诏中书曰："其命翰林学士明善制恂父恒阳王碑文。"臣奉诏庄读王之家传次第而论曰：丞相淮安忠武王曰廉公，宰相中真宰相，男子中真男子，可谓名言然。勋隆帝室，泽被生民，用舍合道，安危一节，大人之事备矣。臣再拜稽首铭墓神道。其辞曰：天佑大君，岳降大臣，君臣协庆，弘济斯民。烈烈世祖，如日亭午，照临万国，晖光草土。惟恒阳王，帝命肃将，如云龙从，膏泽滂滂。左右圣皇，大开明堂，四朝宁侯，奏功效良。手援群溺，措之安康，手援众焚，濯濯清凉。饥食之食，寒衣之衣，汝无怖啼，吾母而依。汝或受伤，吾尔药治，民曰相公，卒相天子。母去庙朝，我民是倚，辽霅安化，齐鲁嗟天。天有偏恩，我不久公，帝轸荆南，抚养其堪。恩恰威行，坐啸府覃，秦蜀士女，跂踵引领。公昔父我，孰我之梗，我父不来，疾也孰省。稽德无矜，考功无成，巍乎元宰。退然诸生。先天下忧，后天下乐，范得我心，我非范学。尧舜吾君，夔契在我，时无留阁，何施不可。格君以道，持身以义，蹈中绝利，行与天契。其生也顺，其死也安，厥施未殚，毕世永叹。尚在肖息，镜考跻攀，发其所蕴，肆其所难。功名成纪，奕叶袭祉，帝历万年，奋有廉氏。上爵尊官，酬其前绩，孰知帝德，配天无极。奉诏劇诗，千祀昭垂，慕者仪之，肆其齐而。

后 记

　　新型冠状病毒肆虐全球的庚子年注定令人难忘。春风春鸟，秋月秋蝉，夏云暑雨，冬月祁寒，笔者到西北学习有六年了。岁月流走，砥砺琢磨，这本书终于要出版了。

　　20世纪20年代，陈垣先生的《元西域人华化考》从宗教、文学、美术、礼俗、女学等多个方面论证了元代西域人在中原地区的发展情况，开启了学界对于元代西域作家群体这一课题的研究。近三十年来，萧启庆、杨镰等多位学者继续推进，收获颇丰。我对此课题的关注始于2014年，2016年依托邢台学院申报教育部项目，本书是2016年度教育部人文社会科学研究规划基金项目《文学地理学视域下的元代色目作家群研究》（编号16YJA751007）的研究成果。

　　西北地区民族文化的研究与中原汉文化的研究是两条不同的脉络，西北文史的研究需要中原与西北两线作战。元代色目文人从西域东迁至中原各地，以西域、中亚视角进行研究，需要涉及史学、宗教学、文献学、语言学等学科，困于学力，每一步推进都需要艰辛的努力。"观天下书未遍，不得妄下雌黄，不可偏信一隅也。"（《颜氏家训》）遍观天下书，不妄下雌黄，不偏信一端，不断完善修正自己的认识，是为学为人的最高境界，虽不能至，心向往之。学海无涯，这本书虽然要出版了，但还有许多问题有待今后进一步探索。骐骥一跃，不能十步，驽马十驾，功在不舍。

为学必有师，如书中游学各地的西域人一样，当今学子的求学之路亦是无问西东，沾汲各地学术文化之灵气。吾生于辽阔之燕赵，少年求学燕赵的青葱岁月，历历在目；后求学于汤汤湘水之滨，麓山云树，湘江烟雨，湖南师大赵晓岚教授、蔡镇楚教授的训诫言犹在耳。复入西北民族大学向高人雄教授问学，得以跨入元代少数民族文学研究之殿堂，在老师指点之下，吾对元代色目诗人之理解日益加深；杨富学先生对古代少数民族历史文化研究有素，吾有幸从其学，多获教益。燕赵之学大气，潇湘之学灵秀，西北之学深厚，前辈先贤倾囊相授、悉心指导，正是他们的陪伴，使得这一原本艰辛的旅程变得温暖而充实。本书倘有些许微光，亦是站在老师们的肩膀之上，西北民族大学高人雄教授，南开大学查洪德教授，敦煌研究院杨富学研究员、王志鹏研究员，兰州理工大学杨晓霭教授，西北民族大学多洛肯教授等无私指导了本书的写作，兰州大学苗冬博士，浙江大学马娟博士，邢台学院文学院王玉华院长、王燕来老师、翟珊珊同学，甘肃政法大学沈天炜院长、康建伟院长等诸多师友都对本人课题的研究和本书的出版提供了热忱的帮助，谨此一并致谢。

如书中所述东迁色目家族一样，千百年来，一个个家庭对文化的渴求汇成了绵延不绝的中华文化。一个人的成长需要几代人的努力，很多家庭秉持着再穷不能穷教育的理念。拿我家来说，无论日子多么艰难困窘，母亲从来不亏欠我们姐弟的教育。我小时侯家住在邢台市西郊农村，房子一下雨就漏，连温饱都是问题，母亲在旁边的有色金属冶炼厂上班，她常常抱怨"一个月才挣二十九块五"，但是在得知学校没有英语老师后，她竟然花了一百多块，托人从上海买来一台手摇电唱机和英语初级教程的唱片，也不知道这一百多块是她通过多长时间省吃俭用才能攒下，那一年，是1981年，我上小学。在收入那样微薄的情况下，母亲还订购了好几种少儿杂志，是单位上订杂志最多的，那个绿色方形的手摇电唱机，那些五彩缤纷的少儿杂志，点亮了我们姐弟的少年时代。多年来，每于静夜思之，便会潸然泪下。"穷且益坚，不坠青云之志"，谨以此书献给耄耋之年依然自强不息的母亲！

胡　蓉

2020 年 12 月 1 日